정지용 문학의 통시적 연구

정지용 문학의 통시적 연구

김묘순 지음

국학자료원

정지용 논문집을 엮으며

대상 포진(疱疹)이 포진(布陣)했다.

대상 포진은 본시 무엇과 싸우기 위해 진을 치고 기다리고 있었던 것일까?

반평생 동안 정지용을 알기 위하여 씨름하고, 줄다리기도 하고, 가끔은 울기도 하였다. 모자란 실력 앞에서 좌절하여야 하였고, 구체적인 자료를 찾지 못하여 주저앉을 때도 부지기수였다.

이럴 땐 그냥 외로웠다. 아니, 그냥 괴로웠다고 하는 편이 더 옳을 것이다.

하늘에 대고 그냥 한숨만 쉴 수밖에 없었다. 산그늘에 앉아 소리를 지른들 무엇 하겠으며, 공중에 대고 주먹 감자 한 방 크게 날린들 무슨 소용이 있었겠는가.

그동안 발표하였던 정지용의 소논문 몇 편을 주섬주섬 챙겨 출판사로 넘겼다. 정지용과 관련된 내용 중 사실과 다르다거나, 이견이 있으면 언제든 연락 바란다. 겸허히 받아들이고 수정·보완하도록 하겠다.

원고가 탈고됨과 동시에 걱정과 두려움이 앞선다. 정지용을 향한 학문의 길에서 우왕좌왕하는 설익은 연구자에게 눈곱만큼이라도 도움은 될는지…. 걱정이다. 부족함이 많은 논문이지만 진정으로, 진정으로 단 한 명의 후학에게라도 도움이 되길 바랄 뿐이다.

　이 논문집을 내기까지 가르치시느라 끊임없이 노심초사하셨을 신희교 지도교수님, 항상 응원의 손길을 내어주시던 충북도립대학교 소방행정과 교수님들, 묵묵히 고생스러운 모습을 지켜봐 준 가족, 사진 정리를 맡아준 박범영 선생님, 그리고 출판이라는 외길을 올곧게 지키며 걸어가시는 국학자료원 정구형 대표님께도 고마운 인사를 전한다.

2024. 11. 11.

김 묘 순 올림

목차

I. 정지용의 생애와 고향

1장 정지용 생애 재구(再構)

2장 鄭芝溶의 近代 受容에 대한 小考

3장 정지용의 고향 지명이 불러오는 정서적 환기 연구

II. 정지용 작품 각론

Ⅲ. 정지용 작품의 변주

Ⅰ. 정지용의 생애와 고향

1장

정지용 생애 재구(再構)

정지용 생애 재구(再構)

1. 서론

정지용은 1902년 충북 옥천군 내남면[1]에서 연일정씨 이의공파 27대 손으로 태어난다.[2] 1914년 3월 옥천공립보통학교를 졸업하고 1918년 4월 휘문고등보통학교에 입학하여 1923년 3월에 졸업하였으며 그해 일본 교토 동지사전문학교 신학부를 거쳐 동지사대학 예과에 입학한 다.[3] 1929년 3월 동지사대학 영문과를 졸업하고 9월에 모교인 휘문고 보 영어 교사로 취임한다. 이때 부인과 장남을 솔거하여 충북 옥천에서 서울 종로구 효자동으로 이사를 하였다. 그의 완전한 일가가 비로소 성 립된 셈이다.

1919년 12월 『서광』 창간호에 소설 「삼인」을 첫작품으로 발표한 이

---

* 『한국현대시의 아버지 정지용 문학포럼』, 옥천군·옥천문화원·지용회, 2013, 41-71 면을 수정·보완함.
1) 1910년 이전 주소 자료는 찾을 수 없음. 이후 주소는 옥천군 내남면 상계리(1910 년) → 옥천군 내남면 하계리(1916년) → 옥천군 옥천면 하계리 40번지(1926년) → 옥천군 옥천면 하계리 40-1(1926년) → 옥천군 옥천읍 하계리 40-1(1949년) → 옥 천군 옥천읍 향수길 56(2012년)으로변동. 「구대장등본」 확인. 옥천군은 1917년 내 남면을 옥천면으로, 1949년 8월 13일 옥천면이 옥천읍으로 승격. 이로 보아 정지 용의 탄생당시 주소는 <u>옥천군 내남면</u>이 옳다고 보아야 할 것이다. 옥천군청 민원 과, 조선총독부임시토지조사국, 『옥천군 내남면 하계리 토지조사부』, 1911.
2) 연일정씨 이의공파 世譜(세보) 卷之六(권지육), 2145면.
3) 김묘순, 「정지용 문학연구」, 우석대학교 대학원 박사학위논문, 2021, 113-115면.

후 그의 행적이 묘연해진 1950년까지 굴곡진 삶을 살다 간 정지용은 4권의 작품집⁴⁾을 간행하였다.

정지용은 우리 현대문학사에 중추적인 역할을 하였을 뿐 아니라 후배 문인들에게도 커다란 영향을 끼친 인물임에 틀림없다.

작가의 분신이라 할 수 있는 문학작품은 작가의 생애와 관련하여 문턱을 넘나들듯 밀접한 영향 관계를 가진다. 특히 정지용이 살다간 시대의 문학사를 보면 대부분의 작가들이 가난과 반일 의식으로 고뇌하였음을 알 수 있다. 그들은 더 이상 치유 불가능할 것만 같은 상처들을 안고 작품을 써냈던 것도 사실이다. 그러나 그 알맹이는 튼실하게 익어 작품이 되어 우리문학사를 풍성하게 하였다. 그리고 찬연(鑽研)한 학자들의 노고로 정지용의 생애와 작품 연구도 풍요로워지고 그의 문학사적 위상도 정립되었다. 이와 관련 정지용 작가론의 생애 연보에서 발견된 오류들을 보완하고 새롭게 발견된 사실들을 살펴보고자 한다.⁵⁾

---

4) 정지용, 『정지용 시집』, 시문학사, 1935.
　정지용, 『백록담』, 문장사, 1941.
　정지용, 『정지용 시집』(재판 간행), 건설출판사, 1946.
　정지용, 『지용 시선』, 을유문화사, 1946. (『지용 시선』에는 「유리창」등 25편의 작품이 실려 있는데 이들은 모두 『정지용 시집』과 『백록담』에서 뽑은 것이다)
　정지용, 『백록담』(재판 간행), 백양당과 동명출판사, 1946.
　정지용, 『문학독본』, 박문출판사, 1948. 표지에는 『문학독본』으로, 간기(刊記)에는 『지용문학독본』이라 되어있다. 이 논문에서는 『문학독본』이라 부르기로 한다.
　정지용, 『산문』, 동지사, 1949.
　위와 같이 정지용은 여러 권의 작품집을 간행하였다. 그러나 재판된 것들과 『정지용 시집』이나 『백록담』에서 작품을 뽑아 간행한 『지용시선』을 제외하면 4권이 되는 셈이다. 정지용의 산문집 『문학독본』에는 「사시안의 불행」 등 37편의 평문과 수필, 기행문 등 61편이 수록되어 있으며, 그의 또 다른 산문집 『산문』에는 평문, 수필, 휘트먼의 번역시 등 총 55편(시와 언어 1~7은 1편으로 봄)이 실려 있다. 이 밖에 산문으로 『문장』에 추천사나 선후평 형식의 짧은 글들과 『정지용시집』에 2편과 『백록담』 5부에 8편이 실려 있다. 이 밖에 신문, 잡지 등에 발표한 것도 상당수이며, 아직 발견되지 아니한 작품도 많을 것으로 추측된다.

2. 생애와 관련된 새로운 사실들

정지용은 1919년 첫작품 「삼인」이라는 소설을 발표한 이후 1930년대 후반부터 120여 편이 넘는 수필6)을 발표한다. 한편, 그의 행적이 불분명할 때인 1950년 6월 28일까지도 『국도신문』에 「남해 오월 점철」이라는 기행 수필을 18편 발표한다. 이렇게 소설과 많은 수필을 내놓은 문학가 정지용은 시인 정지용으로만 알려져 있었다. 정지용의 생애와 관련하여 지금까지 연구되어 온 논문도 또한 시 중심으로 연구되어져 온 것도 사실이다. 그러나 정지용의 정신적 세계관과 문학관, 그리고 일제하에서 시로 표출할 수 없었던 이야기들이 그의 체험의 등가물인 수필에 유기적으로 형상화되어 있었다. 그리하여 정지용의 고향에 거주하는 수필가인 논자는 그의 작품에 접근하게 되었다. 이 과정에서 발견된 정지용의 생애와 관련된 흥미롭고 새로운 사실들을 살펴보기로 한다.

첫째, 정지용의 작가론이나 작품론에서 연보나 본문에 나타나는 "어느 해 여름 갑자기 밀어닥친 홍수 피해로 집과 재산을 모두 잃고 말았다." 또는 "어느 해 여름 두 차례의 홍수로……." 부분이다.7)

「충북의 독지가(篤志家)」8)라는 기사를 보면 그 문제의 "어느 해"는 "작년 7월에 대우(大雨)의 제(際)에 읍내의 하천에 홍수가 나서 하안이 붕괴함을 발견하고 연장 약 120간의 제방을 개축할 새 비용 318원을

---

5) 본고는 필자가 『동양일보』에 발표하였던 내용(「정지용의 협주곡·합주곡·변주곡 I」, 『동양일보』 9면, 2012. 11. 16. 「정지용의 협주곡·합주곡·변주곡 II」, 『동양일보』 9면, 2012. 11. 23.)과 필자의 학위 논문 일부를 다듬고 보완하였음을 밝혀둔다.
6) 연구자마다 단문, 수필
7) 지금까지 보아온 정지용 가정의 경제적 몰락의 한 계기로 작용하는 사건이다. 그러나 작가연보에 나타난 모든 책에서 확실한 연대가 서술되지 않고 추상적인 언어로 서술되어 있다.
8) 『매일신보』 2면, 1912. 01. 13.

주었고"에서 보여주듯 1911년임을 알 수 있다.

또 한 차례는 1917년이다. 「"옥천 전멸, 전부 침수" - 참혹한 홍수의 피해, 익사자 5명」9)에는 이렇게 적고 있다. "충북 옥천지방은 8월 11일 오전 8시경부터 큰 비로 인하여 홍수가 나서 각 하천은 증수되어 위험이 심하므로 옥천 헌병대와 소방대 전부가 경계하였다. 오전 11시경에 헌병대 뒤편 방죽이 터지며 홍수가 들이 밀며 순식간에 옥천 일대는 바다로 화하고 일본인 부락에 10여 호가 유실되었으며 물은 옥천 정거장 밑 부근의 철도 관사만 남겨 놓고 전부가 침수되었으므로 피난민은 일시에 정거장으로 향하야 모여들어 상히 혼란한 중에 모인 사람 중에 3명이 바쳐 죽었고 삼거리라는 20호 촌락도 전부 물에 잠겨서 2명이 빠져죽고 옥천은 전멸된 현상이더라.(대전 전화 -기사 송고)"

그리고 「참혹한 땅, 눈으로 볼 수 없다」10)에는 "8월 11일 큰 비에 전멸하다 시피 된 참상을 당한 충청북도 옥천「경부선 옥천역 부근」의 수해 상보를 드린 즉 상보에 그날 미명에 총독이 탑승한 헬기가 북행할 때까지는 날이 개었더니 오전 7시 반부터 큰비가 오기 시작하여 9시 반까지 겨우 두 시간 동안에 부근의 하천에는 흐른 물이 하늘에 닿은 듯한 광경이 되어 옥천 관민은 모두 나와서 헌병대 앞으로부터 군아(군청)에 놓인 다리를 경계하던 중 별안간 읍내로부터 동남편의 방죽이 무너지고 사나운 물결이 맹렬히 그대로 옥천읍 전부를 씻어갔음으로 홀연히 전 홋수 275호 중에서 12호가 떠내려가고 묻혀진 집이 29호이고 비교적 피해가 적은 집도 마루 위로 2자 이상 물이 차 옥천읍은 거의 전멸된 모양으로 손해가 2만원이라 하며 피난민은 모두 알몸뚱이로 정거장에

---

9) 『매일신보』 3면, 1917. 8. 14.
10) 『매일신보』 3면, 1917. 8. 15.

모였는데 어른 2명, 아해 2명 합계 4명이 바처(빠져 - 인용자 주) 죽었으며 기타 수해로 인하야 당한 참상은 참아 눈으로 볼 수 없는데 8월 12일 12시, 군청에서 밥을 지어 주었다더라."고 신문지면에 보도되었다.

또「옥천의 수재민에게, 독지가의 따뜻한 동정」[11]에서는 "지난 11일 새벽의 호우로 인하여 (중략) 옥천읍이 거의 전멸한 지경을 당한 수해에 대하여 경성부 연지동 254번지 편홍구씨는 15일 본사에 현금 20원을 보내고 옥천의 수해에 가련한 곤경을 당한 사람들의 구급 방도에 만분의 1이나 보조될가(도움이 될까 - 인용자 주) 하여 이것을 부친다. (후략)"라고 보도하고 있었던 바 1917년에 옥천에 대홍수가 닥쳐왔음이 확실하다.

이와 같은 근거 자료로 보아 옥천에는 1911년과 1917년에 큰 홍수가 지나갔고, 이 홍수는 특히 한약방 겸 양약방을 운영하는 정지용 집의 가세가 기울게 되는 직접적인 원인 제공을 했음에 틀림없다.

둘째, 정지용의 가정이 초기에는 가난하지 않았다는 점이다. 그와 관련한 가정경제를 알아보기 위한 자료는 『동락원 기부금 방명록』[12]에 나타나 있다. "오상규(탁지부 전 출납국장) 40원, 신현구(전 옥천군수) 5원, 정태국(정지용 부친) 20전"을 기부했다고 적혀있다. 기부금을 낼 정도의 형편으로 보아 홍수가 나기 전 정지용의 초기 가세는 중산층 정도였음을 짐작하게 한다.

셋째, "부친 태국은 한약상을 경영하였다"이다. "옥천읍 하계리에서 최초로 한약방 겸 양약방을 경영하였다."[13]로 보아 지금까지 한약방만

---

11) 『매일신보』 3면, 1917. 8. 15.

12) 옥주사마계 후신인 동락원(옥천의 옥주사마소 계원들의 모임으로 옥천 조선 유림의 후손들과 지역유림들이 계원이 되어 사마계의 맥을 이음.)에 경술국치 이후에 (연대는 1911년 가을 이후로 추정한다. 오상규가 옥천에 이때 이사 왔기 때문이다. - 필자 주) 『同樂園 寄附金 芳名錄』, 1918. 8. 15.

을 운영하였다고 보는 것은 수정되어야 한다.

넷째, 정지용의 부친이 문화 유씨를 소실로 들여 화용, 계용 남매를 낳으나 화용은 요절하고 계용은 몇 년 전까지 살았으나 화용만 족보에 남아있다. 영일 정 씨 27대손인 요절한 이복 남동생 화용만 정지용과 나란히 적혀있다. 이것 또한 그의 부친이 후사에 대한 욕심이 많았음을 증명해 주는 자료이다.14)

다섯째, 정지용의 천주교적 친분과 시적 운율미의 영향 관계이다. 1930년부터 1953년까지 옥천성당에 재임한 윤례원15) 토마스 신부와 정지용은 자주 만났다. "정지용은 방학이 되면 사각모를 쓰고 죽향리에 있는 옥천성당에 자주 출입하면서 윤 신부와 친교를 나눴다."16) 윤 신부는 「천주의 모친」을 『조선어 성가집』에 싣고 있을 정도로 친화력과 서민적인 성품에 음악적 운율을 살릴 줄 아는 멋쟁이였다. 이렇게 정지용과 윤 신부는 언어와 음악 사이에서 미묘한 상호보완 관계에 있었던 것이다.17)

여섯째, 정지용의 동양주의적 도덕주의자로서의 면모는 어디로부터

---

13) 옥천본당사 편찬위원회, 『옥천 본당사1』, 천주교 청주교구 옥천교회, 2009, 239면.
14) 『연일정씨 이의공파 世譜(세보) 卷之六(권지육), 2145면.
15)

옥천본당사편찬위원회, 『옥천본당사1』, 천주교 청주교구 옥천교회, 2009, 표지 속 면.

3대 윤례원(토마스) 신부

16) 옥천본당사 편찬위원회, 『옥천 본당사1』, 천주교 청주교구 옥천교회, 2009, 238~239면.
17) 일본 유학 시절인 1928년 음력 7월 22일 성프란시스코 사비엘 천주당(가와라마치 교회)에서 요셉 히사노 신노스케를 대부로 하여 뒤티 신부에게 세례를 받았다. 최동호 편저, 『정지용 사전』, 고려대학교 출판부, 2003, 607면.

표명되었을까? 그를 도덕주의자로 보아야 하는 타당한 이유는 그의 생애와 관련한 작가론적 측면과 작품론적 측면으로 나누어 설명할 수 있겠다. 먼저 작가론적 측면은 정지용이 휘문고보 입학 전 4년간 한학을 공부했다는 것, 그의 생가 근처에 옥주사마소(沃州司馬所)[18]가 위치해 있는 바 이 곳의 영향을 받았으리라는 것, 서울대학교 문리과대학 강사로 출강할 때 그의 전공이 영문학임에도 불구하고「시경(詩經)」을 강의했다는 것, 그리고 작품론적 측면과 관련 그의 수필「오무백무(五畝百畝)」에 나타난 맹자의 인(仁), 의(義), 애(愛) 정신의 수용에서 보듯 동양주의적 도덕주의자로서의 자세를 살펴볼 수 있다.[19] 아울러 각 작품에 두루 나타나는 '~리까?' '~이랴' 등의 의고체 문투 사용도 그의 도덕주의자적인 태도와 무관치 않다고 보여 진다.[20]

　이상과 같은 많지 않지만 새로운 사실들[21] 앞에서 정지용에 대한 관심은 높아져 갔다. 정지용의 문학은 시기별로 볼 때 음악에 비유하자면 협주곡, 합주곡, 변주곡의 형태를 띠며 변천하는 것으로 보인다. 처녀

---

18) 지방 선비들이 모여 친목을 다지고 정치와 지방 행정에 대해 자문도 하고 여론도 모아 상소를 올리던 곳이다. 이곳에는 선비들의 활동상을 알려주던 고서들이 소장되어 있어 옛 선비들의 올곧은 정신을 배우기에 안성맞춤이다. 지금도 지용 생가와 근거리에 위치하고 있다.

19) 그의 동양주의적 사고관은「장수산」,「인동차」,「백록담」,「옥류동」 등의 시에서도 잘 나타난다.

20) 또한 정지용을 도덕주의자로 보아야하는 이유 가운데 하나로 그의 동지사 대학 졸업논문인「윌리엄 블레이크의 시에 있어서의 상상력」도 들 수 있겠다. 정지용은 그의 졸업 논문에서 "블레이크의 윤리관으로 볼 때 상상력은 도덕률에 상응하며 인간은 상상력이나 도덕률로 살아가야 한다"라고 정리하고 있다. 최동호 편저,『정지용 사전』, 고려대학교 출판부, 2003. 이때 도덕률이란 도덕적 행위의 기본자세에 대한 응답이며 도덕 법칙 혹은 신의 명령, 이성의 명령, 지배계급이 그들에게 이롭도록 만들어낸 것을 의미한다.

21) 자료제공에 도움 주신 옥천군 향토사 전시관에 감사드린다.

작을 발표한 1919년을 음악에서 이르는 연주를 위한 한 악기의 협주로 소설 「삼인」 시대로 생각해본다. 그리고 1926년부터 해방 전까지 시와 수필을 양적인 면에서 (거대한, 문학 장르 면에서 방대하지만) 한 곳에 모두 아우를 수 있는 합주로 보고자 한다. 해방 이후 그가 겪게 되는 현실적인 자아와 지식인으로서 겪게 되는 세계 속에서의 자아는 시론(時論)이라는 변주곡을 만들어 내고 있었다.

이처럼 정지용의 굴곡진 삶에 나타난 문학 양상들은 협주, 합주, 변주곡의 형태를 유지하며 오늘을 살아가는 우리들에게 거대한 문학적 지침서 같은 역할을 해내고 있다.

3. 정지용 연보의 오기(誤記) 및 혼용(混用)과 망기(望記)

작가는 작품 활동과 문단 활동 그리고 다양한 독서 등과 관련된 체험을 기록으로 남긴다. 독자는 작가의 체험적 기록 속에서 작품의 여러 특성들을 알아낼 수 있다. 작가의 체험은 작품에 대해서 음과 양으로 작품에 영향을 미친다. 그렇기에 작가 연보는 작품을 이해하는 중요한 단서를 제공한다고 해도 과언은 아니라고 할 수 있다.

필자는 이 논고에서 정지용의 생애와 관련된 몇 가지 의문이 제기되어 아래와 같이 연보를 살펴보기로 하였다.

	오기(誤記) 및 혼용(混用) 내용	망기 (望記)	망기 내용 증빙 및 기타
0.	연일(延日)과 영일(迎日)의 혼용	영일(迎日)로 표기해야 함. 22)	영일정씨세보편찬위 원회, 『영일정씨세보』, 뿌리정보미디어, 2014.

1. 탄생 연월일	①정지용의 생년에 대하여 <u>1903</u>으로 되어 있기도 하여 유종호, 『시 읽기의 방법』, 삶과 꿈, 2011, 29면. ②<u>광무 8년(1904년) 5월 15일 생.</u> 「정태국 제적등본」. ③<u>1904년 5월 16일 생.</u> 「정지용 제적등본」. ④<u>1902년 5월 15일 생.</u> 『영일정씨 이의공파 世譜(세보)』 卷之六(권지육), 2145면.	-1902년 탄생.	-유족 중 장남 정구관 씨의 증언, 1950년 2월에 발표한 「곡마단」에 '마흔 아홉 해가 접시 따라 돈다' 유종호, 『시 읽기의 방법』, 삶과 꿈, 2011, 30면. -자영지(字甇之) 임인(壬寅) 1902년 5월 15일생 졸일불명(卒日不明). 『영일정씨 이의공파 世譜(세보)』 卷之六(권지육), 2145면.23)
	①충청북도 옥천군 <u>옥천면 하계리</u>에서 영일정씨 정태국과 하동정씨 정미하 사이에 독자로 태어남. 『한국 현대시의 아버지 정지용 문학포럼』, 옥천군·옥천문화원·지용회, 2012, 225면.(2002~2012년까지 면수는 다르나 내용은 같음.) 박현숙 편, 『향수 그곳이 차마 꿈엔들 잊힐리야』, 깊은샘, 2006, 153면. ②충청북도 옥천면 <u>하계리 40번지</u>에서 연일정씨 정태국과 하동정씨 정미하 사이에서 태어남. 박현숙 편, 『정지용 시와 산문 달과 자유』, 깊은샘, 1994, 369면. 김학동, 『정지용 연구』, 민음사, 1997, 353면.	-정확한 조사 연구 필요.	-<u>대정2년(1913년)</u> : 옥천군 내남면 상계리. (정태국 소유) -<u>대정5년(1916년)</u> : 옥천군 내남면 하계리로 개칭(改稱). (정태국 소유) -<u>대정15년(1926년) 3월 17일</u> : 하계리 40번지. (측량사량이 이루어져 정태국이 소유권 보전등기 냄) -대정15년(1926년) 3월17일 : 하계리 40번지-1로 본번존치 않고 정운석에게 소유권 이전.

2. 탄생지	김성장 역,『선생님과 함께 읽는 정지용』, 실천문학, 2001. 233면. 최동호 편저, 『정지용 사전』, 고려대학교 출판부, 2003, 601면. 김학동 편,『정지용전집2 산문』, 민음사, 2005, 611면. 이석우, 『현대시의 아버지 정지용 평전』, 충북학연구소, 2006, 251면.(이석우는 18면에서 정지용의 아버지 정태국은 연일정씨 집성촌인 화계리(꽃계리)에서 살았다고 말한다.) 최동호,『그들의 문학과 생애 정지용』, 한길사, 2008, 179면.(최동호는 21면에서 "당시 주소는 옥천군 내면 상계전 7통 4호"라 밝히고 있다.) 박태상,『정지용의 삶과 문학』, 깊은샘, 2012, 279면.		조선총독부임시토지조사국,『옥천군 내남면 하계리 토지조사부』, 1911년. *옥천군은 1917년 내남면을 옥천면으로, 1949년 8월 13일 옥천면이 옥천읍으로 승격하여 오늘에 이르렀다. 이로보아 정지용의 탄생당시 주소는 옥천군 내남면이 옳다고 보아야 할 것이다.
	①장남 구관(1928), 장녀 구원(1934)만 기록. 『한국 현대시의 아버지 정지용 문학포럼』, 옥천군 · 옥천문화원 · 지용회, 2012, 226면. (2002~2012년까지 면수는 다르나 내용은 같음.) 박현숙 편,『향수 그곳이 차마 꿈엔들 잊힐리야』, 깊은샘, 2006, 154면. ②자녀로는 구관(장남, 1928) · 구익(차남, 1931) · 구인(삼남, 1933) · 구원(장녀, 1934) 등이 있다. 박현숙 편,『정지용 시와 산문		

| 3. 자녀 | 달과 자유』, 깊은샘, 1994, 370면. 김학동, 『정지용 연구』, 민음사, 1997, 352~353면. 김학동 편, 『정지용전집2 산문』, 민음사, 2005, 611면.(*구익과 구인은 요절했다.)
③정지용과 송재숙 사이에는 10명이 넘는 자녀가 태어났는데 4남매만 장성하게 된다.
이석우, 『현대시의 아버지 정지용 평전』, 충북학연구소, 2006, 28면.
④자녀는 구관·구익·구인·구원·구상 등이 있음.
이석우, 『현대시의 아버지 정지용 평전』, 충북학연구소, 2006, 251면. ④-1 현재는 장남과 장녀만 서울에 살고 있음. 최동호 편저, 『정지용 사전』, 고려대학교 출판부, 2003, 601~610면. 최동호, 『그들의 문학과 생애 정지용』, 한길사, 2008, 179~184면. ④-2 장녀만 서울에 살고 있으며 삼남 구인은 북한에 거주. 박태상, 『정지용의 삶과 문학』, 깊은샘, 2012, 279~2
83면. '(1928년 장남 구관, 1931년 차남 구익, 1933년 3남 구인, 1934년 장녀 구원, 1936년 5남 구상) 출생. 1937년 5남 구상 병사'하였다고 하나, 4남에 대한 언급은 없다. (최동호 ④-1, 박태상 ④-2의 연보 참고) | -수정, 보완, 연구, 정리가 필요.
④-1 장남 정구관 돌아가심. | *'2001년 2월 26일 제3차 남북이산가족 상봉으로 북한의 구인씨가 남한의 형(구관)과 여동생(구원)을 만났으나' (최동호, 『그들의 문학과 생애 정지용』, 한길사, 2008, 188면.)로 보아 구인씨는 북한에 살아있었다고 할 수 있겠다.

④-1 2004년 8월 24일 정구관 의정부 성모병원에서 별세. 최동호, 『그들의 문학과 생애 정지용』, 한길사, 2008, 189면. |

4. 일본 동지사 대학교 입학 년도와 전공 과목	①1923년 4월 휘문고보 동창인 박제찬과 함께 일본 동지사대 예과 입학. 김학동, 『정지용 연구』, 민음사, 1997, 355면 (예과 빠져 있음). 최동호 편저, 『정지용 사전』, 고려대학교 출판부, 2003, 604면. 김학동 편, 『정지용전집2 산문』, 민음사, 2005, 614면 (예과 빠져 있음). 최동호, 『그들의 문학과 생애 정지용』, 한길사, 2008, 182면. 박태상, 『정지용의 삶과 문학』, 깊은샘, 2012, 281면. ②1923년 5월 3일 일본 교토에 있는 동지사대학 예과 입학. 이석우, 『현대시의 아버지 정지용 평전』, 충북학연구소, 2006, 253면. ③1923년 일본으로 유학하여 동지사대학 영문과에 입학. 박현숙 편, 『정지용 시와 산문 달과 자유』, 깊은샘, 1994, 369면. ④1924년 일본으로 유학하여 동지사대학 영문과에 입학. 박현숙 편, 『향수 그곳이 차마 꿈엔들 잊힐리야』, 깊은샘, 2006, 153면. 『한국 현대시의 아버지 정지용 문학포럼』, 옥천군 · 옥천문화원 · 지용회, 2012, 225면. (2002~2012년까지 면수는 다르나 내용은 같음.)	①1923. 4. 16. 동지사전문학교신학부 입학 ②1923. 4. 27. 신학부 퇴학 ③1923. 5. 3. 예과 입학 ④1926. 4. 영문과 입학 ⑤1929. 6. 영문과 졸업. 24)	-저서마다 혼용되어 텍스트로써 효용가치 저하가 우려됨. 조속한 수정, 보완, 연구, 확인, 정리가 필요.

5. 동지사 대학교 입학 후	①1926년 3월 예과 수료하고 4월 영문과로 입학. 최동호 편저, 『정지용 사전』, 고려대학교 출판부, 2003, 605면. 이석우, 『현대시의 아버지 정지용 평전』, 충북학연구소, 2006, 254면. 최동호, 『그들의 문학과 생애 정지용』, 한길사, 2008, 182면.박태상, 『정지용의 삶과 문학』, 깊은샘, 2012, 282면. ②대부분의 저서들은 ① 항에 대한 언급 없음.	4.항과 관련하여 비교, 확인 연구.	4.항과 관련하여 비교, 확인 연구.
6. 구인회 명단 및 오기 (誤記)	①1933년 8월 반카프적 입장에서 순수문학의 옹호를 취지로 이종명과 김유영 등이 발기·결성한 '구인회'에 이태준, 이무영, 유치환, 김기림, 조용만 등과 함께 가담. 최동호, 『그들의 문학과 생애 정지용』, 한길사, 2008, 183면. ②1939년 그리하여 박두진, 박목월, 주지훈 등(후략), 1941년 1월(중략) 『신작 정지용 시진』, 1947년 8월 결향신문사 주간직을 사임하고(중략) 박태상, 『정지용의 삶과 문학』, 깊은샘, 2012, 284~285면.	①유치환이 아닌 유치진을 오기(誤記)한 듯함. ②주지훈은 조지훈, 시진은 시집, 결향신문사는 경향신문사임	-대부분 저서들의 작가연보에는 잘 되어 있음.
	① 1939년 2월에 창간된 『문장』지에 (중략) 정지용은 시부문의 심사위원이 되다. 김학동 편, 『정지용전집2 산문』, 민음사, 2005, 618면. ② 1936년 『문장』지 추천위원		

7. 『문장』 지 창간 연월	이 되어(중략) 등단시킴. 『한국 현대시의 아버지 정지 용 문학포럼』, 옥천군 · 옥천 문화원 · 지용회,2012, 226면. (2002~2012년까지 면수는 다르나 내용은 같음.) ③1939년 8월에 창간된『문장』 에 (중략) 정지용은 시부문의 심사위원을 맡았다. 김학동, 『정지용 연구』, 민음 사, 1997, 365면. 최동호 편저, 『정지용 사전』, 고려대학교 출판부, 2003, 611면. 이석우, 『현대시의 아버지 정지용 평 전』, 충북학연구소, 2006, 259 면. 최동호,『그들의 문학과 생 애 정지용』, 한길사, 2008, 185 면. 박태상,『정지용의 삶과 문 학』, 깊은샘, 2012, 284면.	-1939년 2월 1일 『문장』 창간.	-김연만 발행,『문장』, 소화14년(1939년), 문장사.
8. 『문학 독본』 과 『산문』 의 출간 연월일	①1949년 3월 동지사에서 『산 문』이 간행되었는데(중략). 김학동, 『정지용 연구』, 민음 사, 1997, 370면. 최동호 편저, 『정지용 사전』, 고려대학교 출판부, 2003, 615면. 김학동 편, 『정지용전집2 산문』, 민음 사, 2005, 620면. 이석우,『현 대시의 아버지 정지용 평전』, 충북학연구소, 2006, 262면. 최 동호,『그들의 문학과 생애 정지 용』, 한길사, 2008, 187면. 박태 상,『정지용의 삶과 문학』, 깊은 샘, 2012, 285면. ②1949년 『문학독본』이 박문출	-『문학독본』 은 1948년 2 월 박문출판 사 발행.(간 기에는 『지 용문학독본』 으로 표기되 어 있음.) -『산문』은 19 49년 1월 동 지사에서 출 간됨.	-정지용, 『문학독본』, 박문출판사, 1948. 2. 5. (인쇄 1948. 2. 1.) -정지용, 『산문』, 동 지사, 1949. 1. 30. (인쇄 1949. 1. 20.)

	<u>판사에서 출간됐다.</u> 『산문』이 동지사에서 출간되다. 박현숙 편, 『정지용 시와 산문 달과 자유』, 깊은샘, 1994, 371면. 박현숙 편, 『향수 그곳이 차마 꿈엔들 잊힐리야』, 깊은샘, 2006, 155면. 『한국 현대시의 아버지 정지용 문학포럼』, 옥천군·옥천문화원·지용회, 2012, 226면.(2002~2012년까지 면수는 다르나 내용은 같음)		
	①6·25전쟁 당시 녹번리 초당에서 설정식 등과 함께 정치보위부에 나가 자수 형식을 밟다가 잡혀 <u>납북</u>되다. 김학동, 『정지용 연구』, 민음사, 1997, 371면. ②6·25전쟁 당시 녹번리 초당에서 설정식 등과 함께 정치보위부에 나가 자수 형식을 밟다가 잡혀 <u>납북</u>된 것으로 알려져 있다. <u>50년 9월 25일 사망했다는</u> 기록이 북한이 최근 발간한 『조선대백과사전』에 기재되어 있다. (『동아일보』 2001년 2월 26일자 참조) 최동호 편저, 『정지용 사전』, 고려대학교 출판부, 2003, 615면.최동호, 『그들의 문학과 생애 정지용』, 한길사, 2008, 187면. 이석우, 『현대시의 아버지 정지용 평전』, 충북학연구소, 2006, 265면.		

9. 사망	③6·25전쟁이 일어나자 <u>정치보</u> <u>위부에 구금되어 서대문 형무</u> <u>소에 정인택, 김기림, 박영희</u> <u>등과 같이 수용되었다가 평양</u> <u>감옥으로 이감. 이광수, 계광</u> <u>순 등 33인이 같이 수감되었</u> <u>다가 그 후 폭사한 것으로 추</u> <u>정.</u> 박현숙 편, 『정지용 시와 산문 달과 자유』, 깊은샘, 199 4, 371면. 박현숙 편, 『향수 그 곳이 차마 꿈엔들 잊힐리야』, 깊은샘, 2006, 155면. 『한국 현대시의 아버지 정지용 문학 포럼』, 옥천군 · 옥천문화원 · 지용회, 2012, 226면.(2002~2 012년까지 면수는 다르나 내 용은 같음) 박태상, 『정지용의 삶과 문학』, 깊은샘, 2012, 286면. ④한국전쟁이 일어나자 7월경 녹번리 초당에서 <u>좌익계 제자</u> <u>들에 의해 연행되어 납북되</u> <u>다.</u> <u>보도연맹 문화실장으로</u> <u>있었으나 활동한 흔적은 거의</u> <u>없다.</u> 김학동 편, 『정지용전집 2 산문』, 민음사, 2005, 620면. ⑤자유당시절 야당 국회의원을 지낸 <u>계광순은 평양감옥에서</u> <u>이광수와 정지용을 만났다는</u> 기록을 남기고 있다. 유종호, 『시읽기의 방법』, 삶과꿈, 20 11, 30~31면. ⑥정지용 실종에 대한 장남 정 <u>구관의 구술(口述)내용.25)</u> 자	-보완, 조사, 연구, 정리가 필요.	-보완, 조사, 연구, 정 리가 필요.

	료출처 : 옥천문화원 홈페이지 자료실. 이석우, 『현대시의 아버지 정지용 평전』, 충북학연구소, 2006, 117~121면. ⑦서기 1950년 9월 20일 오후 4시 서울특별시 성북구 돈암동 산 11번지에서 사망. 동거자 정구관. 1969년 12월 27일 신고. 「정지용 제적등본」.		
10. 정지용 연구 논저	-'정지용 연구 논저 총목록'에 <u>1935년부터 2002년 사이에 발표된 정지용에 관한 글들을 수록하는 것을 원칙으로 삼았다.</u>『한국 현대시의 아버지 정지용 문학포럼』, 옥천군·옥천문화원·지용회, 2012, 197~224면.(2007~2012년(2010년은 언급 없음)까지 면수는 다르나 내용은 같음)	-2002년 이후 연구 논저도 추가 필요.	-2002년 이후 연구 논저도 추가 필요.
11. '문학포럼' 정지용 연보	-<u>정지용 연보.</u>『한국 현대시의 아버지 정지용 문학포럼』, 옥천군·옥천문화원·지용회,2012, 225~226면. (2002~2012년까지 면수는 다르나 내용은 같음)	-기존 생애에서 미진했던 부분 첨가. 오기, 혼용된 부분 수정·보완 필요.	-기존 생애에서 미진했던 부분 첨가. 오기, 혼용된 부분 수정·보완 필요.

---

22) 김묘순, 「정지용 문학 연구」, 우석대학교 대학원 박사 학위 논문, 2021, 21-23면 참조.
23) 논자가 족보 직접 확인한 바 1902년 탄생이 확실함.
24) 김묘순, 위의 논문, 113-115면.
25) *** 남쪽의 장남 정구관 구술**
   아버지가 5대째 독자예요.(5대째 독자예요?) 그리고 내가 6대짼데 6대째 와서 4남매 형제를 그래서 셋째 동생이 금년에 이북에서 나를 면회를 왔어요. 면회를 와서 만났고, 51년 만에 와서 만났고, (아버지 소식은 좀 들으셨어요?)아버지 소식은 여기서 글은 거하고 똑같은데 근거가 없는 얘기예요. 여기서 내가 해금을 할 제는 아버지가 에육이오가 나고 두문불출하니까 아버지 제자로 생각되는 사람이 몇 명이 와가지고 이렇게 인민 공화국으로 세상이 바뀌었는데 이렇게 두문불출하시면 나중에 큰 봉변을 당할 수도 있으니까 일단 나와서 얼굴이라도 비치고 그래야지 이렇게 두문불출하시면 안 된다고, 그럼 내 뭐 잘못한게 게 있고 그래야 뭐 나가서 얼굴도 내미는데 아무것도 안한 사람이 내가 뭐 무슨 죄 있다고 나가느냐고, 그래도 그게 아닙니다 해가지고 나가셨거든요. 나가서 보위부에 자수를 하게 돼요. 자수를 하는 과정에서 아버지가 그래서 인제 거기서 자수하러 갔다가 그 자리에서 구금이 돼요.

그 얘기가 참 깁니다마는 그 이전에 아버지가 서울 녹번동에서, 경향신문사 그만두구 녹번동에서 은거를 하세요, 공부만 하시고, 서예나 쓰시구 그렇게 지나셨는데, 그렇게 두문불출하고 안 나가시니까 세상에 이 양반 없어졌다, 이게 월북이다, 이렇게 허위기사가 나는 거예요, 이북통신이라는 허위기사가 이런 에로잡지 비슷한 기사가 있었는데 거기에 인제 '거물급 정지용 월북하다' 이렇게 주먹댕이만한 활자로 타이틀을 써가지고 거짓말 기사를 내 가지고 (그 기사가 기정사실화 돼서 최근까지도?) 아니죠, 그걸로 인해서 이제 이런 문제가 생기는데, 에…… 그래 인제 내가 그 책을 보구선 아버지를 사다 드렸어요, 아버님, 이렇게 두문불출하고 나가질 않으시니까 이렇게 오해가 생기니까 나가서 얼굴을 내미시고 내가 이렇게 건재한데 왜 이런 기사가 나고 그러느냐구……… 그래 그 책을 가지고 가셨어요. 가지고 가서 그 유명한 오제도 검사라고 있습니다. 반공검사, 반공검사가 있는데, 그 반공검사를 찾아가서 내가 여기 있는데 왜 이북을 갔느니 이남에 있느니 하고 떠드느냐고 나 내버려 좀 두라고 내가 정치하는 사람도 아니고, 글 쓰던 것도 안 쓰고 이런 사람을 왜 자꾸 그러냐고 그래 그 책을 책상 위에다 내던지니까 그 오제도 검사가 이때 하는 말이 아 그럼 그렇지 정선생 이북에 가실 양반이오, 이래 가지구 말 끄트머리에 어떤 말이 나오는고 하니 내가 보도 연맹이라는 걸 맨들었는데, 보도연맹 아세요?(네 알아요, 보련) 공산당이나 좌경이나 그쪽 노선을 동조했던 사람들을 전부 한데 모여서 한데 집합시켜 놓고 감시하는 기관이죠, 그런 반공, 보도연맹을 내가 맨들었는데 거기 문화실장 하실 분이 없으니 아 정선생 아무것도 안 하시거든 뭐 시간 있으면 나오고 시간 없으면 안 나와도 좋고 뭐 이름만 하나 걸어놉시다, (거의 강압이었겠네요) 그땐 그렇죠, 뭐 거절할 수도 없는 상태니까. 그래 대답도 안하고 나왔는데 그게 이름이 올른 거예요.

그래가지고 육이오가 난 후에 아버지를 제자들이 데리고 나간 후에 며칠 돼도 안 들어오셔서 찾아보니까, 아버지를 찾는 방법은 문학가 동맹에 가는 수밖에 없어요. 문인들이 모이는 데니까, 거가면 소식을 들으려니 하구선 거기 갔더니 허 들어가는 벽에다가 뻘건 글씨 꺼먼 글씨로 섞어서 보도연맹에 가입된 작가, 또, 기관에, 어떤 어떤 기관에 근무한 작가, 또 글을, 이북을 나쁘다고 글을 쓴 그러한 작가, 뭐 이런 사람들은 전부 자수를 해라, 그래서 광명을 찾아라, 그런데 아버지가 그 보도연맹에 이름이 올른 거예요, 이제, 그때 그런 이유로 해서, 그래서 그걸 해명하러 보위부에 갔다가 구금이 되는데 그 보위부에 같이 갔을 때 얘기가 최정희 소설 '찬란한 대낮'에 그게 나와요.

그 얘기가, 그리고 보위부에 가서 구금됐다 다시 서대문형무소에 갇히는데, 그때는 서대문형무소에 갇혔던 얘기는 박팔양이라는 양반이 그 기사를 써서 확인이 돼 있고, 또 구금이 됐다는 얘기는 오제도 검사가 확인하고 있어요. 오제도 저서에 그 얘기가 나오고, 또 서대문 형무소에서 평양 감옥으로 이송이 됐는데 그 이송이 된 후에, 했을 적에 계광순이라는 사람이 이 아버지하고 한방에 같이 있어요. 그런데 평양 융단폭격을 할 적에 계광순이는 탈출을 해서 국군한테 자수를 해서 이남으로 내려와 가지고 4대 민주당 국회의원을 한 사람이예요. 그 사람이 아버지하고 한방에 갇혀서 있었다, 그런 얘기가 나와요. 그래서 그 후는 나는 그렇게 해서 도망을 왔는데 나머지 양반은 거기서 그때 희생이 됐을 거다, 그 융단폭격을 한 후에 형무소고 뭐고 없어지고 모조리 쓸어서 폭격을 하는 바람에, 그렇게 됐다 그런 얘긴데, (행적이 그럼 거기서 끊기는 거죠?) 그럼요, 소식이 없죠. 그리고 북에 예술인이라는 책에 보며는 폭격당한 이후로는 아무도 거론하는 사람이 없다 이렇게 이북에 있는 사람이 증언한 거고.

* 장남 정구관이 전언(傳言)한 이북의 동생 정구인 구술

그 다음에 인제 내 동생이 와서 얘기를 하는 거고, 내 동생이 와서 얘기를 하는 건 그 당시, 내가 그렇게 해금운동을 하러 댕기던 때도 그런 얘기가 있었어요, 이북에서 떠드는 얘기 같은 게 있었고, 또 다른 한편으로는 거제도 포로수용소에 수감이 돼 있다가 포로 교환 때 이북을 선택해서 갔다, 그런 루머도 있었고,

그리고 이제 얘가 전하는 말은 도봉산 뒷산에서 기총사격을 맞고 돌아가셨다(보도연맹 학살했으니까) 그건 아니죠, 보도연맹 학살은 그 후죠. 그 아버지는 육이오 때 그게 7월말이나 8월 초순께쯤 그런 문제가 생겼고 보도연맹 관계 학살은 인제 그 후에 도강 당해서 간 후에 인제 인민군은 자꾸 내려오고 국군은 더 저 짝 남쪽으로 자꾸 내려갈 그 무렵에 보도연맹은 학살을 당하는 거예요. 그래서 인제 걔도, 내 동생은 그런 얘기를 하더구만요. 그렇게 이북에서는 얘기가 돼 있다, 그래서 걔도 그걸 모르니까 아버질 찾는 주소 확인에 아버지 이름을 넣어요, 내 이름도 넣고, 우리 아버지는 어떻게 됐냐고, 아버진 어떻게 돼긴 이렇게 됐다, 하니까는 이북에서는 그렇게 얘기 안 합디다, 그런 얘기요. 그 증거가 있나 하면서, 아 증거는 없어도 소문은 그렇게 나와 있대서 이북에서는 그것이 정설로 돼 있다 그거요, 그러믄 그거는 도봉산 줄기라고 내 동생이 주장하는데 그것은 이북에서 돌아댕기는 루머대로 한다면 동두천은 우리나라 땅이지 이북 땅이 아니거든, 삼팔선 이남이지 이북 땅이 아니란 말예요. 그렇게 되믄 월북도 납북도 아니죠. 결과로는. 하하.

구술일시 : 2001년 10월 8일. 구술기록 : 노한나. ( )은 기록자의 말. 자료출처 : 옥천문화원 홈페이지 자료실. 이석우, 『현대시의 아버지 정지용 평전』, 충북학연구소, 2006, 117~121면.

4. 산문에 나타난 방언의 부림

정지용의 우리 시문학사에서의 위치는 확고하다. 1930년대 세련되고 완벽한 언어를 구사하며 참신한 시적 언어의 혁명을 가져왔다. 또 그의 시는 절대적인 현실로부터 자신을 보호하려는 수단으로 인식되며 사물의 모습을 지나치게 감각적으로 표출하여 현실을 부정하고 싶어 하거나 냉혹하거나 비정한 사물성의 형태로 제시되기도 했다. 한편, 그는 모던과 전통의 상호 접맥을 가능하게 했고 후학들에게 문학 풍토를 조성하며 한국시사에서 획기적인 위치를 차지하였다.

한편, 정지용의 산문은 처녀작 「삼인」을 쓴 17세 때부터 6·25 전후까지 전 생애에 걸쳐 나타난다. 다양한 문학적 형식에 다양한 소재를 담고 있는 그의 산문은 공간적 배경도 여러 곳이다. 즉, 그의 고향인 옥천, 서울, 교토, 남해, 만주 오룡배, 금강산, 한라산 등 아주 폭넓게 나타나고 있음을 알 수 있다. 그 시대의 한국인이라면 모두 비슷한 환경이겠지만 '현대 동시를 정착시킨 시인'[26], '한국 현대시의 아버지'라 불리던 정지용에게 사회, 문화적 배경은 불우한 것이었으며 비분에 찬 지식인으로서의 고뇌가 끊일 날 없었을 것이다.

1929년에 동지사를 졸업하고 고국의 품에 안기고 1930년대 후반부터 산문을 눈에 띄게 많이 발표하고 있다. 이것은 어렵고 힘든 국내외의 상황[27]과 문단의 영향,[28] 그리고 가정사의 복잡함[29] 때문에 「삼인」

---

26) 이석우, 위의 책, 81면.

27) 이 시기에 우리나라는 일본의 신사참배 강요, 이탈리아의 에티오피아 침략, 서안 사건, 조선사상범 보호 관찰령 공포 및 시행, 일장기 말소 사건으로 『동아일보』 4차 무기정간, 수양동우회 사건, 중일 전쟁 발발, 한국광복운동단체 연합회 결성, 국민 정부 국공합작 선언, 남경학살사건 발발, 흥업구락부사건, 2차 대전 시작, 『조선일보』, 『동아일보』 폐간, 황국신민화운동 본격화, 독일, 이탈리아, 일본 3국 군사 동맹, 모택동 '신민주론' 발표 등 고통스러운 상황이었다.최동호 편저, 『정

이후 또다시 산문적 상황에 놓이게 되었던 것이다. 이러한 산문적 상황을 어찌할 수 없어 정지용은 산문 즉 수필을 택하게 되었는데 이 시기의 수필은 어떤 양상을 보이고 있는지 주목해 볼 필요가 있다.

정지용이라는 작가의 경험적 자아로 표출되었던 수필에서 보여주고자 했던 지향점과 그것의 귀결점을 알아보고자 한다.

정지용의 「별똥이 떨어진 곳」[30]과 「비」[31]이라는 작품에 나타난 방언[32]을 살펴보자.

가) 밤뒤[33]를 보며 쪼그리고 앉았으랴면, 앞집 감나무 위에 까치 둥어리[34]가 무섭고, 제 그림자가 움직여도 무섭다. 퍽 치운 밤[35]이었다. 할머니만 자꾸 부르고, 할머니가 자꾸 대답하시어야 하였고,

---

지용 사전』, 고려대학교 출판부, 2003, 601~618면.

28) "최재서가 두 작가(정지용, 이태준 - 인용자 주)에 대해 지성의 결핍을 지적한 것은 고전론 혹은 복고사상을 비판한 것이다. 1935년 전후해서 복고적 사조는 국수주의 영향을 받은 것으로 1940년에 '대동아공영권론'에 야합하게 되는 것이다." 김윤식, 『한국근대문예비평사연구』, 일지사, 2011, 246~247면.

29) 오남 구상 출생, 오남 구상 병사, 『경향잡지』 편집, 부친 사망, 『문장』에 이태준은 소설, 정지용은 시 부문 심사위원 맡고, 길진섭 화백과 선천, 오룡배, 의주, 평양 등지를 여행하였다. 정지용은 자식과 부친의 죽음과 함께 맞이한 혼란스러움을 안고 기행에 나선 것이다.최동호, 위의 책, 601~618면.

30) 정지용,『문학독본』, 박문출판사, 1948, 20~21면.

31) 정지용,『산문』, 동지사, 1949, 125~134면.

32) 산문 「별똥이 떨어진 곳」과 「비」에 부려진 방언들은 옥천군 동이면 적하리 정수병 옹(80세), 옥천군 옥천읍 삼청리 생 곽순순(73세) 옹의 구술에 의한 것임을 밝힌다.

33) '밤에 잠을 자다가 밤중에 뒤를 보는 것'으로 '밤똥'을 말한다.

34) '둥지'. "흔히 새 둥어리 같은 걸 말하쥬(말하지요). 까치 같은 거시(것이) 높은 나무에다가 둥어리 졌죠(둥지를 지었지요). 여그(여기) 사람들은 '둥거리'라고도 했쥬(하였지요)."

35) '추운 밤과 그 추위로 인해 또는 어둠으로 인하여 무섭게까지 느껴지는 밤'이다. 「날은 풀리며 벗은 알으며」: '치위'.「우산」: '칩지'.「수수어 삼(三)」: '추이 타는'.「오룡배 3」: '치위' 등의 '치운'과 비슷한 어휘는 정지용의 산문 곳곳에 산재해 드러난다. (인용자 주)

할머니가 딴데를 보시지나 아니하시나하고, 걱정이었다.

아이들 밤뒤를 보는 데는 닭 보고 묵은 세배를 하면 낫는다고, 닭 보고 절을 하라고 하시었다. 그렇게 괴로운 일도 아니었고, 부끄러워 참기 어려운 일도 아니었다. 둥어리 안에 닭도 절을 받고, 꼬르르 소리를 하였다.

별똥을 먹으면 오래 산다는것이었다. 별똥을 주워 왔다는 사람이 있었다. 그날밤에도 별똥이 찌익 화살처럼 떨어졌었다. 아저씨가 한번 모초라기36)를 산채로 홈켜잡아온, 뒷산 솔푸데기37) 속으로 분명 바로 떨어졌었다.

『별똥 떨어진 곳

마음해38) 두었다

다음날 가보려

벼르다 벼르다

인젠 다 자랐소.』

나) (전략) 빗낱39)이 듣는가 했더니 제법 떨어진다. 亞鉛版(아연판) 같이 무거운 하늘에서 떨어지는 비는 亞鉛版(아연판)을 치는 소리가 난다.

뿌리는 비, 날리는 비, 부으 뜬 비, 쏟는 비, 뛰는 비, 그저 오는 비, 허둥지둥하는 비, 촉촉 좇는 비, 쫑알거리는 비, 지나가는 비, 그러나 十一月(십일월) 비는 건너 가는 비40)다. 二(이)拍子(박자)「폴카춤 스텝」을 밟으며 그리하여 十一月(십일월) 비는 흔히 가욋것41)이 많다.

---

36) '메추라기' 혹은 '메추리'를 이르는 말. 흔히 야산이나 들에서 살아감.
37) 키가 크지 않은 소나무의 일종. "흔히 '다방솔'이라 하는 다복다복하게 앉은뱅이로 크지 않은 솔이쥬. 그 시절에는 이 솔푸데기 안에 메추리가 둥어리 틀고 새끼를 많이 쳤쥬(낳아 기르다)."
38) '마음에 오래두고 새기다' 또는 '마음에 여러 해 새기다'라는 의미라고 한다.
39) '낱낱의 빗방울'이라는 의미. 옥천 사람들은 '비가 올 징조로 후루룩 먼저 떨어지는 비'라 함.
40) '스쳐 지나가는, 시늉으로 내리는 비'라는 방언.

※

　　벌써 유리창에 날버레[42] 떼처럼매달리고 미끄러지고 엉키고 동
그르 궁글고[43] 흥이 지고 한다. 매우 簡易(간이)한 풍경이다.
　　그러나 빗방울은 觀察(관찰)을 細密(세밀)히 하게 하는 것이 아닐
까. 내가 오늘 悠悠(유유)히 나를 고눌[44]수 없으니 滿幅(만폭)의 風
景(풍경)을 앞에 펼칠 수 없는 탓이기도 하다. (후략)

가) 작품에서 우리는 정지용의 고향 옥천과 맞닥뜨리게 된다. 그가
작품에 부려놓은 방언들이 그의 시적 발상의 한 모델로 노정되고 있었
던 것이다. 이에 우리는 '밤뒤' '둥어리' '치운 밤' '모초라기' '솔푸데기'
'마음해' 등의 향토적 색채가 짙은 방언에 집중하게 된다.

'밤뒤'는 '밤에 잠을 자다가 밤중에 뒤를 보는 것'을 의미한다. '밤뒤'
와 '별똥'이라는 소재 선택을 우연이라고 치부해 버리고 마는 것은 어
리석은 일이다. '별똥'과 '밤똥' 이 둘의 관계는 동화적인 해학으로 고향
의 저 언덕너머로 멀리 사라져간 차라리 처연하기조차한 그리움으로
우리를 초대하기도 한다. 이렇게 그가 마당 가득 뿌려놓은 서정적 분위
기는 우리 모두에게온통 하얗게 내려앉고 있음을 독자들은 감지하고
나설 것이다.

'둥어리'는 '새나 날짐승이 새끼를 위해 지은 집, 즉 새집 종류'를 뜻
한다고 한다. '둥어리'라는 향토색 어린 방언을 사용하여 '둥지'의 짧고
단순한 어감보다는 훨씬 정감어린 표현에 도달하게 되는 것이다. '둥어
리'라는 3음절의 어휘가 주는 친화력은 표준어인 '둥지'가 갖는 어느 말

---

41) '넘처나는, 딱히 필요하지도 아니한 것'이라는 의미.
42) '날벌레'로 '날아다니는 벌레'인데 '날버러지'라고도 한다.
43) '또그르르 구르고'의 방언.
44) '겨누다', 꼬느다'의 방언.

솜씨와도 겨룰 수 없는 응전력을 지닌다. '둥지'가 지닌 짧은 어감보다 '둥어리'가 보여주는 지속력 있어 보이는 어휘는 '따글 따글한', '주둥이가 반짝이며 맑아서' 감나무 위 까치 둥어리에서 금방이라도 '쨀쨀글' 거리며 수선을 피울 듯이 다가오게 한다. 그러나 화자는 "까치 둥어리가 무섭고, 제 그림자가 움직여도 무섭다"고 서술하고 있다. 이것은 바로 다음 문장에서 '치운 밤'으로 형상화해 놓고 있음과 무관하지 않다고 보여 진다.

　'치운 밤'은 '추운 밤과 그 추위로 인해 또는 어둠으로 인하여 무섭게까지 느껴지는 밤'을 이르는 말이라고 한다. 하물며 '퍽 치운 밤'이라는 즉, '무척이나 매우'라는 의미를 수반하는 부사어 '퍽'이라는 수식어를 동반하고 있는 '치운 밤'이다. 이 밤은 일제의 암울한 밤일 수도 또는 작가 자신의 굴곡진 삶의 표징일 수도 있을 것이다. 그러나 곧 그는 고향과도 같은 할머니를 부르며 확인을 한다. 실제 정지용은 할머니와 같이 산 흔적은 찾기 어렵다. 그런데 그는 어머니가 아닌 할머니를 부르는 것이다. 그것도 '자꾸 부르고' 할머니는 의례적으로 불평 없이 '대답'하여야 하였다. 뿐만 아니라 할머니는 '딴 데를 보아도 아니' 되었다. 할머니가 선사하는 의미는 어머니가 주는 그것과는 작품을 이끄는 바가 사뭇 다르다고 할 수 있다. 어머니는 모든 생산의 근원이며 원류이고 주체일 수 있는 반면 할머니는 포용의 상징이라 할 수 있을 것이다. 그만큼 어머니는 「별똥이 떨어진 곳」에서 사소한 낭만적인 발로까지 용이하게 수긍하기는 할머니보다는 거리감이 있어 보인다. 그리고 할머니와 아버지, 나의 수직적 계보는 어머니보다 훨씬 낭만적 어리광에 대한 포용 정도의 진폭이 할머니 쪽이 넓다는 것도 자명한 사실이라 할 수 있다. 그는 그가 살아낸 스산했던 시대와 그의 내면에 도사리고 있던 상실의식을 할머니와 같은 고향에 의지하며 치유하고 싶었으리라. 그래서 그의 산문에서 할머니를 상정해 놓고 있었던 것으로 보인다.

할머니는 밤뒤를 보는 특효약으로 닭에게 절을 하라고 이른다. 이에 나는 "닭 보고 묵은 세배"를 하고, 닭은 절을 받고 "꼬르르" 답례를 한다. 그러나 나는 이것이 "괴로운 일이 아니" 되었다. 이것은 촌로와 어리석은 손자가 벌이는 우화처럼 보일 수 있다. 그러나 여기에는 실제의 이야기인 사실성과 이 이야기가 내포하고 있는 진실성이 살아있다. 즉, 할머니와 화자의 밤뒤 병에 대한 치유를 비는 소망이 "꼬르르"라는 답으로 귀결점을 찾고 있다.

정지용의 산문의 특성 중 하나인 서사구조의 급박한 회전이 「별똥이 떨어진 곳」에서도 예외 없이 나타난다. 밤뒤 보는 이야기의 서사구조가 급회전하며 "별똥을 먹으면 오래 산다"로 이어지고 있다. 이는 밤뒤는 보아야 하고, 별똥은 먹어야 한다. 치운 밤에 제 그림자조차 무서운 밤에도 밤똥은 배설해야만 한다. 그리하여 밤뒤처럼 어둡고 암울하고 복잡한 시대는 터널을 통과하듯 지나야만 한다. 이 지남을 두 번째 문단에서는 '웃음으로 눈물 닦기'로 "닭도 절을 받는다"고 의인화하여 보여주고 있다. 그러나 세 번째 문단에서는 '별똥' 이야기로 전환을 한다. "별똥이 화살처럼 찌익 떨어졌었다." 그리고 그것은 뒷산 "솔푸데기" 속으로 떨어진다. 그것도 의심 없이 "분명" 떨어졌다고 서술하고 있다. 그리고 곧 "별똥 떨어진 곳 / 마음해 두었다 / 다음날 가보려 / 벼르다 벼르다 / 인젠 다 자랐소." 라고 회상하고 있다. 이는 화자가 별똥 떨어진 솔푸데기 속이 있는 고향에 가보려 벼르고 있다. 그러나 그것은 마음만 해를 넘고 또 넘기며 어른이 되고 말았다는 것이다. 이제는 밤뒤를 볼 때의 무서움도 닭에게 절을 하는 아련한 추억도 별똥 떨어진 곳도 그리움으로 존재가치를 발휘할 뿐이다.

나)의 「비」에 나타난 화자는 감기로 인해 손으로 이마를 짚어 진단한다. 그러나 "나의 우울"을 쉽게 결정하지 못하고 "빗낱이 듣는" 소리로 시선을 옮긴다.

"빗낱"은 원래 '낱낱의 빗방울'을 의미하지만 여기서 비는 '비가 올 징조로 후루룩 먼저 떨어지는 비'를 염두에 둘 필요가 있다. '목멱산 중허리로 내려와 덮은 구름'이라든지 '군데군데가 덮다'는 것으로 보아 비가 올 전조 증세를 예고하고 있음을 알 수 있다. 그렇기에 화자는 '빗낱'을 보면서 비가 올 것을 그리고 '제법 떨어짐'을 또 '무거운 하늘에서 떨어지는 비'는 '아연판을 치는' 육중하고 둔탁한 소리를 내기에 이른다.

이 빗소리에서 서술자는 "뿌리는 비에서 건너가는 비"까지를 세세히 나열하고 있다. 이 비는 결국은 "가욋것"으로 11월까지 건너가게 된다. 이는 11월의 비는 기다리거나 갈망하는 비가 아니라 '딱히 필요하지 않은 비'로 반갑지 아니한 존재로 머물고 만다. 뿐만 아니라 "날버레 떼처럼 유리창에 매달리고 미끄러지고 엉키고 동그르 궁글고 홍이 지고"에서 보여주듯 빗방울들은 서로를 부대끼며 존재를 확인하고 나선다. 이 존재 의식은 빗방울을 의인화하여 한 폭의 수채화처럼 묘사되어 그들의 살아있음을 각인 시켜준다고 할 수 있다. 그러나 정작 작가인 정지용은 "나를 고눌 수 없"다고 한다. 이는 앞에서 "몸이 의실의실"하고 입술이 메말라 "꺼풀이 까실까실"하며 "몸이 찌부드드"한데도 부지런히 돌아다닌다고 하였다. 그리하여 보리차 생각이 나고 보니 '찻종'의 상태로 보아 온전한 것이 없이 "찌꺼기가 앉힌 채로" 놓여 있다. 빗방울을 관찰하노라니 "나도 항하사와 같은 별 중의 하나요, 한 점 빗방울로 매달려" 떨고 있는 것이다.

이는 결국 "빗방울, 동백꽃, 눈물, 의리, 인정 등이 모두 아름답기도 하고 해로울 것도 없고 기뻐함 즉도"하다. 그러나 그것은 계절에 따라 하루의 삶이 주름 잡히고 피로가 쌓이게 하기도 한다. 그것이 설령 "안개와 같이 가벼운 것"일지라도 무심코 지나칠 수 없는 관심의 대상으로 부상하게 되는 것이리라. 이러한 사소한 것들까지도 관심의 대상으로 이끌어 하루를 지내고 "꿈도 없는 잠을 들겠"다는 희망을 품게 된다. 그리고 끊임없이 존재하는 항하사와 같은 별 중의 하나로 남아 한 점 빗방울로 자라나길, 그래서 잠드는 동안에 땀은 거두어지길 바라고 있다.

　가)의 「별똥이 떨어진 곳」에 나타난 방언과 나)의 「비」에 나타난 방언은 화자의 초점에 의하여 조정되어지고 있다. 가)는 화자가 고향을 가슴에 품고서 바라보며 서술하고 있다면, 나)의 화자는 비를 세밀히 관찰하며 펼쳐지는 풍경을 보고 서술하고 있다고 할 수 있다. 이렇듯 정지용은 고향의 향토색 진한 방언을 부림으로써 고향에 대한 그리움을 형상화하여 그의 산문에 잘 드러내고 있었다고 할 수 있다.

5. 결론

　이상에서 본고는 현대 시사에 위대한 업적을 남기고 간 정지용의 생애에서 출생과 사망 그리고 성장과정에서의 영향을 살펴보고자 하였다. 아울러 그의 세계관의 토대를 형성하고 있는 작품에 나타난 언어적 특질도 함께 밝혀보고자 하였다.

　정지용에 대한 기존의 연구들이 제한된 분량의 자료를 통하여 편협하게 또는 전기적 사항에 대해 잘못 파악하고 기존의 자료들을 답습하고 있음도 사실이었다. 이에 대해 미력하나마 새로운 자료 제시와 지적

도 등을 이용한 생장지 답사, 그리고 유족들과 옥천군민들의 협조를 구하여 면담도 하였다. 이를 통해 사실에 의거하여 정정하거나 보완해야 할 부분도 추스르고자 노력하였다. 이러한 노력 속에서 그가 살아냈던 시대의 비극적인 삶의 궤적과 마주치기도 하였다.

정지용은 일제 강점기의 카랑카랑한 지식인으로 고뇌하며 살았을 것이고 광복 후에 맞이하는 혼돈의 시간들을 외로이 견뎌냈을 것이다. 특히 지식인 작가 정지용이 지냈던 신산한 세월만큼이나 그의 생애 자체를 서술함에도 구석구석 혼란이 산재해 있었다. 이러한 부분은 정지용의 생애 재구를 여전히 어렵게 하고 있다.

정지용은 그의 산문에 방언을 쏟아내어서 '고향'을 가득 부려놓고 있었다. 그에게 '고향'은 현존, 혹은 그 이상의 '출발점'인 동시에 영원한 '귀착지'로 작용하고 있었던 것이다. 정지용, 그는 그의 고향 옥천에서 출발하여 미동도 없이 옥천에 돌아와 옥천의 언어로 옥천을 그의 작품 속에 투영시키며 옥천에서 살고 있다고 할 수 있다. 이러한 고향의 풍부한 어휘구사는 후학들에게 지방문학의 중요성을 일깨우고 있다.

한편, 정지용 문학의 언어적 특성은 여전히 밝혀지지 않고 있다고 본다. 특히 정지용의 산문 문학부분이 그러하다.

지금까지 정지용이 발표한 수필이 약 121편(소설 1편, 잡문 24편 제외)이다. 신사참배, 창씨개명, 문화말살정책, 태평양전쟁 등 국내외상황으로 인하여 시 창작이 쉽지 않았을 1930년대 후반부터 그의 수필은 급격히 많이 발표된다. 이것은 당대 최고의 시인이었고 지식인이었던 정지용이 전시상황에 호응하는 친일 시 대신 수필을 썼으리라 짐작되어진다. 이러한 그의 수필에 나타난 방언을 모두 조사하여 수필어 사전을 발간하여야 할 것이다. 특히 그의 수필에서 빈출하는 새, 산, 나무,

소녀, 강, 비 등과 관련된 방언을 조사함으로써 정지용의 정신세계를 밝혀볼 수 있을 것이다. 그래서 기존의 시어 사전과 함께 병행하여 본 다면, 정지용 문학 세계의 특질을 더욱 명확히 밝혀 줄 것이다.

2장

鄭芝溶의 近代 受容에 대한 小考

鄭芝溶의 近代 受容에 대한 小考

1. 서론

정지용은 1902년 충북 옥천에서 태어난다. 옥천공립보통학교 재학 중에 1902년 1월 21일생인 송재숙과 결혼한다. 송재숙은 은진 송씨 명헌의 딸로 체구는 가늘고 키는 지용보다 컸고 온순한 성격이며 화초 돌보기"[1]가 취미였다고 한다. 이러한 아내를 뒤로한 채 그는 1915년 경성으로 간다. 1913년 3월 25일 옥천공립보통학교를 졸업하고 정지용이 경성으로 가기 전 행적은 특별히 발견하지 못하고 구전에 의존할 뿐이다. 다만 옥천에서 독학을 하였거나 옥천과 경성을 오갔을 것으로 유추된다.

정지용은 "현대시의 전환자"[2], "근대 시사에서 그 이름이 빠지지 않을 중요한 시인"[3]이라 불린다.

本稿의 방향과 연관되는 정지용의 시 연구는 송 욱, 오세영, 마광수,

*『4회 정지용 동북아국제문학포럼』, 2021, 3-26면.

1) 최동호, 앞의 책, 22면.
2) 조지훈, 「한국현대시사의 반성」, 『사상계』, 1962. 5, 320면.
3) 박태일, 『한국 근대문학의 실증과 방법』, 소명출판, 2004, 83면.

문덕수, 송현호, 원명수, 민병기, 박인기, 정효구, 문혜원, 이기형, 전순애[4] 등의 모더니즘적 특징을 밝히려 한 연구에서 찾을 수 있다. 이 논문들의 대부분은 "시의 모더니즘 연구"에 매진하였으며 한국 현대시 연구의 주춧돌이 되었다.

정지용은 시를 언어 예술로 인정하며 현대문명을 받아들이고 문명의 가치를 발견하였다. 그에게 모더니즘은 근대화되어 가는 한국 사회에 맞게 문학을 변화시키려는 작업이었을 것이다. 本稿에서는 정지용의 근대[5]문물의 수용과정과 내면 심리에 대하여 일별하겠다. 그리고 그것이 빚어낸 비교적 초기에 속하는 정지용의 현대시 특성에 대하여 집중하기로 한다.

---

4) 송 욱, 「정지용, 즉 모더니즘의 자기부정」, 『사상계』, 1962. 12.

오세영, 「모더니스트, 비극적 상황의 주인공들」, 『문학사상』, 1975. 1. 337면.

마광수, 「정지용의 모더니즘 시」, 『홍대논총』 11, 1979.

문덕수, 「한국 모더니즘 시 연구」, 고려대학교 대학원 박사학위 논문, 1981.

송현호, 「모더니즘의 문학사적 위치에 대한 고찰」, 『국어국문학』 90호, 1984.

원명수, 「한국 모더니즘 시에 나타난 소외의식과 불안의식 연구」, 중앙대학교 대학원 박사학위 논문, 1984.

민병기, 「30년대 모더니즘 시의 심상 체계 연구」, 고려대학교 대학원 박사학위 논문, 1987.

박인기, 『한국 현대시의 모더니즘적 연구』, 단국대학교 출판부, 1988.

정효구, 「정지용 시의 이미지즘과 그 한계」, 『모더니즘 연구』, 자유세계, 1993.

문혜원, 「정지용 시에 나타난 모더니즘 특질에 관한 연구」, 『관악어문연구』 18, 1993. 12.

이기형, 「1930년대 한국 모더니즘 시 연구-정지용을 중심으로」, 인하대학교 대학원 박사학위 논문, 1994.

전순애, 「1930년대 모더니즘 문학론 연구」, 성균관대학교 대학원 박사학위 논문, 1998.

사나다 히로코, 앞의 책, 2002.

나희덕, 「1930년대 모더니즘 시의 시각성 - '보는 주체의 양상'을 중심으로」, 연세대학교 대학원 박사학위 논문, 2006.

5) 本稿에서 근대는 인쇄술의 발달, 자본주의 정착, 시민사회 형성이 된 이후부터 일제강점기를 지나 현대까지를 포함하는 개념으로 사용하고자 한다.

2. 근대문물의 수용과 현대시

1) 고향과 근대

정지용이 경성으로 가기 전까지 "천자문을 익히고 사서오경을 공부하고 한시를 짓기도 하였다거나 이복동생이 태어나 서둘러 서울행을 결행했을 것"6)이라고 주장하는 이도 있다. 또 "줄곧 집에서 한문을 自修한 것은 아니고, 더러는 외지를 방랑하였다"7)고도 적는 이도 있다. 어찌 되었든지 정지용은 옥천을 떠나 경성에 이르렀다는 것은 사실이다. 이때 심정을 정지용은 「넷니약이 구절」에 나타내고 있다.

집 써나가 배운 노래를
집 차저 오는 밤
논ㅅ둑 길에서 불럿노라.

나가서도 고달피고
돌아와서도 고달펏노라
열네살부터 나가서 고달펏노라.

나가서 어더온 이야기를
닭이 울도락,
아버지쎄 닐으노니

기름ㅅ불은 까박이며 듯고,
어머니는 눈에 눈물을 고이신대로 듯고

---

6) 이석우, 앞의 책, 38면.
7) 김학동, 앞의 책, 136면.

니치대든 어린 누이 안긴데로 잠들며 듯고
우ㅅ방 문설주에는 그 사람이 서서 듯고,
— 「녯니약이 구절」8) 부분

    정지용이 1915년에 경성으로 갔으니 이때 그의 나이가 14살이었다. "열네살부터 나가서 고달펏"다는 정지용은 "나가서 어더온 이야기를" 날이 새도록 아버지께 들려준다. 어머니와 누이는 "눈에 눈물을 고이신 대로", "안긴데로 잠들며" 듣는다. 그러나 "그 사람"은 "우ㅅ방 문설주"에서 앉아서가 아닌 "서서" 듣는다. 이 시에서 시적 화자는 정지용이라고 볼 수 있다. 그렇다면 "서서" 듣고 있는 "그 사람"은 그의 아내인 송재숙일 것이다. 시적 화자는 경성에 "나가서" 보고 듣고 느낀 이야기들을 고향 집에 와서 풀어 놓는다. 경성에서 고생이 심하였을 아들 생각에 어머니는 "눈물"을 글썽이며 듣는다. 아마도 이 이야기들은 고향 옥천과 달리 경성에서의 근대 체험이나 그곳의 새로운 이야기일 것이다.

    정지용은 경성으로 가기 전, 혹은 경성에서 고향으로 왔을 때 그의 생가 주변에서 놀았음 직하다. 즉 沃州司馬所9)나 향교10) 등에 들러 그곳의 풍류나 향취를 느꼈을 법하다. 이 시기에 그는 이곳 고향의 영향을 받았을 것이고 옥천 생가 주변에 있는 서당이나 집에서 공부하였을 것이다.

---

8) 정지용, 『신민』21호, 1927. 1. 최동호 엮음, 『정지용 전집』1, 서정시학, 2015, 62-63면 재인용. 본고의 정지용 작품 원문, 일본어 시의 인용은 최동호 엮음, 『정지용 전집』1·2, 서정시학, 2015를 바탕으로 한다. 단, 개작 과정 중 동일 제목이 등장함으로 발생 될 혼란의 최소화를 위해 원문 출처를 밝히도록 한다.

9) 지방 선비들이 모여 친목을 다지고 정치와 지방 행정에 대해 자문도 하고 여론도 모아 상소를 올리던 곳으로 정지용 생가와 가까운 거리에 위치한다.

10) 충청북도 유형문화재 제97호로 정지용 생가 주변에 위치.

옥천에도 다양한 형태의 서당이 고루 존재 하였다. 필요한 경우 누구나 서당을 설립할 수 있었기 때문에 존폐가 자유로웠다. 그 종류 또한 다양할 수밖에 없는데 대체로 서당이 성립되는 데는 士族 자제들을 자기 집에서 가르치는 경우, 가세가 풍부한 집안에서 독선생을 앉혀놓고 몇 명의 이웃 자제들을 무료로 동석시켜 수업하는 경우, 훈장 자신이 교육 취미나 소일을 위하여, 또는 이웃이나 친구의 요청으로 학동을 받아 수업하는 경우, 鄕中의 몇몇 유지 또는 한 마을 전체가 조합하여 훈장을 초빙하여 자제를 교육시키는 경우, 그리고 훈장이 생계를 위하여 자기가 직접 설립하는 경우가 있었다.[11]

옥천에 서당이 자유롭게 설립되면서 정지용의 고향 옥천에도 서당이 있었다. 그렇기에 그는 어떠한 형태로든지 서당을 알고 있었을 것이고 서당에 관련하기도 하였을 것으로 본다. 이렇게 정지용은 유럽문화에 가깝다고 할 수 있는 근대문화와는 다소 거리가 있는 서당, 옥주사마소, 향교 등에 근접하여 유소년기를 보내고 있었다. 그러나 정지용의 고향 옥천은 근대문물 중 하나인 경부선 철도가 지나가게 된다. 경부선 철도는 "옥천역"이라는 신문물로 다가오게 되었다.

정지용을 근대와 마주치는 체험을 가능하게 한 것은 4가지로 나눌 수 있다. 그의 근대문물 체험은 첫째, 옥천을 지나가는 경부선 철도였다. 이 철도가 지나가며 기차를 체험하였을 것이다. 후에 정지용에게는 기차가 주요 교통수단이 된다. 경성에서 옥천을 올 때나 일본 유학 시절 오사카항에서 배를 타고 부산항에 도착, 부산역에서 옥천역까지 이동 수단으로 경부선 철도를 달리는 기차를 택하였다. 이러한 기차는 후에 정지용 시에 소재로 자주 등장하기도 한다. 둘째, 경부선 철도가 옥천을 지나가면서 세워진 옥천역이다. 정지용의 어린 시절 옥천의 경제

---

11) 옥천군지편찬위원회, 위의 책, 326면.

중심지는 그의 생가가 있던 구읍이었다. 실제로 "1980년대까지도 구읍에서 오전장이 서고 오후에는 옥천역이 있는 신읍에서 장이 섰다"[12]고 한다. 즉, "1905년 1월 1일 경부선 철도가 옥천의 서부 지역을 남북으로 통과하며 지역 중심지가 구읍(죽향리·교동리)으로부터 옥천역 주변(금구리·삼양리)으로 옮"기게 된 것이다. 셋째 전신 시설의 가설이다. 1919년 군청사와 면청사를 삼양리와 금구리로 이전하고, 1926년 전화 전신인 자석식 교환 업무 개시와 1927년 전기가설 등 사회기반시설이 설치"[13]되기 시작하였다. 이러한 신문물은 정지용에게 근대문물로 다가왔을 것이다. 넷째, "신작로"체험 문화이다. 옥천역부터 1917년에 건설한 옥천교-금구사거리-1927년에 건설한 삼금교에 이르는 도로를 처음 건설된 도로라 하여 '앞 신작로'라 불렀다. 앞 신작로에서 문정 소류지가 있던 못 터 거리-군청 앞 도로는 옥천 천주교인들이 옹기 장사를 하여 옹기점 거리(로) 불린다[14]. 이곳을 거쳐 1919년까지 당시 옥천 관아가 위치한 구읍으로 가는 신작로가 개설되었다. 이 신작로를 정지용은 고향에서 체험하게 된다. 휘문고보와 일본 유학 시절 옥천을 올 때면 옥천역을 경유하게 된다. 그는 옥천역에서 내려 구읍 생가까지 "앞 신작로"를 걸었을 것이다. 옥천역에서 고향의 생가로 오는 길은 무시랭이 앞쪽을 지나는 좁은 길이 있었다고는 한다. 그런데 정지용이 구태여 좁고 불편한 길을 골라 가지는 않았을 것이다. 하물며 근대문물에 신기함을 보이며, 시의 현대화에 예민하였을 정지용이었음을 감지한다면 더욱 "앞 신작로"를 선택하여 걸었을 것이라는 유추를 해볼 수 있다. 옥천역에서 집으로 가는 길, "앞 신작로"는 1917년 이전에는 없었다. 이

---

12) 김승룡(57·옥천문화원장) 구술.
13) 옥천군지편찬위원회, 위의 책, 1121-122면.
14) 전순표, 「옥천 정그정(1)」, 『옥천신문』별지, 2019. 3. 22, 15면.

길은 옥천역이 생기며 구읍 사람들의 편의를 위해서 새로 개설된 도로였다. 이렇게 정지용의 고향에서의 경부선 철도, 옥천역, 전기통신 시설 설비, 신작로 등을 통하여 근대문물을 체험하던 정지용은 일제강점기의 혹독한 체험도 동시에 하게 된다. 이러한 일제강점기의 주재소장 이야기와 그 당시 상황을 정지용의 고향 동네 주민 김진헌(88), 박동일(83), 함상만(83), 임용진(82) 옹이 구술하게 된다.

> 정지용 생가 길 건너편에는 일제강점기 총독부의 순사 주재소가 있었다. 당시 일본인 순사 주재소장이 '와다이'와 '안본'이었는데 '안본' 주재소장은 춘추민속관 대문 맞은편에 살았다. 춘추민속관 문향헌과 괴정헌에는 많은 지역 인물과 경성을 비롯한 외지인들이 자주 드나들었다. '안본' 주재소장은 구읍 어린이들에게 사탕을 주며 구읍의 요시찰 인물 집의 방문자와 행선지를 물었고, 부모들이 하는 이야기에 대하여도 자주 캐물어 정보를 수집했다. '안본' 집이 있는 골목에는 주막이 하나 있었다. 한편, '와다이' 주재소장은 일본군 육군 중위 출신으로 긴 일본도를 차고 다녔고, 일본인 '안본' 소장도 지금의 문정 반점(춘추민속관 옆) 부근에 살았다.[15]

정지용은 옥천역이 들어서며, 지나는 기차의 모습에서 근대문물을 체험하였을 것이고 옥천역의 이전으로 5일 장이 옥천역 주변으로 이전되는 시장의 변천사와 "긴 칼 찬 순사"까지 모두 경험하게 된다. 이는 기차를 통해 신문물의 신기함을 느낀 동시에 "긴 칼 찬 순사"와의 마주침은 정지용의 불안증에 시동을 거는 역할을 하게 된다. 이렇게 근대문물 중 하나로 다가왔던 기차에 대한 정지용의 「슬픈汽車」를 살펴보도록 한다.

---

15) 전순표, 「옥천의 구읍 이야기」, 위의 신문, 2019. 2. 1, 15면.

우리 들 의 기차는 아지랑이 남실거리는 섬나라 봄날 왼 하루를
익살스런 마드로스파이프 로 피우며 간 단 다.
우리 들 의 기차는 느으릿 느으릿 유월소 걸어가 듯 걸어 간 단 다.

우리 들 의 기차는 노오란 배추 꼿 비탈밧 새 로 헐레벌덕어리 며
지나 간 단 다.

나 는 언제 든지 슬프기는 슬프나 마 마음은 가벼 워
나 는 차창 에 기댄 대 로 회파람 이나 날 니자.

먼 데 산이 軍馬 처럼 쉬여오 고 각가운데 수풀이 바람 처럼 불녀
가 고,
유리 판을 펼친 듯, 瀬戸内海 퍼언 한 물. 물. 물. 물.
손가락 을 담그 면 葡萄 비치 들으렷 다.
입술에 적시 면 炭酸水 처럼 쓸으렷 다.
복스런 돗폭에 바람 을 안 고 뭇 배 가 팽이 처럼 밀녀가 다 간,
나븨 가 되여 날러 간 다.

나 는 차창 에 기댄 대로 옥톡기 처럼 고마운 잠 이나 들 자.
靑 만틀 깃 자락에 매담 R의 고달핀 쌤이 붉으레 피여 잇다. 고흔
石炭불 처럼 익을거린다.
당치 도 안은 어린 아이 잠재기 노래 를 불음은 무삼 쯧이뇨.

잠 들어 라.
가여 운 내 아들 아.
잠 들어 라.

나 는 아들 이 아닌것 을, 웃 수염 자리 잡혀가 는, 어린 아들이 버
얼서 아닌것 을.

나 는 유리 쪽 에 각갑한 입김 을 비추어 내 가 제일 조하 하는 일
음이나 그시며 가 자.
나 는 늬긋 늬긋 한 가슴을 蜜柑 쪽으로 나 써서 나리 자.

대수풀 울타리 마다 妖艶한 官能 과 같은 紅椿 이 피매쳐 잇다.
마당 마다 솜병아리 털 이 폭신 폭신 하고,
집웅 마다 연기 도 안이 뵈는 해ㅅ벼치 타고 잇다.
오오. 개인 날세 야. 사랑 과 가튼 어질 머리야. 어질 머리야.

靑 만틀 깃자락에 매담 R의 가여운 입술 이 여태ㅅ것 썰 고 잇다.
누나 다운 입술 을 오늘 이야 실컷 절 하며 감 노라.
나 는 언제 든지 슬프기는 하나마,
오오. 나 는 차 보다 더 날러가랴 지는 안이 하랸 다.
　　　　　　　　　　　　　— 一九二七·三·日本東海道線車中 —
　　　　　　　　　　　　　　　　—「슬픈汽車」16) 전문

　이 시는 시적 화자가 1인칭인 "나"로 설정된 정지용의 초기시이다.
'散文詩 一篇'이라는 표제를 단「슬픈汽車」는『조선지광』에 최초 발표
된다. 이 시의 시상 전개는 1연에서 기차는 "느으릿 느으릿 유월소 걸
어가"는 듯하게 천천히 여유롭게 달린다. 2연에서는 "노오란 배추 꼿
비탈밧 새 로 헐레벌덕어리 며" 서둘러 가는 기차가 달리는 모습을 형
상화하고 있다. 3연에서는 "슬프나 마 마음은 가벼"웁다고 느낀다. 시
적 화자는 "차창 에 기댄 대 로 회파람"을 분다. 이렇게 슬픈 가운데 슬
픔을 잊으려는 행위로 휘파람을 부는 화자의 심경이 드러나 있다. 4연
은 산이 "軍馬 처럼 쒸"어서 오고 수풀은 "바람 처럼 불녀"간다. 뭇 배

---

16) 정지용,『조선지광』67호, 1927. 5, 89-91면.

는 "팽이 처럼 밀녀"가는데 "나븨 가 되여 날러"가는 기차 밖 풍경을 관찰하고 있다. 5-7연에서 화자는 기차 내부에 시선을 준다. 5연에서 "옥톡기처럼 고마운 잠을 들자"며 "당치도 안은 잠재기 노래를 불음"은 무슨 뜻인지에 대한 의문을 품는다. 그러면서 6연에서는 "가여운 내 아들"에게 "잠 들어 라"고 한다. 7연에서 시적 화자는 "어린 아들이 버얼서 아닌 것" 인식하고 "조하 하는 일음"을 쓰고 있다. 8연은 4연에 이어 다시 기차 밖으로 시선을 옮긴다. "대수풀 울타리"에 "紅椿 이 피매쳐" 있고 "마당"에는 "솜병아리"가 "집웅"에는 "해ㅅ벼치" 탄다. 이렇게 타는 햇빛을 보며 "사랑 과 가튼 어질 머리"를 앓는다. 9연은 "어질 머리"를 앓던 화자의 심경을 노래하고 있다. 화자는 "언제 든지 슬프기는"하지만 "차 보다 더 날러" 가지는 않겠다고 한다.

「슬픈汽車」는 기차 내부 상황을 중심에 두고 기차가 달리는 모습으로 시작된다. 그 내부 상황 앞과 뒤로 기차 밖 풍경을 제시하며 화자의 심경을 노래하고 있다. 그는 "汽車", "마도로스 파이프", "유리판", "靑만틀", "매담 R" 등의 근대적 문물과 맥을 같이하는 어휘들을 사용하고 있다. 이러한 문물의 상징은 그에게 차창에 기대어 노래를 부르게도 하지만 "가여운 아들"과 "슬픈 나"를 동시에 발견하게도 하고 있다. 즉 이러한 시적 장치는 근대문물과 함께 찾아온 그의 불안증과 맥을 같이 한다고 볼 수 있다.

2) 시적 형성으로의 근대

당시 휘문고보는 지금의 원서동 비원 옆에 있었다. 옛 관상감 터인 불재에 우뚝한 희중당(稀重當) 붉은 벽돌 건물에서 이미 시골에 아내가 있는 청년 학생 지용은 공부를 시작하였다. 자신이 원하던 상급학교에

진학했으니 공부에 불이 붙지 않을 리가 없다.[17]

　1918년 정지용은 드디어 휘문고등보통학교에 입학하게 되었다. 이 학교에서는 정지용에게 장학금을 주어 공부를 시킨다. 졸업 후에는 일본 동지사 대학교까지 유학하도록 비용을 전담해 주었다. 그러니 정지용과 휘문의 만남은 필연적이었다고 본다. 다행히 정지용은 공부를 열심히 하여 학과 성적[18]이 우수하였다. 그뿐만 아니라 문학적 습작 활동을 활발히 하였다. 그렇기에 그는 휘문고보 교사와 교우 사이에서 관심의 대상이 되었다. 그는 휘문고보 출신과 재학생들로 구성된 '문우회'의 학예부장직을 맡아『휘문』창간호를 만들어 내기도 하고 1922년 마포 하류 현석리에서「풍랑몽」을 썼다. 이 작품은 그 무렵 타고르의 작품세계에 심취했던 정지용의 첫 시작이었다. 이듬해인 1923년 3월 5년제인 휘문고보를 졸업하고 그해 4월 휘문고보 동창인 박제찬과 함께 일본 교토에 있는 동지사 대학으로 유학을 떠났다.

　14세에 고향을 떠난 가난하였던 소년 정지용이 경성 유학을 마치고 꿈에 그렸을 일본 유학을 실현하였다. 22세였던 정지용에게는 새로운 세계로의 동경과 방황, 학문을 향한 꿈같은 기대가 교토의 거리만큼이나 낯설고 어색한 풍경을 만들었을 것이다. 하물며 조국의 현실 상황과 맞물린 일본 유학의 어려움은 경성 유학에서 느끼지 못했던 또 다른 혹독함이었으리란 것을 추측하기는 어렵지 않다. 이렇게 일본 유학을 떠나려는 정지용 내면의 불안함과 아쉬움이「내안해 내누이 내나라」에 잘 드러나고 있다.

---

17) 이숭원, 앞의 책, 22면.
18) "1학년 1/88, 2학년 3/62, 3학년 6/69, 4학년 4/61, 5학년 8/51. 최동호, 앞의 책, 32면.

젊은이 한창시절 서름이 한시절.
한시절 한고피 엇지면 못 넘기리만
긋업시 긋업시 가고만 십허요.
해 돗는 쪽으로 해 지는 쪽으로.
긋업시 긋업시 가고만 십허요.

제비가 南으로 千里 萬里.
기럭이 북으로 千里 萬里.
七月달 밤한울 에 별ㅅ불이 흘러
잠든물ㅅ결 기인 江우에
새깃 하나. 椰子닙 하나.
떠나가리 떠나가리.
한업시 한업시 가고만 십허요.

철업는 사랑 오랑캣곳 수레에 실니여가든
黃金저녀볏 五里亭벌 에
비가 쌕려요 가랑비 가는비가 와요.
가기는 갑니다 마는
짓고만 십허요 맛고만 십허요.
압날 洪水째.
후일 진흙 세상.
실마리 가튼 시름. 실마리 가튼 눈물.
울고만 십허요. 함쑤락 젓고만 십허요.

동산 에 서신 님 산에 올라 보내십닛가.
三台峰 휘넘어오는 둥-그레 둥실
달 과도 가트십니다 마는
다락 에도 물ㅅ가 에도 성우 에도

살지 말읍소서 말읍소서.
해당화 수풀ㅅ집 양지편을 쓸고갑니다 쓸고가요.

나그내 고달핀 魂이 巡禮地 별비체 조으는 魂이
마음 만 먹고도 가고 올줄 몰라
성년 三月 후년 三月.
님의 쓸에 봄풀이 욱어지면
내 마음 님의 마음.
개나리 쐬꼬리ㅅ빗
아즈랭이 먼 산 눈물에 어려요 어려요.
칼 메인 장사ㅅ사 죽어도 길녑헤 무덤.
길녑헤 는 뭇지말고 나라ㅅ배 오고 가는
異邦바다 모래톱에 무쳐요 무쳐요.
나도 사나이 는 사나이
나라도 집도 업기는 업서요.

복사쏫 처럼 피여가는 내안해 내누이.
동산에 숨기고 가나 길가에 두고 가나.
말잔등이 후리처 실고
地平線 그늘에 살어지나.

쌤을 빌녀요 손을 주어요 잘잇서요.
친구야 폭은한 친구야 억개를 빌녀요.
평안 한 한새 조름 이나 빌녀요 빌녀요.

— 一九二三·一·二八 —
「내안해 내누이 내나라」¹⁹⁾ 전문

---

19) 정지용, 『위생과 화장』2호, 1926. 11.

이 시는 작품 말미에 창작 시점을 1923년 1월 28일로 밝히고 있다. 이 시기는 정지용이 일본 유학을 떠나기 전이다. 그러므로 이 시는 정지용이 경성에 머물면서 창작한 시임을 알 수 있다. 「내안해 내누이 내나라」의 시적 화자는 "나"이다. 이 시는 제목이 암시하듯이 화자 자신의 이야기에서 주변으로 서사의 범위가 확장되고 있다. 화자는 "해 돗는 쪽으로 해 지는 쪽으로 / 긋업시 긋업시 가고만 십허요", "쩌나가리 쩌나가리 / 한업시 한업시 가고만 십허요"라며 1연과 2연에서 유학에 대한 동경과 기대를 하고 있다. 그러나 "가기는 감니다 마는", "울고만 십허요", "다락 에도 물ㅅ가 에도 성우 에도 / 살지 말읍소서 말읍소서", "나도 사나이 는 사나이 / 나라도 집도 업기는 업서요"라며 3, 4, 5연에서 화자인 "나"의 "혼"을 고달프게 서술한다. 이렇게 서글프고 복잡한 심경을 토로하던 화자는 6, 7연에서는 "내안해 내누이"와 "친구"에게 시선을 이동한다. 그리고 그들을 향한 걱정과 함께 이별 인사를 한다.

한편, 정지용은 아이러니하게 일본이라는 적지에서 문학적 안목과 감수성 확대의 진폭을 넓혀갔다. 신문학을 배우고 근대를 접하며, 엘리트 의식을 느끼게 된 것이다. 정지용은 『동지사 문학』에 「말1」과 「말2」를 일어로 발표하였다.

ま白い歯なみに 海が冷い。
綠り滴る岸べに朝日が具細工を輝かしてゐる。
"兄弟よ。空はよく晴れた。戀はいらな"。

海のすかあとか裾をよせてくる。
"兄弟よ。私は恥しい所を隱してきた。
鼻を鳴らせよ。鼻を"

雲が大理石いろに擴がつてゆく。

(중략)

「馬·1」[20] 중에서

정지용은 이 작품말미에 'きょねんかいた(지난해에 썼다)'라는 창작 시점을 밝히고 있다. 즉, 1928년에 「馬·1」을 발표하였으니 1927년에 창작하였던 것으로 볼 수 있겠다. 이 시에서 "海", "스커트", "大理石" 등의 근대문물에 속하는 시어들이 나타난다.

馬よ。

里でお前は人らしい息をする。

町で私は馬しい息を凝らしてゐた。

町で里で母は見あたらない。

誰が産んだ?

野原はひろ, 私は知らない。

(중략)

— ことしかいた —

「馬·2」[21] 중에서

---

20) 정지용, 「馬·1」, 『同志社大學』3호, 1928. 10, 115-116면. 새하얀 이빨에 바다가 시리다. / 푸르게 우거진 숲 언덕에 아침해가 자개를 반짝거린다. / "형제여. 하늘은 쾌청하게 개었구나. 사랑은 필요 없다" // 바다가 스커트처럼 주름을 모으며 온다. / "형제여. 나는 부끄러운 데를 숨기며 왔다. / 코를 콩콩거려라. 코를" // 구름이 대리석 빛처럼 퍼져나간다. / (중략). 일본 오사카대학교 대학원 언어문화학 전공 박원선(재일 교포)의 도움을 받아 우리말로 옮김.

21) 정지용, 위의 책, 116면. 말아. / 마을에서 너는 사람처럼 숨을 쉰다. / 읍내에서 너는 말처럼 숨을 숨기고 있다. / 읍내와 마을에서 어머니는 안 보인다. / 누가 낳았나? / 들판은 넓디넓고, 나는 모른다. (중략). 위의 박원선(재일 교포) 도움을 받아 우리말로 옮김.

"ことしかいた(올해 썼다)"라는 창작시점을 밝힌 「馬·2」는 1928년에 일본어로 발표된다. 「馬·2」는 「馬·1」과 달리 고향이나 고국에 있을 시적 대상에 대한 연민을 담고 있다. 그리고 화자인 나는 마을에서 숨을 쉬나 읍내로 간 나는 숨을 숨기기도 한다. 더군다나 마을이나 읍내에서 어머니가 보이지 않는다.

> '어미 잃은 송아지'라는 말은 의지할 곳 없는 처지를 이른다. 여기서 '어미'는 이해깊은 보호자이다. 또, '어미 본 아이, 물 본 기러기'에서의 '어미'도 이와 동질이다. 어려움에 부닥친 처지에서 살판났음을 뜻한다. 그리고 어미 소가 송아지를 핥듯 하는 사랑인 '지독지애(舐犢之愛)'도 어머니의 자식 사랑의 다른 일면이다. 이를 경계하여 '지나치게 인자한 어머니에게는 버릇없는 자식이 있다(賢母有敗子)'고 했다.
> 속담으로 '어미 팔아 동무 산다.'는, 매우 소중한 친구임을 '어미'와의 대비로 나타낸 말이다. '어머니가 의붓어미면 친아버지도 의붓아비 된다.'는 말이 있다. 이는 어머니의 진위(眞僞)가 부정(父情)까지 결정함을 뜻한다. 자식에 대한 어머니의 사랑은 어머니 한 사람에게만 한정되지 않는다는 뜻이다.[22]

「馬·2」에서 어머니의 상징은 화자인 '나'를 보호하는 소중한 존재이다. 그러나 '나'는 어머니의 부재로 불안증에 휘말린다. 즉 어린 시절 어머니의 부재로 발생하였던 불안의 심리가 청년이 된 이후에도 계속 진행되고 있음을 알 수 있다. 그러면서 화자는 "誰が産んだ?(누가 낳았

---

22) 한국문화상징사전편찬위원회, 『韓國文化 상징사전2』, 동아출판사, 1995, 487면. 한편 어머니는 ㉠신화에서 대지신, 무조(무속의 주인공), 죽음의 발단 ㉡풍습에서 보호, 소중함 ㉢유교에서 현모 ㉣불교에서 은인 ㉤도교에서는 지혜를 상징한다. 한국문화상징사전편찬위원회, 같은 책, 486-487면.

나?)"라며 생명의 근원에까지 의문을 품게 된다. 이 생명의 근원에 대한 의문은 "私は知らない(나는 모른다)"는 단정에 이르고 있다. 이는 근대와 마주한 일본에서 정지용의 유학생활은 그에게는 낯섦과 그것에서 오는 불안의 연속이었을 것이라는 유추가 가능하다. 그래서 이 시에서 정지용은 '나'와 '어머니'로 상징되는 심리적 거리에서 머문다. 그리고 그 거리에서 그는 조선의 부재로 인한 불안증을 생성시키고 있었다.

정지용은 1926년부터 1928년 사이에 일본시단의 명인 기타하라 하쿠슈가 주재한『근대풍경』에 일본어 창작시 25편23)과 산문 3편24)을 발표했다.25) 특히『近代風景』1권 2호에 일본어로「かつふえふらんす」를 투고했는데 잡지 편집자는 일본의 기성시인과 같은 크기의 활자로 실었다.

---

23)「かつふえふらんす」(『近代風景』1권 2호, 1926. 12),「海」(『近代風景』2권 1호, 1927. 1),「海」(『近代風景』2권 2호, 1927. 2),「海」(『近代風景』2권 2호, 1927. 2), [みはし子の夢」(『近代風景』2권 2호, 1927. 2), 海邊」(『近代風景』2권 2호, 1927. 2),「雪」(『近代風景』2권 3호, 1927. 3),「悲しき印象畵」(『近代風景』2권 3호, 1927. 3),「金ほたんの哀唱」(『近代風景』2권 3호, 1927. 3),「湖面」(『近代風景』2권 3호, 1927. 3),「初春の朝」(『近代風景』2권 4호, 1927. 4),「幌馬車」(『近代風景』2권 4호, 1927. 4),「甲板の上」(『近代風景』2권 5호, 1927. 5),「遠いレール」(『近代風景』2권 6호, 1927. 7),「まひる」(『近代風景』2권 6호, 1927. 7),「歸り路」(『近代風景』2권 6호, 1927. 7),「夜半」(『近代風景』2권 6호, 1927. 6),「耳」(『近代風景』2권 6호, 1927. 6),「鄕愁の靑馬車」(『近代風景』2권 9호, 1927. 10),「笛」(『近代風景』2권 9호, 1927. 10),「酒場の夕日」(『近代風景』2권 9호, 1927. 10),「橋の上」(『近代風景』2권 11호, 1927. 11),「眞紅な汽關車」(『近代風景』2권 11호, 1927. 11),「族の朝」(『近代風景』3권 2호, 1928. 2) 등. 한편,「遠いレール」,「まひる」,「歸り路」는『近代風景』2권 6호, 1927. 7로「夜半」,「耳」는『近代風景』2권 6호, 1927. 6으로 표기하고 있다. 최동호 엮음,『정지용 전집』1, 서정시학, 2015, 703-708면 참조.

24)「手紙一つ」(『近代風景』2권 3호, 1927. 3, 90면),「春三月の作文」(『近代風景』2권 4호, 1927. 4, 69-70면) 등.

25) 한편, 鴻農映二는 "1927년부터 1928년에 일본시단의 명인 기타하라 하쿠슈가 주재한『近代風景』에 시 13편과 산문 3편을 발표했다". 鴻農映二,「정지용과 일본시단」,『현대문학』, 1988, 9에「봄, 삼월의 작문」,「手紙一つ」외 1편(작품명 확인 못함).라고 발표.

「카페·프란스」[26]는 1925년 일본어「カフツエ―・フラソス」[27]로『同志社大學豫科學生會誌』4호에 최초 발표된다. 이어 1926년 조선어「카페·프란스」[28]로『學潮』1호에 수록, 같은 해 일본어「かつふえふらんす」[29]로『近代風景』1권 2호에 수록된다. 1929년 일본어「かつふえふらんす」[30]로『空腹祭』1호에 수록되고 1935년에 조선어「카뻬·쯔란스」[31]로『정지용 시집』에 개작·수록되는 과정을 거친다.

    (一)
    異國種の棕梠の下に
    斜に立てられた街燈。
    カフツエ―・フラソスに行かう。

    こいつはルペシカ。
    も一人のやつはボヘミヤン・ネクタイ。

---

26) 작품의 개작이 여러 번 되었기에 본고에서 대표로 통칭하고자 한다. 단, 특별히 구분을 하여야하는 경우는 발표지와 같은 제목으로 표기.
27) 정지용,「カフツエ―・フラソス」,『同志社大學豫科學生會誌』4호, 1925. 11, 50-51면.
28) 정지용,「카페·프란스」,『學潮』1호, 1926. 6, 89-90면.
29) 정지용,「かつふえふらんす」,『近代風景』1권 2호, 1926. 12.
30) 정지용,「かつふえふらんす」,『空腹祭』1호, 1929. 9.
31) 옮겨다 심은 棕梠나무 밑에 / 빗두루 슨 장명등, / 카뻬·쯔란스에 가자. // 이놈은 루바쉬카. / 또 한놈은 보헤미안 넥타이. / 뻣적 마른 놈이 앞장을 섰다. // 밤비는 뱀눈 처럼 가는데 / 페이브멘트 에 흐늙이는 불빛. / 카뻬·쯔란스에 가자. // 이 놈의 머리는 빗두른 능금. / 또 한놈의 心臟은 벌레 먹은 薔薇. / 제비 처럼 젖은 놈이 뛰여 간다. // ※ //『오오·패롤(鸚鵡) 서방! 꾿 이브닝!』//『꾿 이브닝!』(이 친구. 어떠하시오?) 鬱金香 아가씨는 이밤에도 / 更紗 커-틴 밑에서 조시는구료! // 나 는 子爵의 아들도 아모것도 아니란다. / 남달리 손이 히여서 슬프구나! / 나 는 나라도 집도 없단다. / 大理石 테이블에 닷는 내뺌이 슬프구나! // 오오, 異國種강아지야 / 내발을 빨어다오. / 내발을 빨어다오. // 정지용,「카뻬·쯔란스」,『정지용 시집』, 시문학사, 1935, 46-47면.『정지용 시집』에 수록된 시는 세로쓰기로 표기하고 있으나 본고에서는 가로쓰기로 적기로 한다.

ひよろへ瘠せたやつがまつ先きに立つ。

—「カフツエ—・フラソス」32) 중에서

"T.S. Eliot의 영향을 받앗"33)으며 "포멀리즘의 특색이 현저히 드러
난"34)다는 주장이 있는 「카페·프란스」는 일본어와 조선어로 수차례의
개작 과정을 거치고 있음을 알 수 있다. 이는 정지용 자신이 「카페·프란
스」를 소중히 여겼을 뿐더러 이 시에 대한 독자들의 호응도 좋았다는
반증으로 보인다.

경도 유학생들의 학회지인 『學潮』가 창간되면서 정지용은 시조 9수
동요형식의 시 6편, 현대적 감각의 시 3편을 발표한다. 「카페·프란스」
도 이때 발표되어 주목을 받고 있다. 당시 영문학을 공부하였던 정지용
은 서구적인 어휘에 강조점을 찍어 둔다. "카페-프란쓰, 루파스카, 보헤
미안, 페이브메ㄴ트, 카페-푸란쓰, 커-튼 테이불"에서 강조점을 찍어 서
구 언어에 대한 특별함을 표시한다. 그리고 「이 부 닝 !」처럼 활자를 특
별히 진하고 크게 한 것도 주목된다. 이러한 서구적 어휘는 정지용에게
근대의식으로 발전하게 되었을 것이고 현대시를 쓰는데 일조되었을
것으로 사료된다.

이렇게 여러 편을 『학조』에 발표하면서 정지용은 당시 유학생들 사
이에서는 커다란 뉴스거리가 되었다. 그는 일본 시단으로부터 동인지
수준의 『학조』에 유학생들끼리 작품을 게재한 것과는 전혀 다른 대우

---

32) 정지용, 「カフツエ—・フラソス」, 『同志社大學豫科學生會誌』4호, 1925. 11, 50-51
면. 異國種의 棕梠나무 밑 / 삐뚜루 서있는 가로등. / 카페·프랑스에 가자. // 이놈은
루바시카. / 또 한 놈은 보헤미안 넥타이. / 비쩍 마른 놈이 앞장을 섰다. // 앞의 박
원선(재일 교포)의 도움을 받아 우리말로 옮김.
33) 양왕용, 「鄭芝溶 詩 硏究」, 경북대학교 대학원 박사학위논문, 1988, 38면.
34) 양왕용, 위의 논문, 39면.

를 받았다.35) 이것으로 미루어 보면 정지용은 이때 튼튼한 문학적 세계
를 구축할 수 있었다고 할 수 있다.

    A
    옴겨다 심은 棕櫚나무 미테
    빗두루36) 슨 장명등.
    카페·프란쓰 에 가자.

    이 놈은 루파스카.
    쏘 한놈은 보헤미안 네ㄱ타이.
    쌧적 마른놈이 압장을 섯다.
    밤ㅅ비는 배ㅁ눈 처럼 가는데
    페이브메ㄴ트 에 흐늑이는 불빗.
    카페·푸란쓰 에 가자.

    이 놈의 머리는 갓익은 능금.
    쏘 한놈의 心臟은 벌레먹은 薔薇.
    제비 처름 저진 놈이 쒸어간다.

    B
    「오-파로트 (鸚鵡) 서방! 굿 이부닝!」

    「이부닝!」

    - - -이 친구. 엇더 하시오?- -

---

35) 최동호, 앞의 책, 52-53면.
36) '삐뚜름하다(斜)'의 옥천 방언. "왜 빗두루(삐뚜름하게) 앉아 있냐?" 또는 "글씨를
   왜 빗두루 쓰냐?"로 사용된다.

추립브(鬱金香)아가씨 는
이밤 에도
更紗 커-튼 미테서 조시는 구려.

나 는 子爵의아들 도 아무것도 아니란다.
남달리 손 이 희여서 슯흐구나.

나 는 나라도 집도 업단다.
大理石 테이불 에 닷는
내 쌔ㅁ이 슯흐구나.

오오. 異國種 강아지 야
내 발을 할터다오.
내 발을 할터다오.

　　　　　　　　　　　—「카페-·프란스」 전문37)

　A의 1-4연에서는 뱀눈처럼 가늘게 내리는 날에 세 젊은이38)가 카페
프란스에 간다. "루파스카"를 입은 사람과 "보헤미안 넥타이"를 두른
이 그리고 "쌕적 마른 놈"이 등장을 한다. "쌕적 마른 놈"은 앞장을 서
서 간다. 이들은 "갓 익은 능금"이나 "心臟은 벌레먹은 薔薇"처럼 심신
이 차분하게 안정되지 못하고 뒤숭숭하다. 이러한 뒤숭숭함을 안고 카
페 프란스로 "제비 처럼 저진 놈이 쒸어간"다. B의 5-6연에서는 카페

---

37) 정지용,「카페-·프란스」,『學潮』1호, 1926. 6, 89-90면.『學潮』에 실린 시는 세로쓰
　　기이나 본고에서는 가로쓰기로 적기로 한다.
38) "이 비썩 마른 사람이 정지용일지 모른다. 휘문고보 학적부에 의하면 5학년 때 그
　　의 키는 156센티미터, 체중은 45킬로그램으로 적혀있다. (중략) 어찌 보면 이 세 사
　　람은 경도에서 유학생활을 같이 하며『학조』창간호를 내기 위해 힘쓰던 동료일지
　　도 모른다". 이숭원,『정지용 시의 심층적 탐구』, 태학사, 2004, 32면.

프랑스에 들어서자 앵무새가 인사를 하고 "추립브(鬱金香)아가씨"는 졸고 있다고 내부의 상황을 그리고 있다. 즉, 1-4연에서 멋을 부리고 호기롭게 카페 프란스로 행차하는 세 사람의 모습을 그렸다면 5-6연에서는 이들이 들어선 카페 프란스의 내부 상황에 집중하였다. 그런데 7-9연에서 시상이 급변한다. 갑자기 화자는 서러워지고 식민지 지식인의 비애를 토로하기 시작한다. "나 는 子爵의아들 도 아무것도 아니"라며 "남달리 손 이 희여서 슯흐"다고 한다. 자작의 아들처럼 존귀하거나 부유하지도 않은데 나약한 백수의 손을 가진 지식인일 뿐이다. 화자는 "나라도 집도 없"는 궁색한 형편이다. 화자의 불안증은 여기에서도 발현된다. 대리석 테이블에 얼굴을 파묻으니 "내 쌔ㅁ"만 "슯흐"어지는 것이다. 마지막 연에서 등장하는 "異國種 강아지"에게로 시상이 이동한다. 화자의 처지와 어디에서 왔는지 모를 "異國種 강아지"의 처지를 비교한다. 둘은 비슷하거나 같다고 생각하였을 것이다. 처지가 같은 강아지에게 화자는 "내 발을 할터다오"라고 연속하여 주문한다. 화자의 이러한 주문은 강아지와 신체의 일부를 접촉함으로 마음의 안정이나 교감을 얻으려는 치유의 일종을 위한 발상처럼 보인다.

식민지 지식인이며 피식민지에서 유학을 하고 있는 정지용의 감정은 복잡하였을 것으로 보인다. 식민지 지식인으로의 굴욕감과 조선의 상황은 그를 끝없이 불안증에 휘말리게 하였을 것이다.

>배 난간 에 기대 서서 회파람 을 날니 나니,
>색감은39) 둥솔기40) 에 팔월달 해쌀41)이 짜가 워라.

---

39) 새까만.
40) '옷의 등 부분을 서로 맞붙여 꿰맨 솔기'. 국어국문학회 감수, 『국어대사전』, 국어

금 단초 다섯 개 다른[42) 자랑스러 웁, 내처[43) 시달 픔[44).
아리랑 쏘 라도 차저 볼 까, 그 전 날 불으 던.

아리랑 쏘 그도 저도 다 니젓[45) 습네, 인제는 버얼서.
금 단초 다 섯 개 를 쎄우고[46) 가자, 파아란 바다우 에.

담배 도 못 먹고 온, 숫닭 가튼, 머언 사랑 을
홀 로 피우며 가노니, 늬긋늬긋 혼들 혼들니 면서.
— 一九二六·八·玄海灘우에서 -
—「船醉」[47) 전문

이 시는 1927년『학조』2호에 1930년『시문학』1호에, 1935년『정지
용 시집』에 수록된다.「船醉」의 공간적 배경은 정지용이 유학시절 조
선과 일본을 오가던 현해탄 위의 배안이다. 1연에서 화자는 대학생을
의미하는 자존심이었을 금단추를 달고 휘파람을 불며 배 난간에 기댄
다. 바다에서 맞이하는 8월의 햇살은 "등솔기"를 따갑도록 달구어 놓는
다. 이미 햇살은 화자의 "등솔기"를 까맣게 그을려 놓은 상태이다. 2연

국문학회, 2001, 755면. 그러나 "머리 뒷부분 즉, 목 부분부터 등 가운데 쪽의 신체"
를 이르는 옥천 방언. "등딱지"라고도 한다.
41) 햇살.
42) "달다(달은)" '물건을 일정한 곳에 붙어있게 하다'. 국어국문학회 감수, 위의 책, 601면.
43) 계속하여.
44) '마음에 차지 않거나 괴롭힘을 당하다'의 뜻인 옥천 방언. 한편, "'시달프다'의 명사
형. 마음에 맞갖잖고 시들하다". 권영민,『정지용 시 126편 다시 읽기』, 민음사,
2004, 295면. "시달림이나 고달픔". 최동호 편저,『정지용 사전』, 고려대학교 출판
부, 2003, 197면.
45) 잊었.
46) '비다'의 사동사로 '비우고' 즉 (단추를) '떼버리고'.
47) 정지용,「船醉」,『학조』2호, 1927. 6, 78면.

에서 금단추는 화자의 자랑이며 자부심으로 작용된다. 그는 금단추를 조선의, 조선인의 상황에 비추어 본다. 그리고 본디 조선 것인 애초부터 조선인의 것이었을 '아리라랑 쏘'를 찾기로 한다. 그러나 3연에서 화자는 곧 "잊었"다고 좌절한다. '아리라랑 쏘'를 "버얼서" 잊었다는 그는 지식인의 상징이고 자존심이었을 '금단추'를 떼어 "파아란 바다 우에" 버리고 가고자 한다. 시대적 현실과 비추어보았을 때, 자신의 자랑스러운 금단추는 허상이라는 생각에 도달하게 되었을 것이다. 금단추를 자신의 참모습과 상관없이 만들어진 혹은 비애스러운 식민지 지식인의 혹독한 구속물로 자각하게 되었음직하다. 4연에서 화자는 "늬긋늬긋 흔들 흔들니 면서"라며 자신의 뱃멀미 상황을 표현하고 있다. "담배 도 못 먹고 온, 숫닭 가튼, 머언 사랑 을" 홀로 흔들리며 뱃멀미를 견딘다.

얼빠진 장닭처럼 건들거리며 나가니
甲板은 거북등처럼 뚫고 나가는데 海峽이 업히려고만 한다.

(중략)

암만48) 가려 드딘49)대도 海峽은 자꼬 꺼져들어간다.
水平線이 없어진 날 斷末魔의 新婚旅行이여!

(중략)
階段을 나리랴니깐50)
階段이 올라온다.

---

48) 아무리.
49) 딛다.
50) 내려가려니까.

또어를 부둥켜 안고 記憶할수 없다.
하눌이 죄여 들어 나의 心臟을 짜노라고

「船醉」51) 중에서

실제로 『학조』의 「船醉」와 『백록담』의 「船醉」는 제목이 같을 뿐 다른 작품이다. 「백록담」의 「船醉」에서는 배를 타며 뱃멀미를 하는 것을 주요 내용으로 담고 있다. 여기에서 보여 지는 뱃멀미는 상당히 심각하다. "얼빠진 장닭"처럼 건들거리고 "海峽이 업히려고"한다. 허둥거리는 발은 "암만 가려 드딘"다고 해도 海峽은 자꾸 푹푹 들어가는 느낌이다. 階段을 내려가려하나 그 階段이 오히려 올라온다. "또어(문)"를 잡고 정신을 가다듬으려하나 헛수고이다. 하늘이 "죄여 들"고 "心臟"은 쥐어 짜듯이 고통스럽기만 하다. 이러한 뱃멀미의 고통마저 정지용을 불안 중에 시달리게 하는 또 하나의 요소로 작용되고 있었다.

3) 문학과 교류52)

일본 동지사대학 유학시절 정지용은 옥천에서 강연53)을 하며 일본과

---

51) 정지용, 『백록담』, 문장사, 1941. 52-55면. 이후 『백록담』은 1946년 백양당에서 재판된다.

52) 이 절은 「정지용의 「슬픈 印像畵」에 대한 小考」(『2019 일본 정지용 문학포럼』, 옥천군·옥천문화원·기타하라하쿠슈 생가기념관, 2019, 43-64면)과 「시는 동양에도 없읍데다」, 『옥천향수신문』, 2019. 11. 14, 4면)을 바탕으로 일부 내용을 수정하였다.

53) 沃川初有의 / 文化講演 / 聽衆無慮四百
沃川公立普通學校 同窓會 主催로 / 第一回 文化講演會를 再昨 十五日 / 午後 八時부터 沃川公普 大講堂에서 / 開催하고 柳基元 氏 司會下에 進行하야 / 同 十二時에 閉會하얏는대 / 演士와 演題는 如左하더라(沃川) / 童謠와 兒童教育 / 同志社大學 鄭芝溶 君 / 基督教란 如何한 宗教인가 / 早大 英語科 柳錫東 君 / 文化園을 建設하라면 / 大邱高普教諭 趙龜淳 君 -『매일신보』, 1925. 8. 18, 3면.
『매일신보』 3면 좌측 하단에 세로쓰기로 오른쪽에서 왼쪽으로 읽게 싣고 있다(원본대로 적되 띄어쓰기는 원본을 훼손하지 않는 범위에서 독자의 이해를 돕기 위해

경성 그리고 그의 고향 옥천까지 활동범위를 확장하고 있었다. 뿐만 아니라 많은 동시를 발표[54]하고 있었던 시기이다. 이때 정지용은 기독교에 대한 관심도 높았음을 알 수 있다. 그는 애초 동지사대학 신학부에 입학, 옥천 강의에서도 "유석동을 초대하였고, 휘문고보에서 같이 활동했을 조구순을 초빙해 강의를 맡긴 것"[55]으로 보아 정지용의 당시 활약

필자가 현대 맞춤법에 따라 정리함). 이날 정지용은 「童謠와 兒童敎育」을 강연하였다. (중략)정지용이 옥천에서 하였다는 강연내용은 구체적으로 확인하기가 어렵다. 100여년 가까운 세월이 강연 자리에 있었던 사람들의 흔적을 지워버렸기 때문이다. 이런 때 필자는 세월의 흐름과 인간의 수명이라는 한계에 묶여 버린다. 이러한 구술 자료의 한계성 때문에 인쇄자료에 의존하여야만 하는데 인쇄매체의 한계에 부딪칠 때가 많다. 이런 경우가 그러하다. 그러나 정지용의 「童謠와 兒童敎育」이라는 강연은 크게 2가지 의미가 부여된다. 첫째 막연하게 정지용이 교토 동지사대학 유학시절에 "옥천과 일본을 오갔을 것"이라는 기존의 의문점에 종지부를 찍을 수 있다. 실제로 정지용은 동지사대학 유학시절에 그의 고향 옥천에 와서 조선의 아동과 조선인을 위한 강연을 하였다. 둘째 정지용은 글솜씨만 웃자란 시인은 아니었다. 실제로 옥천과 일본을 왕래하며 '민족정신을 동요류에서 찾고 아동교육의 최전선에서 노력'하였던 그의 '발자취를 가늠'할 수 있으며 '아동에 대한 관심과 사랑의 무게가 꽤나 두툼'하였음을 알 수 있다. 졸고, 「정지용, 1925년 옥천에서 강연하다」 중, 『옥천향수신문』, 2019. 2. 21, 4면.

54) 정지용은 1925년 전후 아동을 위한 동요류의 시 창작을 주로 하였다. 「삼월 삼짇날」, 「해바라기 씨」는 1924년과 1925년으로 정지용은 창작시기를 밝혀 놓았다. 그는 창작 일을 1924년이라 밝혀 놓은 「삼월 삼짇날」을 쓴다. 후에 이 시는 1926년『학조』1호에 「딸레(人形)와 아주머니」→1928년 『조선동요선집』에 「三月 삼질 날」→1935년『정지용 시집』에 「삼월 삼질 날」과 「딸레」로 나누어 실었다. 1925년 3월로 정지용이 창작시기를 밝혀놓은 「해바라기 씨」가 있다. 이 시는 1927년 『신소년』에 「해바락이씨」→1928년 『조선동요선집』에 「해바락이씨」→1935년 『정지용 시집』에 「해바라기씨」→1939년 『아이생활』에 「해바라기씨」로 수록된다. 1926년에 「서쪽 한울」, 「쎅」, 「감나무」, 「한울 혼자 보고」, 「굴뚝새」, 「겨울ㅅ밤」, 「산에ㅅ색시 들녘사내」, 「산에서 온 새」 등을 1927년에 「넷니약이 구절」, 「내맘에 맛는 이」, 「무어래요?」, 「숨기내기」, 「비들기」, 「할아버지」, 「산 넘어 저쪽」 등을 발표한다. 1926년이나 1927년에 발표된 작품들은 발표년도와 창작시기가 같거나 발표년도보다 좀 이르게 창작되었을 것이다. 이로보아 정지용의 초기시에 해당하는 시들은 동요류로 보아도 크게 무리는 없어 보인다. 정지용은 아동에게 읽히면 좋았을 짧은 동요류의 시들을 이 시기에 집중적으로 창작하였던 것이다. 졸고, 위의 신문, 4면.

55) 정지용은「童謠와 兒童敎育」을, 유석동은「基督敎란 如何한 宗敎인가」를, 조구순은「文化園을 建設하라면」을 강연하였다. 강연이나 사회를 맡았던 이들은 누구인가? 유석동, 조구순은 정지용의 인맥동원, 유기원은 옥천공보 출신일 것이라는 가설을 설정하여 살펴보기로 한다. 정지용은 동지사대학 신학부에 입학할 정도로 기독교에 관심이 많았으니「基督敎란 如何한 宗敎인가」를 강연한 早大 英語科 柳錫東과도 인연이 있었으리라. "그(함석헌1901-1989)는 동경유학시절에 일본 제일의 기독교 사상가였던 우치무라 간조의 영향을 받고 구원이 기성 교회에만 있는 게 아니라는 확신을 가지게 됐다. 도쿄 가시와기에서 열리던 성서 연구회를 통해 성경을 철저하게 공부했다. 그 시절 그의 동지들이 김교신, 송두용 그리고 유석동"(김동길,「평생을 1인 1식...말과 글 '양면도' 휘두른 시대의 사상가」-김동길의 인물 에세이 100년의 사람들(8),『조선일보』, 2018. 1. 6, 2면.) 등이다. "1927년 도쿄에서 함석헌, 송두용, 김교신, 유석동(발행인), 양인성, 정상훈(편집인) 등이『성서조선』을 창간하였다. 창간 동인은 모두 동경에 있었기 때문에 집필 편집은 동경에서 하고, 인쇄 제작은 서울에서 하였다.『성서조선』은 1942년 일본의 탄압으로 폐간되고 그 해 3월호에 실린 글이 문제가 되어 발행인과 독자들 수십 명이 투옥, 함석헌도 서대문형무소에서 미결수로 복역, 이듬해 출옥하여 8·15 광복까지 은둔생활"((http://doopedie.co.kr)을 하였다고 한다. (중략)「文化園을 建設하라면」을 강연한 조구순은 휘문고등보통학교 문우회 학예부에서 1923년 1월 25일에 창간한『휘문』이라는 교우지에서 정지용과 함께 활동한 인물로 추측된다.『휘문』(편집인 겸 발행인:니가끼(新垣永昌) 창간호는 A5판 123면으로 발행하였다. 여기에 "정지용은「퍼스포니와 수선화」,「씨텐젤리」를 譯, 조구순은「孤獨」을, 정지용과 함께 일본 유학길에 올랐던 박제찬은「노래 골짜기」를, 이태준은「秋感」과「안정흡군의 死를 弔함」을, 신종기는「雜感」을 발표한다. 휘문고등보통학교 문우회는 1910년 1회 졸업생 32명이 발기하여 1918년 정백과 박종화가 강연회와 토론회를 열었다. 1920년 정지용, 이선근, 박제찬 등이 새로 영입되어 활동"(최덕교,『한국잡지백년3』, 현암사, 2004.)하였다. 1923년 이세기가 펴낸 사화집인「廢墟의 焰群」에서도 조구순의 활동상이 보인다.『廢墟의 焰群』은 1923년 11월 조선학생회에서 A6판 34면으로 간행하였다. 여기에는 "신봉조, 박팔양, 이세기, 방준경, 윤정호, 조구순, 염형우 등이 참여하였으며 총 8편의 작품이 수록되어있다. 당시 학생들의 습작을 엮은 것이어서 문학사 평가를 받지 못하고 박팔양만이 시작활동을 계속하고 나머지는 문학과 거리가 있는 길을 걸었다"(http://encykorea.aks.ac.kr/). 해방 후 조구순은 1925년 4월 1일 설립한 대구공립보습학교(현 대구공업고등학교)의 교장(www.tktech.hs.kr)이 된다. 사회를 맡았던 유기원은 주최 측인 옥천공보의 동창회원으로 유추된다. "문화유씨 정숙공파의 후손인 유기원은 옥천공보 출신으로 그의 후손 유제만이 대전광역시 판암동에 거주"(향토사학자 이재하 구술)하고 있다. 이를 통하여 유석동과 조구순은 정지용 인맥으로 그와 더불어 옥천에 강연을 하러 왔었고 유기원은 옥

상의 범위가 넓었을 것으로 추측된다. 또한 정지용은 그와 함께 동지사대학에서 수학한 고다마56)와도 폭넓은 교류를 하였다. 고다마는 "大正 14년(1925년) 여름, 내가 당시 조선에 갔을 때, 대전에서 가까운 시골의 향리에서 일부러 경성까지 와, 여기저기 함께 걸으며 안내해 주었다"는 글을 남긴다. 이로 정지용은 1925년 6월57)과 8월에 옥천과 경성에 있었음을 알 수 있다. 1925년은 정지용이 동지사대학 예과 3학년에 재학 중이었다. "그해 동지사대학은 4월 12일에서 1926년 4월 11일까지 여름학기, 겨울학기, 봄학기 3학기제로 학기를 편성해 운영하였는데, 여름학기는 4월 12일에서 7월 10일까지, 7월 11일부터 시작된 여름방학은 9월 10일까지 이어졌다. 이렇게 분주히 조선과 일본을 넘나들던 정지용은 고다마와의 문학적 논의58)도 활발히 하였던 것으로 보인다.

───────────

천 출신일 것이라는 유추가 가능해진다. 보다 정확한 관계는 또 다른 추가 자료가 확보되길 바랄 뿐이다. 그래서 유추가 아닌 확실한 사실로 증빙되길 바란다. 졸고, 「옥천 강연에 나섰던 정지용과 사람들」 중, 앞의 신문, 2019. 2. 28, 4면.

56) 1905년생인 고다마는 1924년 동지사대학 예과에 입학한 후 영문과에 진학해 1930년 졸업, 동지사대학 영문과 교수를 지낸 인물이다. 고다마는 정지용이 최초로 작품을 발표한 『街』의 동인이기도 하다. 졸고, 「정지용의 일본 교토 하숙집 I」, 위의 신문, 2018. 12. 6, 4면. 한편, 고다마는 정지용의 귀국 후 끊어진 안부를 조선인 유학생들에게 물었다고 한다. 그는 정지용의 죽음 소식을 들은 후 「「自由詩人のこと」鄭芝溶のこと」에 애석함을 표현한다. "왜인지 그 이야기가 진짜인 것만 같은 기분이 들었다. 젊은 날 열혈의 낭만시인, 뛰어난 한국 유일의 학자·시인. 이러한 그가 총살되었다고 한다면, 그 장면을 나는 애처로워서 눈꺼풀에서 지우고 싶다. 그리고 전쟁을 증오한다. 이데올로기의 투쟁이 시인의 생명까지 빼앗아 가는 것을 증오한다. 그리고 보도가 어떠하든, 역시 鄭이 어딘가에서 살아있어 주기를 빌었다. 빌면서, 그 후로는 鄭에 관해서 묻는 것도 이야기 하는 것도 피하고 있다." 졸고, 「정지용의 일본 교토 하숙집 II」, 위의 신문, 2018. 12. 13, 4면.

57) 『自由詩人』에 수록된 일본어 시 「파충류동물」 서두에 "一九二五·六月·朝鮮線汽車中にて", 말미에는 "朝鮮語原作者譯"이라는 부기가 있다. 최동호 엮음, 『정지용 전집1』, 앞의 책, 268-269면. 이로 정지용은 1925년 6월 조선에서 기차를 타고 이동하는 과정에서 「파충류동물」을 지었으며, 이때 그는 조선에 있었음도 미루어 짐작할 수 있다.

58) "한 여름의 별이 빛나는 하늘은 멋진 수박을 싹둑 자른 것 같다고 말하면 고다마는

조선 지식인이자 식민지인이었던 정지용 문학창작의 공간적 상황은 일본이라는 지배국과 피식민지인이라는 매우 대립되는 환경과 마주한다. 이런 상황은 정지용이 시를 쓰게 만들었을 것이고 그만이 선택한 독특한 기호를 사용한 시를 생산하게 하였다. 이른바 '현해탄 콤플렉스'59)라 일컬을 만한 식민지인이자 조선의 지식인으로 정지용은 이중

천녀(天女)가 벗어 놓은 옷 같다고 말한다. 미이(ミイ)의 붉은 뺨은 작은 난로(煖爐) 같다고 말하면 고다마는 미이의 요람(搖籃) 위에 무지개가 걸려있다고 말한다. 북성관(北星官)의 2층에서 이러한 풍(風)의 사치스런 잡담이 때때로 교환되는 것이다. 그가 도기(陶器)의 시(詩)를 썼을 때 나는 붉은 벽돌(赤悚瓦)의 시(詩)를 썼다. 그가 눈물로 찾아오면 밤새 이야기할 각오(覺悟)를 한다. //「시(詩)는 연보라색 공기(空氣)를 마시는 것이거늘」이라고 내 멋대로의 정의(定義)로 맞받아쳤다. // 개를 사랑하는 데 그리스도는 필요(必要)하지 않다. 우울(憂鬱)한 산책자 정도가 좋은 것이다. (중략) 다양한 남자가 모여 있다. 덩치에 어울리지 않게 외로워하는 남자 야마모토(山本)가 있는가 하면「아아 카페 구석에 두고 잊어버린 혼(魂)이 지금 연인을 자꾸만 찾는다!」라고 신미래파처럼 구는 마쓰모토(松本)가 있다. 그는 이야기 중에 볼품없는 장발(長髮)을 멧돼지처럼 파헤치는 버릇이 있다. // 어쨌든 우리들은 힘내면서 간다면 좋다. 요즈음 시작(詩作)을 내어도 바보 취급을 받을 수 있다. 하지만 우리가 먼저 바보 취급해서 써버리면 되지" // (지용**). 정지용,「詩·犬·同人」,『自由詩人』1호, 自由詩人社, 1925. 12, 24면. 최동호 엮음,『정지용 전집2』, 서정시학, 2015, 306-307면 재인용.

59) "당시 우리나라 상황은 식민지 반봉건상황(지주제가 존재하는)이었다. 식민지도 벗어나고 봉건상황에서 벗어나려면 근대화를 지향할 수밖에 없었다. 그런데 조선이 식민지가 된 것은 일본처럼 근대화되지 못하였기 때문이다. 그렇다면 우리가 식민지 상태에서 벗어나려면 결국은 근대화를 해야 된다. 근대화하기 위해서는 근대화된 나라에 가서 배워야 한다. 그런데 우리나라를 식민지로 만들어버린 일본에 가서 일본을 배워야 되는 것은 모순이었다. 조선의 지식인들이 배를 타고 일본을 향하면서도 콤플렉스를 가지는 것이다. 그냥 마음 편하게 근대를 배우는 것이 아니라 나를 학대한 사람으로부터 다시 배워야 하니까 정말 굴욕적인 것이다. 그래서 김윤식의 "네 칼로 네 목을 치리라"는 말도 있지만 이게 '현해탄 콤플렉스'이다. '현해탄 콤플렉스'는 바다와 관련한다. 김기림의 바다, 임화의 바다, 정지용의 바다 즉 시에서 바다가 나타난다. 결국 이 바다는 '현해탄 콤플렉스'와 관련되고 있다. 대표적으로「바다와 나비」에서 일본의 근대화된 문물을 배우려다 좌절한 식민지 조선의 지식인이 나비로 형상화되고 있다. 그러나 '현해탄 콤플렉스'는 작가를 욕보일 수도 있겠다고 생각할 수도 있겠지만 정지용이 열등감만 느꼈느냐 그것은 아니다. 그렇기에 이중

적인 감정을 지닐 수밖에 없었을 것이다. 이러한 대립 환경에서 그는 이중적 감정의 교차와 얽힘을 수도 없이 마주하였을 것이다.

당시 정지용의 내면심리는 「日本の蒲團は重い」(「일본의 이불은 무겁다」)[60]에도 나타난다.

似合はぬキモノを身につけ 下手な日本語をしやべる自分が た
之きれなく淋しい。(중략) 朝鮮の空は何時も ほがちで美しい。
朝鮮の子のこフろも ほがらかで美しくある筈だ。 やフもすれば
曇りがな このフろが呪はしい。 追放民の種であるこそ雜草のや
うな根强さを持たねばならない。 何處へ植えつしけて美し朝鮮風

적 감정이 교차하였다". 신희교(우석대학교 국어교육과) 교수님 강의 중에서.
60) 다소 생경하겠지만, 식민지 지식인의 애끓는 비애를 적은 정지용의 산문이다. 그는 1926년 일본인을 대상으로 한 잡지 『自由詩人』 4호에 「日本の蒲團は重い」를 발표한다. 당시 정지용은 한국어로 식민지 지식인의 비애나 조선에 대한 애타는 그리움을 노래하고 싶었을 것이다. 그러나 지금처럼 원고를 원하는 곳에 메일로 보낼 수 있는 형편도 아니고 우편으로 보내는 것도 상황이 여의치는 않았으리라. 즉 당시 정지용의 작품 활동 여건을 충족시키는 잡지가 만만치 않았으리라는 생각이다. 물론 일제강점기라는 특수한 상황에서도 글은 쓰여지고 발표되고 읽혀지고 있었다. 일제 말기 상황보다 1926년 문단상황은 양호한 편이었다. 그러하더라도 정지용의 일본 유학시절(그가 일본에서 정식시인으로 인정받기 이전), 그에게도 여전히 어려운 시간들이 지났으리라. 이는 「日本の蒲團は重い」에서도 쉽게 짐작해낼 수 있다.
정지용은 기타하라 하쿠슈가 주관한 『근대풍경』 2권 1호(1927. 1, 151면)에 「海」를 실었다. 이후 기성시인 대우를 받게 된다. 여러 이견이 따르겠지만(이러한 관점에서 보면) 1927년을 정지용이 일본에서 두각을 드러내는 시점으로 잡을 수 있다. 그렇기에 여기서는 1927년을 그의 문학을 일본에서 인정받은 시점으로 보기로 한다. 한편, 정지용은 일본인에 대한 직접적인 비판을 표시 나게 고발하는 목소리를 낼 수 없었다. 또 그의 비애를 형언할 수 없는 환경에 있었다. 그랬을 것이다. 그렇기에 일본어로 「日本の蒲團は重い」고 쓰고 있다. 그것도 "せんちめんたるなひとりしゃべり"(센티멘탈한 혼잣말)이라는 표제와 함께 발표한다. 이는 정지용의 식민지 지식인의 비애에 대한 또 다른 표현은 아니었을까? 애써 "せんちめんたるなひとりしゃべり"라며 '혼잣말'이라는 위로를 한 것은 아니었는지. 애타게 조선과 고향을 그리워하며 압천을 홀로 걸어 하숙집으로 향하였을 정지용의 모습이 그려진다. 슬프다. (하략). 졸고, 「일본의 이불은 무겁다」, 『옥천향수신문』, 2019. 4. 11, 4면.

の花を咲かねばならない。 自分の必には恐らく　いろいろの心が
いつしよになつてゐるだらう。 (중략) 破れた障子の紙が　針のや
う冷い風に　ピコルルル　夜中の小唄をうたひ出す。 蒲團の奥まぢ
もぐりこんで縮まる。　……日本の蒲團は重い[61]

"정지용은 "어울리지 않는 기모노를 몸에 걸치고 서툰 일본어를 말
하는 내가 참을 수 없이 쓸쓸하"다고 고백한다. "조선의 하늘은 언제
나 쾌청하고 아름답고 조선 아이의 마음도 쾌활하고 아름다울 것이지
만 걸핏하면 흐려"지는 자신의 마음이 원망스럽다고 하였다. "추방민
의 종이기 때문에 잡초처럼 꿋꿋함을 지니지 않으면 안"되었던 그였
다. "어느 곳에 심겨지더라도 아름다운 조선풍의 꽃을 피우지 않으면
안"되었다. 정지용만 "안"되었던 것은 아닐 것이다. 이는 당시 조선인
대부분이 지닌 공통된 정서였을 것이다. 그는 "마음에는 필시 여러 가
지 마음이 어우러져 있"는 것이라고 말한다. 심란한 그의 마음이 엿보
이는 부분이다. "찢어진 창호지가 바늘 같은 차가운 바람에 횡횡 밤중
노래를 부르기 시작한다. 이불 깊숙이 파고들어 움츠러든다. ……일본
의 이불은 무겁"다고 하였다. 정지용은 일본이 가하는 압력의 하중을
이불의 무게에 비유하며 무게중심을 이동하고 있다. 이는 식민지 지식
인의 극심한 비애를 견디려는 일종의 노력으로 보인다. 이렇게 정지용
의 민족적 고뇌 확산은 안으로 서늘히 굳어져 축소되어 이동하고 있었
던 것은 아니었던가? 그리하여 이불로 파고들어 움츠러들었다. 아무
리 생각해도 일본의 이불은 무거울 수밖에 없[62]었다는 그의 고백적 산

---

61) 정지용, 『自由詩人』 4호, 1926. 4, 22면. 최동호 엮음, 『정지용전집2』, 앞의 책,
314-315면 재인용.
62) 졸고, 「일본의 이불은 무겁다」, 앞의 신문, 2019. 4. 11, 4면.

문에 수긍이 가는 바이다. 정지용은 자신에게 가해지는 비애의 하중을
이불의 무게에 비유하며 민족적인 고뇌의 정서를 표현하고 있다. 이는
『정지용 시집』에서 "시인으로서의 위상을 확립해 명성을 얻었던
것"63)과 "그는 한군데 自安하는 시인이라기보다 새로운 詩境의 開拓
者이려 한"64)다는 박용철의 평가 맞닿아있다. 즉, 정지용이 고국으로
돌아와서 더 세심한 정서를 보이고 있는 것과 그의 단아한 시 정리와
무관하지 않아 보인다.

「詩·犬·同人」65)에서 정지용은 별이 빛나는 한여름 밤하늘을 "멋진
수박을 싹둑 자른 것"같다고 한다. 그러면 고다마는 "天女가 벗어놓은
옷"같다고 한다. 또 정지용이 "미이(ミ イ)의 붉은 뺨은 작은 暖爐같다"
고 하면 고다마는 "미이의 搖籃 위에 무지개가 걸려있다"고 말한다. 고
다마가 "陶器의 詩"를 쓸 때 정지용은 "붉은 벽돌의 詩"를 썼다고 고백
한다. "詩는 연보라색 空氣를 마시는 것"이라고 고다마가 말하면 "詩는
개를 愛撫하는 것"이라고 정지용이 말한다. 이처럼 같이 詩를 논하지
만, 일본인 고다마와 조선인 정지용은 대립적 구도 속에서 의사소통을
진행한다. 그것도 지배국인과 피지배국인의 대립 구도로 설정 지어진
고다마와 정지용의 문학적인 조우였다. 고다마가 "천녀와 요람" 그리
고 "연보라색 공기"를 시적 표현의 어휘로 논하고자 할 때 정지용은
"수박과 난로" 그리고 "붉은 벽돌"이라는 언어를 선택한다. 고다마의
시심이나 상념은 좀 더 추상적이다. 그리고 그의 시적세계가 수직적 원
리에 집중하며 상위 지향적인 어휘들을 선택하고 있다. 그것은 일종의
지배국인으로 자만심이나 자긍심의 발로였을 것이다. 그러나 피지배

---

63) 최동호, 앞의 책, 81면.
64) 朴龍喆" 「拔」, 『정지용 시집』, 시문학사, 1935.
65) 정지용, 「詩·犬·同人」, 『自由詩人』1호, 1925. 12, 24면.

국인이었던 정지용의 언어는 수평적 원리의 적용을 받고 있다. 어느 상층에도 도달할 수 없을 것만 같은 "수박, 난로, 벽돌"이다.

정지용은 일본어와 조선어, 지배국과 피지배국 그리고 유학생과 비유학생이라는 대립된 환경에서 이중적 감정의 교차를 경험하게 된다. 이러한 대립구도 속에서 분출한 정지용의 이중적 감정은 한군데 안주하지 않고 시의 언어를 끊임없이 생산하게 만들었다. 정지용은 기호를 동원하여 조선 지식인의 정서를 형상화하고 있었던 것이다.

한편, 혹자는 『문장』에 이어 『백록담』의 산문시에 이르러 정지용의 모더니즘은 절정에 달했다고 평가하기도 한다.

> 『백록담』의 산문시는 1920년대 후반부터 30년대 초반에 걸쳐 왕성하게 제작된 일본의 산문시와 많은 공통점을 지닌다. 화자는 검은 운명의 파도가 나를 덮치려 하는데 숨을 죽이고 있어야 하는 불안감에 차 있었다. 즉 시인이 동양적 문인취미에 만족할 수 없었다. 그리하여 동양회귀로 향하게 되었다. 이 중 서양문명에 대한 불신감이 있었다.[66]

그러나 1928년 7월 22일 세례를 받은 이후 가톨릭 신앙을 유지한 정지용은 서양문화에 대해 근본적인 불신감을 느낄 만한 결정적 계기가 없었다고 추측된다.

> 다카다 미즈호는 '일본회귀'를 '메이지형'과 '다이쇼형'으로 나누었다. 하쿠슈는 아시아를 서양제국에서 해방한다는 대동아전쟁의 이념을 믿고 민족의식과 결부시켜 고대일본으로 회귀를 촉구한다. 이때 하쿠슈는 7·5조의 문어체와 고대나 중세의 어휘를 사용한다.

---

66) 사나다 히로코, 앞의 책, 215면.

이렇게 望鄕의 마음을 고어로 표현하고 침략전쟁을 일본고대신화
에 비겨서 장중한 가락으로 노래하는 하쿠슈를 사람들은 '국민시인'
이라 불렀다. 돌아가려고 하면 언제든지 자연스레 마음의 집으로 돌
아갈 수 있다. 外發的 개화 속에 자라서 시단에 등장한 자의 일본 회
귀가 대체로 자연스러운 경과였던 것이다.[67]

　　기타하라 하쿠슈[68]의 일본회귀는 메이지형으로 규정하고 있다. 반
면 사쿠타로는 '문어체는 극심한 노여움이나 절박감을 표현하기 위한
수단에 불과했으며 동양적 문인취미에 안주할 자리를 찾은 것은 아닌'
다이쇼형의 일본회귀 의식을 지니고 있었다.[69] 기타하라 하쿠슈에게
일본은 상처 입은 자아를 부드럽게 감싸주는 그리운 고향(돌아갈 고향
이 없음을 알면서 이루어지는 역설적인 것으로 인식된다)이었지만 사
쿠타로에겐 虛妄에 지나지 않았던 것이다.
　　그러면 정지용은 젊은 날에 동경의 대상이었던 기타하라 하쿠슈의
메이지형 회귀를 어떻게 보았는가? 이에 대해 정지용이 문헌적으로 남
긴 말은 찾지 못하였다. 다만 정지용의 '동양 회귀'는 사쿠타로 유형에
가깝다. 정지용이『백록담』시절을 포함해 한시적 세계나 동양적 고담
의 정서에 잠시 잠겼다하더라도 그가 돌아갈 고향은 아니었다. 기타하
라 하쿠슈 등 일본 메이지형 시인들은 고어를 쓰고 7·5조의 운율에 회
귀하였다. 그러나 정지용은 돌아갈 운율이 없었다. 그리하여『문장』시
절에 산문시 형식에 유독 집중하였던 것으로 보인다. 물론 시조나 고대

---

67)『日本近代詩史』, 早稻大學出版部, 1980, 202-203면.
68) 정지용은 기타하라 하쿠슈를 향해 "하쿠슈씨에게 편지를 올리지 않으면 안 되지만
　　(중략) 편지는 삼가하겠으므로, 이러한 마음을 살펴주시기 바랍니다. 다만, 과묵과
　　먼 그리움이라는 동양풍으로 저 흠모하겠습니다."라는「편지 하나」를 편집부 O씨
　　에게 남긴다. 정지용,「편지하나」,『근대풍경』2권 3호, 1927. 3, 90면.
69) 사나다 히로코, 앞의 책, 216-217면.

가요의 운율은 있었다.

그러나 박용철과의 대담에서 "東京文壇에는 신체시의 시기가 있고 그 다음에 자유시가 생겨서 나중에는 민중시의 무엇이니 하는 일종의 혼돈의 시대가 나타났지만 우리는 신체시의 시기가 없었다. 고대가요나 시조는 우리의 전통이 되지 못하였지요"(「시문학에 대하야」, 1938.)라고 발표한다. 이는 정지용이 한국근대시를 전통과 일단 단절된 것으로 보고 있음을 알 수 있다. 그리고 「참신한 동양인」(1938)에서 박용철의 "시가 앞으로 동양적 취미를 취할 것인가? 서양취미를 취할 것인가?"라는 질문에 "우리는 그렇게 깊이 생각할 것이 없다고 생각합니다."라고 정지용은 대답한다. 그리고 무용가 조택원이 파리로 유학 가서 보낸 편지에 "시는 동양에 있습데다"라고 하자 "그럴까 하고 하루는 비를 맞아가며 양철집 초가집 벽돌집 建陽舍집 골목으로 한나절 돌아다니다가 돌아와서 답장을 써 부쳤다.……시는 동양에도 없습데다."(「참신한 동양인」, 1938)라고 정지용은 답장을 쓴다. 그는 고향이 이미 상실되어 돌아갈 곳이 없다는 것을 인지한다.

그래서 정지용은 시는 새로 시작하여야 한다. 아무 것도 없는 곳에서 다시 시작하여야 한다는 생각으로 고뇌하였을 것이다. 그리하여 고어나 방언 그리고 의도적인 시각적 부호인 '언어외적 기호'[70]를 사용하여

---

70) 예를 들면 ㉮「파충류동물」의 "どす黒い息を吐きつゝ / すばやく走る巨大な / 長々しき爬蟲類動物。// あいつに童貞の婚約指を(エングージリング 위에 표기)を / 取り戻しにいつたものゝ / とても大い尻で退(つ 위에 표기)かれた。// ‥‥‥ Tul—k—duk‥‥‥Tul—k—duk‥‥‥ / ‥‥‥Tul—k—duk‥‥‥ // 悲しくて悲しくて心臓になつちまつた。// よこに掛けてぬた / 小ロシヤ流浪の舞女(さすらひダンサー 위에 표기)。/ 眼玉がそんなに碧い? // ‥‥‥Tul—k—duk‥‥‥Tul—k—duk‥‥‥ / ‥‥‥Tul—k—duk‥‥‥ // そいつは悲しくて悲しくて膽囊になつた。// 長々し(3 위에 표기)き支那人(チヤンコルラ 위에 표기)は大腸七尺(なゝ 위에 표기)。/ 狼のごと眼ころんでる日本人(ウエイノム 위에 표기)は小腸五尺。/ いー

시적 어휘를 풍부하게 만들고 있었다. 그 어휘들은 정지용의 섬세한 감각과 마주쳐 오늘의 한국현대시를 형성하고 있었던 것이다.

3. 결론

本稿는 '한국현대시의 아버지'라 불리는 정지용의 근대수용과 내면 심리 그리고 유학 시절 문학적 교류에 대하여 살펴보고 그 의미에 대하여 천착하였다.

정지용은 그의 고향 옥천에서 '기차역'과 '신작로' 등의 근대문물과 일제강점기의 특수한 인물을 어린 시절부터 경험하게 된다. 이러한 경험적 산물은 그의 시에 내재하게 되었으며 근대문물로 파생된 근대적 어휘들이 「슬픈 汽車」, 「馬·1」, 「카페·프란스」 등에 나타나고 있다. 한편, 정지용은 근대를 수용하는 동시에 '불안증'이라는 내면 심리를 나타내기도 한다. 이러한 내면 심리는 「내안해 내누이 내나라」, 「馬·2」, 「船醉」 등에 제시된다.

いーあの脚の毛! // ……Tul-k-duk……Tul-k-duk…… / ……Tul-k-duk…… // 今。 白金太陽直射の下 / 奇怪な消化器官の幻覺が沸騰する。 // …… Tul-k-duk……Tul-k-duk…… / ……Tul-k-duk…… // どす黑い火を吐きつゝ / 白骨と雜草の赭土を踏みじつて走る / 長々しき爬蟲類動物。 // -「はちゆう類動物」 전문. 정지용, 「はちゆう類動物」, 『自由詩人』1호, 1925. 12, 9-10면. 제목 아래에 "(一九二五・六月・朝鮮線汽車中にて。)", 작품 말미에 "(朝鮮語原作自譯)"라고 부기하고 있다. ⑭「슬픈 印像畵」의 ㉠저녁쌔 → 저녁 때………", ㉡ "포풀아 - 늘어슨 → 길옆나무에 느러 슨", ㉢"<표A>"[1], ㉣"汽笛소리●●●汽笛소리●●● → 汽笛소리……汽笛소리……",㉤"세메ㄴ트 → 세멘트",㉥"洋裝의點景. → 洋裝의 點景!", ㉦"失心한風景이여니. → 失心한 風景이여니……", ㉧"오레ㄴ지 → 오랑쥬", ㉨"슲흠이여니. → 시름……" 등으로 나타난다. 정지용은 이러한 시각화를 향한 기호들의 형상화 작업으로 "………(말줄임표)", "-", "●●●", "｜ ｜"이나 "━", " '.(마침표)','!(느낌표)'", "・・・(강조점)" 등을 사용하고 있다. 졸고, 「정지용의 「슬픈 印像畵」에 대한 小考」, 앞의 논문, 43-64면.

일본 유학 시절 정지용은 고다마를 만나 문학적인 논의를 하였고 기타하라 하쿠슈를 만나 시적 교류를 진행하기도 한다. 그러나 그는 조선의 현대시를 회귀 가능한 기타하라 하쿠슈의 메이지 형이 아닌 회귀 불능한 사쿠타로의 다이쇼 형이라고 판단, 갈등하며 다양한 시 형식적 변화를 시도하게 된다.

　작가는 자신이 처한 상황을 감옥과 같은 것으로 인식하고 그 상황과 치열하게 대결하는 존재이다. 정지용도 이러한 시대적 상황에 맞물려 근대를 인식하고 변화로운 현대시 형식을 갈구·갈등하였다. 本稿는 정지용 시의 근대적 요소가 내재한 일본 유학 시절 작품 중 일부를 연구하였다. 차후 정지용의 작품 전반으로 확대·심화 되기를 기대해 본다.

3장

정지용의 고향 지명이 불러오는 정서적 환기 연구

정지용의 고향 지명이 불러오는 정서적 환기 연구

1. 서론

　"한국 근대문학의 불구"[1] 속에서 한국의 시 즉 현대시[2]를 온전하게 출발시키려 고통스럽게 몸부림친 시인 정지용은 1902년 옥천군 내남 면[3]에서 출생한다. 그는 한약방을 운영하던 아버지 영일 정씨 태국과 어머니 하동 정씨 미하[4] 사이에서 장남[5]으로 태어나 1910년 4월 옥천 사립창명학교[6]를 입학해 1914년 옥천공립보통학교를 졸업한다. 이후

---

*『충북학』, 충북학연구소, 2022, 84-100면.

1) 이숭원, 『한국 현대시 연구의 맥락』, 태학사, 2014, 34면.
2) 본고에서 현대시는 근대시를 포함한 개념으로 사용하고자 한다.
3) 졸고, 「정지용 생애 再構 I」, 『한국 현대시의 아버지 정지용 2013 문학 포럼』, 옥천군·옥천문화원·지용회, 2013, 41면.
4) 정지용의 외조부인 "정명현도 한약방을 하였다." 정명현의 증손자 정광섭(68·옥천군 동이면 세산2길 42-18) 구술.
5) 이복동생 '화용'이 있었기에 '독자'가 아닌 '장남으로 표기한다. 영일정씨세보편찬위원회, 『迎日鄭氏世譜 卷之六 刑議公派』, 도서출판 뿌리정보미디어, 2014, 404-405면.
6) 졸고, 「정지용 문학 연구」, 우석대학교 대학원 박사학위 논문, 2021, 90-91면.

휘문고보를 졸업하고 1923년 4월 일본 교토 동지사전문학교에 입학7), 동지사대학 예과를 거쳐 1929년 영문과를 졸업한다. 이렇게 그는 옥천 이라는 농촌에서 경성과 일본 교토로 유학을 하며 공부에 매진하였다. 그러나 타향으로 떠돌던 그에게 고향 옥천은 항상 마음속에 자리하며 작품 형성에 영향을 미치게 된다.

본고의 방향과 연관되는 고향 지명과 관련된 정지용의 시 연구는 찾아보기 어렵다. 고향 지명이 아닌 정지용의 고향과 관련된 논문8)은 대부분 고향을 떠남과 그것이 가져온 의식에 대하여 밝히려 하였거나, "감각적인 접촉의 자유로움"9)으로, 그리고 시적 화자의 "섬세한 관찰이 동시적인 발상"10)을 초래하였다고 논하고 있다. 이 논문들의 대부분은 "상실 의식"이나 "동시적 발상"에 착목하였으며 정지용 시 연구의 한자리를 점하고 있다.

정지용은 시를 언어 예술로 인정하며 현대문명을 받아들이고 문명의 가치를 발견하고자 하였다. 그에게 시는 고향을 떠나며 찾아오게 되는 불안과 좌절 그리고 상실을 통하여 만들어지고 있었음을 선행 연구자들의 노력으로 알 수 있었다.

---

7) 교토 동지사 대학 관련 정지용 학적은 "동지사 전문학교 신학부 입학(1923. 4. 16.)
 - 동지사 전문학교 신학부 퇴학(1923. 4. 27.) - 동지사대학 예과 입학(1923. 5. 3.) -
 동지사대학 영문과 입학(1926. 4. 1.) - 동지사대학 영문과 졸업(1929. 6. 30.)"으로
 나타난다. 졸고, 「정지용 문학 연구」, 앞의 논문, 113-115면.
8) 배호남, 「정지용 시의 고향의식 연구」, 『인문학연구』 Vol.0 No.22, 2012.
 주만만, 「정지용과 대망서 고향시에 대한 비교연구」, 『어문논총』 Vol.- No.28, 2015.
 유순덕, 「한국시의 고향의식 수용과 치유에 대한 연구: 정지용, 윤동주, 정완용 작품을 중심으로」, 단국대학교 박사학위 논문, 2020.
9) "한국 현대시에서는 정지용이 「호수」에서 "오리 모가지는 / 호수를 감는다. // 오리
 모가지는 / 자꾸 간지러워."라고 하여, 역시 오리와 호숫물의 감각적인 접촉의 자유
 로움을 나타내고 있다". 한국문화상징사전편찬위원회, 『한국문화상징사전2』, 동
 아출판사, 1995, 530면.
10) 권영민, 『정지용 시 126편 다시 읽기』, 민음사, 2004, 329면.

본고는 정지용의 「湖水2」에 드러난 고향의 지명을 살펴보고 그것이 불러일으킨 시적 정서에 대하여 일별하기로 한다.

2. 고향의 지명과 정서

정지용은 작품에 그의 고향 지명을 간혹 사용하고 있다. 그의 첫 작품이며 소설로 유일한 자전적 이야기를 서술한 「三人」의 "옥천역", 일본 유학에서 돌아와 시문학 동인으로 활동할 때 『詩文學』에 발표한 「湖水2」[11]의 "오리목아지(올목)", 1938년에 『여성』에 발표한 「우통을 벗었구나」의 "무스랑이" 등이 서술[12]되고 있다. 일반적으로 정서를 말할 때 우리는 "관찰할 수 있는 행동과 더불어 내적인 느낌"이라고 하지만, "관찰할 수 없으며 단지 추론할 따름"[13]인 것으로 간주하기도 한다.

이러한 그의 고향 지명이 그의 시적 정서에 미친 영향을 살펴보기로 한다. 특히 「湖水2」의 "오리목아지(올목)"와 일본 교토 유학 시절에 창작된 「鴨川」, 「鴨川上流(上)」, 「鴨川上流(下)」에 나타난 정지용의 정서와 그 정서의 환기에 대하여 살펴보기로 한다.

1) "올목"의 공간과 "오리"

정지용의 전기는 '홍수로 인한 가세의 기욺'과 '친모의 가출'로부터 비롯[14]되어 '우울'과 '불안'으로 점철된다.

---

11) 이 「湖水」는 1935년 『정지용 시집』에서는 「湖水2」로 구분하여 수록하였기에 혼동을 피하기 위하여 본고에서는 「湖水2」로 지칭하기로 한다.
12) 졸고, 「정지용 문학 연구」, 앞의 논문, 63-67면.
13) 민경환·이옥경·이주일·김민희·장승민·김명철 옮김, 『정서심리학』, Cengage Learning Korea Ltd, 2015, 3면.
14) 졸고, 「정지용 문학 연구」, 앞의 논문, 69면.

때로는 전기(傳記)가 보다 풍요로운 평가를 가능하게 할 때가 있다. 밀턴의 비극에서 삼손이

오, 명멸하는 대낮에 어둠이, 어둠이, 어둠이

O dark, dark, dark amid the blaze of noon

라고 말할 때, 그는 자신을 창조해낸 사람이 실명상태를 자기 자신의 것으로서 말하고 있는 것이다. 이를 더글라스 부쉬(Douglas Bush) 교수는 "개인적 의미로 채워진 비개인적 예술"이라고 말하고 있다. 그의 이러한 관찰은, 전기를 배제한 채 내가 인용한 바의 구절이 갖는 언어적으로 적절한 표현력과 수사적인 힘을 논하는 데만 힘을 쏟는 비평가의 것보다 더 풍요롭고 더 진실한 것이라 할 수 있다.15)

"전기(傳記)가 보다 풍요로운 평가"를 가능하게 하듯이 정지용의 작품도 그의 전기를 배제하고 바라보면 난관에 직면하기도 한다. 불우한 유년시절과 맞물려 '올목' 가까이에 있는 외갓집16)을 드나들었을 그는 고향

---

15) Douglas Bush, "John Milton," English Institute Essays 1946, 5-19면. 레온에델, 김윤식 옮김, 『작가론의 방법』, 삼영사, 2012, 103면 재인용.

16)

정지용 외조부 정명헌과 부친 정태국이 족보에 올라있으나 그의 모친 정미하는 족보에 적혀 있지 않다. 한편, 정태국은 "迎日"이 아닌 "延日"로 오기되어 있다. 河東鄭氏禮部公派譜所, 『河東鄭氏族譜』, 譜典出版社, 1980, 92면. "당시에는 여성은 족보에 적히지 않았기에 정미하는 족보에 없고 정태국만 올라있다."(하동 정씨 정수병(88) 옹 구술)라고 한다.

지명에서 "개인적 의미"로 빛을 발하며 고향의 정서를 환기하고 있었다.

올목과 정지용의 외갓집의 직선거리는 <사진A>[17])에서 보이듯이 불과 4.4Km 정도의 지척에 자리 잡고 있었기에 정지용은 '올목'이라는 지명을 쉽게 익혔을 것이다.

<사진A>

<사진A>에서 보면 정지용 생가-외갓집(동이면 세산리)은 5.7Km, 외갓집-올목은 4.3Km, 정지용 생가-올목은 7.7Km이다.
당시에는 모두 걸어서 다닐 정도로 가까운 거리임을 알 수 있다.

정지용이 유년 시절에 외갓집에 가서 '올목'에 대한 이야기를 들었거나 친구나 친척들과 어울려 '올목'을 방문하였을 가능성은 여전히 존재한다. 4.4Km 정도의 거리는 어린이들도 걸어서 소풍을 다녀오거나 친구들과 어울려 걸어가기에 어렵지 않은 거리로 생각되기 때문이다.

정지용의 어머니도 정태국(정지용의 부친)이 후처를 보고 그러니 머리 아프고 그러면 친정에 왔겠지. 이쪽(친정)에 와서 며칠 쉬다 가고 그러지 않았겠느냐. 그때 정지용이 외갓집을 왔겠지. 우리 때도 외갓집을 자주 다녔으니, 그(정지용)도 가까운 외갓집에 자주 다니지 않았겠는가. 그리고 '올목'은 가까우니 놀러도 가고 그랬을 것이다.[18])

---

17) 네이버 지도 참조.

「湖水2」는 1930년『詩文學』2호에 발표되었다. 이때는「湖水」로 같은 면에「湖水」라는 제목의 다른 내용의 2개의 시가 실렸다.

오리 목아지 는
호수 를 감는다.

오리 목아지 는
작고 간지러워.

—「湖水」19) 전문

『詩文學』에 발표된「湖水」에서 "목아지 는", "호수 를"처럼 조사 "는", "를"을 체언으로부터 구분하여 띄어 쓰고 있다. 그러나『정지용 시집』에서는 "목아지는", "호수를"처럼 체언에 붙여 쓰고 있다. 또『詩文學』에서 "작고"(small, short)로 표기한 것을『정지용 시집』에서는 "자꼬"로 바꾸어 표기하고 있다. "자꼬"는 정지용의 고향 충북 옥천을 중심으로 충청도와 전라도 일원에서 지금도 쓰이는 "자꾸"(again and again)의 방언20)이기도 하다.

「湖水」는 2연의 짧은 시로 선경후정 방식이 드러나고 있다.「湖水」의 1연에서 '오리'가 먹이를 먹는 모습을 그렸다면 2연은 화자의 주관적인 정서인 "작고 간지러워"라고 표현하고 있다. 이 시의 시적 대상은 '오리'이다. 화자는 1연에서 호수에 잠겨 먹이를 잡는 '오리'를 묘사하

---

18) 정지용의 외조부인 정명현의 증손자 정광섭(68·동이면 세산2길 42-18)의 구술. 현재 정광섭은 정지용의 외갓집(동이면 세산리 614번지)에서 약 500m 거리에 살고 있다. ( )는 논자 주.

19) 정지용,『시문학』2호, 1930. 5, 11면.

20) 졸편저,『정지용 동시(해설)집 -보고픈 마음, 호수만 하니』, 북치는마을, 2019, 122면 참조.

고 있다. 2연에서는 '오리목'이 자꾸 간지러워 자신의 긴 목을 다듬고 있는 모습을 형상화하고 있다. 「湖水」의 화자는 어린아이로 보인다. 그 어린아이는 호수에 잠겨있는 오리의 모습을 세심하고 세밀하게 관찰하고 있다.

> 오리 목아지는
> 湖水를 감는다.
>
> 오리 목아지는
> 자꼬 간지러워.
>
> ―「湖水2」[21] 전문

　「湖水2」는 2연 4행 24음절로 정형화되어 있다. 「湖水2」에 나타난 "오리 목아지"는 충북 옥천군 동이면 '올목'의 형상이 '오리 목아지'를 닮았다하여 유래된 것으로 보인다. '오리 목아지'처럼 생긴 '올목' 지명이 불려진 시점은 정확히 알 수 없다. 다만 현재에도 '올목'이라는 마을과 '올목재'가 존재하고 있어 대부분의 옥천 사람들은 이곳을 잘 알고 있을 뿐이다. '오리모가지'처럼 생긴 지형을 보고 예부터 발음이 축약되어 불리게 된 '올목'은 지금도 자연 경관이 빼어나고 물고기가 많아 사람들이 자주 찾는 곳이다. 즉 "오리 목아지>오리 모가지〉오리목〉올목은 충북 옥천의 지형적 언어가 초래하였을 법한 기발한 발상의 시어"[22]로 유추할 수 있는 것이다.

---

21) 정지용, 「湖水2」, 『정지용 시집』, 시문학사, 1935, 69면.
22) 졸고, 앞의 논문, 66-67면.

동이면에는 '올목'이 있어요. 왜 '올목'이냐 하면 오리 모가지가 물로 폭 쑤셔박고 있는 형상의 산에서 온 말(지명)이어요. 기가 맥혀요. 어떻게 산의 모냥(모양)이 오리 궁둥이부터 몸통하며 기댄한(기다란) 모가지하며, 부리 부분하며…. 아매(아마) 오리가 부리를 물속에 넣고 물고기나 먹이를 잡아먹고 있는 모냥(모양)이어요.

경부고속도로가 처음 생길 때 굴을 뚫벘(뚫었)거든요. 그 굴이 오리 부리에 콧구멍 있잖아요. 거기에 꼭 뚫었어요. 비로소 오리가 콧구멍이 생겨서 숨통이 트인 형국이 만들어졌지요. 그래서 우리는 이 공사를 보고 오리 콧구멍 뚫는다고 했어요.

오리의 기댄한(기다란) 모가지를 쑥 내밀어 폭 처박고 있는 모습이거든요. 오리의 잘록한 모가지 부분은 골짜기를 이루어 옛날에는 청산 청성, 안남 등에서 그곳 재를 넘어 댕겼지요. 시방(지금)도 넘어갈 수 있어요. 올목재를 넘어가면(넘어가면) 금강 유원지 쪽으로 나오지요.

지금은 나무가 자라서 잘 안 비(보여)는 구면요. 그란디 그 전(나무가 자라기 전)에는 여그(올목 물 건너)서 보면(보면) 오리 형상이 아주 확연히 잘 보였어요.[23]

흔히, 독자들은 오리가 모가지를 비틀어서 오리 자신의 몸을 감는다고 생각한다. "감다"는 움직임의 대상인 목적어가 필요한 타동사인데, 여기서 "감는다"에 주목해보자. "감다"라는 말의 중의성을 충분히 발휘한 부분이라는 것을 알 수 있다. 그렇기에 다양한 "감다"의 해석이 필요해 보인다.

첫째, '(사람이나 짐승이 몸을) 둥그스름하게 말아 모으다.'는 의미로 해석할 수 있다. 즉, 1연에서처럼 오리가 모가지를 감는 행위는 호수를 감는 것이다. 즉 오리가 모가지를 돌리며 호수 속으로 모가지를 집어넣

---

23) 향토사학자 정수병(옥천군 동이면 출생, 88) 옹 구술. ( )는 논자 주.

고 감는 시늉을 하는 것으로 볼 수 있다. 흡사 오리가 똬리를 틀듯 고개를 돌리며 호수를 고리 모양으로 만들고자 함으로 해석이 가능하다. 그러나 호수는 물무늬만을 만들고 말았을 것이다.

둘째, '(몸에 옷을) 입거나 걸치다.'는 의미로 해석해 볼 수도 있다. 이때는 '(오리)의 모가지에 호수의 물을 입는다.'는 의미이다. 즉, 오리가 그의 모가지에 호수의 물을 입혀보는 것이다. 그런데 오리털의 속성상 물에 젖지 않아서 물방울이 퉁겨져 달아나니 반복적으로 호수의 물을 모가지에 입히는 장면을 연상하게 만든다.

셋째, '(사물이나 동물의 몸을) 헝클어지지 않게 말다.'는 의미로 해석해 볼 수도 있겠다. 오리가 모가지를 호수에 담그고 호수를 헝클어지지 않게 잘 정리하려 한다. 그런데 이러한 행위를 아무리 반복하여도 호수는 가지런히 정리가 되지 않는다. 그뿐만 아니라 호수를 감으면 감을수록 물무늬만 만들어진다. 즉, 조용하던 호수는 오리가 모가지를 감을수록 헝클어질 뿐이다.

넷째, '(사람이나 동물이 머리를) 물에 담가서 씻다.'라는 의미로 볼 수 있다. 오리 모가지가 주체가 되어 호수라는 객체를 씻겨주는 행위를 말하는 것이다. 흔히 일반 독자들은 호수가 오리 모가지를 씻겨준다고 생각할 것이다. 그러나 정지용은 올목(오리 모가지)이 여울 형태[24]의 호수를 감겨(씻어)주고 있다는 발상을 하게 된다.

올목을 중심으로 오른쪽은 오리의 몸통 부분이고 왼쪽은 머리부터 부리까지 쪽 내려가다 물속으로 처백(처박)히지요. 그때(용담댐 건설 이전)는 물이 이렇게 많지 않았어요. 그저 여울처럼 냇물만큼

---

24) 지금은 용담댐 건설로 물이 제법 많아졌지만, 이전에는 오리 모가지가 물속으로 폭 빠진 형상에 이르기까지 폭은 좁지만 물살이 제법 세차게 흘렀다고 한다.

이었어요. 그때는 물이 산쪽으로 붙어서 흘렀어요. 그러니 오리가 물에 떠 있는 형국이 확연했지요. 이 물이 올목을 돌아서 오리 주둥이 쪽으로 휘돌아서 옥천군 이원면 원동 쪽으로 빠져나가거든요. 그래서 올목이 있는 산이 작은 철봉산이라고도 해요. 뒷산은 좀 크고 큰 철봉산이어요. 이 오리 모양의 올목을 안은 산은 오리가 물에 잠겨있는 모습과 흡사해요.25)

이렇게 오리가 떠 있는 형상과 오리가 물속에 부리를 넣고 먹이를 잡는 풍경을 그리듯이 보여준다. 2연에서 자꾸만 "올목(오리 모가지)은" 1연에서처럼 "호수를 감는" 행위를 연속적으로 반복하게 된다고 정서를 표출한다. '올목(오리 모가지)'이 "자꼬 간지럽"다는 발상을 접목하고, '올목'은 호수를 감겨주는 행위를 반복하고 있다.

그전(옛날)에 어른들이 올목(오리 모가지가 쑥 빠진 곳)의 주둥이 부분 주변에 "압구정"이라는 정자가 있었다고 해요. 정확한 위치는 모르겠는디, 어른들이 그랬어요. "오리 鴨"자 "주둥이(입) 口"자를 쓰는 정자 말이어요. 그게 있었다고 하는데요, 어딘지는 잘 모르겠어요. 어릴 때 어른들이 그랬어요. 아메(아마) 오리 주둥이가 쑥 빠진 곳 어디쯤에 있었지 싶어요.26)

---

25) 향토사학자 정수병(옥천군 동이면 출생, 88) 옹 구술. ( )는 논자 주. 정수병 옹은 "마을 사람들은 정월 대보름에 달이 뜨는 위치에 따라 마을의 안녕과 풍년을 점치기도 하였다. 이제 그것을 기억하는 사람들이 다 돌아가셔서 더 이상 들을 수 없는 이야기가 되었다. 나(정수병 옹)도 이제 가물가물하고 자꾸 생각이 났다가 금방 잊어버리곤 한다."며 정수병 옹은 기억을 더듬는다. 그리고 "오리 몸통과 이어진 산은 바위산이었다. 지금은 나무가 자라서 바위가 가려졌는데 삿갓바위, 범바위, 말바위 등이 많았다. 그런데 말바위는 경지정리하면서 빼놨었는디, 어느 마을의 표지석으로 옮겨가 쓰고 있다. 내가 죽으면 이젠 모두 묻히고 말 이야기들"이라고 한다.
26) 향토사학자 정수병(옥천군 동이면 출생, 88) 옹 구술. ( )는 논자 주. 정수병 옹은 올목 주변의 강변을 "두지벌"이라고 하였다고 전한다. "'두지벌'은 '뒤집다'에서 온 말

이렇게 '올목'이 "오리"와 관련이 있었음을 뒷받침하는 구술을 정수병 옹은 이어갔다. '올목'은 옥천군 동이면에 존재한다. 정지용의 외갓집도 동이면에 자리하고 있다. 그의 어머니[27]가 아버지와의 불화로 가출을 하였을 때도 동이면 "친정에 머물고 있"[28]었을 것으로 보인다. 정지용의 유년 시절에 이러한 일들이 벌어졌다. 그러면 정지용은 어머니를 따라 혹은 혼자서라도 동이면에 자주 들렀을 것이다. 이것은 정지용 생가와 동이면은 걸어 다니기에 그리 멀지 않은 거리였다는 것, 지금은 교통의 발달로 차를 타고 다니는 것이 일상화되었지만 당시에는 옥천읍까지 모두 걸어 다녔다는 것[29] 등으로 볼 때 개연성이 있어 보인다.

한편, 나무가 우거져서 올목의 오리 모습을 통째로 담기가 어려웠다. 그래서 <사진B>와 <사진C>처럼 드론으로 촬영[30]하였다.

이다. 그곳은 홍수가 나면 뒤집혀 다 쓸려가기 일쑤였고, 일제강점기에는 '사금'을 채취하느라 다 뒤집고, 새마을 사업으로 자갈과 모래가 건축 자재로 다량 필요해지자 골재업자들이 뒤집어 자갈과 모래를 긁어갔고, 요즘은 유채꽃밭 조성을 위하여 포클레인이 연신 뒤집고 정리를 한다."고 구술한다며 "어떻게 옛날 사람들이 지명을 기가 막히게 예측하여 지었는지 참 신기하다."고 덧붙였다.

27) 어머니 정미하(하동 정씨)는 1946년 서울시 성북구 돈암동 산 11번지 자택에서 사망. 졸편, 『원전으로 읽는 정지용 기행 산문』, 깊은샘, 2015, 222-223면.

28) 한편, "정지용의 외조부 명현은 한약방을 운영하였다. 형편이 어려운 사람은 무료로 치료도 해주었으며, 침술로 유명하였다. 한번은 미친 사람(조현병)이 왔는데 침을 던졌는데도 딱 맞아서 정신이 돌아왔고 그 이후로 치료되었다고 한다. 그만큼 침술이 효력이 있었다는 얘기다. 아마 정지용의 부친 태국도 한약방을 하게 된 계기가 장인인 명현의 영향이었을 수도 있다. 자세한 이야기는 어른들께 전해 듣지 못했다. 왜냐하면 정지용이 빨갱이라고 말도 못 꺼내게 했다. 반공 방첩을 외치던 시절에 행여나 피해가 올까 봐서 쉬쉬했다. 아버지(광섭의)는 정지용의 어머니와 관련된 내용이 나오는 족보 면을 흰 종이로 안 보이게 붙여놓았다. 그래서 내(광섭)가 그 종이를 떼었더니 그분(미하)에 대한 부분이 나왔다. 전(정지용이 외갓집을 다녔을 무렵)에는 그 집(외갓집)이 기와집으로 기억나는데, 이후 다른 사람이 인수해서 스레트 지붕을 얹은 집으로 만들어 살았다. 현재는 빈집으로 남아있다." 정광섭 (67) 구술. ( )는 논자 주.

29) 당시에는 옥천읍뿐만 아니라 대전까지도 걸어 다녔다.

| <사진B> | <사진C> |

<사진B>의 왼쪽 동그라미 안은 오리가 주둥이를 물에 담그고 먹이를 먹는
모습이며, 경부고속도로 건설 당시 오리 부리 부분에 콧구멍을
뚫었다는 곳이다.

<사진B>의 오른쪽 동그라미 안은 올목재이며 올목에 마을을 형성하고
일제강점기에는 6-8가구 정도가 살았던 것으로 전한다.

<사진C>의 오른쪽 동그라미 안이 오리의 몸통 부분이다. 드론이 500m까지만
오를 수 있어서 한 화면에 다 잡을 수 없었다. 오른쪽으로 오리 궁둥이
부분이 매봉31)쪽으로 내려앉는다.

정지용은 외갓집에 다니며 "올목"을 알게 되었을 것이며 "압구정"에
대한 이야기도 들었음 직하다. 이렇게 익힌 외갓집이 있었던 옥천군 동
이면의 지명을 그는 초기 작품에 그려놓고 있었다. 잊을 수 없었던 어
머니를 그리워하는 공간으로 남겨 "올목"을 "오리 모가지"에 빗대어 표
현하고 있었다. 또한 「湖水1」32)이 온통 그리움을 노래하였고 관습적
방언33)을 동원하여 고향에 대한 그리움을 노래하였던 것으로 보아도
「湖水2」와의 관련성은 무관해 보이지 않는다.

---

30) 드론 촬영은 옥천군청 김남용 선생님.

31) '매사냥을 하였다'고 하여 "매봉"이라 한다.

32) 1930년 『詩文學』에는 「湖水」(얼골 하나 야 / 손바닥 둘 로 / 폭 가리지 만, // 보고
시픈 맘 / 湖水 만 하니 / 눈 감을 박게.)라는 제목으로, 1935년 『정지용 시집』에는
「湖水1」로 수록하였다. 본고에서는 「湖水2」와 구분하기 위하여 『鄭芝溶 詩集』에
따라 「湖水1」로 적기로 한다.

33) 졸고, 「정지용의 「湖水」 小考」, 『국어문학』 Vol. 57, 국어문학회, 2014, 109-130면.

정지용의 부친 정태국이 문화 유씨를 후처로 들였다. 이것으로 인한 어머니의 가출, 집안 가세의 기욺, 이복동생들의 출생 등으로 불우한 유년 시절을 보냈을 정지용은 경성의 휘문고보를 졸업한다. 그리고 그는 교토 동지사대학으로 유학을 떠났다.

2) "교토"의 공간과 "鴨川"

정지용은 교토로 유학을 떠난 1923년 4월에 동지사전문학교 신학부를 거쳐 5월에 동지사대학 예과에 입학하게 된다. 「鴨川」은 그가 동지사대학 예과에 입학한 지 불과 2달여 만에 쓰게 된 작품이다. 「鴨川」 작품 말미에는 "- 一九二三·七·京都鴨川에서"로 창작 연월일과 창작 장소를 밝혀두고 있다.

1923년에 창작된 「鴨川」은 4년 정도의 시간이 지난 뒤인 1927년 6월 『學潮』 2호에 발표된다. 이후 「鴨川」은 「京都鴨川」이라는 제목으로 1930년 『시문학』34)과 「鴨川」이라는 제목으로 1935년 『정지용 시집』35)

---

34) "鴨川 十里ㅅ벌 에 / 해는 점으러●●● 점으러●●●● // 날이 날마다 님 보내기 / 목이 자젓다●●● 여울 물소리●●●● // 찬 모래알 쥐어싸는 찬 사람의 마음, / 쥐여 싸라. 바시여라. 시연치도 안어라. // 역구풀 욱어진 보금자리 / 쑴북이 홀어멈 우름 울고, // 제비 한쌍 써ㅅ다, / 비마지 춤을 추어. // 수박 냄새 품어오는 저녁 물ㅅ바람. / 오랑쥬 썹질 씹는 젊은 나그내의 시름. // 鴨川 十里ㅅ벌 에 / 해가 점으러●●● 점으러●●●●" 『시문학』 1호, 1930, 16-18면. 한편, 점으러●●● 점으러●●●●(점으러⋯⋯ 점으러⋯⋯), 자젓다●●● 여울 물소리●●●●(자졌다⋯⋯ 여울 물소리⋯⋯). ( )는 권영민, 『정지용 詩 126편 다시 읽기』, 민음사, 2004, 213면으로 『시문학』 원본 대조 결과 권영민의 오기로 보인다.

35) "鴨川 十里ㅅ벌에 / 해는 저믈어⋯⋯ 저믈어⋯⋯ // 날이 날마다 님 보내기 / 목이 자졌다⋯⋯ 여울 물소리⋯⋯ // 찬 모래알 쥐어 싸는 찬 사람의 마음, / 쥐여 싸라. 바시여라. 시연치도 않어라. // 역구풀 욱어진 보금자리 / 뜸북이 홀어멈 울음 울고, // 제비 한쌍 떠ㅅ다, / 비마지 춤을 추어. // 수박 냄새 품어오는 저녁 물바람. / 오랑쥬 껍질 씹는 젊은 나그네의 시름. // 鴨川 十里ㅅ벌에 / 해가 저믈어⋯⋯ 저믈어… " 『정지용 시집』, 시문학사, 1935, 34-35면. 한편, 마지막 연 마지막 행은 『정

에 재수록 된다.

정지용은 1923년 일본 교토로 유학을 떠나기 전인 3월에 그의 대표 작인 「鄕愁」 초고를 썼다. 「鄕愁」가 고국 조선을 떠나는 정지용 자신의 심적 부담감이 내면에 작용된 것이라면 「鴨川」은 조선을 떠나 일본 교토에서 쓴 작품이다. 그리고 일본에서 유학을 마치고 조선으로 돌아간 그 이듬해인 1930년에 동시풍의 「호수2」를 발표하고 있다.

이는 유년 시절에 올목의 오리를 기억하였던 경험적 기억장치가 일본 교토에 가서 "鴨川"이라는 장소와 만나 작동하게 된 것으로 보인다. 이러한 기억장치의 작동으로 인해 정지용은 「鴨川上流(上)」과 「鴨川上流(下)」라는 산문과 「鴨川」이라는 시를 창작하게 된다. 우연히도 그가 유학을 갔던 교토에는 "鴨川"이 있었다. 그것도 정지용이 다녔던 동지사대학 가까운 곳에 "鴨川"이 흐르고 있었다. 그러니 그의 유년 시절에 들었음 직한 고향 지명 '올목'과 '압구정'을 자연스레 떠올리게 되었을 것이다. 그리고 그는 고향에서 들었던 지명과 '鴨川'에 대하여 헤아리고 판단하며 인식하는 정신 작용을 수없이 반복하였을 것이다. 왜냐하면 그는 고향에서 고통 받고 있을 어머니, '오리'와 관계된 지명에서 떠올린 어릴 적 유쾌하지 못했던 기분으로 외갓집을 갔던 기억, 조국의 현실 등 복잡한 상황에 놓여 고민이 깊었을 것이기 때문이다.

정지용은 자신의 고향 지명 '올목'이나 지금은 사라진 '압구정'을 떠올리고 그곳에서 얻은 경험을 기억해내서 글감을 선정하였을 것이다. 그리고 그 경험의 내용과 또 다른 '압천'에서의 경험을 통한 내용을 문학이라는 갈래로 정리하여 서정적인 느낌을 드러내고 있다. 운문문학인 시는 작가의 서정적인 느낌을 강조한 문학이며 그중에서도 주관적인 성격이 강하기 때문이다.

지용 시집』과 대조 결과 "저물어…… 저물어……"로 오기. 권영민, 위의 책, 209면.

나는 이 냇가에서 거닐고 앉고 부질없이 돌팔매질하고 달도보고 생
각도하고 學期試驗에 몰리어 노-트를 들고 나와 누어서 보기도 하였다.
                              ― 「鴨川上流(上)」36) 중에서

정지용은 이곳 '압천'에서 "거닐고 앉고", "달도보고 생각도하고",
"노-트"를 가지고 와서, 공부하는 공간이 되었다. 아주 사소해 보이지
만, 그에게는 중요한 장소로 작용하고 있었음을 알 수 있다. 즉, 정지용
에게 '압천'은 작품을 만들어내거나 구성하는 주된 요소로 작용하고 있
었다. 이곳 '압천'은 그에게 "사색의 공간이었고 위로의 공간이었으며
휴식의 공간으로 작용"37)되고 있었던 것이다.

鴨川 十里 벌 에
해 는 점 으 러. 점 으 러.

날 이 날 마닥 님 보내 기,
목 이 자젓 다. 여울 물 소리.

찬 모래 알 쥐여 짜는 찬 사람 의 마음.
쥐여 짜라. 바시 여라. 시연치 도 안어라.

역구 풀 욱어진 보금 자리,
쓸북이 홀어멈 우름 울고,

제비 한 쌍 써엇 다,
비마지 춤 을 추 어.

---

36) 정지용, 「鴨川上流(上)」, 앞의 책, 51면.
37) 졸고, 앞의 논문, 151면.

수박 냄새 품어 오는 저녁 물 바람.
오렌쥐 껍질 씹는 젊은 나그내 의 시름.

鴨川 十里 벌 에
해가 점 으 러 점 으 러.
- 一九二三·七·京都鴨川에서 -

—「鴨川」38) 전문

1연의 "鴨川 十里 벌 에 / 해 는 점 으 러. 점 으 러."와 마지막 연의 "鴨
川 十里 벌 에 / 해가 점 으 러 점 으 러."로 유사한 시구로 구성하는 시상
전개 방법을 구사하고 있다. 이러한 수미상관식 구성을 통하여 "해가 저
물어"가는 쓸쓸한 상황을 강조하며 구조적 안정감을 취하기도 한다.

2연에서 "날 이 날 마닥 님 보내 기 / 목 이 자젓 다. 여울 물 소리."는
'날마다 시간이 갈수록 님을 보내기가 아쉬워 압천의 물이 줄어들 듯이
서러운 감정이 복받쳐 목의 수분기가 줄어 목이 멘다.'는 의미로 볼 수
있다.

鴨川이란 내는 비올철이면 흘르고 그렇지 않으면 아주 말라붙는
내다. 漱石39)의 글에도 『鴨川 조약돌을 밟어 헤여 다하였다』라는
한 기행문 구절이 있었던 줄로 기억하고 있지마는 물이 말르고 보면
조약돌이 켜켜히 앙상하게 들어나(드러나) 있어서 부실한 겨을해나
비치고 할때는 여간 쓸쓸하지 않았다.

—「鴨川上流(上)」40) 중에서

---

38) 정지용, 「鴨川」, 『學潮』 2호, 1927. 6, 78-79면. 최동호 엮음, 『정지용 전집1』, 서정
    시학, 2015, 95면 재인용.
39) 나쓰메 소세키(1867-1916).
40) 정지용, 앞의 책, 50면. ( )는 논자 주.

「鴨川上流(上)」에서 "鴨川이란 내는 비올철이면 흘르고 그렇지 않으면 아주 말라붙는 내"라고 서술하는 것으로 보아 '자젓 다'는 '(물)이 줄어들어 밑바닥에 깔리다.'의 의미에 가깝다. 그러나 "물이 말르고 보면 조약돌이 켜켜이 앙상하게 들어나 있어서 부실한 겨을해나 비치고 할 때는 여간 쓸쓸하지 않았다"로 보면 님을 보내고 물이 마르듯이 쓸쓸한 감정의 기운이 다하였기에 님을 보내기 아쉬워 '(목이) 잠기다.'의 뜻으로 볼 수 있다. 그리하여 '자젓 다'는 언어의 중의성을 띤다고 본다.

3연의 "찬 모래 알 쥐여 싸는 찬 사람 의 마음. / 쥐여 싸라. 바시 여라. 시연치 도 안어라."에서 화자는 "찬 사람"을 등장시켜 "찬 모래알"을 "쥐여 싸"고 "바시"나 "시언치 도 안"은 마음을 내비친다. 아마 이것은 임을 보내고 그리움과 서러움이 화자의 마음에 자리 잡았기에 인내의 고통을 감수하기가 어려웠던 것으로 보인다. 여기서 님은 조선에 두고 온 가족 중 홀로 고향에 남아 고통을 받고 있을 어머니나 일본의 지배 아래에서 아픔과 괴로움을 겪고 있는 조선이나 조선인 노동자의 당시 현실 상황일 수 있다.

> 맞댐으로 만나 따지고보면 별수없이 좋은 사람들이었지만 얼굴 표정이 잔뜩 질려보이고 목자가 험하게 찢어져있고하여 세루양복에 머리를 갈렀거나 치마대신에 하까마, 저고리대신에 기모노를 입었다는 理由만으로 욕을 막 퍼붓고 희학질이 여간 심한 것이 아니었다. (중략)
> 장마치르고난 자갈밭이거나 장마가 지고보면 의례히 떠나갈 터전, 말하자면 별로 말성이 되지않을 자리면 그들은 그저 어림어림하여 집이라고 고혀 놓는다. (중략)
> 짜르르 짤았거나 희거나 푸르둥둥하거나하여간 치마 저고리를 입은 아낙네들이나 아래동아리 훌훌벗고 때가 겨른 아이들일지라

도 산설고 물설은 곳에서 만나고보면 반갑지 않을 수 없다.

—「鴨川上流(下)」41) 중에서

하지만「鴨川」에서 "찬 사람"의 "마음"을 "쥐여 짜"고 "바시"는 강렬한 극적 요소를 가미한 언어를 차용한다.「鴨川上流(下)」를 참조하여 보면,「鴨川」에서의 "쥐여 짜"고 "바시"는 극렬한 언어들은 비예산42) 케이블카 공사에 동원된 조선인 노동자에 대한 안타까운 마음일 수도 있다. 이들은 "욕을 막 퍼붓고 희학질"을 하며 "말성이 되지 않을 자리"에 "집이라고 고혀" 놓는다. 임시 막사처럼 대충 지어 놓은 집은 조선인 노동자의 거주환경이 좋지 않았음을 반증하기도 한다. 그러나 정지용은 이들을 "만나고" 반가워한다.

정지용은 이들의 집에서 "조선 것만 골라다 놓은" 귀한 반찬들로 점심을 대접 받는다. 그리고 그 자리에서 무뚝뚝한 조선인 "바깥주인"을 만난다.

바깥주인의 태도가 좀 무뚝뚝하고 버티기로서니 내가 안경을 벗고 한팔집고 한무릎꿇고 무슨道 무슨面 무슨里 몇統 몇戶까지 대며 인사를 올리는데야 자긔들 어찌 그대로 하다 뺄수 있을것이며 또 저으기 緩和되지 않을배 어디 있었으랴.

「鴨川上流(下)」43) 중에서

정지용은 비예산 케이블카 공사에 동원된 조선인 노동자들의 집을 방문하고 돌아온다. 그는 "방안에서 문에서 뜰에서 부엌에서 모두들

---

41) 정지용, 위의 책, 53-54면.
42) 일본 교토의 후지산이라 불리는 히에이산(比叡山). '장보고 기념비'와 일제강점기에 조선인 노동자들이 건설한 케이블카 등이 있다.
43) 정지용,「鴨川上流(下)」, 앞의 책, 55-56면.

잘가고 또 오라는 인사"44)를 받으며 사촌이라 소개한 여학생과 함께 돌아온다.

「鴨川」4연은 교토 '압천'의 정경을 그리고 있는 동시에 그의 고향 옥천의 정경을 묘사하고 있다고 본다. 교토의 '압천'에 "역구 풀"이 나고 "씀북이"가 울었다는 것이 사실적 묘사라면, 고향 옥천은 집안을 돌보지 않는 아버지 때문에 "씀북이 홀어멈"이 된 어머니가 혼자서 농사를 지으며 고통스러워하고 있음을 시사하고 있는 유추적 묘사에 해당한다.

5연은 "제비"가 마른 '압천'에 비가 내리기를 기원하는 "비마지" 춤을 추는 장면이 그려진다. 교토 '압천' 위로 날아다니는 제비가 등장하며 흥겨운 장면으로 연결되는 고리 역할을 할 것처럼 보인다.

그러나 6연으로 이어지며 비가 올 것이라는 희망은 급격히 "젊은 나그내 의 시름"으로 이동하며 시적 화자의 외로움이 최고로 고조된 정서로 이어진다. 화자는 해가 저물 무렵에 '압천'이라는 공간에서 쓸쓸하고 외로운 마음을 토로한다.

3. 결론

정지용은 고향의 '올목'과 교토 유학 시절 '鴨川'의 지명에서 만난 '오리'와 관련하여, 고향의 정서와 교토 유학생활의 정서를 서로 환기하게 된다.

정지용은 외갓집을 다니며 '올목'을 가보거나 들었을 것이고, '압구정'에 대한 이야기도 들었음직하다. 그는 이렇게 익힌 옥천군 동이면의 지명을 「湖水2」에 그려놓고 있었다. 즉, 어머니를 그리워하는 공간으로 남겨진 '올목'은 「湖水2」에서 "오리 모가지"에 빗대어 표현하고 있다.

---

44) 정지용,「鴨川上流(下)」, 위의 책, 56면.

"올목"은 '오리가 물 위에 떠서 먹이를 잡아먹는 형상'을 갖춘 지명이다. 이곳은 정지용의 외갓집과 지척인 곳으로 유년시절 자신의 순수함과 비애 그리고 고독이 함께 자라던 곳이다. "씀북이 홀어멈"같은 어머니를 홀로 두고 일본 교토로 유학을 떠난 정지용은 동지사대학 근교의 '鴨川'이라는 장소를 주시한다. 즉, 정지용에게 '鴨川'은 사색하여 작품을 생산하는 곳, 식민지 청년의 우수를 위로하는 곳, 식민지 현실의 아픔과 고통을 교감하는 곳으로 작용하고 있었다.

정지용은 조선이라는 나라를 잃은 식민지 젊은이의 슬픔과 '鴨川'에서 공부를 하며 자신의 미래에 대한 걱정에 불안하였을 것이다. 그는 유학지에서 우연이든 필연이든 '鴨川'을 만나 「鴨川」, 「鴨川上流(上)」, 「鴨川上流(下)」 등을 생산하고 있었다. 이러한 일련의 과정은 고향 지명과 경험에서 출발하였고 일본 교토에서도 그의 고향에 대한 정서는 애절하게 환기되고 있었던 것으로 본다.

이렇게 애절했던 정서가 작품으로 형상화될 수 있었던 정지용의 고향 '올목'이나 '압구정'에 대한 공감을 얻을 수 있는 문화콘텐츠 개발도 필요하다. 이것은 현대시의 체험적 공간에 대한 초석을 마련하는 동시에 미래의 경쟁력을 갖춘 문학지역으로 발전할 수 있는 기반이 되기 때문이다. 또한 정지용을 연구하는 학자들은 「湖水2」에서 보듯 그의 고향 지명과의 관계를 간과해서는 안 된다. 이는 정지용 문학 연구뿐만 아니라 한국현대시 연구에 정진할 호기를 잃을 우려를 낳을 수 있기 때문이다.

II. 정지용 작품 각론

1장

정지용 「鄕愁」의 再考

정지용 「鄕愁」의 再考

1. 서론

　충북 옥천에서 1902년에 태어난 정지용[1])이 비로소 대중 곁으로 돌아온 것은 「향수」라는 노래를 통해서이다. 이를 부정할 자는 드물 것이다. 물론 학자들마다 이견이 있을 수 있다. 「호수」, 「유리창」, 「인동차」, 「춘설」, 「고향」, 「압천」, 「카페프란스」 등이 한국의 국어 교과서에 등재되면서 국민들의 가슴에 정지용이 그의 시와 함께 자리 잡았기 때문이다. 이 정지용의 시는 시험지를 푸는 시험점수용 혹은 소수 독자들의 가슴을 적시는 감상용 그리고 문학을 공부하는 학자들의 연구용 등으로 분류되어 읽히고 있는 실정이었다.

　그러나 거리를 지나며 혹은 각종 매체를 통하여 대중이 접하는 「향수」의 여파는 실로 무시할 수 없다. 왜냐하면 1988년 3월, 정지용의 작품에 대한 해금이 이루어진 후 「향수」는 김희갑에 의해 새로 작곡된다. 이 곡

---

*『충북학』19집, 충북학연구소, 2017, 61-82면.
1) 정지용(1902-?)의 개괄적 일대기는 대부분 알고 있다고 간주. 지루함을 덜기위해
　여기서는 그의 전기와 관련, 불필요한 부분은 언급하지 않기로 한다.

「향수」를 가수 이동원과 테너 박인수 교수가 듀엣으로 부르며 「향수」의 인기는 치솟았다. 물론 「향수」는 최초로 '최동선 작곡가가 4/4박자의 가장조로 작곡한 후 변 훈 작곡가가 3/4박자의 바장조로 작곡, 그리고 김희갑 작곡가가 4/4박자의 바장조'²⁾로 다시 작곡하여 오늘에 이르게 된다.

1927년 『조선지광』에 최초로 발표된 「향수」에 대한 논의는 다수 발표되었다.

김학동은 「향수」와 관련 "1연을 고향마을을 둘러싼 고향마을 제시, 2연을 '질화로'와 '짚벼개'를 통하여 아버지를 환기, 3연을 유년기의 회상, 4연을 농가마을의 전경, 5연을 단란하게 살아가는 한 농가의 정경"³⁾을 의미한다고 서술한다. 사실상 김학동의 이 『정지용 연구』로부터 학계는 정지용과 「향수」에 대한 포문을 열었다.

김형미는 "1연을 토속성의 이미지로, 2연을 전형적인 농촌의 순박한 아버지 모습, 3연을 유년기의 회상, 4연을 농촌마을의 정경, 5연을 단란한 농촌의 가정"⁴⁾을 노래하고 있다고 서술하는데 그쳤다. 그래도 이는 초창기 정지용 연구의 지적 호기심을 자극하는 바탕이 되었다는 데 그 의의를 두기로 한다.

이숭원은 "정지용의 초기시를 대표하는 「향수」의 1연은 고향마을 모습을 원경으로 제시, 2연은 방밖과 방안의 정경대비, 3연은 자신의 어린 시절을 추억, 4연은 누이와 아내 모습 제시, 5연은 쓸쓸하고 허전한 심정이 자아의 외로움으로 표상"⁵⁾된다고 서술하였다. 이로? 정지용의 「향수」에 좀 더 심층적이고 체계적으로 접근하기 시작한다.

2) 최동호, 『정지용 사전』, 고려대학교 출판부, 2003, 566-583면.
3) 김학동, 『정지용 연구』, 민음사, 1997(개정판 1쇄), 22-24면.(초판 1987. 11. 5.) * 연구의 선후 과정을 살피기 위하여 초판 발행일 참고.
4) 김형미, 「정지용론」, 연세대학교 교육대학원 석사학위논문, 1989, 10-11면.
5) 이숭원, 『정지용 시의 심층적 탐구』, 태학사, 2004, 67-70면.(초판 1999. 5. 25.)

박태상은 "「향수」의 노랫말은 매우 길어 2-3절까지 외워 부른다는 것은 불가능하나, 고향이 주는 애틋한 정 같은 보편적 정서, 감각적 이미지의 참신성, 노랫말의 지적 이미지 등은 「향수」가 불멸의 노래"[6]가 되게 하였다고 주장하였다. 이 주장도 「향수」 이미지의 참신성이나 시가 지니는 정서에 독자들이 한걸음 다가가는데 일조하였다.

그러나 필자는 선행연구자들의 「향수」의 언어적 변이과정에 대한 논의가 눈에 쉽게 띄지 않는 점과 "「향수」의 노랫말은 매우 길어 2-3절까지 외워 부른다는 것은 불가능"하다는 박태상의 주장에 의문을 가지며 졸고에 접근하였다. 물론 이 의견에 수긍할 요지도 있다. 「향수」의 노랫말이 길고 도시지향적인 현대인에게 어울리지 않는 농촌의 풍경을 노래하고 있으니 말이다.

하지만 요즈음 충북 옥천의 중·고등학생뿐만 아니라 초등학생들도 쉽게 「향수」를 외워 부르는 것을 목격하였다. 이는 「향수」만 가질 수 있는 운율적 맥락과 관련이 있다. 이 운율적 매력을 설명하기 위하여 원전대조를 통하여 「향수」의 표기가 변화된 모습을 서술하였다. 이 변화된 모습을 비교하며 「향수」의 질서에 대하여 논하였다. 또 「향수」의 정본 문제와 「향수」가 실렸던 『정지용 시집』의 초판본 문제에도 접근하였다.

2. 「鄕愁」 표기와 질서

정지용은 1950년 7월 그믐께[7] 녹번리 초당에서 설정식 등과 함께 정치보위부에 나가 자수형식을 밟다가 납북으로 추정되는 시인이다. 마

---

6) 박태상, 『정지용의 삶과 문학』, 깊은샘, 2012, 188면. (초판 2010. 5. 30.)
7) 김묘순, 『정지용 만나러 가는 길』, 국학자료원, 2017, 252면.

II _ 1장 | 정지용 「鄕愁」의 再考 111

지막 생에 대한 의견이 분분한 정지용 「향수」의 표기와 그 변이에 대하여 1950년을 기점으로 살펴보았다. 왜냐하면 1950년 이전의 표기는 시인 정지용의 의도가 다분히 들어있다고 보고 그 이후는 시인의 의도보다는 편자의 편집과 인쇄과정에서 표기변화가 일어났다고 보기 때문이다. 이로써 「향수」가 지니는 질서에 대하여 개괄적으로 살펴보았다.

1) 1950년 이전

어느 시인의 작품이나 마찬가지겠지만 정지용의 「향수」는 1927년 『조선지광』에 최초로 발표한 것과 1935년 시문학사가 간행한 『정지용시집』의 표기가 상당부분 다르다. 특히 띄어쓰기와 어휘 그리고 시어 배치 등에 변화가 많다. 그리고 1946년 을유문화사에서 발간한 『지용시선』도 시문학사의 『정지용 시집』과 상이한 부분이 발견된다. 이에 1927년 『조선지광』부터 1946년 『지용시선』까지 20년 동안 발표된 「향수」의 원전 대조를 통해 변화된 부분을 찾아보기로 한다. 단 굵은 시어처리는 『조선지광』→『정지용시집』과 『정지용시집』→『지용시선』의 변화된 「향수」의 표기를 필자가 강조하는 바이다.

鄕愁

넓은 벌 동쪽 ᄭ트 로
녯니야기 지줄대는 실개천 이 회돌아 나가고,
얼룩백이 황소 가
해설피 금빗 게으른 우름 을 우는 곳,

―그 곳 이 참하 쑴 엔들 니칠니야.

질화로 에 재 가 식어 지면
뷔인 바 테 밤ㅅ바람 소리 말 을 달니고,
엷은 조름 에 겨운 늙으신 아버지
집벼개8) 를 도다 고이시는 곳,

—그 곳 이 참하 꿈 엔들 니칠니야.

흙 에서 자란 내 마음
파아란 한울 비치 그립어 서
되는대 로 쏜 화살 을 차지려
풀섭 이슬 에 함추룸 휘적시 든 곳,

—그 곳 이 참하 꿈 엔들 니칠니야.

傳說바다 에 춤 추는 밤물결 가튼
검은 귀밋머리 날니 는 누의 와,
아무러치 도 안코 엽블것 도 업는
사철 발 버슨 안해 가,
싸가운 해쌀 을 지고 이삭 줏 든 곳,

—그 곳 이 참하 꿈 엔들 니칠니야.

한울 에는 석근 별
알수 도 업는 모래성 으로 발 을 옴기고,
서리 싸막이우지짓 고 지나가는 초라한 집웅,
흐릿한 불비채9) 돌아안저 도란도란 거리는 곳,

---

8) 최동호 엮음, 『정지용 전집1』, 서정시학, 2015, 78면은 '집베개'로 표기.
9) 권영민, 『정지용 詩 126편 다시 읽기』, 민음사, 2004, 231면은 '불비체'로 표기.

─그 곳 이 참하 쑴 엔들 니칠니야.

─『조선지광』65호[10] ─

鄕愁

넓은 벌 **동쪽 끝으로**
옛이야기 지줄대는 **실개천이** 회돌아 나가고,
얼룩백이 **황소가**
해설피 **금빛** 게으른 **울음을** 우는 곳,

─그 곳이 참하 **꿈엔들 잊힐리야.**

질화로에 재가 식어지면
뷔인 **밭에 밤바람** 소리 **말을 달리고,**
엷은 **조름[11]에** 겨운 늙으신 아버지가
짚벼개를 돋아 고이시는 곳,

─그 곳이 참하 **꿈엔들 잊힐리야.**

흙에서 자란 내 마음
파아란 **하늘 빛이** 그립어
함부로 쏜 활살을 찾으려
풀섶 이슬에 함추름 **휘적시든 곳,**

─그 곳이 참하 **꿈엔들 잊힐리야.**

傳說바다에 춤추는 밤물결 **같은**

---

10) 정지용, 「鄕愁」, 『조선지광』65호, 조선지광사, 1927. 3, 13~14면.
11) '졸음'으로 오기(誤記). 권영민, 앞의 책, 225면.

검은 귀밑머리 날리는 어린 누의와

아무러치도 않고 여쁠것도 없는

사철 발벗은 안해가

따가운 해ㅅ살을 등에지고 이삭 줏던 곳,

　―그 곳이 참하 꿈엔들 잊힐리야.

하늘에는 석근 별

알수도 없는 모래성으로 발을 옮기고,

서리 까마귀 우지짖고 지나가는 초라한 집웅,

흐릿한 불빛에 돌아 앉어 도란 도란거리는 곳,

　―그 곳이 참하 꿈엔들 잊힐리야.

　　　　　　　　　　　　―『정지용시집』― 12)

鄕愁

넓은 벌 동쪽 끝으로

옛이야기 지줄대는 실개천이 휘돌아 나가고,

얼룩백이 황소가

해설피 금빛 게으른 울음을 우는 곳,

　―그 곳이 참하 꿈엔들 잊힐리야.

---

12) 정지용, 「鄕愁」, 『정지용시집』, 시문학사, 1935. 10, 39~41면.
　ⓐ 김학동 편, 『정지용 전집1』, 민음사, 2013, 49~50면의 「향수」는 『정지용시집』
　(시문학사, 1935)가 『조선지광』 65호, 1927. 3.으로 오기(誤記). ⓑ 오성호, 김종태
　편, 「「향수」와 「고향」, 그리고 향토의 발견」, 『정지용 이해』, 2002, 196~197면의
　「향수」는 『정지용시집』(시문학사, 1935)가 『조선지광』 65호, 1927. 3.으로 오기
　(誤記). 1연 다음 후렴구는 줄띄움 없이 표기, 각 후렴구는 '그곳'으로 붙여 쓰고, 3
　연 뒤 후렴구는 '그것'으로 오기(誤記). ⓒ 정지용, 『정지용시집』, 건설출판사,
　1946, 39~41면은 시문학사(1935)『정지용시집』과 표기, 면수가 일치.

질화로에 재가 식어지면
뷔인 밭에 밤바람 소리 말을 달리고,
엷은 **졸음**에 겨운 늙으신 아버지가
짚벼개를 돋아 고이시는 곳,

　―그 곳이 참하 꿈엔들 잊힐리야.

흙에서 자란 내 마음
파아란 하늘 빛이 그립어
함부로 쏜 **화살**을 찾으려
풀섶 이슬에 함추름 휘적시**던** 곳,

　―그 곳이 참하 꿈엔들 잊힐리야.

傳說바다에 춤추는 밤물결 같은
검은 귀밑머리 날리는 어린 누의와
아무**렇**지도 않고 **예**쁠것도 없는
사철 **발 벗은** 안해가
따가운 해ㅅ살을 **등에 지고** 이삭 줏던 곳,

　―그 곳이 참하 꿈엔들 잊힐리야.

하늘에는 **성근** 별
알수도 없는 모래성으로 발을 옮기고,
서리 까마귀 우지짖고 지나가는 초라한 집웅,
흐릿한 불빛에 돌아 앉어 도란 도란거리는 곳,

　―그 곳이 참하 꿈엔들 잊힐리야.

―『지용시선』― 13)

『조선지광』(1927)	『정지용시집』 (시문학사(1935)= 건설출판사(1946))[14]	『지용시선』(1946)
동쪽	동쪽	동쪽
ᄭᅳ트 로	끝으로	끝으로
넷니야기	옛이야기	옛이야기
실개천 이	실개천이	실개천이
회돌아	회돌아	휘돌아
황소 가	황소가	황소가
금빗	금빛	금빛
우름 을	울음을	울음을
─그 곳 이 참하 ᄭᅮᆷ 엔들 니칠니야.	─그 곳이 참하 꿈엔들 잊힐리야.	─그 곳이 참하 꿈엔들 잊힐리야.
질화로 에 재 가 식어 지면	질화로에 재가 식어지면	질화로에 재가 식어지면
바 테 밤ㅅ바람	밭에 밤바람	밭에 밤바람
말 을 달니고,	말을 달리고,	말을 달리고,
조름 에	조름에	졸음에
아버지	아버지가	아버지가
집벼개를 도다	짚벼개를 돋아	짚벼개를 돋아
흙 에서	흙에서	흙에서
한울 비치 그립어 서	하늘 빛이 그립어	하늘 빛이 그립어
되는대 로 쏜 화살 을 차지려	함부로 쏜 활살을 찾으려	함부로 쏜 화살을 찾으려
풀섭 이슬 에	풀섶 이슬에	풀섶 이슬에
휘적시 든	휘적시든	휘적시던
바다 에	바다에	바다에
가튼	같은	같은
귀밋머리 날니 는 누의 와	귀밑머리 날리는 어린 누의와	귀밑머리 날리는 어린 누의와
아무러치 도 안코 엽블것 도 업는	아무러치도 않고 여쁠것도 없는	아무렁지도 않고 예쁠것도 없는
발 버슨 안해 가, 싸가운 해쌀을 지고 이삭 줏 든	발벗은 안해가 따가운 해ㅅ살을 등에지고 이삭 줏던	발 벗은 안해가 따가운 해ㅅ살을 등에 지고 이삭 줏던

13) 정지용, 『지용시선』, 을유문화사, 1946. 5, 20~23면.

한울 에는	하늘에는	하늘에는
석근	석근	성근
알수 도 업는 모래성 으로 발 을 옴기고,	알수도 없는 모래성으로 발을 옮기고,	알수도 없는 모래성으로 발을 옮기고,
까막이우-지짓 고	까마귀 우-지짖고	까마귀 우-지짖고
불비채 돌아안저 도란도란 거리는	불빛에 돌아 앉어 도란 도란거리는	불빛에 돌아 앉어 도란 도란거리는

<표1>에서 「향수」를 『조선지광』, 『정지용 시집』, 『지용시선』으로 비교하여 검토하였다. <표1>에서 보이듯이 「향수」는 단어와 어휘의 표기법, 띄어쓰기 등이 다르게 나타남을 알 수 있다.

1927년 『조선지광』의 「향수」에서 『정지용 시집』이나 『지용시선』의 「향수」와 상이한 부분이 발견된다. 이 특색 있는 표현방법을 개괄적으로 살펴본다. 굵은 시어처리는 필자가 강조하고자 하는 바이다.

첫째, 현대국어에서는 쓰이지 않는 어두자음군에서 합용병서의 표기가 나타난다. '**쯰**트 로', '**짜**가운', '**까**막이' 등에 나타난 'ㅼ', 'ㅺ' 등의 합용병서는 현대문법에는 초성에 쓰이지 않는다. 합용병서 'ㄵ', 'ㄶ' 등은 '앉다', '않는다' 등으로 현대문법에 종성에 쓰인다. 그러나 'ㄾ', 'ㅃ' 등의 합용병서는 초성과 종성 어디에도 쓰이지 않고 있다.

둘째, 조사의 띄어쓰기이다. 조사는 체언에 붙여 써야 하지만 『조선지광』의 「향수」는 띄어 쓰고 있음이 발견된다. '실개천 **이**', '황소 **가**', '우름 **을**', '그 곳 **이**', '질화로 **에**', '재 **가**', '말 **을**', '조름 **에**', '흙 **에서**', '그립어 **서**', '되는대 **로**', '화살 **을**', '휘적시 **든**', '이슬 **에**', '바다 **에**', '날니 **는**', '아무러치 **도**', '엽블것 **도**', '안해 **가**', '해쌀 **을**', '줏 **든**', '한울 **에는**',

---

14) 『정지용시집』의 시문학사(1935)와 건설출판사(1946) 「향수」는 표기가 같아 따로 표에서 다루지 않음.

'알수 **도**', '모래성 **으로**','발 **올**', '우지짓 **고**' 등에서 체언과 조사를 띠어
쓰고 있다. 명사, 대명사, 수사로 지칭되는 체언 중 특히 명사와의 띠어
쓰기가 눈에 띈다.

셋째, 두음법칙이 지켜지지 않고 있다. 「향수」에서 정지용은 '**니칠니
야**', '**넷**니야기'에서 두음법칙을 지키지 않고 표기하고 있다. '니칠-'과
'넷니-'는 두음법칙을 지켜 표기하면 '잊힐-', '옛이-'처럼 표기해야 한다.

넷째, 어근을 밝혀 적지 않고 있다. 「향수」에서 '**쯔트로**', '**우름**', '**바
테**', '**조름**', '**도다**', '**비치**', '**차지려**', '**가튼**', '**버슨**'은 모음으로 시작되는
뒤 음절의 초성으로 이어져 소리를 내는 연음으로 표기 처리하고 있다.
이는 '씰-', '울-', '밭-', '졸-', '돋-', '빛-', '찾-', '같-', '벗-'으로 어근을 밝혀
적어야 하나 그렇지 않게 표기하고 있다.

『조선지광』에 「향수」를 발표할 당시 정지용은 자신의 의도를 정확
히 드러내고자 하였을 것이다. 그는 시적화자를 부려 글자를 조합해 독
자에게 정확히 전달하려고 노력하였을 것으로 보인다. 문법적 연구는
문법학자의 몫으로 돌려야 하겠지만, 『조선지광』에 나타난 「향수」 표
기는 정지용문학 연구자뿐만 아니라 국어사 연구의 사료적 재료로 연
구 가치가 높아 보인다.

2) 해금 이후

시인은 자신을 바라보는 삶을 공개하는 위치에 서있다. 그러나 1950
년 이후 정지용의 생사는 불분명하다. 50여년도 채 안 되는 삶을 살다
갔을 것으로 추정되는 정지용은 독자에게 다른 삶을 바라보게 하는 방
향을 설정하기도 하였다. 그의 작품에 매료되어 자신의 삶의 위치를 바
꾼 독자도 있다.[15]

그러나 그의 작품은 1988년 3월 31일 해금될 때까지 거의 갇혀 있었다. 사회 현실이 그의 작품에 대한 거론을 허락하지 않았기 때문이다. 해금 이후 정지용의 「향수」와 그의 작품들은 거미줄을 걷었다. 그리고 햇볕을 쬐러 세상 밖으로 향했다.

여기서는 해금 이후 정지용 전집에 실린 「향수」 표기의 변화에 대해 살펴보았다. 단 굵은 시어처리는 『정지용시집』의 「향수」를 기준으로 달라진 부분을 필자가 강조하는 바이다.

향수

넓은 벌 동쪽 끝으로
옛이야기 지줄대는 실개천이 회돌아 나가고,
얼룩백이 황소가
해설피 금빛 게으른 울음을 우는 곳,

—그 곳이 **차마 꿈엔들 잊힐 리야.**

질화로에 재가 식어지면
빈 밭에 밤바람 소리 말을 달리고,
엷은 **졸음**에 겨운 늙으신 아버지가
짚벼개를 돋아 고이시는 곳,

—그 곳이 **차마 꿈엔들 잊힐 리야.**

---

15) 이숭원은 1967년 휘문중학교에 입학해 "정 모라는 유명한 시인"의 후배임을 알았다. "정 모"시인에 대해 알아가며 석사논문을 "정지용"을 선택하였다. 그는 "정지용과의 만남이 운명"이라고 서술한다. 이숭원, 앞의 책, 5면.

흙에서 자란 내 마음
파아란 하늘 빛이 **그리워**
함부로 쏜 **화살**을 찾으려
풀섶 이슬에 함추름 휘적시**던** 곳,

—그 곳이 **차마** 꿈엔들 **잊힐 리야.**

전설바다에 춤추는 **밤 물결** 같은
검은 귀밑머리 날리는 어린 누**이**와
아무렇지도 않고 **예쁠 것도** 없는
사철 발벗은 안해가
따가운 **햇살**을 **등에 지고** 이삭 **줍던** 곳,

—그 곳이 **차마** 꿈엔들 **잊힐 리야.**

하늘에는 **성긴 별**
알 수도 없는 모래성으로 발을 옮기고,
서리까마귀 우지짖고 지나가는 초라한 **지붕,**
흐릿한 불빛에 **돌아앉아 도란도란**거리는 곳,

—그 곳이 **차마** 꿈엔들 **잊힐 리야.**
— 권영민, 『정지용 詩 126편 다시 읽기』— 16)

김학동 편, 『정지용 전집1』17)은 "『조선지광』65호, 1927. 3"으로 표
기해 놓고 실제로는 『정지용 시집』(시문학사, 1935)의 「향수」를 실어
놓았다. 이 부분과 관련, 「향수」가 "『조선지광』65호, 1927. 3"의 표기

16) 권영민, 『정지용 詩 126편 다시 읽기』, 민음사, 2004, 231~232면.
17) 김학동 편, 앞의 책, 2013, 49~50면.

내용인지 혹은 최초 발표지를 의미하는지 혼란을 주고 있다.

최동호 엮음『정지용 전집1』18)에서「향수」는『조선지광』발표본19)
과『정지용 시집』본20)(시문학사, 1935)으로 구분·기록하고 있다.

1950년 이후 정지용의「향수」는 <표2>와 같이 표기가 변이되어 독
자 곁으로 갔다.

<표2>

『정지용 시집』21)	『정지용 시선』22)	『정지용 詩 126편 다시 읽기』23)	『향수·그곳이 차마 꿈엔들 잊힐리야』24)
鄕愁	鄕愁	향수	향수鄕愁
회돌아 나가고,	휘돌아나가고,	회돌아 나가고,	회돌아 나가고,
—그 곳이 참하 꿈엔들 잊힐리야.	—그곳이 차마 꿈엔들 잊힐 리야.	—그 곳이 차마 꿈엔들 잊힐 리야.	—그 곳이 참하 꿈엔들 잊힐 리야.
뷔인	비인	빈	뷔인
조름	졸음	졸음	졸음
짚벼개	짚베개	짚벼개	짚베개
하늘 빛이	하늘빛이	하늘 빛이	하늘 빛이
그립어	그리워	그리워	그립어
활살을	화살을	화살을	화살을
찾으려	찾으러	찾으려	찾으려
휘적시든	휘적시던	휘적시던	휘적시든
傳說바다에	전설바다에	전설바다에	전설바다에
밤물결	밤물결	밤 물결	밤물결
누의와	누이와	누이와	누이와
아무러치도	아무렇지도	아무렇지도	아무렇지도
어쁠것도	예쁠 것도	예쁠 것도	어쁠 것도
발벗은	발 벗은	발벗은	발벗은
안해가	아내가	안해가	안해가
해ㅅ살을	햇살을	햇살을	해ㅅ살을
등에지고	등에 지고	등에 지고	등에 지고

---

18) 최동호 엮음,『정지용 전집1』, 서정시학, 2015.
19) 최동호 엮음, 위의 책, 78~79면.
20) 최동호 엮음, 위의 책, 484~485면.

줏던	줍던	줍던	줏던
석근	성근	성긴	석근
알수도	알 수도	알 수도	알 수도
서리 까마귀	서리 까마귀	서리까마귀	서리 까마귀
집웅	지붕	지붕	지붕
돌아 앉어	돌아앉아	돌아앉아	돌아앉어
도란 도란거리는	도란도란거리는	도란도란거리는	도란도란거리는

정지용의 「향수」가 실린 한국대표시인 100인 선집 『정지용·시선 향
수』[25])와 『향수·그곳이 차마 꿈엔들 잊힐리야』[26])의 표기 변화를 <표2>
로 비교한다.[27]) 「향수」는 편자나 연구자마다 다른 표기로 적고 있는
경우가 종종 발생하여 독자들이 혼란을 겪고 있다. 혼란의 탈피를 위하
여 「향수」에 정지용의 의도에 가장 근접한 문법적인 정리가 필요하다.
즉 옳고 그름을 따지는 규범문법과 언어현상을 있는 그대로 기술하는
기술문법[28])의 조화가 「향수」에서 바로 이루어지길 바란다.

3) 시적 질서

여기서 시적 질서란 「향수」를 시적언어가 아닌 일상 언어와 구별되
는 형상일 수 있게 하는 장치이다. 시는 시적 질서에 따라 읽어야 하고
이 질서의 의미를 파악하며 이해하여야 한다. 「향수」의 시적 질서를 알
아볼 수 없고, 이 질서의 의미를 파악하지 못한다면 이 시의 시적 형상

21) 정지용, 『정지용 시집』, 시문학사, 1935. 10, 39-41면.
22) 정한모·권두환·최동호·권영민 편, 『정지용 시선 향수』, 미래사, 1991, 40-41면.
23) 권영민, 앞의 책, 231-232면.
24) 박현숙 편, 『향수 그곳이 차마 꿈엔들 잊힐리야』, 깊은샘, 2011, 50-51면.
25) 정한모·권두환·최동호·권영민 편, 앞의 책, 40~41면.
26) 박현숙 편, 앞의 책, 50~51면.
27) 이들은 정지용의 고향에서 가장 많이 배포되어 읽히고 있기 때문에 선정.
28) 고영근·구본관, 『우리말 문법론』, 집문당, 2011, 3면.

을 이해하기 어렵다. 또 형상과 인식의 상호관계에서 생기는 긴장감이나 설득력도 모르게 된다. 시적 질서는 일상 언어와 다르기 때문에 독자에게 일상의 인습을 탈피해 즐거움을 발견하게 돕는 역할을 한다.

이러한 시적 질서는 언어의 형상 능력과 관련하여 공간·시간·음성적 질서로 나눌 수 있다. 시어는 의미를 통해 공간적 개념을 나타내고 시간적 성격을 지니며 음성으로 이루어져 있기 때문에 이런 분류가 가능하다. 한편 음성의 반복과 대립은 말로 나타내는 경험적 성격이고 시간과 공간의 반복과 대립은 인간의 기본적 양상이기에 공간·시간·음성적 질서[29]로 나누어 설명하기로 한다.

(1) 공간적 질서

언어를 매개체로 하는 예술인 문학, 즉 시에서도 공간적 질서가 드러난다. 이는 시간적 질서와 함께 작품의 통일성을 유지한다. 이 공간적 질서는 시간·음성적 질서보다 더 형식적인 것[30]이다. 이러한 공간적 질서는 내용과 진행 사이에서 나타난다. 개념적 공간에서 언어의 의미로 진행된 공간은 시에서 질서를 이루며 작품 전체를 진행하기에 이른다.

정지용의 「향수」는 모두 5연으로 구성되었다. 그뿐만 아니라 4연을 제외한 1, 2, 3, 5연은 5행으로 구성해 놓고 있다. 이는 정지용이 「향수」의 시적 의미표현에 율조와 감흥을 더하기 위한 공간적 질서로 보아야 한다. 이러한 정지용의 의도는 그의 독특한 시적 구성 형식인 공간적 질서로 나타난다.

5연과 5행의 구성은 시적 화자를 동원한 정지용의 의도된 공간적 질

---

29) 조동일,『문학연구방법』, 지식산업사, 2008, 154-156면.
30) 조동일, 위의 책, 165면.

서이다. 「향수」에서 시적 화자는 시의 진행자인 동시에 서술자이다. 여기서 서술자란 'Writer'의 개념으로 쓰고자 한다. 이 「향수」의 진행자 또는 서술자는 시의 내용을 다 알거나 아니면 관찰하면서 다루게 된다. 정지용은 「향수」의 내용을 이미 전개가 완료된 상태에서 적었을 것이다. 그는 「향수」를 기록물로 남기기 전에 그것에 대한 구상을 끝냈을 것으로 보인다. 「향수」는 정지용에 의해 구상이 끝났다. 그러면 구상 전 단계는 무엇이었을까? 이전 단계는 경험의 축적이었을 것이다. 정지용의 경험은 그가 유년시절을 보낸 옥천에서 찾았다. 이는 「향수」를 착상31)하게 만드는 발상의 전환이었다.

차치(且置)하고 정지용 「향수」의 공간적 질서에 대하여 논하기로 한다. 이 공간적 질서가 전개된 「향수」의 부분을 살펴본다. 정지용의 의도가 가장 많이 들어있을 최초본인 『조선지광』 65호의 「鄉愁」를 들어 설명하기로 한다.

鄉愁

(전략)
해설피 금빗 게으른 우름 을 우는 곳,

―그 곳 이 참하 꿈 엔들 니칠니야.

질화로 에 재 가 식어 지면
(중략)
집벼개32) 를 도다 고이시는 곳,

---

31) 졸고, 「정지용, 「鄉愁」의 지리적 考察」에서 자세히 논의하였다. 본고의 주제와 직접적 관련이 적어 자세히 논의하지 않기로 한다.

─그 곳 이 참하 쑴 엔들 니칠니야.

흙 에서 자란 내 마음
(중략)
풀섶 이슬 에 함추룸 휘적시 든 곳,

─그 곳 이 참하 쑴 엔들 니칠니야.

傳說바다 에 춤 추는 밤물결 가튼
(중략)
짜가운 해쌀 을 지고 이삭 줏 든 곳,

─그 곳 이 참하 쑴 엔들 니칠니야.

한울 에는 석근 별
(중략)
흐릿한 불비채 돌아안저 도란도란 거리는 곳,

─그 곳 이 참하 쑴 엔들 니칠니야.

　정지용은 「향수」 에 이렇게 공간적 질서를 형상화 해놓고 있었다.
　첫째, 각 연의 '─그 곳 이 참하 쑴 엔들 니칠니야.'에 주의를 집중할
필요가 있다. 이는 각 연의 끝남을 알려주는 공간을 의미한다. 동시에
다음 연을 시작하기 위하여 의도적으로 사용한 공간적 질서를 뜻한다.
　사실 이 후렴구에 대한 김춘수의 발언이 두고두고 필자의 마음에 남
았다. 김춘수는 '─그 곳 이 참하 쑴 엔들 니칠니야.'에 대하여 "더 진보

---

32) 최동호 엮음, 『정지용 전집1』, 서정시학, 2015, 78면은 '집베개'로 표기.

된 형태에 있어서 이것이 필요 없을 것인데 아직 거기까지는 미달"[33)]
이라고 규정한다. 즉 김춘수는「향수」후렴구가 우연히 발상된 형태로
규정하며 덜 진보된 시라고 주춤거리고 있었던 것이다.

그러나 김춘수의 주장은 잘못 던져진 화살이었다. 정지용은 공간적 질
서를 의식하여 '─그 곳 이 참하 쑴 엔들 니칠니야.'라는 후렴구를 각 연
의 말미에 던져 놓았던 것이다. 둘째, 각 연이 끝난 후 1행 분량을 공간으
로 비워둔다. 그리고 후렴구 '─그 곳 이 참하 쑴 엔들 니칠니야.'를 배치
한다. 그 후 다시 1행 분량을 공란으로 설치하고 다음 연을 시작한다.

각 연의 후렴구 양 끝에 1행 분량을 공란 처리하는 것은 정지용의 고
향에 대한 그리움의 크기를 형상화한 공간적 질서로 보아야 한다. 왜냐
하면 아무런 시적 장치 없이 시행을 그냥 나열하였다면「향수」가 지금
의「향수」로 자리를 잡을 수 있었겠는가? 정지용은 '그리움'의 깊이 있
는 내면적 장치로 공간적 질서를 선택하였다. 이는 정지용이「향수」의
독자층을 두텁게 하는데 일조하였다.

이처럼「향수」를 대중 곁에서 낭만과 그리움으로 남기기 위하여 정
지용은 후렴구로 각 연의 시작과 끝을 나타냈다. 그리고 각 연의 후렴
구 양 끝에 1행 분량을 공란 처리하며 공간적 질서를「향수」에 존재시
키고 있었다.

(2) 시간적 질서

문학은 음악과 함께 시간성을 특징으로 삼기 때문에 문학작품에는
반드시 시간적 질서가 있다. 각국의 언어적 특징과 연관성이 없는 이
질서는 정지용「향수」의 첫 연부터 마지막 연까지 진행하면서 존재하

---

33) 김춘수,『한국 현대시 형태론』, 해동문화사, 1958, 63면.

는 진행의 시간이다. 본고에서 시간적 질서는 「향수」 내부에서 설정하는 내용의 시간까지를 포함·의미한다.

진행의 시간과 내용의 시간은 공존할 수도 있고 그렇지 않을 수도 있다. 서술적 역전이 있는 경우 진행의 시간은 앞으로 나가지만 내용의 시간은 과거로 거슬러 올라가게 된다. 이렇게 시간적 질서는 시에서 행이나 연[34]으로 나타난다. 정지용의 「향수」에 나타난 시간적 질서가 행이나 연에서 어느 정도 독립성을 가지느냐에 따라 삽화적·연쇄적·유기적 질서로 나누어 설명하기로 한다.

① 삽화적 질서

정지용의 「향수」에 대한 논의 중 대부분이 각 연으로 나누어 내용을 살피는 것이었다. 그러나 기 연구들은 이 삽화적 질서의 미학을 논하였다고 보기는 어렵다. 왜냐하면 각 연의 내용을 파악·서술하는데 그치고 더 이상 진행이 없었다고 보기 때문이다.

삽화란 내용의 이해나 보충 설명을 위해 끼워 넣는 그림인 삽화(揷畵) 또 이야기나 사건의 줄거리에 끼인 짧은 이야기를 삽화(揷話)라고 한다. 본고에서는 각 연의 이야기 구성을 삽화로 설정하여 그 질서를 서술하도록 한다.

「향수」의 1연은 '넓은 벌 동쪽 끝'이라는 장소성이 먼저 제시된다. 이 장소는 특정한 혹은 시골에서 흔히 볼 수 있음직한 장소이다. 냇물이 마을을 돌아나가고 그 냇물 옆에서 풀을 뜯는 얼룩백이 황소를 볼 수 있는

---

34) 서정시나 수필은 정지되어 있는 대상을 표현하므로 내용의 시간이 문제되지 않는 경우 진행의 시간과 내용의 시간이 공존하게 된다. 또 내용의 시간에 따라 시상이 전개 되면서 서술적 역전이 일어나지 않는 경우도 진행의 시간과 내용의 시간이 서로 벗어나지 않는다. 조동일, 앞의 책, 160-161면.

시골 마을에서 흔히 발견할 수 있는 장소인 실외를 의미한다.

2연은 실내로 장소가 이동한다. '질화로에 재가 식어지'도록 밤은 깊고 '뷔인 바 테' 바람소리마저 스산하게 들린다. 이런 깊은 밤 아버지는 생활의 대책을 구상하는 것이 아니고 잠을 청한다.

3연은 '흙'에서 자란 순수한 소년은 '파아란 한울'을 그리워하지만 이내 포기하고 만다. 이 소년은 아무렇게나 정해진 곳 없이 쏘아놓은 '화살'을 찾으러 헤맨다. 이런 목적의식 없는 행위들은 '흙'이라는 순수 결정체에 가까운 소년의 마음을 헤집고 다닌다.

4연은 '해쌀'이 내려앉는 들판에서 '누이'와 '안해'가 삶의 나락 같은 '이삭'을 줍는다. 그러나 이들은 '엽블 것' 없고 '사철 발 버슨' 상태로 자연에 던져져 있다. 이처럼 시적 화자에게는 고향이 그립지만 항상 흐뭇한 공간은 아니었다.

5연은 '초라한 집웅' 아래 가족들이 모여서 '도란도란'거린다. 그러나 여기서 나타나는 '집웅' 아래 가정이라는 공간은 서로 대면하고 가족과 평화롭게 이야기하는 그런 공간이 아니다. 화자가 바라본 시속 등장인물들은 '까막이'가 짖고 지향점을 모르는 '모래성'으로 발길을 옮기고 있다.

② 연쇄적 질서

「향수」는 각 연이나 행이 일정한 앞뒤 관계를 맺고 있다. 그래서 어느 한 연이나 행을 뺄 수도 없고 더 첨가할 수도 없다. 즉 정지용은 「향수」 5연 26행을 그 자리에 붙박아 놓고 감상하도록 그려놓고 있다. 이로보아 정지용이 「향수」에서 연쇄적인 질서를 유지하고 있음을 알 수 있다.

1연은 「향수」의 전체 전개를 위한 포괄적 풍경을 이루는 정경을 묘사한다. 2연은 '뷔인 바 테'라는 다소 넓은 외부적 공간에서 '짚벼개'를 고이고 누우시는 좁은 내부적 공간으로 이동한다. 그리고 3연은 '파아란 한울'인 하늘을 그리워한다. 그것은 곧 유년시절의 '풀섶'이라는 지구의 지면 공간으로 수직 하강하게 된다. 4연은 '傳說바다'라는 오래된 과거인 옛날이 등장한다. 이 옛날은 곧 '누이'와 '안해'라는 현실로 돌아오는 수평적 이동을 한다. 5연은 별이 떠있는 '한울'에서 '집웅'이라는 지상에 존재하는 가정으로 시상을 급하게 수직 하강시킨다.

정지용의 「향수」는 포괄적 풍경 ⇒ 외부적 공간과 내부적 공간 ⇒ '한울'에서 지면으로 수직 하강 ⇒ 과거에서 현실로 수평적 이동 ⇒'한울'에서 가정으로 급 하강하는 것을 알 수 있다. 이는 「향수」가 지니는 탄탄한 연쇄적 질서와 관련됨을 누구도 부정하기 어려울 것이다.

③ 유기적 질서

유기적 질서는 행이나 연의 앞뒤 관계가 촘촘할 뿐만 아니라 시가 지니는 인과관계까지도 세밀하게 맺고 있는 것을 의미한다.

정지용의 「향수」는 고향이라는 '곳'의 장소성에 모든 시어가 집약되고 있다. 「향수」를 구성하고 있는 시어나 어구들은 '곳'으로의 질서를 이루며 상호 인과관계를 유지하고 있다. 1연의 '넓은 벌', '동쪽', '실개천', '울음 우는'과 2연의 '뷔인 바 테', '짚벼개', '도다 고이'와 3연의 '흙', '한울', '풀섶', '휘적시 든'과 4연의 '傳說바다', '이삭 줏 든'과 5연의 '한울', '모래성', '집웅', '도란도란 거리는'은 모두 '곳'이라는 장소와 인과관계를 맺고 있다. 이 인과관계는 「향수」에 나타나는 고향을 더 그리운 장소로 지정하는데 유기적 질서를 완벽하게 짜고 있다.

(3) 음성적 질서

내면에 존재한 의미를 본질로 삼는 문학작품의 새로운 인식과 진실한 발견을 위하여 학자의 연구는 지속된다. 본고에서는 「향수」가 갖는 기존의 의미나 이론을 답습하는 관념에서 벗어나고자 한다. 이 관념의 틀을 벗고자하는 일종의 노력은 정지용의 「향수」에서 음소(音素, phoneme)를 통해 '음성적 질서'[35]인 운율을 거론하게 만드는 원동력이 되었다. 본고에서 음성적 질서는 음소와 반복을 중심으로 살펴보고자 한다.

① 음소

음소는 자음, 모음과 같이 의미를 분화시키는 소리의 단위로 운소(韻素)와 함께 음운[36]에 속한다. 이 음소들이 「향수」에 어떻게 배열되는가? 「향수」가 가요로 성공하였던 이유를 음성적 질서를 통하여 역순행적으로 짚어보는 셈이다. 단, 운율에 가장 많은 영향을 미치는 부분은 각 행과 연의 끝음절이기에 5연 26행으로 구성된 「향수」[37] 각 행의 끝 26음절(-로, -고(3), -가(3), -곳(5), -야(5), -면, -음, -어, -려, -은, -와, -는, -별, -웅)을 중심으로 살핀다.

---

35) "휴지, 음절, 음소로 음성적 질서는 이루어진다." 조동일, 『문학연구방법』, 지식산업사, 2008, 157면.
36) "'phoneme'의 번역어로 '음운'보다 '음소'라고 더 쓰이게 된 것은 미국 기술언어학(記述言語學)의 영향이며, 운율적인 요소는 고유의 음운론 분야에서 유리시켜 음소론(phonemics)과 운율론(prosody)을 분간하며 음소에 대립되는 운소(韻素, prosodeme)를 세우기도 하는데 이런 경우 phoneme을 음소라고 하는 것은 매우 합당하게 여겨졌다. 이로 음소론과 운율론을 통합하는 학문으로 음운론의 명칭이 합리화 되는 길이 발견." 국어국문학 편찬위원회, 앞의 책, 2235면.
37) 정지용, 「鄕愁」, 『정지용시집』, 시문학사, 1935. 10, 39~41면을 텍스트로 삼음.

<표3> <모음 사용 : ( )는 횟수>

	전설(평순) 모음	전설(원순) 모음	후설(평순) 모음	후설(원순) 모음
고모음	ㅣ	ㅟ	ㅡ(3)	ㅜ(1)
중모음	ㅔ	ㅚ	ㅓ(1) ㅕ(3)	ㅗ(9)
저모음	ㅐ		ㅏ (3)	*ㅑ (5) *ㅘ(1)[38]

조사된「향수」의 26음절은 독특한 양상을 보이고 있다.

첫째, 각 행 끝음절 모음음소 26개 모두 후설면(後舌面)과 연구개(軟口蓋) 사이에서 나타나는 후설모음(後舌母音)에 집중적으로 나타났다.

음소가 후설모음에 집중된 것은 소리의 웅장함과 관련이 있다. 'ㅣ'계열의 전설모음이 잔잔하고 조용한 느낌의 음소라면 'ㅡ, ㅓ, ㅗ, ㅏ'계열의 후설모음은 거대하고 웅장한 감정을 자아내는 음소라 할 수 있다.

둘째, 'ㅗ'(9)와 'ㅏ'(9)[39]로 양성모음이 차지하는 비율은 69.23%이다.

음성모음인 'ㅜ, ㅓ'의 음소가 어둡고 크고 무거운 느낌이라면 양성모음인 'ㅗ, ㅏ'는 밝고 작고 부드러운 감정을 표현할 때 적절한 음소이다. 밝은 느낌의 양성모음 운소가「향수」에 두드러지게 나타나는 것은 정지용의 어릴 적 경험이 우울함보다는 밝은 이미지의 그리움으로 드러나게 하는 역할을 수행하고 있는 것으로 보인다.

셋째, 후설모음이며 고모음은 15.38%, 중모음은 50%, 저모음은 34.61%로 나타난다. 이 음소들은 중모음 → 저모음 → 고모음의 순으로 배열되고 있다.

---

38) *'ㅑ', 'ㅘ'는 이중모음으로 후설모음계열이므로 따로 배치.
39) 이중모음 'ㅑ'와 'ㅘ'는 'ㅏ'로 분류.

고·중·저모음의 분포는 정지용 「향수」를 적절한 높이의 음량으로 유지하는데 영향을 미친다. 이 「향수」의 끝 음절에서 오는 중모음의 고른 분포는 「향수」의 청자에게 이질감을 느끼지 않게 하는 역할을 수행할 것이다. 이로 「향수」는 청자에게 거부감 없이 다가갔다.

넷째, 후설모음이며 평순모음은 61.53%, 원순모음은 38.46%[40]로 조사되었다. 즉 평순모음이 차지하는 비율이 원순모음이 차지하는 비율보다 훨씬 많음을 알 수 있다.

후설모음의 평순모음인 'ㅡ, ㅓ, ㅏ'계열의 음소는 원순모음 'ㅗ, ㅜ'계열의 음소보다 음의 확장도가 높다. 평순모음 음소가 원순모음 음소보다 더 크고 멀리 확장되는 느낌을 전달하는데 적절하기 때문에 「향수」노래가 대중에게 전파되는데 영향을 미쳤다고 본다.

<표4> <자음 사용 : ( )는 횟수>

	입술소리	잇몸소리	센입천장소리	여린입천장소리	목청소리
안울림 (예사)소리	ㅂ(1)	ㄷ ㅅ(5)	ㅈ	ㄱ(11)	ㅎ
안울림 (된)소리 =경음	ㅃ	ㄸ ㅆ	ㅉ	ㄲ	
안울림 (거센)소리 =유기음	ㅍ	ㅌ	ㅊ	ㅋ	
울림 (콧)소리	ㅁ(2)	ㄴ(4)		초성ㅇ(10) 종성ㅇ(1)	
울림 (흐름)소리		ㄹ(3)			

---

40) 각 %는 소수 둘째자리 미만 버림.

「향수」의 자음 음소에도 특이점이 발견 된다.

첫째, 안울림 예사소리인 'ㅂ, ㅅ, ㄱ' 음소가 17개로 나타난다. 'ㅂ, ㅅ, ㄱ'은 전체45.94%를 차지한다. 이 안울림 예사소리 중 'ㄱ → ㅅ → ㅂ'순으로 그 빈도의 순서를 그리고 있다.

유기음(有氣音)[41]에 대한 무기음(無氣音), 경음(硬音)[42]에 대한 연음(連音)[43]을 흔히 평음이나 예사소리라고 한다. 예사소리는 공기를 내뿜는 정도가 거센 유기음이나 호기의 흐름이 강하고 근육 긴장이 아주 큰 경음과 대비를 이룬다.

유기음과 경음은 강하고 거칠며 딱딱한 느낌의 소리이다. 즉 이 소리가 세파에 혹독하게 찌든 소리라면 예사소리는 온화롭고 평평한 소리에 가깝다. 이는 정지용의 어린 시절 정서와 관계를 맺고 있는 동시에「향수」를 쓸 무렵의 정서도 가늠해 볼 수 있는 좋은 자료이다.

둘째, 안울림소리에 대한 'ㅁ, ㄴ, ㄹ, ㅇ'의 울림소리 비율이 확연히 눈에 띈다.

울림소리는 성대의 진동을 수반하는 조음의 하나로 유성음(有聲音)을 의미한다.「향수」에서 'ㅁ, ㄴ, ㄹ, ㅇ'의 울림소리 음소는 27.02(초성 'ㅇ'포함 54.05)%로 나타난다. 이때 초성'ㅇ'은 음가가 없으므로 포함하지 않기로 하였다.

「향수」에서 'ㅁ, ㄴ, ㄹ, ㅇ'음소의 울림소리를 사용함으로 이 노래의 정서가 부드럽고 경쾌한 느낌을 자아내게 된다. 이는 정지용이「향수」의 수용자인 음악가와 독자를 위한 의도된 배려의 일종으로 보아야 한다.

---

41) 공기를 세게 내뿜어 거세게 나오는 장애음으로 거센소리.
42) 조음에서 구강과 후두대를 흘러나오는 호기의 압력이 높은 음으로 된소리.
43) 국어국문학 편찬위원회, 앞의 책, 3029면.

② 반복

시를 읽을 때 느껴지는 말의 가락인 운율은 시의 음악성과 관련한다. 운율은 음운, 음절, 낱말, 음보, 음절수, 문장구조의 반복이나 음성 상징어를 반복적으로 결합하면서 리듬감을 드러내고 운율감을 느끼게 하는 것이다.

그럼 대중가요로도 성공한 정지용의 「향수」는 운율을 어떻게 형성하고 있는가?

첫째, '그 곳 이 참하 쉼 엔들 니칠니야.'에서 ''의 사용이다. 2-3음절 정도의 길이를''으로 표시한 것은 정지용이 운율을 고려한 표현의 일종이다. 이것으로 「향수」에서 여음의 역할을 해내고 있다. 여음은 고대가요 중 10구체 형식의 향가에서 그 기원을 찾을 수 있다. 10구체 향가의 9구의 첫 어절에 감탄사를 사용하여 시상을 종결한다. 「찬기파랑가」의 '아으', 「제망매가」의 '아아' 등을 여음으로 처리하고 있다. 이어 고려가요인 「처용가」와 동동에서 '어와', '아으'로 이어졌고 후에 시조 종장의 3음절로 계승되었다. 오늘날은 이 여음이 후렴으로 그 맥을 잇는다. 정지용은 운율을 고려한 이 전통의 맥을 이으며 「향수」에서 감동적 심리상태의 일종으로 ''을 쓰고 있다.

둘째, '그 곳 이 참하 쉼 엔들 니칠니야.'는 '3+5+4'음절수를 균일하게 지니며 반복한다. 우리의 전통음절은 김소월의 "엄마야 누나야 강변 살자"에 '3+3+4'나, 「청산별곡」의 "살어리 살어리랏다"의 '3+5'음절이 주를 이룬다. 정지용도 「향수」의 후렴구에 이러한 '3+5+4'음절수의 반복을 통하여 운율을 형성하고 있다.

셋째, '그 곳 이 참하 쉼 엔들 니칠니야.'라는 후렴구의 같은 통사구조를 사용하는 것이다. 이 운율 형성방법은 연과 연을 자연스럽게 이어주며 내용을 환기시키는 역할을 한다. 만일, 이 후렴구가 「향수」에 없었다면 시공간을 넘나드는 정지용의 그리움의 정서를 표현하기에는 부족함이 있었으리라고 본다. 이와 같은 동일한 통사구조의 반복은 시의 주제의식을 살리는 역할뿐 아니라 운율을 살리는 음악적 요소로 작용하였다.

넷째, 각 행 후렴구 바로 전에 나타난 '-곳'이 각운을 형성한다. 「향수」에서 각운 '-곳'은 각 행마다 동일하게 위치하며 운율을 형성하고 있다.

이렇게 정지용은 음성적 질서를 통하여 그가 의도한 운율을 「향수」에 쏟아놓았다. 이는 정지용 시인의 주관적이고 개성적인 운율형성 방법이었다. 그가 선택한 운율형성은 이렇게 음소와 반복을 통하여 리듬감이나 음악성을 나타냈다. 이 음악성은 「향수」의 운율적 분위기를 효과적으로 느끼게 하는 역할을 충분히 해내고 있었다.

3. 정본과 초판본의 문제

이 장에서는 정지용 「향수」의 정본(正本)과 정본(定本) 그리고 『정지용 시집』의 초판본에 대한 문제를 언급하려 한다. 정지용 시집 단행본으로 시문학사에서 출간한 『정지용 시집』(1935)이 최초 단행본으로 알려져 있다. 그러나 건설출판사에서 『정지용 시집』 재판본(1946)을 발행하며 간기에 초판본을 1934년으로 표기하고 있다. 1934년 건설출판사의 '초판발행'이라는 표기는 필자의 지적 호기심과 상징적 호기심을 자극하였다. 그 호기심은 불확실함으로부터 비롯된 인식적 호기심으로 필자를 안내하였다.

1) 정본(正本)

정지용 「향수」의 정본(正本)에 대한 연구는 드물다. 아니 아직 필자의 눈에 띄지 않았다. 「향수」의 정본을 알기 위하여 정본에 대한 정의를 먼저 살펴보아야 한다.

정본(正本, an original text)이란 '문서의 원본'[44]을 의미한다. 그럼 원본(原本, an original document)이란 무엇인가? 원본이란 '베끼거나 고치거나 번역한 것에 대하여 근본이 되는 서류나 책으로 등사·초록·개정·번역을 하기 전, 본디의 책'[45]이나 작품으로 원간본을 의미한다.

그러면 여기서 정지용의 「향수」 정본은 어디에 있는가? 그것에 대한 의문점을 잠시 해갈하기 위하여 「향수」 정본의 행방을 따라가 보도록 한다.

> 1923년 정지용이 일본 교토 동지사대학으로 유학을 떠나기 전이었다. 정지용은 「향수」 초고를 친필로 써서 친구들 앞에 내놓았다. 이 시를 본 한 기생이 「향수」 시가 적힌 종이를 달라고 정지용에게 졸랐다. 그 「향수」가 기생의 마음에 썩 들었던 모양이다. 기생은 "이 시를 주면 오늘밤 요리 값을 모두 내겠다."고 말하고 밖으로 나갔다. 잠시 후 그 기생은 종이와 붓, 벼루를 사들고 다시 돌아왔다. 이 기생의 청을 마다하지 못한 정지용은 「향수」 시를 그대로 적기 시작하였다. 기생이 방금 사들고 온 종이에 옮겨 적은 것이다. 그리고 애초에 썼던 「향수」 초고를 기생에게 줬다고 한다. 처음 적은 「향수」는 기생에게 줘버리고 정지용은 다시 베껴 쓴 「향수」 뭉치를 저고리 안주머니에 깊이 넣었다. 물론 그날 밤 요리 값은 모두 기생이 지불하였다. 그래서 향수 최초 본은 어느 기생의 손으로 갔다. 그리고 지금까지 기생이 가져간 그 「향수」 원고는 나타나지 않고 있다.

---

44) 국어국문학회 감수, 『국어대사전』, 민중서관, 2001, 2198면.
45) 국어국문학회 감수, 위의 책, 1906면.

위 이야기는 2002년 5월, 정지용 탄생 100주년 기념 '지용제'에 참석한 어느 노신사로 부터 들었다. 필자는 당시 직접적인 청자가 아니었고 직접적 청자 옆에서 들은 간접청자였다. 이 이야기를 옥천의 체육공원 「향수」 시비 앞에서 필자가 들어 옮겨 적었다. 지금처럼 필자가 용기가 있었거나 좀 번잡스럽고 뻔뻔한 구석이 있었으면 그 노신사를 꽉 붙들고 더 자세한 이야기를 종용하였을 것이다. 그런데 당시 필자는 정지용을 공부하는 데에도 수줍음을 부렸다. 이 점 단단히 후회스럽고 유감스럽다. 15년이 지난 지금 돌이켜보니 그 노신사의 행방도 몹시 궁금해진다. 그러나 당시 필자가 느낀 그 노신사의 건강은 꽤나 유쾌해 보이지는 않았다.

이는 정지용이 1927년 3월 『조선지광』에 「향수」를 발표할 때 작품 말미에 '1923. 3. 11.'이라고 창작시점을 표기한 것과 무관해 보이지 않는다. 아마 종이에 옮겨 적을 때 작품 말미에 창작시점도 같이 적었을 것이라는 유추를 가능하게 하는 부분이다. 이로 보아 「향수」 초고는 1923년 작품임을 짐작해낼 수 있다.

다시 「향수」 정본에 대한 문제로 돌아가 보자. 이 기생과의 일화가 사실이라면 「향수」 정본은 기생이 소지하고 있다는 것이 확실하다. 그런데 「향수」 정본과 관련, 이 기생과의 일화에 대한 진위 여부 논란이 대두될 것이다. 그러나 이 노신사가 있지도 않았던 이야기를 하였을까? 그 노신사의 이야기는 거짓이 아니라는데 무게를 싣고 싶다. 왜냐하면 그 노신사가 있지도 않았던 이야기를 해야 할 이유가 없을 것이라고 생각하기 때문이다. 그리고 정지용이 1923년 4월 박제찬과 함께 일본 교토 동지사대학으로 유학을 앞두고 있었다. 고국을 떠나는 정지용의 마음이 심란하였을 것이다. 이 이야기는 아마 친구들과의 유학가기 전 고

별의식이 있었던 자리에서의 일이라는 개연성을 짙게 해주는 부분이다. 이 부분과 관련 정확한 구술자가 나타나길 바란다.

이로 미루어 정지용 「향수」의 정본은 어느 기생이 소중히 간직하여 세상에 아직 나오지 못하고 있는 것으로 짐작된다.

2) 정본(定本)

정본(正本)이 문서나 작품의 원본이라면 정본(定本)은 여러 이본(異本)을 비교·검토하여 정정해서, 가장 표준이 될 만한 작품이나 책46)을 의미한다.

정지용의 「향수」 정본(正本)이 아직 나타나지 않았다. 그러면 이러한 상황에서 「향수」의 정본(定本)은 무엇으로 정할 것인가? 독자나 정지용 연구가들은 정본(定本)에 관심을 두게 될 것이다.

1950년 이전, 정지용이 자신의 작품 「향수」를 『조선지광』에 처음 발표한 후 『정지용 시집』이나 『지용시선』에 실을 때 개작을 하였다. 물론 시행을 바꾸거나 연을 달리하는 정도의 변형은 이루어지지 않았다.

하지만 정지용은 「향수」에서 시어를 바꾸거나 음운표기를 달리하기도 하였으며 띄어쓰기도 변화를 주었다. 이러한 변화를 통한 개작은 정지용의 의지가 반영된 결과로 보인다. 왜냐하면 「향수」 초고를 1923년에 쓰고, 1927년에 「향수」를 지면에 최초 발표를 하였다. 무려 4년의 시간 동안 정지용은 「향수」를 책상 서랍에 잠재우진 않았을 것이기 때문이다.

1939년 8월에 창간된 『문장』에 시 부분 심사를 맡았던 정지용은 신진순 군에게 "다음에는 원고 글씨까지 검사할 터이니 글씨도 공부하"47)라며 까다롭게 심사하였다. "옥에 티와 미인의 이마에 사마귀 한

---

46) 국어국문학회 감수, 위의 책, 2198면.

낱이야 버리기 아까운 점도 있겠으나 서정시에서 말 한 개 밉게 놓이는 것을 용서할 수 없는 것이며, 돌이 금보다 많"[48]고 타박을 하였다. 이는 박목월의 작품에 대한 정지용이 내린 우박 같은 평이었다. 그런데 하물며 자신의 작품에는 어떠하였겠는가? 아마도 끝없이 갈고 닦으며 퇴고하였을 것이다.

정지용의 이러한 칼칼하고 촘촘한 성격은 시를 정서(正書)·개작하는 데에도 작용되었을 것으로 유추한다.

그러나 『정지용 시집』은 박용철이 발간비를 부담하였다. 물론 정지용의 발표작을 찾고 시집의 순서를 정하는 것도 박용철이 진행하였다. 이러한 박용철의 편집은 정지용의 시적변모를 의도적으로 반영하여 정지용의 위상이 확립되고 명성도 얻는 계기를 마련하였다. 그러나 이는 정지용의 뜻이 아닌 박용철의 의도에 가깝다고 보여진다.

정지용은 『정지용 시집』과 『백록담』(1941)에서 「향수」 등 25편을 가려 뽑았다. 그렇게 자신이 직접 고른 시로 『지용시선』(1946)을 간행하였다. 그러면 이 『지용시선』에 실린 「향수」가 정지용의 의도를 가장 많이 담고 있는가? 그렇지는 않을 것이다.

첫째, 정지용의 개인사적인 문제에서 기인하였다. 인간 정지용에게 1946년은 혼돈과 괴로움의 시기였다. 그해 그는 돈암동으로 이사를 하였다. 그리고 모친 정미하의 사망과 직면하게 된다. 또 경향신문사 주간으로 취임하였으며 문학가동맹 아동분과위원장을 맡기도 한다.이러한 복잡한 가정사와 주변의 문제가 정지용을 극도로 피로하게 하였을 것이다.

둘째, 정지용은 문학적으로 『정지용 시집』(건설출판사)을 재판하였

---

47) 이숭원 편, 『꾀꼬리와 국화』, 깊은샘, 2011, 348면.
48) 이숭원 편, 위의 책, 350면.

다. 뿐만 아니라 『백록담』(백양당, 동명출판사)도 재판으로 간행하였다. 또 그가 『문장』지에 추천한 조지훈, 박목월, 박두진이 『청록집』을 간행하였다. 이 시기 정지용은 상당히 분주하게 보냈음을 알 수 있다.

이렇게 1946년은 정지용의 시집들이 발행되며 그의 시에 대한 인기나 업적이 집약적으로 드러나기도 하였다. 그렇지만 정지용 개인에게 들이닥친 혼돈과 피로는 오로지 홀로 감수하여야만 하였다. 이런 상황은 「향수」 개작 과정에서 정지용의 의도를 마음껏 들여놓을 수 있었을까? 아니다. 그것은 어려웠을 것으로 보인다.

시에서 시어의 배치와 변화 그리고 띄어쓰기 등은 시의 의미 지표로 작용하기 때문에 정본(定本)확정이 중요하다. 그렇기에 정본의 중요성을 강조한다. 이에 정지용의 의도가 가장 많이 적용되었을 것으로 보이는 「향수」의 정본(定本)은 『조선지광』의 발표본으로 삼음이 마땅하다.

3) 초판본

『정지용 시집』 초판본에 대한 문제를 짚으려면 먼저 「향수」라는 작품이 갖는 시사적 의미와 작품의 활용도 함께 살펴볼 필요성이 있다. 이는 「향수」가 어떤 형태로 독자들 곁으로 다가가게 되었는지를 알게 하는 중요한 단초역할을 수행하기 때문이다.

정지용과 당시 교유가 많지 않았던 것으로 알려진 채동선은 정지용의 「향수」를 작품번호 제5번으로 작곡한다. 정지용과 독특한 친분 관계도 없었던 채동선, 그는 1932-1939년에 작품 12편을 작곡한다. 그 중 8편이 정지용의 시이다.[49] 이로보아 1930년대 정지용의 시가 작품성

---

49) 당시 작곡된 그의 시는 「향수」, 「압천」, 「고향」, 「산엣 색씨 들녘 사내」, 「다른 한울」, 「또 하나 다른 태양」, 「바다」, 「풍랑몽」이다. 장영우, 「정지용과 채동선」, 『한국 현

을 인정받았고 그에 대한 시적 인지도가 높았음을 알게 된다. 정지용의 「향수」에는 고향과 민족의 정서가 내재되어 있다. 또한 후렴을 통한 리듬도 「향수」가 독자와 음악인을 몰고 다니는데 일조하고 있었다.

「鄕愁」는 1927년 『조선지광』에 최초로 발표하고, 1935년 박용철이 시문학사에서 『정지용 시집』을 발행하며 재수록 된다. 현재까지 그렇게 알려져 있다. 그러나 시문학사와 건설출판사의 『정지용 시집』간기에 특이한 점이 발견된다.

시문학사가 발행한 『정지용 시집』 간기에는 "소화십년(昭和十年)10월 4일 인쇄·7일 발행"이라 기록되어 있다. 그러나 건설출판사에서 1946년에 발행한 『정지용 시집』의 간기에는 "1934년 10월 4일 초판 인쇄·7일 초판 발행"하였다고 표기하고 있다. 또 "1946년 5월 5일 재판 인쇄·5월 O[50]일 발행"이라 적혀있다. 이 간기에 따르면 정지용의 단행본인 『정지용 시집』의 초판본은 건설출판사에서 발행한 것으로 보아야 옳다.

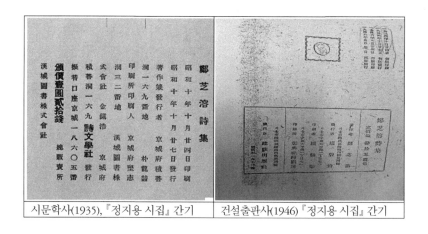

시문학사(1935), 『정지용 시집』 간기	건설출판사(1946) 『정지용 시집』 간기

대시의 아버지 정지용 문학포럼」, 옥천군·옥천문화원·지용회, 2014, 17면.
50) 글씨가 마모되어 확연히 보이지 않음.

『정지용 시집』의 건설출판사 본과 시문학사 본이 동일하다. 이것을 우연이라 간과하기에는 여전히 의문이 남는다. 이 두 본은 오른쪽부터 가로쓰기로 '정지용시집'이라 표제를 적었다. 표제 뒤에 바로 본문 격인 작품이 「바다1」(2~4면)로 시작되어 「람프」(152~155면)로 끝난다. 이어 박용철의 발(跋)은 면수를 적지 않고 2면에 실었다. 그 다음 '정지용 시집 목차'를 표제와 달리 왼쪽부터 시작하여 가로쓰기로 적고 있다. 이후 간기를 적고 있다.

이렇게 동일하였던 『정지용 시집』은 1935년 시문학사에서 출판한 것만 현재 볼 수 있다. 그리고 건설출판사에서 재판을 발행하였다는 1946년 『정지용 시집』이 남아있다. 이는 정지용을 연구하는 이에게 많은 의문점을 남긴다.

첫째, 1946년 건설출판사에서 『정지용 시집』을 발간하며 간기를 잘못 적었을 경우이다. 이 경우 발행 연월일 등이 잘못 표기되는 단순 실수는 발생할 수 있다. 그러나 이처럼 초판을 발행하지 않고 발행하였다고 적는 경우는 있을 수 없는 일이다.

둘째, 『정지용 시집』이 '1934년 건설출판사에서 초판 발행'이 되었다는 경우를 생각해볼 수 있다. 이 경우 발간되었다는 『정지용 시집』이 남아있지 않다는 맹점을 가지고 있다. 다만 여러 정황상 배포를 하지 못하고 폐기 처분되지 않았을까하는 유추를 하여본다.

셋째, 건설출판사에서 1934년 출판하여 폐기처분 되니 1935년 시문학사에서 다시 발간하게 된다. 이것이 『정지용 시집』의 초판본으로 인식되며 현재 전하게 되었다. 언젠가 건설출판사에서 발간하였다는 1934년 『정지용 시집』이 발견되길 기대하여 본다.

건설출판사에서 발간하였다는 1934년 『정지용 시집』이 폐기처분

되었다면 그 연유가 궁금해질 수밖에 없다. 아마도 1925년 8월에 결성된 카프(KAPF)의 영향은 아니었을지에 대하여 가늠해본다. 건설출판사에서『정지용 시집』초판본이 발간되었다는 1934년 전후의 카프는 심란하였다.[51] 이 카프와 포석 조명희[52] 그리고 건설출판사와의 연관성도 배제할 수 없는 부분으로 잔존한다. 당시 건설출판사는 조명희의 조카인 조벽암이 운영하였기 때문이다.

이렇게 건설출판사와 시문학사의『정지용 시집』두 본은 내용과 활자도 같은 동판으로 찍은 것처럼 동일하다. 이는 건설출판사에서 간기를 잘못 적었거나 초판본이 1934년에 발간되었는데 배포를 못하였을 가능성[53]을 여전히 의문으로 남긴다. 이것에 대한 연구는 서지학자들의 몫으로 미뤄두기로 한다.

4. 결론

본고는 정지용「향수」의 표기와 질서에 초점을 두고 서술하였다.「향수」는 정지용의 의도가 직접 적용되었다고 여겨지는 1950년 이전의 표

---

51) "일제 식민지하의 암담한 현실 속에서 1931년 만주사변이 일어났다. 그해 박영희, 김기진 등 카프 맹원 70여명이 '신간회 해소문제'로 검거되었다. 이렇게 1차 검거사간이 일어난 후 1934년 '전향기의 유명한 퇴맹(退盟) 사건'과 '신건설 사건'을 발단으로 2차 검거사건이 발생한다. 그리고 1935년 6월 '카프 해산계'에 서명·날인하며 막을 내렸다." 국어국문학 편찬위원회 편,『국어국문학자료사전』하권, 1994, 2977면.
52) 조명희(1894-1938)는 충북 진천 생으로 1928년 소련으로 망명하여 소련 작가동맹에서 요직을 맡기도 하였으며 1938년 사형되었다. 시, 소설, 희곡, 평론, 아동문학 장르에서 왕성한 창작활동을 하였으며 1988년 타시켄트시의 알리세트 나자미명칭 국립원고연구소 문학박물관에 '조명희 문학기념관'이 세워졌다. 한편, 국어국문학 편찬위원회 편, 위의 책, 2679면에는 조명희와 관련 생몰연대 미상으로 적고 있다.
53) 건설출판사 조벽암의 조카인 조철호(73)는 "당시 건설출판사에서『정지용 시집』을 발행하고 어떤 연유가 있어서 세상에 내놓지 못하였을 가능성은 있다."고 말했다.

기와 정지용의 작품에 대한 해금이 이루어졌던 이후 표기에 대한 변이를 개괄적으로 살펴보았다. 왜냐하면 1988년 해금 이후 그의 작품에 대한 표기 변이는 편자의 편집이나 인쇄소에서 표기 변화가 일어났을 것으로 보기 때문이다.

1950년 이전, 즉 최초 발표본인 『조선지광』(1927)의 「향수」 표기는 어두자음군에서 합용병서가 나타나고, 조사를 띄어쓰기 하고, 두음법칙이 지켜지지 않았으며, 어근을 밝혀 적지 않고 있었다. 당시 정지용의 시적 의도를 가장 잘 드러냈을 것으로 보이는 이러한 「향수」 표기는 문학 연구가뿐만 아니라 국어사의 사료적 가치로도 큰 의의가 있다.

정지용의 「향수」는 시적 질서를 지켜 독자를 확보할 수밖에 없는 구조를 취하고 있었다. 독자뿐만 아니라 이러한 질서가 운율미를 드러내며 가요로 성장해 대중들 곁으로 다가갔다. 대중의 사랑을 받을 수밖에 없었던 필요충분조건을 지닌 「향수」를 공간적·시간적·음성적 질서를 바탕으로 서술하여 본다.

첫째, 공간적 질서는 「향수」에 후렴구의 배치와 각 연이 끝난 후 1행 분량을 공간으로 비워두며 형성되고 있었다. 각 연과 연 사이에 '──그 곳이 참하 꿈 엔들 니칠니야.'라는 후렴구를 두어 공간적 질서를 확립하였다. 이는 각 연의 끝남을 알려주는 공간을 의미한다. 동시에 다음 연을 시작하기 위하여 의도적으로 사용한 공간적 질서를 뜻하는 것이다.

둘째, 시간적 질서는 「향수」의 행이나 연에서 어느 정도 독립성을 가지느냐에 따라 삽화적·연쇄적·유기적 질서로 나누어 설명하였다. 「향수」는 각 연의 이야기 구성을 장소성과 관련 삽화적 질서로 설정하였고 각 연이나 행이 일정한 앞뒤 관계를 맺으며 연쇄적 질서를 유지하고 있었다. 그리고 행이나 연의 앞뒤 관계가 촘촘해 「향수」가 지니는 인과 관계까지도 세밀한 유기적 질서를 유지하고 있었다.

셋째, 음성적 질서는 「향수」에서 음소(音素, phoneme)와 반복을 통해 운율을 거론하는 원동력이 되었다. 각 행 끝음절 모음 음소 26개 모두 후설모음에 집중되어있고, 'ㅗ'와 'ㅏ'의 양성모음이 주를 이루었으며, 중모음→저모음→고모음의 순으로 배열, 평순모음 비율이 원순모음보다 훨씬 높았다. 자음 음소는 안울림 예사소리인 'ㅂ, ㅅ, ㄱ'과 울림소리인 'ㅁ, ㄴ, ㄹ, ㅇ'의 출현빈도가 높았다. 또 '―그 곳 이 참하 꿈 엔들 니칠니야.'의 여음격인''―과 '3+5+4'의 음절수 균일반복, 후렴구의 같은 통사구조와 '-곳'의 각운을 행마다 반복하며 운율을 형성하고 있었다.

정지용의 「향수」에서 공간적·시간적·음성적 질서는 예사소리를 사용해 평화로움을, 울림소리로 부드럽고 경쾌함을, 평순모음의 음소로 크고 멀리 가는 음의 확장을 이루어냈다. 그리고 여음, 음절수, 통사구조, 각운을 반복하여 운율감을 형성하였다. 이렇게 오롯한 질서로 일관된 정지용의 시작법은 현대인에게 「향수」를 널리 부르게 하려는 의도된 배려의 일종으로 보인다.

다음은 「향수」의 정본(正本)과 정본(定本) 그리고 『정지용 시집』 초판본에 대한 문제에 대한 언급이다.

정지용이 최초로 작성하였다는 정본(正本)의 행방은 묘연해졌다. 그래서 정지용이 1923년에 지어 4년간 수없이 퇴고하였을 1927년 『조선지광』에 발표한 「향수」를 정본(定本)으로 삼고자 한다.

대부분 정지용 관련 최초의 시집을 1935년 시문학사의 『정지용 시집』으로 꼽는다. 그러나 1946년 건설출판사에서 발행한 『정지용 시집』 간기에 '1934년 10월 4일 초판 인쇄·7일 초판 발행'이라고 적고 있음이 발견되었다. 이어 같은 간기에 '1946년 5월 5일 재판 인쇄·5월 0일 발행'이라 표기하고 있다. 이는 『정지용 시집』의 초판본이 1934년에 발간되고 세상 밖으로 나오지 못하였는지, 그렇다면 그 이유는 무엇인지에 방점을 찍으며 여전히 의문을 남긴다.

본고는 정지용의 「향수」가 가요로 적합하였을 이유와 시대에 따른 표기변화 그리고 정본과 초판본에 대하여 논의하여 보았다. 특히 「향수」를 가요로 부를 때 현대인의 정서에 알맞고 그들의 호응을 얻는데 성공한 이유를 시적 자질에 견주어 발견하였다. 이와 관련 부족한 부분은 문법학자와 서지학자의 몫으로 남겨둔다.

2장

정지용 「鄕愁」의 설화적 고찰

정지용 「鄕愁」의 설화적 고찰

1. 서론

　'현대시단의 경이적 존재'[1], '현대시의 전환자'[2], '천재시인'[3]이라 불리는 정지용의 대표작으로 「향수」를 꼽는다. 1988년 정지용의 작품에 대한 해금이 이루어진 후 「향수」는 대중가요 작곡가 김희갑에 의해 새로 작곡[4]된다. 이 곡은 가수 이동원과 테너 박인수 교수가 듀엣으로 부르며 인기를 모았다.[5] 이를 통해 「향수」가 대한민국 국민의 애송시가 되었으며 「향수」 전곡을 수월하게 부르는 사람들이 많아졌다. 이렇게 노래로 불려진 「향수」는 대중 곁으로 쉽게 다가가게 되었고 그 노래의 유명세와 함께 정지용 관련 연구논문도 다량 발표되었다. 그러나 「향수」의 근저에 안겨있던 정지용의 고향, 옥천의 전설과 관련된 설화적인 고찰을 찾기는 용이하지 않았다.

---

* 『국제한인문학연구』 제23집, 국제한인문학회, 2019, 183-205면.

1) 양주동, 「1933년 시단년평」, 『신동아』, 1933. 12, 31면.
2) 조지훈, 「한국현대시사의 반성」, 『사상계』, 1962. 5, 320면.
3) 김학동, 『정지용 연구』, 민음사, 1997, 5면.
4) 「향수」는 채동선 작곡(가장조, 4/4) → 변 훈 곡(바장조, 3/4) → 김희갑 곡(바장조, 4/4)로 변함. 최동호, 『정지용 사전』, 고려대학교출판부, 2003, 566~583면.
5) 실제 이동원은 「향수」를 부르며 충북 옥천군 동이면 강가에 집을 짓고 살기도 하였으며 옥천군 관성회관 옆의 「향수」 시비를 세울 때 모금 운동을 함. 박효근(77)전 옥천문화원장 구술.

김학동은 "어릴 때 고향 모습을 환기하는 심상을 주축으로, 가난한 고향을 못 잊겠다는 것은 고향을 향한 본능적 속성"이라며 '휘돌아', '성근', '해설피' 등의 용어에 대한 해석상의 문제점을 원전비평 차원에서 검토[6]하였다. 이 연구는 정지용의 작품에 대한 해금이 이루어지기 전인 1987년에 발간돼 정지용 연구의 초석을 다지는 역할을 하였다.

오성호는 "20세기 초 궁핍과 고달픈 노동으로부터 자유롭지 못한 조선 농민들의 실상을 드러낸 것"으로 "「향수」의 고향은 유소년기 기억과 체험이 뒤섞여 창조된 혼종(hybrid)과 상상의 공간"[7]이라고 발표한다. 이는 「향수」에서 조선 농민의 모습을 그려내며 혼종과 상상의 공간으로 그 범위를 확장하는데 일조하였다.

이숭원은 「향수」 "1연은 고향마을 모습을 원경으로 제시, 2연은 방밖과 방안의 정경 대비, 3연은 고독의 음영이 드리워짐, 4연은 삭막한 고향 모습 발견, 6연은 '초라한', '흐릿한'의 시어가 농촌의 궁색함과 자아의 외로움을 표상"[8]한다고 서술하고 있다. 이 연구는 중·고등학교 문학교재에 실려 있는 「향수」를 정교하게 해석하며 독자 확보에도 기여하였다.

최동호는 "「향수」는 고향의 장면을 후렴구와 결합했다. 고향을 상실한 사람들에게는 고향을 동경하는 시적 호소력을 지니고, 고향을 떠난 자에게는 영원히 고향에 돌아갈 수 없다는 비극적 경구를 아름다운 언어"[9]로 나타냈다고 표현하고 있다. 이 연구는 고향과 추억 그리고 동경으로 독자를 매듭지어 주며 심도 있게 논의되었다.

심층적인 분석을 한 이들의 「향수」에 대한 논의는 독자들의 이해를

---

6) 김학동, 앞의 책, 291~296면.
7) 오성호·김종태 편저, 「「향수」와 「고향」, 그리고 향토의 발견」, 『정지용 이해』, 태학사, 2002, 196~203면.
8) 이숭원, 『정지용 시의 심층적 탐구』, 태학사, 2004, 66~70면.
9) 최동호, 『정지용 시와 비평의 고고학』, 서정시학, 2013, 118~120면.

돕고 있다. 또 이들의 「향수」에 대한 서술은 정지용 문학과 한국 현대 시사에 굵직한 족적을 남겼음을 논자도 깊이 공감한다. 또한 선행연구 자들의 논문도 「향수」가 고향과 관련을 맺고 있음을 인정한다. 그러나 막연하고 보편적이며 추상적인 고향을 언급하는데 그치고 있다.

정지용의 「향수」는 그의 고향인 옥천에서 발상되고 착상하였다고 본다. 그의 시 「향수」는 옥천의 향토적 정서와 시적 언어구사 그리고 고향의 설화와 관련이 있다고 사료된다. 특히, 이 시는 옥천의 전설인 '말무덤'과 절묘한 결합을 이루고 있다. 그러므로 옥천에 대한 공간적 고찰은 정지용의 「향수」에 접근하는데 필수불가결한 매듭이라고 본 다. 이에 본고는 「향수」와 충북 옥천의 설화인 '말무덤' 전설을 상정하 여 서술하고자 한다.

2. '말무덤' 전설과 「향수」

1) 유소년기 공간

정지용은 1902년 충북 옥천군 내남면[10] 상계리에서 영일(迎日) 정씨 정태국과 하동 정씨 정미하 사이에서 태어난다. 부친은 한약방 겸 양약 방을 경영하였으며 '정고약'을 만들어 경제적인 부를 축척하였다. 그런 데 "1911년 7월 옥천에 제방을 개축할 정도의 대홍수가 발생하였고 1917년 8월 참혹한 호우로 정지용 일가의 피해가 심했다. 이때 교량이 유실되고, 275호 중 12호가 떠내려가고 29호가 침수되었다. 가장 피해 가 적은 집도 마루 위로 2자 이상 물이 차 옥천읍이 전멸된 상태고 인명

---

10) 김묘순, 『정지용 만나러 가는 길』, 국학자료원, 2017, 238면.

피해도 발생"[11]하였다고 보도되었다.

이 홍수로 한약재가 침수되었다. 이때부터 한약방 겸 양약방을 운영하던 정지용 집의 가세가 기울었다. 홍수가 발생하기 전 정지용의 가정은 가난하지는 않았다. 정지용의 가정경제를 알아보기 위한 자료『동락원 기부금 방명록』[12]을 보면 부의 정도를 가늠할 수 있다. 방명록에는 "정태국(정지용 부친)이 20전"을 기부하였다고 적혀 있다. 기부금을 낼 정도의 형편과 금액으로 유추해보면 홍수가 나기 전 정지용의 초기 가세는 중산층 정도였음을 짐작하게 한다.

정지용은 1913년 동갑인 은진 송씨 재숙과 결혼, 1914년 옥천공립보통학교를 졸업하였다. 1915년 부인을 부모님과 함께 옥천에 두고 서울로 갔다. 그는 서울 처가 친척의 집에서 휘문고보 입학 전까지 한문을 수학한 것으로 알려졌다. 1923년 3월 휘문고보를 졸업하고 그해 4월 일본 교토 동지사대학에 입학하였다. 동지사대학 유학시절 정지용은 방학이면 옥천을 다녀갔으며 옥천에서 강연[13]도 하였다. 1928년 옥천에서 장남 구관이 출생하였고 1929년 동지사대학 유학을 마치고 서울로 돌아온다. 그해 9월 휘문고보 영어교사로 취임하였고 부인과 장남을 솔거하여 서울 종로구 효자동으로 이사한다. 그가 처음 고향을 떠난 것은 13살인 1915년이었다. 본고에서는 정지용이 유소년기를 보낸 지리적 공간인 옥천에 대한 기록을 비교적 소상히 열거하였다. 왜냐하면 시적 화자인 자아의 경험이 그의 시 속에 오롯이 자리 잡고 있기 때문이다.

---

11) ①「충북의 篤志家」,『매일신보』, 1912. 1. 13, 2면. ②「"옥천 전멸, 전부 침수" - 참혹한 홍수의 피해, 익사자 5명」,『매일신보』, 1917. 8. 14, 3면. ③「참혹한 땅, 눈으로 볼 수 없다」,『매일신보』, 1917. 8. 15, 3면. ④「옥천의 수재민에게, 독지가의 따뜻한 동정」,『매일신보』, 1917. 8. 15, 3면.
12)『同樂園 寄附金 芳名錄』, 1918. 8. 15.
13)「沃川初有의 文化講演-聽衆無慮四百」,『매일신보』, 1925. 8. 18, 3면.

정지용의 아버지 정태국은 '말무덤'이 지척에 있는 '꽃계리'[14](현 수북리)라 불리는 마을에서 태어나 자랐다.[15] 이곳은 영일정씨 집성촌이었으며 정지용 일가는 이곳에서 살았다. 김학동은 "정지용의 경우도 그 어느 때인지는 모르지만 이 마을(꽃계리)에서 살다가 구읍으로 이사했음이 분명하다"[16]고 말한다. 즉 그가 꽃계리에서 태어났거나, 태어날 무렵 옥천읍에 가까운 현재 정지용 생가 자리로 옮겨왔을 것이라는 가능성을 열어두고 있는 부분이다.

「향수」의 공간적 배경이라 할 수 있는 동이면 피실은 그의 생가가 있는 옥천읍과 현재 경계를 이루고 있다. 정지용과 그의 조상들이 살았던 꽃계리나 정지용 생가는 피실과 5~10여리 정도의 거리를 두고 있다. 이와 같은 지리적 위치는 정지용이 유소년기 경험을 저장하는 기억의 공간으로 피실과 꽃계리가 작용되었음을 알 수 있게 한다.

정지용은 동지사대학으로 유학을 떠나기 전인 1923년 3월 「향수」 초고를 썼다. 그는 「향수」를 1927년 3월 『조선지광』 65호에 발표한다. 이후 「향수」[17]는 1935년 시문학사가 간행한 『정지용시집』, 1946년 을

---

14) 이곳을 당시 '화계리(花溪里)'라고도 하였고, '꽃계리'의 음운 변형으로 '꾀꼬리'라고도 불렀다. 그런데 현재는 물길이 북쪽으로 흘러간다고 하여 이 마을을 '수북리(水北里)'라고 한다.

15) 이곳은 동이면 수북리에서 1949년 옥천읍으로 편입. 옥천군지편찬위원회, 『옥천군지Ⅲ』, 일광, 2015, 92면.정지용이 전설을 듣던 어린 시절 '수북리'나 '피실'의 행정 구역은 동이면. 현재 이곳 주변에 정지용의 조부모 묘소가 안장되어 있다.

16) 김학동, 앞의 책, 137면. 현재 정지용 생가(옥천읍 하계리)에서 그가 태어난 것이 아니라 꽃계리에서 태어나 이사했을 것이라는 유추 가능.

17) 정지용, 「鄕愁」, 『정지용시집』, 시문학사, 1935. 10, 39~41면 관련. ⓐ 「향수」는 『정지용시집』(시문학사, 1935)가 『조선지광』 65호, 1927. 3.으로 오기(誤記). 김학동 편, 『정지용 전집1』, 민음사, 2013, 49~50면. ⓑ 「향수」는 『정지용시집』(시문학사, 1935)가 『조선지광』 65호, 1927. 3.으로, 1연 다음 후렴구는 줄띄움 없이 표기, 각 후렴구는 '그곳'으로 붙여 쓰고, 3연 뒤 후렴구는 '그것'으로 오기(誤記). 오성호, 김종태 편, 「「향수」와 「고향」, 그리고 향토의 발견」, 『정지용 이해』, 2002,

유문화사에서 발간한 『지용시선』, 1946년 건설출판사에서 재판한 『정지용시집』에 재수록 된다.

    鄕愁

    넓은 벌 동쪽 끄트 로
    넷니야기 지줄대는 실개천 이 회돌아 나가고,
    얼룩백이 황소 가
    해설피 금빗 게으른 우름 을 우는 곳,

    —그 곳 이 참하 꿈 엔들 니칠니야.

    질화로 에 재 가 식어 지면
    뷔인 바 테 밤ㅅ바람 소리 말 을 달니고,
    엷은 조름 에 겨운 늙으신 아버지
    집벼개[18] 를 도다 고이시는 곳,

    —그 곳 이 참하 꿈 엔들 니칠니야.

    흙 에서 자란 내 마음
    파아란 한울 비치 그립어 서
    되는대 로 쏜 화살 을 차지려
    풀섭 이슬 에 함추룸 휘적시 든 곳,

    —그 곳 이 참하 꿈 엔들 니칠니야.
    傳說바다 에 춤 추는 밤물결 가튼

    196~197면. ⓒ 정지용, 『정지용시집』, 건설출판사, 1946, 39~41면은 시문학사
    (1935) 『정지용시집』과 표기·면수 일치.
18) 최동호 엮음, 『정지용 전집1』, 서정시학, 2015, 78면은 '집베개'로 표기.

검은 귀밑머리 날니 는 누의 와,
아무러치 도 안코 엽블것 도 업는
사철 발 버슨 안해 가,
짜가운 해쌀 을 지고 이삭 줏 든 곳,

—그 곳 이 참하 쑴 엔들 니칠니야.

한울 에는 석근 별
알수 도 업는 모래성 으로 발 을 옴기고,
서리 까막이우지짓 고 지나가는 초라한 집웅,
흐릿한 불비채[19] 돌아안저 도란도란 거리는 곳,

—그 곳 이 참하 쑴 엔들 니칠니야.

—『조선지광』65호 — [20)]

본고는 당시 정서를 가급적 그대로 전달하고자 1927년『조선지광』에 발표한「향수」를 원본대로 적었다. 이 시에 정지용의 유소년기적 경험이 어떻게 작용하고 있는가? 그 경험의 근원적인 작용점은 '말무덤' 전설과 함께「향수」에 어떻게 인식되고 형상화되어 나타나는가? 이에 정지용 유소년기 기억의 공간으로 작용하였을 옥천 지역 설화인 '말무덤' 전설에 집중하고자 한다.

2)「향수」의 기원

정지용의 고향 옥천에는 '말무덤'[21)] 전설이 전한다. 이 전설은 임진

---

19) 권영민,『정지용 詩 126편 다시 읽기』, 민음사, 2004, 231면은 '불비체'로 표기.
20) 정지용,「鄕愁」,『조선지광』65호, 조선지광사, 1927. 3, 13~14면.
21) 김묘순,「옥천의 전설 마총(馬塚) 복원해야 한다」,『동양일보』, 2016. 3. 28, 4면.

왜란이라는 특수한 상황에서 발생한다. 임진왜란 때 선조의 요청에 의해 이여송[22]은 조선에 지원을 나왔다. 옥천을 지나던 이여송은 자신의 말을 달리게 하여서 쏜 화살과 경주를 시킨다. 하지만 말에게 치기에 어린 경주를 시킨 그는 애마만 잃는 결과를 초래한다. 이 결과로 옥천의 전설 '말무덤'에 등장하는 말(馬)이 정지용의 대표 시「향수」에 어떤 시어로 나타나 유기적 관계를 유지하는지 살펴보기로 한다.

정지용은 자아정체성이 완성되는 14세 이전까지 고향 옥천에 살았다. 그리고 일본 유학을 다녀와서 휘문고보 교사로 부임한 이후 장남과 부인을 데리고 서울 종로구 효자동으로 이사를 한다. 효자동으로 이사하기 전까지 정지용은 옥천의 정서를 가장 많이 습득하였을 것이다. 당시 '옥천'이라는 공간을 제외한, 정지용의 정서가 작용하기에는 유학지 일본은 남의 나라이고 서울은 휘문고보를 떠난 후 아직 유정의 장소로 자리하지 못하였을 것이기 때문이다.

정지용의 「향수」에 언어(言語)인 '말: (language)'과 말(馬)인 '말(horse)'과의 관련이 옥천의 '말무덤' 전설과 영향 관계를 맺고 있다. '말: '은 음성 또는 문자 기호로 나타내는 사고의 표현수단이다. 이 '말: '은 '-다는', '-으라는' 뒤에서 서술격조사 '-이다'와 함께 쓰여 다시 확인하는 뜻을 나타내는 말이다. 그리고 '말'은 포유류 말과에 속하는 포유동물이다. 「향수」에 나타난 이 두 '말: '과 '말'의 상관관계를 살펴보고

---

22) 조선족(이주민) 출신 이성량 장군의 아들. 이여송과 관련 임진왜란의 위기에서 조선을 구해준 구원장의 성격은 문헌설화로, 구원군이라는 명분 아래 여러 가지 횡포를 자행하였던 명나라 군대의 대변자로의 성격은 대부분 구비설화로 형상화하여 전승되고 있다. 또 조선에도 탁월한 인물(소를 탄 노인)이 있다는 주장으로 이여송으로 인해 손상된 민족적 우월의식과 자존심을 설화를 통하여 대상(代償)하고자 하는 민중의 의지를 반영한 이야기도 전함. 국어국문학 편찬위원회 편, 『국어국문학자료사전』 하권, 한국사전연구사, 1994, 2351면.

자 옥천에 전해오는 쏜 화살과 경주를 하였다던 말의 '말무덤' 전설에 대한 채록을 약술(略述)한다. 한편 '말무덤'전설은 『옥천군지』에도 상술되어 있다.[23)]

임진왜란이 일어나 백성이 괴롭힘을 당하자 당시 조정에서는 명나라에 원군을 요청했다. 이 요청으로 이여송이 이끄는 원병이 왔다.

이여송은 옥천군 동이면 피실 앞을 지나다 이곳 경치가 수려함에 반하였다. 산과 산을 양 옆에 두고 고요히 흐르는 냇물은 이여송의 마음을 빼앗을 정도로 아름다웠다. 이 아름다운 경치에 취한 이여송은 신이 났다. 그래서 자신이 타던 말을 시험하는 경기를 하기로 하였다. 이 경기는 출발선에서 말을 달리게 함과 동시에 화살을 쏘는 것으로 시작되었다. 쏜 화살과 달리는 말 중에 무엇이 더 빠른가를 겨루는 시합이었다.

이여송은 부장(副將)에게 말이 달림과 동시에 활을 쏘라고 지시하였다.

이여송은 "활을 쏘라."라고 명령함과 동시에 자신의 말에게 채찍을 가하였다. 전속력으로 말을 타고 달린 그는 동이면 피실 앞(말무덤이 있었다는 곳)에 도착하였다. 그러나 그가 도착한 곳에서는 부장이 쏜 화살이 보이지 않았다. 이여송은 자신의 말보다 화살이 먼저 도착하였기 때문에 화살을 볼 수 없다고 생각하였다. '화살이 먼저 도착하였을 것'이라는 생각에 잠긴 순간, 이여송은 화를 참지 못하였다. 자신의 말이 쏜 화살의 속력보다 더 늦게 달렸다는 생각이 그를 참을 수 없게 만들었던 것이다. 그래서 이여송은 당장 애마의 목을 베어 버렸다.

그런데 그 순간, 부장이 쏜 화살이 피-잉 날아와 피실 앞(말무덤이

---

23) ①옥천군지편찬위원회, 『옥천군지』, 옥천군, 1994, 1511-1512면. 전설 「이여송의 말을 묻었다는 말무덤」에는 '동이면 피실'이 '안남면 피실'로 오기되어있다. ② 옥천군지편찬위원회, 『옥천군지-Ⅱ.역사와 전통』, 옥천군, 2015, 549면.

있었다던 곳)에 박혔다. 이때 이여송은 '내 말이 화살보다 더 빨리 달려왔는데 죽었다'며 '경솔하였다'고 후회하였다. 그는 한순간의 경솔함으로 애마를 잃고 말았다. 이여송은 가슴을 쥐어뜯고 땅을 치며 후회하였다. 그러나 후회해도 소용이 없었다. 이미 때는 늦었다. 이여송의 죽은 말이 살아 돌아올 리가 없었다.

이렇게 후회만하며 시간을 보낼 수 없었던 이여송은 이 지역 사람들에게 부역을 시켰다. 부역에 참여한 사람들은 말이 죽은 자리에 흙을 쌓기 시작하였다. 그리고 이여송의 애끊는 마음을 담아 산더미처럼 큰 말무덤을 만들었다.

이여송은 말무덤을 만든 후 그가 아끼던 말을 그리워하였다. 이여송의 말에 대한 그리움은 커져만 갔다. 그리고 말을 죽인 잘못을 깨닫고 뉘우치는 마음이 애가 닳도록 쓰리고 아렸다. 그리하여 이여송은 전쟁이 끝난 후에도 한동안 말무덤을 떠나지 못하였다.[24]

조기복[25] 씨는 말무덤을 실제로 보았고 그곳에서 어린 시절을 보냈다고 한다. 그의 '말무덤'에 관한 증언 구술을 정리해보면 이렇다.

당시 동이면 피실에는 가로 30m, 세로 50m, 높이 15m(아파트 5층 정도 높이로 기억) 정도 크기의 말무덤이 있었다. 흙으로 산처럼 쌓아 멀리서 보면 산 같았다. 어릴 때 (말무덤에) 독(돌멩이)도 던지고 놀았다. 그 근처 땅이 모두 선조인 조 대감 소유였고 말무덤이 있었던 곳은 큰아버지 땅이었다. 대청댐이 들어서며 국토부(당시를 그렇게 기억)에서 문화재 조사한다고 파헤치고 나서는 복원 등 아무 대책 없이 그냥 물속에 잠겨버렸다.

---

24) 전설과 관련된 구체적인 구술은 옥천군 동이면에서 나고 자란 향토사학자 정수병(85·옥천군 동이면) 옹의 도움이 있었다.
25) 2016년 3월, 조기복(62·옥천군 동이면)의 구술.

'말무덤'이 있었다던 곳의 이야기를 채록하고 옥천군 동이면 박효서 이장과 함께 실제 그 장소에 가 보았다. 조기복 씨와 박효서 이장은 <사진A>에 나타난 장소를 '말무덤'이 있었던 곳이라고 확정해 주었다. 이에 「향수」의 지리·설화적 배경이 되었을 장소의 위치를 사진으로 기록한다.

<사진A>

왼쪽은 조기복 씨가 짚어준 '말무덤'이 있었던 자리(흰 동그라미 안).	오른쪽은 '실개천이 휘돌아 나가'는 왼쪽 사진의 대청호 물길 (폭=100~200m) 주변위치.[26]

<사진A> 위치는 정지용 생가와 4km 정도의 거리에 있다. 이곳 주민들은 "1970년대 국토부가 문화재를 발굴한다며 피실의 말무덤을 파헤쳤다."며 "(그래서) 현재 '말무덤'이 사라졌고 그 말무덤 자리마저 물속으로 잠겨 버렸다.[27]"고 구술한다. 또 옥천군청 안전총괄과 염진석(60)은 "1970년대 이곳 동이면 피실은 냇물과 들을 중심으로 마을이 형성되어 있었고 50~60여 가구 정도가 모여 살았"다고 기억한다.

---

26) 2017년 11월 13일, 행정선에 탑승해 논자가 촬영. 폭은 갈수기나 만수위 때의 차이가 있음.
27) 옥천군 동이면 박효서(56) 이장과 안터 마을 주민들 구술.

3) 고향, 전설의 편린

문학작품에서 가장 본질적이며 중요한 것은 인식과 형상이다. 인식이란 심리 자극을 받아들이고 저장하여 인출하는 일련의 정신 과정을 의미한다. 정지용은 유소년기에 '말무덤' 전설을 듣고 인식이라는 회로를 통하여 저장하는 과정을 거쳤을 것이다. 이 과정에 의하여 인식되었던 경험이 「향수」에 형상화되었다고 본다. 주로 형상은 시에서 "운율, 수사, 형식, 구성 등으로 표현되며 독자는 형상에 의해 시를 아름답"[28]다고 감상하게 된다.

정지용의 부친과 조상들이 태어나 살던 곳은 당시 동이면(현재 옥천읍)이라는 같은 행정구역으로 '말무덤'과 5리 정도의 거리였다. 또 정지용 생가와는 10여리 거리를 두고 있다. 그러니 이 '말무덤'의 전설이 당연히 정지용의 부친 등에 의해서 정지용에게 구전되었을 것이다. 정지용은 어린 시절 '말무덤' 전설에 대해 들었을 것이고 친구들과 어울려 그곳에서 놀았음직하다. 이렇게 그는 그때 들었던 전설과 유소년기적 경험을 고향에 대한 인식의 편린으로 저장하였을 것이다. 정지용은 이 편린들을 모티프로 설정하여 「향수」를 형상화하였다.

정지용은 「향수」 초고를 1923년 3월 11일(작품 말미에 표기)에 마무리하였다. 1923년은 정지용이 유학을 마친 후 휘문고보의 교사로 취임한다는 조건부 유학을 떠난 해이다. 이러한 조건부 유학을 떠나는 정지용은 고국을 떠나는 심적 부담감이 내면에 팽배하였을 것이다. 정지용은 일제 강점기라는 시대적 상황에서 어찌할 수 없는 상실감과 혼란스러움을 겪을 수밖에 없었다. 그리고 이러한 상황은 식민지 지식인으로 고향을 떠나 유학길에 오르는 부담감으로 작용된다. 낯선 땅에서 이방

---

28) 김일렬, 『문학의 본질』, 새문사, 2006, 42면.

인으로 공부를 해야만 하였던 정지용은 이러한 부담감을 창작활동으로 위로받았던 것으로 보인다.

혹자는 이여송과 관련된 '말무덤' 전설은 시 전체의 흐름으로 볼 때 어색할 뿐만 아니라 동의하기 어려운 상충이 존재한다고 반론을 제기할 수도 있다. 물론 이여송의 조선을 향한 횡포나 그의 자존심을 대상(代償)하고자 하는 의지를 '말무덤'에 반영하였을 것이라는 반론제기도 완전히 배제할 수는 없다.

그러나 이여송은 그의 아버지가 조선인이어서 조선족(이주민)의 혈통을 지니고 있었다. 또 정지용이 일본으로 유학을 갔던 것처럼 이여송도 조선이라는 나라로 공간이동을 하게 된다. 이러한 공간이동은 정지용과 이여송에게 일종의 공통 분모적 정서를 지니게 하였다. 물론 정지용은 학문 연구를 위하여 이여송은 전쟁을 위하여 고국을 떠났지만 말이다. 임진왜란과 일제강점기는 일본이라는 국가와 관련한다. 시간적 배경은 달라도 정지용과 이여송이 갖게 된 동질 혈통과 떠남의 인식은 상치(相値)된다. 이 점에 주목하여 보면 이여송이 아버지의 나라 조선을 위하여 임진왜란에 참전하였을 때와 정지용이 일제강점기에 적지인 일본으로 건너갈 때 느꼈을 혼란스러움은 또다시 상치된다.

정지용은 떠남과 상실감 그리고 고향(고국)을 향한 그리움의 형상화 작업으로 '말무덤'과 함께 「향수」를 견지(堅持)하였을 것이다. 이와 관련 정지용이 유소년기적 인식을 형상화했을 「향수」와 '말무덤' 전설의 상관관계를 맺는 요소에 집중하여 본다.

첫째, '말무덤'이 있었다는 동이면 피실은 정지용 생가에서 동쪽에 자리 잡은 벌판에 이어져 있다. 이를 나타내는 시구는 '넓은 벌 동쪽 끝으로~'이다. 이곳의 지리적 위치는 현재 정지용의 생가인 옥천읍 하계리의 동쪽이다. 이곳 피실의 냇물은 높고 우람한 산을 끼고 흐른다. 그래서 그 산 너머에는 무엇이 있는지 어린 정지용은 가늠하기 힘들었을 것이다. 그리하여 지리적으로 '동쪽 끝'이라는 시어를 선택하였던 것으로 보인다.[29]

둘째, 옛 이야기를 전해 듣던 어린 시절을 '옛 이야기 지즐대는 실개천이 휘돌아 나가고~'로 표현하고 있다. 여기서 '옛이야기'는 옥천의 설화인 '말무덤' 전설임에 무게가 실린다. 동이면 피실의 '말무덤'이 있던 곳의 냇물은 'U'자형으로 마을을 안고 흐른다. 이 냇물은 정지용이 「향수」를 창작할 당시에도 'U'자 모양으로 휘돌아 나가는 형상이었다. 이곳은 대청댐이 건설되며 수량이 많아진 지금도 <사진A>처럼 'U'자 형태로 물이 휘돌아 흐르고 있다. 그러니 '실개천'이 현재 정지용 생가 앞의 도랑[30]을 가리킨다는 유추는 '실개천'에 대한 시어 유래의 추적과 좀 거리가 있어 보인다. 실제 그 당시 정지용 생가 앞의 도랑은 현재 위치로 흐르지 않았다. 당시 '실개천'이라 지칭된 도랑은 현재의 '실개천' 위치보다 훨씬 거리가 있는 곳을 지나며 흘렀다. 그러던 것이 1970년대 새마을 사업을 하며 현재 위치로 도랑을 옮기게 되었다.[31] 그러니 현재 정지용 생가 앞의 도랑을 「향수」에 등장하는 '실개천'으로 보는 견해는 설득력을 얻는데 다소 거리가 있다. 그럼에도 불구하고 여전히 정지용 생가 앞의 도랑을 '실개천'으로 감상·연구하는 것은 「향수」의 미적 아

---

29) 실제로 이 동쪽의 높은 산을 넘으면 옥천군 안남면이다. 이곳은 이여송이 말을 달리기 시작한 출발지로 전한다.

30) "물이 실개천을 이루고 청석교 밑을 지나 동쪽 끝으로 흐르고 있다." 김학동, 『정지용 연구』, 민음사, 1997, 137면. 그러나 김학동의 주장인 청석교 밑을 지나는 실개천은 실제 동쪽 끝이 아닌 남서쪽을 향해 흐른다. 현재 옥천군도 정지용 생가 앞의 도랑을 '실개천'이라고 복구해 놓았다.

31) 옥천향토사 전시관 전순표(62·옥천읍 삼양리) 관장의 구술 증언, '옥천군 지적도'에서 확인.

름다움을 감소시킬 수 있다. 이로 「향수」에 쓰인 '실개천'이라는 시어의 기원에 대한 깊이 있는 논의가 요구된다.

셋째, '말무덤' 전설에서 이여송이 말을 달리던 모습을 「향수」에서는 '~빈 밭에 밤바람 소리 말을 달리고'로 쓰고 있다. 이 시에서 '밭'은 밭인데 '빈 밭'이라고 적고 있다. 이는 정지용의 고향(조국)을 잃은 상실감이 이여송의 말을 잃은 슬픔에서 전이된 것으로 보인다. 정지용은 「향수」에서 시적 화자를 동원하여 도란도란 옛이야기를 듣고 있는 상황을 설정한다. 이러한 상황에서 화자는 고향에서 부는 차디찬 밤바람 소리를 듣는다. 이 소리는 곧 이여송의 말 달리는 소리로 치환된다. 소리의 치환에서 정지용은 이여송 말의 운명과 조국의 운명을 대비시키는 상상력을 동원하게 된다. 화자는 이렇게 말이나 조국의 운명처럼 다가온 암울한 심정을 '빈 밭'과 '밤바람'에 이입시켜 쓸쓸함과 상실감을 강조하고 있다.

넷째, '말무덤' 전설을 떠올리며 정지용은 「향수」에서 '전설 바다에 춤추는~'이라고 표현하고 있다. 그는 동네 어른들 혹은 가족들에게 전설을 듣던 어린 시절을 "전설바다에 춤추는 밤물결 같은 검은 귀밑머리 날리는 어린 누이"에 비유하고 있다. 이는 호롱불을 켜둔 채로 어린 동생과 함께 할아버지나 할머니 등이 전하는 전설을 듣는 모습의 묘사로 보인다. 실제 정지용은 "이복동생 화용(華溶)과 계용(桂溶)이 있었으나 화용은 요절했고 계용만이 충남 논산에서 살다 사망"[32]하였다. 이로 보아 정지용은 이복동생들과 옥천의 전설을 들으며 자랐을 것이라는 유추가 충분히 가능하다.

다섯째, 말무덤에 슬픔과 함께 찾아오는 광경을 '서리 까마귀[33] 우지

---

32) 최동호, 『그들의 문학과 생애 정지용』, 한길사, 2008, 21면.
33) 이와 관련 "'서리 까마귀'를 '서리까마귀'라는 합성명사로 보아 '찬서리가 내리는

짖고~’로 그려 놓고 있다. 정지용은 ‘서리’와 ‘까마귀’라는 명사를 연이어 쓰고 있다. 합성명사라면 ‘서리까마귀’로 붙여 써야 옳다. 그러나 ‘서리’와 ‘까마귀’를 띄어 쓰고 있다. 이는 부정적 의미를 강조하려는 의도이다. 이러한 부정적 의도로 쓰인 ‘서리’와 ‘까마귀’에 대하여 약술한다. 한편 ‘말무덤’ 전설은 『옥천군지』에도 상술되어 있다.[34)]

① ‘서리’[35)]는 기온이 빙점이하로 내려갈 때 수증기가 지면 가까운 물체에 닿아 엉겨 백색의 세빙(細氷)을 이루는 자연현상을 의미한다. 이때 서리는 ‘서리 맞은 구렁이’, ‘서리병아리’, ‘서리 맞다’, ‘서리를 이다’ 등으로 쓰인다. ‘서리 맞은 구렁이’는 ‘힘이 없어 보이는 사람’ 혹은 ‘희망이 없는 사람’을 비유한 말이다. ‘서리병아리’는 ‘힘없이 추레한 사람’을 이를 때 사용하며 ‘서리 맞다’는 ‘백발이 되었음’을 뜻한다. ② ‘서리’는 ‘떼를 지어 남의 물건을 주인 몰래 훔쳐다 먹는 장난’을 말한다. 이때 ‘서리 맞다’라는 표현을 사용한다. 이 말은 ‘서리꾼에 의해 도난당해 해를 입는다’는 의미다. 이때 접미사 ‘-꾼’은 ‘사기꾼’이나 ‘노름꾼’처럼 부정적인 뜻으로 많이 통용된다. ③ ‘더위를 먹거나 설사가 나는 병’을 이를 때도 ‘서리(暑痢)’라는 표현을 쓴다. 이때 ‘더위를 먹’는 것도 ‘설사가 나’는 것도 모두 유쾌한 것은 아니다.

한편 ‘까마귀’[36)]는 ‘울음관이 발달되지 않아 탁음(濁音)을 내는 몸 전체가 까만 새’로 해조(害鳥)로 분류한다. 그러나 때가 몹시 찌들어 더럽

가을철의 까마귀들’(최동호), ‘힘없고 초라한 까마귀’(민병기), ‘무리를 이룬 떼 까마귀’(김재홍, 사에구사 도시카스), ‘서리병아리의 창조적 변형’(유종호)”으로 보고 있다. 최동호 편저, 『정지용 사전』, 고려대학교 출판부, 2003, 401면 재인용.
34) 옥천군지편찬위원회, 『옥천군지』, 옥천군, 1994, 1511-1512면. 전설 「이여송이 말을 묻었다는 말무덤」에는 ‘동이면 피실’이 ‘안남면 피실’로 오기되어 있다. 옥천군지편찬위원회, 『옥천군지-Ⅱ.역사와 전통』. 옥천군, 2015, 549면
35) ‘서리’ 관련, ①~③은 국어국문학회 감수, 『국어대사전』, 민중서관, 1994, 1374면.
36) ‘까마귀’ 관련, 국어국문학회 감수, 위의 책, 429면.

게 된 사람을 '까마귀 사촌'이라 하고 건망증이 심한 사람을 놀릴 때도 '까마귀 고기를 먹'었다고 비아냥거린다. 또 아무런 관련 없는 일이 공교롭게 때를 같이 하여 서로 관계가 있는 것처럼 의심을 받게 될 때도 '까마귀 날자 배 떨어진'다고 표현한다. 역시 까마귀의 어원에서 온 '까막눈'이나 '까막눈이'도 글을 보거나 쓸 줄도 모르는 무식한 사람을 이를 때 쓴다. 이처럼 '서리'와 '까마귀'에 대한 이미지는 주로 부정적 의미를 수반(隨伴)해 사용하고 있음을 알 수 있다. 옥천군 동이면에서 나고 자란 정수병(85) 옹은 옛날 어른들로부터 전해들은 이야기를 이렇게 구술한다.

> 집안에 누가 앓고 있는데 까마구(까마귀)가 지나가거나 똥을 찍깔리고 가면(가면) 앓던 사람이 죽는다고 해요. 그래서 옛(날)부터 까마구(까마귀) 우는 소리는 아주 딛기(듣기) 싫던(싫어하던) 새소리여요. 지붕을 까마구(까마귀)가 3번 돌고 나(가)면 그 집 사람이 곧 죽고, 마을을 3바퀴 휘 돌고 나(가)면 그 마을에 반디시(반드시) 초상이 나요.
> 그 중에 아주 혹독한 까마구(까마귀)는 서리 내릴 때 우는 까마구(까마귀)여요. 서리가 내리면 곡식도 다 죽어 살기도 어려운 뱁인디(상황인데) 까마구(까마귀)까지 울고 가면 동네 어른들이 벌벌 떨어요. 그래 '서리 까마구(까마귀)'는 죽음으로 모든 걸 갈라놓을 때 주로 '서리 까마구(까마귀) 운다'고 말했어요.

이 구술도 옥천의 전설 '말무덤'과 관계가 있음을 짐작하기 어렵지 않다. '서리 까마귀 우지짖고 지나가는 초라한 지붕~'은 고향에 대한 그리움이 아닌 '말의 죽음'을 의미한다. 동시에 일제강점기 조선의 '불안한 운명'을 노래하고 있다고 보아야 적당하다. 즉 죽음이 모든 것을 종결시키는 절망적 상황에 이르렀을 때 '서리 까마귀'가 운다고 표현한다. 그러니 정지용은 이여송이 평소 아끼던 명마와의 이별을 '서리 까마귀 우지짖고 지나가는 초라한 지붕'으로 형상화할 수 있었다. 이런 다양한 연유로 본고에서는 충북 옥천지역의 설화인 '말무덤' 전설에서 「향수」가 착상되었음에 집중하였다. 조선어의 아름다움을 모질게 지켜냈던 정지용 작품과 옥천의 설화나 지명 등에 대한 지속적인 연구를 향후 과제로 남긴다.

3. 결론

본고에서는 정지용의 「향수」가 충북 옥천의 '말무덤' 전설과 상관관계가 있음을 살펴보았다. 일반 대중에게 널리 알려진 「향수」와 설화인 '말무덤' 전설을 검토한 결과, 「향수」의 시적 언어는 그의 유년기에 들었던 전설과 지리적 공간인 고향이 주는 체험의 연속성에 있었다는 결론에 이르렀다.

첫째, '넓은 벌 동쪽 끝으로~'의 시어와 지리적 위치에 관한 것이다. '말무덤'이 있었다는 옥천군 동이면 피실은 옥천읍 하계리 정지용 생가의 동쪽에 있는 벌판과 이어져 있다. 둘째, 정지용은 옛 이야기를 전해 듣던 어린 시절을 '옛 이야기 지즐대는 실개천이 휘돌아 나가고~'로 표현하고 있다. 이 구절에서 '옛이야기'는 옥천의 전설 '말무덤'을, '실개천'은 피실 앞을 흐르는 U자형 냇물을 이르는 것으로 보았다. 셋째, 정지용의 고향(조국)을 잃은 상실감과 암울한 심정이 '빈 밭'과 '밤바람'에 이입되고 있다. 이를 통해 화자의 쓸쓸함과 상실감이 강조되고 있다. 넷째, '전설 바다에 춤추는~'이라는 표현이다. 이는 호롱불을 켜둔 채로 어린 동생과 함께 할아버지나 할머니 등이 전하는 전설을 듣는 모습의 묘사로 보았다. 다섯째, 말무덤에 슬픔과 함께 찾아오는 '서리 까마귀'라는 시어이다. '서리 까마귀'가 합성명사라면 '서리까마귀'로 표기해야하나 '서리'와 '까마귀'를 띄어쓰기하여 부정적 의미를 강조하고 있다.

그러나 1970년대, 대청댐 건설로 '말무덤'이라는 증거물은 없어졌다. 정지용 「향수」의 폭넓은 이해를 위해 사라진 '말무덤'이 복원되길 바란다. '말무덤' 복원은 옥천군의 관광자원 구축으로 인한 지역경제 활성화의 한 축이 될 것이다. 정지용을 연구하는 학자들은 「향수」의 경우에서 보듯 정지용의 작품과 옥천의 설화나 지명과의 관계 또한 간과해서는 안 된다. 이는 소중한 향토·문화적 자산을 잃을 우려를 낳는 동시에, 그것에 대한 깊이 있는 연구와 논의에 매진할 기회를 영원히 놓쳐버릴 수 있기 때문이다.

3장

정지용 「湖水」 小考

정지용 「湖水」 小考

1. 서론

  우수한 감각의 천재 시인[1] 정지용은 1902년 5월 15일[2] 옥천군 내남면[3]에서 부 영일정씨 26대손 태국[4]과 모 하동 정씨 미하 사이에서 장남으로 태어났다.

  정지용이 태어난 옥천의 생가 주변의 경치는 정지용이 시를 써야만 하는 필요충분조건을 만족시키는 풍경이다. 이곳은 실개천이 집 앞으로 흐르고[5] 마성산[6], 그리고 옥주사마소[7]와 옥천향교[8]를 뒤에 지고

---

* 『國語文學』第57輯, 2014. 8. 30, 109-130면.
1) 김환태, 「정지용론」, 『김환태 전집』, 문학사상, 2009, 126면.
2) 탄생 연월일에 대한 이견. ① 「정태국 제적등본」은 '광무 8년(1904년) 5월 15일 생'
   ② 「정지용 제적등본」은 '1904년 5월 16일 생' ③영일정씨세보편찬위원회, 『迎日
   鄭氏世譜 卷之六 刑議公派』에 의하면 1902년 5월 15일 생으로 표기.
3) 졸고, 「정지용 생애 재구 I」, 『2013 정지용 문학포럼』, 옥천군 · 옥천문화원 · 지
   용회, 2013, 41면.
4) 영일정씨세보편찬위원회, 『迎日鄭氏世譜 卷之六 刑議公派』, 도서출판 뿌리정보미디
   어, 2014. 5, 403-404면.
   "정지용은 영일정씨 감무공파 27세손, 정숙공파 19세손, 이의공파 18세손, 진천공파
   17세손, 형의공파 16세손이며 송강 정철과의 관계에 대하여 병조판서 정숙공(정숙은
   시호)의 첫째는 판결사공파, 둘째는 이의공파, 셋째는 위량공파, 넷째는 김제공파이
   다. 정지용은 둘째 이의공파의 자손이며 정철은 넷째 김제공파의 고손자"라고 정진
   국(76, 영일정씨 정숙공파 회장(2010~2012) 역임)은 선을 그으며 증언. (2018. 4. 9.)
5) 정지용 생가 생가주변 풍경에 대하여 이 동네에서 태어나고 자란 김승룡(55세) 옥
   천문화원장은 "터는 현 위치보다 조금 낮은 곳(생가 복원을 하며 조금 높였다)이었

있는 전통적 향수를 자아낼 수 있는 공간으로 손색이 없다. '사철 발 벗은 아내'와 흡사한 '소박하고 인정 있는 사람들'이 이삭을 주우며 전설처럼 살아내던 곳9)인 것이다. 이곳 사람들의 소박한 삶 속에서 "언어를 자유롭게 구사하여 새로운 시적 경지를 열어 보인"10), "우리의 목소리로 발성한 최초의 현대"11)시인 정지용은 우리 언어의 깊은 광맥(鑛脈)을 찾아 차분하고 선연한 이미지로 언어를 작품에 상정한다. 뿐만 아니라 이러한 정지용의 언어 탐구 의식은 향토어와 토속어로 전이하여 방언의 부림으로 작용되어진다.

정지용의 작품은 "감정과 감각과 지성의 결합체"로 언어 형상화에 연연(連延)한 "언어적 탐구에 심취하고 있다"12)라고 논의된 바 있다.

고, 동쪽으로는 방앗간이 있었으며 그 주변은 논이 있었던 곳이었으나, 새마을 사업을 하면서 앞에 흐르는 실개천의 위치도 변경되었다. 애초에는 실개천이 좀 더 폭이 넓고 완만하게 구부정한 모습이었다. 이 실개천은 맑고 깨끗하여 동네 아낙들이 빨래를 하던 빨래터도 있었으며, 이종 사촌 형은 소를 실개천에 쇠말뚝을 박아 매어놓고 돌멩이로 실개천 물속에 노니는 물고기를 맞추어 잡았다. 그만큼 물속이 환히 보일 정도로 맑았고 흰 자갈들이 많았다. 실개천 가에는 능수버들이 드문드문 아름다운 풍경을 돋보이게 하였다. 이 당시 구읍은 번화가였고, 옥천장은 한나절은 구읍에서 오후 한나절은 신읍에서 열리기도 하였다."고 회상한다.

6) 옥천읍 교동, 정지용 생가 동쪽에 있는 산으로 산 모양이 일(一)자처럼 생겨서 '일자봉'이라고도 하는데 산 정상에는 '마성산성지(馬城山城址)'가 있다. 옥천군지편찬위원회, 『옥천군지』, 옥천군, 1994, 195면.

7) "지방 선비들이 모여 친목을 다지고 정치와 지방 행정에 대해 자문도 하고 여론도 모아 상소를 올리던 곳"으로 정지용의 산문에 나타난 도덕주의자로서 면모와의 영향관계를 논한 바 있다. 졸고, 「정지용 산문 연구」, 우석대학교 교육대학원 석사학위논문, 2013, 68면.

8) 1398년 창건, 임진왜란 이후 재건. 성균관의 축소판인 명륜당은 교육시설의 역할을 하였으며 그 뒤에는 제사를 드리는 문묘가 있다. 옥천군지편찬위원회, 앞의 책, 1600면. 옥주사마소와 향교는 정지용 생가에서 근거리(50-100m)에 위치하고 있다(논자 주).

9) 정지용 시 「향수」의 한 구절. 2014년 완공단계에 있는 '정지용 시문학 공원' 전망대에 올라 보면 이 광경이 눈에 그려진다.

10) 김학동, 『정지용 연구』, 민음사, 1997, 15면.

11) 정지용, 박맹호 편, 김학동의 「해설」, 『정지용 전집 1 시』, 민음사, 2001, 235-236면.

물론 첨예한 감각으로 천재성을 가진 언어의 마술사임에 틀림없다. 그러나 정지용의 고향에서 부려지고, 계승되고 있는 방언과의 관련성도 간과해서는 안 될 일이다. 오히려 그의 작품의 묘미는 그가 심중에 품고 살던 고향의 언어의식에서 발로하였다고 할 수 있을 것이다. 본고는 이러한 언어의식이 나타난 시 「호수」를 텍스트로 삼아 의미적·음성적 자질을 분석하려한다.

「호수」에 대해 논의된 바는 많지 않다. 「湖水」(『시문학』, 1930. 5.)와 「湖水 1」(『정지용 시집』, 1935)의 선행연구에서 권영민은 "얼골 하나 야 / 손바닥 둘 로"처럼 "이 작품의 경우만 예외로 조사와 체언을 구별하여 쓰고 있는데 여기에 어떤 시적 의도가 있었다고 생각되지는 않는다."13), 이숭원은 띄어쓰기를 "강조하려는 의도적 처리", "생각을 시각적으로 나타내기 위해"14)라고 서술하고 있다. 최동호는 '가리지만', '손바닥', '싶은', '하나', '호수' 등의 시어 의미와 시를 예시15)로 보여주고 있을 뿐이다. 김재홍은 '호수'의 사전적 의미와 "시에서 맑은 명상이나 깊은 관조의 상징성을 지닌다"16)고 언급하는데 그치고 있다.

---

12) 김환태, 앞의 책, 131면.
13) 권영민, 『정지용 詩 126편 다시 읽기』, 민음사, 2004, 326면.
　　그러나 『정지용 시집』(시문학사,1935)의 영인본인 이숭원 주해, 『원본 정지용시집』, 깊은샘, 2008을 살펴보면 "청대ㅅ닢 처럼 푸른"「바다 1」(21면), "도마뱀떼 같이"「바다 2」(23면), "귀뜨람이 처럼"「비로봉」(25면), "꿀벌떼 처럼"「홍역」(26면), "외로운 황홀한 심사 이어니"「유리창 1」(33면), "꾀꼬리 같은 선생님 이야"「오월 소식」(49면), "페랑이꽃 빛으로 볼그레 하다", "씩 씩 뽑아 올라간, 밋밋 하게"「이른봄아침」(51면), "薔薇꽃 처럼 곱게 피여 가는 화로에 숫불", "金붕어 처럼 어린 녀릿 녀릿한 느낌이여"「柘榴」(54면) 등 조사의 띄어쓰기가 많이 보인다. 뿐만 아니라『백록담』(문장사, 1941)에도 "巖古蘭, 丸藥 같이"「白鹿潭」(195면), "구석에 그늘 지여", "무가 순돋아 파릇 하고,", "바깥 風雪소리에 잠착 하다"「忍冬茶」(211면) 등 여러 곳에서 권영민의 주장과 달리, 여전히 조사 띄어쓰기를 하고 있음을 알 수 있다.
14) 이숭원 주해, 위의 책, 86면.
15) 최동호 편저, 『정지용 사전』, 고려대학교 출판부, 2003, 6면, 134면, 157면, 203면, 335면.

이와 같은 논의들은 「호수」17)의 개괄적 해설과 시어의 상징적 의미를 면밀히 보여주는데 기여하였으며 필자도 선행연구에 깊이 공감한다. 그러나 정지용은 「호수」의 '그리움'이라는 주제 형상화를 위하여 체언과 조사 그리고 의존명사를 의도적으로 분리한다. 그렇게 하였을 때 비로소 전통적 3음보의 율격으로 이어지게 됨을 알 수 있다. 본고는 선행연구에서 결여된 정지용의 「호수」에 나타난 의도된 시어를 통하여 그 의미를 제시하고자 한다. 그리하여 필자는 지금까지 연구되어진 정지용의 언어 중 조사법(措辭法)과 관련하여 그의 관습적 방언의식과 운율의식에 비례하여 나타난 조사법을 살펴보되, 「호수」에 나타난 방언과 조사 그리고 음성을 중심으로 서술하고자 한다.

2. 「호수」의 분석

"손자마저도 「호수」18)가 할아버지 정지용의 시라는 것을 몰랐다"는 「호수」를 정지용은 1930년 5월에 『시문학』 2호에 「湖水」라는 제목으로 처음 발표한다. 그 후 1935년 시문학사에서 박용철19)이 편집하여 『

---

16) 김재홍 편저, 『한국현대시 시어사전』, 고려대학교 출판부, 2013, 1091면.
17) 「湖水」(『시문학』 2호, 1930), 「湖水 1」(『정지용 시집』, 1935), 뒤에 서술될 「호수 1」 등은 특별한 구분을 두고자하는 경우가 아니면 이 논문에서는 「호수」로 쓰고자 한다.
18) "손자들은 1988년 3월 31일 해금 이후에 시인 정지용이(할아버지 존함이 정지용이라는 것은 알았지만 시인 정지용과는 同名異人인 줄 알았다 함) 자신의 할아버지라는 것을 처음 알았다. 어린 아이들이 위축될까봐 정지용의 아들 정구관도 쉬쉬하였다. 하물며 「호수」라는 시도 그 당시 손거울에 새겨져있는데 시인 이름은 생략되고, 손자들도 「호수」를 알고 있는데 할아버지 정지용 詩인 줄을 몰랐다." 노한나 기록, 「정지용 아들 구관씨가 구술하는 정지용 생애사」, 『관성문화』 제16집, 옥천문화원, 2001, 77-78면.
19) 이숭원 주해, 앞의 책, 앞쪽 속표지 사진 설명.

정지용 시집』을 발행한다. 이때 제목은 「湖水 1」로 바뀐다. 이에 시의 표기 변천 과정을 「湖水」(시문학, 1930) ⇨ 「湖水 1」(『정지용시집』, 1935) ⇨ 「호수 1」(민음사, 2004) 순서로 하여 비교하고자 한다. 단, 굵은 시어처리는 필자가 강조하고자 하는 바이다.

湖水

얼골 하나 **야**
손바닥 둘 **로**
폭 가리지 **만,**

보고 시픈 **맘**
湖水 **만 하니**
눈 감을 **박게.**

『시문학』 2호(1930. 5), 11쪽[20]

湖水 1

얼골 하나 **야**
손바닥 둘 **로**
폭 가리지 **만,**

보고 싶은 마음
湖水 **만 하니**
눈 감을 **밖에.**[21]

---

20) 권영민, 앞의 책, 327면에서 재인용. 한편, '1930년 5월 20일에 발간된『시문학』2 호에는 창작시 25편, 번역시 18편을 수록하였는데 정지용은 시 7편과 번역시 2편 을 수록'.(전남 강진 시문학파 기념관 참조)

호수 1

얼굴 하나야
손바닥 둘로
폭 가리지만,

보고 싶은 마음
호수만하니
눈 감을 **밖에.**22)

위 시에 나타난 '—밖에'와 같은 조사 띄움 또는 비문법적인 언어구
사가 중부지방의 방언에 속한 옥천지역에 현재에도 계승되고 있다. 비
언어적, 비문법적 언어구조는 관습적인 방언으로 성립되어, 아무런 불
편 없이 의사소통을 가능하게하고 있는 것이다. 이에 정지용의「호수」
에서 그 관습적 방언의 일면(一面)과 이들이 동반하는 의미적 자질과
음성적 자질 그리고 외국어 번역본도 살펴보고자 한다.

1) 의미적 자질

「湖水」는 정지용이 박용철, 이하윤, 김영랑 등과 시문학파 활동을 하
면서『시문학』(1930)에 발표한다.「湖水 1」은「시문학」을 주도하였던
박용철이 시집 발간비를 부담하고 정지용의 발표작을 찾고 시집의 순
서를 배열하는 등 주도적으로 추진하여23)『정지용시집』(1935)에 재수

---

21) 이숭원 주해, 앞의 책, 2008, 86면.
22)「湖水 1」의 조사와 어미를 붙여서 현대문법에 가깝게 표기하고 있다. 권영민, 앞의
책, 327면.
23) 최동호,『정지용 시와 비평의 고고학』, 서정시학, 2013, 52-53면.

록하게 된다. 이 과정에서 「湖水」의 2연 1행에서 보인 "보고 시픈 맘"이 「湖水 1」에서는 "보고 싶은 마음"으로 배치된다. 총 2연 6행 구성이며 각 행마다 5음절로 고정하여 30음절 구사로 독자들의 심독(心讀)을 강요하던 「湖水」가 31음절로 변형[24]을 이룬다.

얼골 하나 야 / 손바닥 둘 로 / 폭 가리지 만, //

보고 시픈 맘 / 湖水 만 하니 / 눈 감을 박게. //

「湖水」 전문

얼골 하나 야 / 손바닥 둘 로 / 폭 가리지 만, //

보고 싶은 마음 / 湖水만 하니 / 눈 감을 밖에. //

「湖水 1」 전문

위에서 보여주듯이 정지용은 독특한 띄어쓰기를 구사한다.

"조사는 '자립성이 있는' 말에 붙어 그 말과 다른 말과의 '관계'를 표시하는 품사"[25]라고 정의되는데, 단어로 보기에는 자립성이 약하고 어미와 같은 굴절요소로 보기에는 고유한 의미 기능이 강한 특성을 지니고 있다. 국어의 조사는 그 형태가 이형(異形)과 복합형(複合形)을 합하여 약 480여개나 되어 매우 다양하고 복잡하여 국어문장의 통사·의미 부문에 관여되기 때문에 국어문법의 중심적인 과제 중 하나인 것이다.[26] 한편 어미는 어간에 붙는 가변적 요소[27]를 이르는 용어이다.

「湖水」에서는 1연의 '—야', '—로', '—만', 2연의 '—만 하니', '—박게

---

24) 이는 정지용의 의도라기보다는 박용철의, 독자들을 배려한 편집에 가깝다고 생각된다.

25) 고영근·구본관, 『우리말 문법론』, 집문당, 2011, 147면. 남기심·고영근, 『표준국어문법론』, 탑출판사, 2013, 93면.

26) 국어국문학편찬위원회, 『국어국문학자료사전』 하권, 한국사전연구사, 1994, 2682면.

27) 남기심·고영근, 앞의 책, 152면.

(밖에)'는 조사와 어미의 정의가 무색하게 의도적으로 띄어 쓰고 있다. 이에「湖水」에 나타난 조사와 어미를 살펴보되 형태론적 측면의 띄어 쓰기를 중심으로 서술하겠다.

첫째, 1연 1행의 조사 '─야(필자 강조)'는 체언이 모음으로 끝난 명사 뒤에 붙어 부름의 뜻을 지닌 형격(호격 : 필자 주) 조사[28]와 형태가 같다. 형태 중심으로 격조사를 분류하면 '─야'는 호격조사지만 의미상으로 분류하면 '─야'는 '얼굴 하나 는(필자 강조)'이라는 '한정이나 정도'를 나타내는 주격의 의미로 전환[29]하게 된다. 그러나 격조사가 다른 말과의 문법적인 관계를 표시하고 보조사는 문법적인 관계를 나타내지 않고 특수한 뜻을 더해주기 때문에 통상적인 의미 · 기능에 따른 분류는 격조사가 아닌 보조사[30]로 분류해도 무방하리라 여겨진다. 즉, 형태상으로는 격조사, 의미상으로는 보조사에 가깝지만 격조사와 보조사 모두 조사에 해당하기 때문이다.

둘째, 1연 2행의 '─로(필자 강조)'는 받침이 없거나, 'ㄹ' 받침이 있는 체언 뒤에 쓰여 수단 · 방법 · 재료 · 기구 · 이유 등을 표시하는 조사[31]이다. 이때 '─로'는 체언인 수사 '둘' 뒤에 오기에 조사로 보아야한다. 그런데 '─로'는 체언과 분리하여 띄어쓰기를 하고 있다.

셋째, 1연 3행의 '가리지 만(필자 강조)'에서 '─만'도 띄어 쓰고 있다. 이 '─만'은 '─마는'이라는 의미의 조사[32]로 적고 있다. 한편 '가리다'를 기본형으로 보면 '─지만'은 대등적 연결어미[33]이다. 이때 '─지'는

28) 국어국문학회,『국어대사전』, 민중서관, 2001, 1676면.
29) "회의 서류 준비하셔야죠?"라고 질문하면 "그 거(것)야(필자 강조) 당연히 준비해 야지유." 조숙제(67세, 옥천군 안남면 생). 전순표(65세, 옥천읍 삼양리 생) 대담.
30) 고영근 · 구본관, 앞의 책, 149-150면.
31) 국어국문학회,『국어대사전』, 민중서관, 2001, 793면.
32) 국어국문학회, 위의 책, 820면.
33) 고영근 · 구본관, 앞의 책, 149-174면.

동사나 형용사의 어간에 붙어 그 뜻을 부정하게 하는 연결어미[34]로 분류하고 있다. 이로보아 '—만'은 조사로 분류하여도 체언에 붙여써야하고, 연결어미로 분류하여도 어간에 붙여써야한다.

넷째, 2연 2행의 '湖水 만 하니(필자 강조)'에서 '—만'은 어떤 사물을 단독으로 일컫는 특수 조사[35]로 분류하고, '—만하지'는 기본형 '—만하다'의 어떤 것에 비교하여 그와 같은 정도임을 나타내는 접미사로 분류한다. 또 다른 분류에서는 의존명사 '만'에 '하다'가 붙은 의존용언[36]으로 보기도 한다. 이때 '—만'을 의존명사로 처리한다면 권영민의 '호수만하니'는 '호수 만하니'로 수정해야한다.

다섯째, 2연 3행의 '눈 감을 밖에(필자 강조)'에 나타난 정지용만의 독특한 띄어쓰기에 대한 것이다. 자립명사는 관형어가 선행되지 않아도 문장구성에 지장을 받지 않는데, 의존명사는 관형어의 선행을 필수적으로 요구한다.[37] 의존명사, 한정 보조사 그리고 자립명사로 쓰이기도 한다. 「호수」에 나타난 '—밖에'[38]는 '오직 그것뿐임'을 뜻하는 조사[39]이며 반드시 뒤에 부정어가 따른다. 그러나 부정어는 생략되어 독자들에게 여운을 남기지만, '—밖에' 앞에 의존명사 없이 조사 '—밖에'가 나타난다. 정지용은 이 작품 「湖水」에서 조사는 띄어쓰기를 하고 있다.

정지용은 이러한 격조사와 보조사 그리고 어미의 경계를 통과하며

---

34) 국어국문학회, 앞의 책, 2317면.
35) 국어국문학회, 위의 책, 820면.
36) "최현배의 '우리말본'이래 학교문법에서는 의존용언으로 보아 왔다." 민현식, 『국어정서법연구』, 태학사, 2011, 215면.
37) 남기심·고영근, 앞의 책, 70면. 고영근·구본관, 앞의 책, 65면에서도 "의존명사는 반드시 그 앞에 관형어가 수식해야 문장에서 쓰일 수 있다"고 언급.
38) "너 밖에(도) 또 있다."(밖에 : 의존명사). "너밖에 없다".(밖에 : 한정보조사). "문 밖에 두어라."(밖 : 자립명사)로 분류. 민현식, 『국어정서법연구』, 태학사, 2011, 202면.
39) 국어국문학회, 앞의 책, 991면.

비문법적인 언어구사를 시도하지만 독자와 의미적 충돌을 일으키지 않는다. 이 해결의 실마리는 향토어인 옥천의 방언에서 그 근원을 찾을 수 있을 것이다.

현대국어의 방언권은 일반적으로 동북방언, 서북방언, 동남방언, 서남방언, 제주방언, 중부방언의 6개의 대방언권으로 구분한다.[40] 옥천은 일부 서남방언이 혼용된 중부방언을 사용하는 것으로 보인다. 그래서 이곳의 방언은 유려한 충청도 특유의 '여유로움'의 '멋'도 지니고 있다.[41]

정지용의 「湖水」와 「湖水 1」에서도 그 여유로움은 긴 호흡으로 나타난다.

시적화자는 '얼골 하나'야 쉽게 의지적 처리를 할 수 있지만, '보고 시픈 맘(싶은 마음)'은 그 깊이를 혜량(惠諒)할 수 없어 고뇌하고 있다. 뿐만 아니라 '얼골'은 '손바닥 둘'로 '폭 가리'면 되는 단순 해결 방안을 모색하나, '보고 시픈 맘(싶은 마음)'의 계량은 '호수 만'하여 도저히 헤아릴 수가 없다. 그래서 '눈 감을' 방안을 마련하나 이것은 미해결의 문제로 남긴다. '눈 감'아서 외면을 하겠다는 것인지, 아니면 '눈 감'고 '보고 시픈 맘(싶은 마음)'을 풀어 영원한 항해를 하겠다는 것인지는 독자들에게 감상의 맥의 추를 넘긴다. 이것이 정지용의 작품이 갖는 또 하나의 흡인력 강한 시풍일 것이다.

정지용의 시적 감성의 확대는 조사와 어미 '-야, -로, -만, -하니, -밖에'를 멀리 떼어 놓는다. 이것을 필자는 시적허용과 함께 중부방언의 관점에서 살펴보기로 한다.

첫째, 조사나 어미의 띄어쓰기는 시적허용이라고 보인다. 조사나 어

---

40) 국어국문학편찬위원회, 앞의 책, 1203면.
41) 졸고, 「- 정지용 시의 방언 - 충청도만의 여유로운 미학」, 『동양일보』, 2013. 12. 3. 14면.

미를 의도적으로 띠어 썼을 때 시적화자가 의도한 주제 의식을 다 수용할 수 있게 된다.

둘째, 의식적인 정서에서 기인한 관습화된 방언[42]의 부림으로 보인다. 화자인 충청도 사람만이 유지하는 중부지방의 여유로운 멋의 홍취이다. 조사를 띠어 쓰는 여유와 넉넉함은 음성적 특성의 하나인 충청도의 긴 호흡이 가지는 어투이다. 이는 충청도인 옥천 지역에서 쓰이는 음성적 호흡의 장단과 밀접한 상태 음성적 방언[43]의 일종이라 할 것이다.

셋째, 비문법적인 조사의 분리와, 체언 뒤에 와야만 하는 조사 '―밖에'[44]는 체언 없이 출현한다.[45] 조사 '―밖에'는 체언 없이 홀로 쓰일 경

---

42) '관습화된 방언'이란 중부지방 즉, 충청도 옥천에서 관습적으로 쓰이고 있는 방언을 필자가 본고에서 독자적으로 쓰고자하는 어휘이다.

43) '상태 음성적 방언'이란 어떤 특수한 지방에 나타나는 음성의 고저나 장단에 의한 음성적 방언의 성격을 띤 방언에 나타난 반언어적 특성인 상태를 이름으로 필자가 본고에서 독자적으로 쓰고자하는 어휘이다.

44) 검토한 텍스트는 이숭원 주해, 앞의 책(번호는 필자 임의설정, 밑줄은 필자 강조) : ①「瀑布」(219면), 4연 "갑자기 호숩어질랴니 / 마음 <u>조일 밖에</u> //", ②「溫井」(222면), "(전략) 조찰한 벼개로 그대 예시니 내사 나의 슬기와 외롬을 새로 <u>고를 밖에!</u> (후략)", ③「流線哀傷」(238면), 9연 "몇킬로 휘달리고나서 거북 처럼 興奮한다. / 징징거리는 神經방석우에 소스듬 이대로 <u>견딜 밖에</u> //", ④「그대들 돌아오시니」(342면)(『해방기념시집』, 중앙문화협회, 1945 수록), 5연 "밭이랑 문희우고 / 곡식 앗어 가고 / 이바지 하올 가음마저 없어 / 錦衣는 커니와 / 戰塵 떨리지 않은 / 戎衣 그대로 <u>뵈일밖에!</u> //" 체언 뒤에 놓여야하는 조사 '밖에'가 체언 없이 홀로 쓰이고 있다.

그러나 정지용의 수필에서는 그의 시에서 나타난 조사 '―밖에' 쓰임과 다르게 의존명사를 생략하지 않고 관형어 뒤에 붙여 쓰고 있다.(1933년 한글맞춤법통일안 시행이후 의존명사를 붙여 쓰기 시작하였고, 1946년 통일안 총론 3항에 의거 띠어 쓰기로 전환하였다. 민현식,『국어정서법 연구』, 태학사, 2011, 202면.)

검토한 텍스트는 이숭원 주해, 앞의 책(번호는 필자 임의설정, 밑줄은 필자 강조) : ①「耳目口鼻」(271면) "(전략) 대개 경찰범이나 암놈이나 고기ㅅ덩이에 날카로울 뿐인것이 분명하니 또 그리고 그러한 등속의 냄새를 찾어낼而 그놈의 소란한 동작과 황당한 얼골짓을 보기에 우리는 지옥이 괴롬을 <u>느낄수 밖에</u> 없다.(후략)", ②「禮讓」(277면) "(전략) 혹은 내가 青春과 流行에 대한 銳利한 判別力을 喪失한 나히가 되어 그런지는 모르겠으나 밤마다 나타나는 그들 青春 한쌍을 꼭 한사람들로 <u>여길</u>

우에는 자립명사로 '외부(外部)'의 의미로 쓰이거나 '—밖에'가 '의존명사 + 조사'[46]로 쓰임을 알 수 있다. 그러나 조사인 채로 홀로 쓰이면서도 어색하지 않다. 오히려 '-(으)ㄹ'이라는 관형사형 어미를 사용하여 '-감을'이 관형어가 되어 체언을 수식해야 한다는 문법적 한계를 뛰어넘는다. 또한 관형어는 단독으로 쓰일 수 없고, 반드시 '그것이 꾸미는 체언 앞에서만' 나타난다는 문법의 법칙을 넘어 언어를 구사하지만 이질감이 없다. 현대 문법에 맞춘다면 '눈 감을 수밖에'라고 해야 옳다. 그러나 체언인 의존명사가 소거당한 채 조사만 부려지고 있다.

넷째, 조사를 따로 떼어놓는 행위는 화자의 상실의식과 무관하지 않

수 밖에 없읍니다.(후략)", ③「비」(279 ~ 282면) "(전략) 아픈듸가 어듸냐고 하면 아픈듸는 없다고 할수 밖에 없다. (중략) 그러나 그것은 차ㅅ종으로 차가 마시워졌다는것 밖에 아니된다. (중략) 먼저 이마 그리고 겨드랑이 손이 마자 發熱하고보니 손이란 월래 簡易한 診察에나 쓰는것 밖에 아니된다.(후략)", ④「아스팔트」(292면) "(전략) 나의 파나마는 새파라톳 젊을수 밖에.(후략)", ⑤「꾀꼬리와 菊化」(300면) "(전략) 나라세력으로 자란 솔들이라 고소란히 서있을수 밖에 없으려니와 바람에 솔소리처럼 안옥하고 서럽고 즐겁고 편한 소리는 없다. 오롯이 敗殘한 후에 고요히 오는 慰安 그러한것을 느끼기에 족한 솔소리, 솔소리로만 하더라도 문밖으로 나온 값은 칠수 밖에 없다.(후략)", ⑥「비들기」(308면) "(전략) 날김생에게도 워낙 억세고 보면 사람도 쇠를 치며 우는수 밖에 없으렸다.(후략)"

45) 실제로 옥천 지역 사람들은 불완전명사인 '-수'를 빼고 비문법적인 방언을 구사한다. "이번 수해에 포도하우스 갈무리는 다 하셨는지요?"라고 여쭈면 "그럴 빼기요(밖에요)."라고 대답하신다. "진지 드셨어요?"라고 여쭈면 "먹을 빼기요(밖에요). 지가(제가) 안 먹고 배겨요(견딜 수 있나요)?"라고 말씀하신다. 여기에서도 "그럴 수밖에요."라는 의미지만 불완전명사 '-수'를 버리고 조사 '-밖에'만 사용함으로 의사소통에 아무런 문제가 발생하지 않는다. 정지용 시의 방언들은 옥천군 동이면 적하리 생 정수병 옹(80세), 옥천군 이원면 칠방리 생 이수암 옹 (73세)의 구술 대담.

46) '밖'에 대한 사전의 처리. ⓐ『우리말큰사전』(한글학회)은 '밖에'를 조사로 인정하지 않는다. '밖'에 조사 붙음으로 처리하나 의존명사라는 설명도 따로 하지 않고 있다. 그리하여 사전만으로는 '밖'이 자립명사로 비친다. ⓑ『국어대사전』(금성출판사)은 '밖에'를 조사 처리하고, '그 밖의 문제', '예상 밖의 일'에서의 '밖'은 의존명사 처리한다. 민현식, 앞의 책, 202 ~ 203면 참조.

을 것이다. 화자는 홍수로 재산을 잃고, 어머니의 가출[47]로 가정을 잃었다. 일제강점기에 조국을 잃었고, 휘문고보로 유학을 가면서 고향을, 그리고 일본 동지사대학으로 유학을 가면서 조국을 잃은 상실의식이 애수와 그리움으로 전환을 이루게 된다. 그러면서 내면적 자아와 마주하기도 하고 때론 자기정체성의 분열 속에 휩싸이기도 한다. 이러한 상실의식과 애수, 그리고 자기정체성의 분열을 「호수」[48]에서 조사를 분리하여 나타내게 되었을 것이다. 이렇게 그의 상실의식과 애수에 찬 그리움은 화자와 상관관계를 유지하며 일직선으로 직립하게 된다.

필자는 중부지방의 방언에서, 즉 우리의 가슴에 녹아있는 충청도만의 관습화된 방언의 여유로운 미학의 정서를 살펴보고자 하였다. 이러한 방언의 의미적 자질을 매개로 정지용은 자신만의 서정미학을 시 속에 생동시키고 있었던 것이다.

2) 음성적 자질

'문장부호의 사용, 활자의 다양한 배치'[49]로 새로운 시법을 정착시킨 정지용은 "언어는 시의 소재", "시의 신비는 언어의 신비"[50], "시는 언어와 Incarnation적 일치"[51]라며 남다른 시법을 구사한다. 이러한 그가 「湖水」에서도 음성적 질서를 유지하며 독자적 시어 조형능력을 보여

---

47) "수해로 가난해져 정지용 부친은 술을 마시고 계모를 들이니 친모는 가출을 하게 된다." 노한나 기록, 「정지용 아들 구관씨가 구술하는 정지용 생애사」, 『관성문화』 16집, 옥천문화원, 2001, 36면.
48) 1929년 6월 일본 교토 동지사대학 영문과를 졸업하고 9월 모교인 휘문고보 영어교사로 취임. 그리고 이듬 해 5월 『시문학』에 「湖水」를 발표.
49) 정낙영 편, 최동호 해설, 「정지용의 시세계와 문학사적 의미」, 『지용시선』, 을유문화사, 2008, 65면.
50) 정지용, 「시와 언어」, 『산문』, 동지사, 1949, 106면.
51) 정지용, 위의 책, 108면.

주고 있음을 알 수 있다.

　음성적 질서는 운율 중에서 율이 기본을 이루는 것이다. 이것은 의미를 가진 독립 단위를 나타내는 휴지, 발화의 최소단위인 음절, 말의 의미를 분화시켜 뜻을 구별하게 하는 소리의 단위인 음소에 의해 이루어진다.52) 이 장에서는 총 2연 6행 30음절, 18어절인 정지용의「湖水」53)에 나타난 휴지, 음절, 음소에 대한 음성적 질서를 탐구함과 동시에 음성적 자질을 살펴보고자한다.

　　　　얼골 / 하나 / 야 //
　　　　손바닥 / 둘 / 로 //
　　　　폭 / 가리지 / 만, ///

　　　　보고 / 시픈 / 맘 //
　　　　湖水 / 만 / 하니 //
　　　　눈 / 감을 / 박게. ///

　위와 같이「湖水」에는 큰 휴지(///) 2, 큰 휴지 속에 중간 휴지(//) 3, 중간 휴지 속에 작은 휴지(/) 3으로 나타난다. 이로보아 이 시는 2연 6행 3음보격의 율격을 이루고 있음을 알 수 있다. 그러나 작은 휴지로 구분된 토막 속의 음절수는 일정하지 않다.「湖水」의 음절수는 1음절-3음절까지 보이며 각 음절수가 나타내는 횟수는 다음과 같다.

---

52) 이응백 외,『국어국문학자료사전』하권, 한국사전연구사, 1994, 2230면. 조동일,『문학연구방법』, 지식산업사, 2008, 156 ~ 157면.
53) 최초본인「湖水」를 텍스트로 함.「湖水 1」은 박용철의 편집으로 정지용의 본래 의도와 거리가 있을 수 있기 때문이다.

음절수	1	2	3
횟수	8	8	2

「湖水」 음절수의 최빈수는 1, 2음절이며 분포는 단음절에 가깝다고 볼 수 있겠다. 이 시의 평균 음절수는 8+16+6/18 = 30/18 = 1.66…이다. 그리하여 평균 음절수 n은 1<n<3이다. 결과가 이러할 때 2음절을 기준 음절수라 할 수 있다.

1연의 3행 첫 음보를 a, 2연의 3행 첫 음보를 a'라하고 1연의 3행 둘째 음보를 b, 2연의 3행 둘째 음보를 b'라 하면 a < 평균 음절수, a' < 평균 음절수이고, b > 평균 음절수, b' ≥ 평균 음절수임을 알 수 있다.

이러한 결과로 볼 때 기준 음절수는 2음절[54]임을 알 수 있음과 동시에 음보격은 3음보임도 알 수 있다.[55] 우리 시가의 정형시 시형인 평시조는 3장 6구 45자 내외임에 비해 「湖水」는 1연이 15음절로 평시조 음절의 1/3분량이다. 총 2연으로 구성되어 있으니 평시조의 2/3분량인 셈이다. 이것이 시조의 축소형으로 작용되어지고 운율도 또한 축소적 언어를 사용하여 운율을 생산한다고 본다. 이는 정지용이 운율을 미리 염두하고 음절과 음보를 구성함에 조사와 어미를 띄어 쓰는 의도적 처리의 결과물임을 알 수 있다. 또한 이 시「湖水」는 전통시를 계승하며 가장 경제적인 언어를 사용하여 3음보의 율격을 형성한 흔적을 보이고 있다.

분절음소가 각 행의 일정한 자리에서 반복되면 운(韻, rhyme)이라하며 우리 시가는 필수적 질서를 이루지는 않는다. 비분절음소의 연속과 변화가 규칙적으로 반복하여 율(律, meter)을 이루는데 기본적 자질 노릇을

---

54) '한국의 경우 음절수가 가변적인 음보로 이루어진 율격'임. 조동일, 앞의 책, 159면.
55) '2음보격, 3음보격, 4음보격도 있을 수 있다.' 조동일, 위의 책, 159면.

하는 경우가 있으나 그 구실이 아직 명확하지 않다.[56] 다음에서 「湖水」에 나타난 음소의 자질을 살펴보기로 한다.

<모음 사용 : ( )는 횟수>

	전설(평순)모음	전설(원순)모음	후설(평순)모음	후설(원순)모음
고모음	ㅣ(4)	ㅟ	ㅡ(2)	ㅜ(3)
중모음	ㅔ(1)	ㅚ	ㅓ(1)	ㅗ(7)
저모음	ㅐ		ㅏ(12[57])	

<자음 사용 : ( )는 횟수>

	입술 소리	잇몸 소리	센입천장 소리	여린입천 장소리	목청 소리
안울림(예사)소리	ㅂ(3)	ㄷ(2), ㅅ(3)	ㅈ(1)	ㄱ(8)	ㅎ(2)
안울림(된)소리	ㅃ	ㄸ, ㅆ	ㅉ	ㄲ	
안울림(거센)소리	ㅍ(2)	ㅌ	ㅊ	ㅋ	
울림(콧)소리	ㅁ(5)	ㄴ(8)		ㅇ	
울림(흐름)소리		ㄹ(6)			

위에서 보는 바와 같이 「湖水」는 후설모음 계열에 음소들이 집중해 있고, 주로 양성모음인 'ㅏ'와 'ㅗ'를 시어로 선택하고 있다. 뿐만 아니라 각 행의 끝 어절을 양성모음을 선택하였다가 중성모음에서 음성모음으로 변환하게 된다. 이는 각 모음 음소가 지닌 음성적 자질에서 좌

---

56) 조동일, 위의 책, 159면.
　'음소(音素)와 운소(韻素)는 음운(音韻)에 속함. 음소는 자음, 모음과 같이 시간적 연장을 가지고 실현되는 소리이며 운소는 소리의 길이, 높낮이, 강약 등과 같이 음소에 얹히는 운율적 요소임. 한편 자음과 모음의 음소를 분절음운, 운율적 요소인 운소를 비분절음운이라 부르기도 함.' 국어국문학편찬위원회, 『국어국문학자료사전』하권, 한국사전연구사, 1994, 2231면.
57) ㅏ(11) + ㅑ(1).

절과 체념의 어두운 이미지로 변환하여 느린 운율을 나타내기 위함으로 보인다.

또한 자음 음소도 예사소리와 울림소리를 주로 사용하고 있다. 각 행의 끝 음절을 울림소리의 사용을 주로 사용하다가 예사소리로 마무리를 한다. 이는각 자음 음소가 지닌 음성적 자질에서 맑고 밝음의 이미지에서 체념의 탁한 이미지로 변환하여 여유로운 운율의식을 나타낸 시적 실험정신으로 보인다. 이렇게 각 음소들을 실험적으로 제자리에 배치하면서 정지용은 언어의 최소단위인 음소들에서조차도 감정의 절제 못지않게 언어의 절제를 동시에 이룬다. 이렇게 그는 음성적 질서를 찾아 운율을 형성해내며 음성적 자질을 시 속에 생동시키고 있었음을 알 수 있다.58)

3) 번역의 문제

정지용의 문단에서의 평가는 다양하다. 그의 시는 조선적인 것인데 주로 자아와 자연물, 자연물과 자연물 사이에서 나타나는 관계가 '닿음'59)으로 나타난다. 또 정지용은 '예민한 촉수를 지닌 감각의 시인'이다.60) 혹은 그에 대한 향수를 '예술적 혁신의 계기로 적극 끌어들이고 있는 것'61)이라고 서술되고 있다.

---

58) 한편,「湖水2」는 2음보(1음보 = 2 ~ 4음절), 총 2연(4행 ×6음절 = 24음절).「지는 해」는 2음보(1음보 = 4음절), 총 1연(6행 × 8음절 = 48음절).「띄」는 2음보(1음보 = 4음절), 총 3연(6행 × 8음절 = 48음절).「산에서 온 새」는 3음보(1음보 = 2 ~ 4음절), 총 4연(8행 × 10음절 = 80음절).「별똥」은 2음보(1음보 = 2 ~ 4음절), 총 1연(5행 × 6음절 = 30음절). 등에서 음절의 완벽한 정형성을 보이고 있다. 검토한 텍스트는 이숭원 주해, 앞의 책.
59) 김신정,『정지용 문학의 현대성』, 소명출판, 2000, 177면.
60) 이양하,「바라든 지용시집(4)」,『조선일보』, 1935. 12. 15. 김신정 엮음,「정지용 시어법 연구」,『정지용의 문학세계 연구』, 깊은샘, 2001, 13면.

또한, 정지용의 시에 나타난 어휘에 대한 연구[62]에서 한자어는 시기 구분 없이 두루 사용되었고, 외래어는 초기 시에 집중적으로 나타나는 특성을 보여주며, 고어[63]의 경우는 대부분 후기 시에 집중되어 나타난다. 그리고 '방언[64]'은 고어의 사용에 버금가는 빈도수를 기록한다.'[65] 대체로 후기 시보다는 초기 시와 중기 시에서 더 많이 사용됨을 알 수 있다고 한다.

이러한 정지용 문학의 연구들은 그의 문학에서 삶의 중심을 지키는 지혜로운 균형감각을 독자들에게 제공하였을 것이다. 이에, '닮음'과 '예민한 촉수'와 '조선적인 것', 그리고 '한자어, 외래어, 고어, 방언'의 사용으로 인한 정지용의 시세계에 대한 평가는 좀 더 세계적인 것임을 알 수 있다. 이것은 그의 시집이 다양한 외국어로 번역되어 만들어지고 있음에서 증명되어진다고 하겠다.

외국어 번역본은 일본어로 번역된 『鄭芝溶詩選』[66]과 독일어로 번역된 『정지용 시집(Jeong Jiyong Eine andere Sonne)』[67] 그리고 윤해연[68]이

---

61) 김신정 엮음, 위의 책, 115면.
62) 최동호 편저, 『정지용 사전』, 고려대학교 출판부, 2003, 422-426면.
63) "괴고, 긔여간, 긔염[기다], 얼골[얼굴], 어여쁜, 어여삐[예쁘다]" 등 66회 사용. 최동호 편저, 위의 책, 424-425면.
64) "아츰[아침], 한나잘[한나절], 이실[이슬]" 등 63회 사용. 최동호 편저, 위의 책, 425-426면.
65) 최동호 편저, 위의 책, 425면에서는 "시인의 출생지인 충청도 지방 특유의 방언이 많이 사용되지는 않았는데, 이는 지방색이 특별히 두드러지지 않는 정지용의 시세계를 시어 구사의 측면에서 반영하는 것으로 볼 수 있다."라고 적고 있다. 그러나, 필자는 정지용 문학세계를 전체적으로 조감하기 위하여, 이 부분에 대한 연구자들의 의욕적이고 지속적인 연구가 필요하다고 생각된다.
66) 鄭芝溶 저, 吳養鎬·佐野正人·沈元燮·林隆 역, 『鄭芝溶詩選』, 株式會社 花神社, 2002.
67) 정지용 저, Song Yeonhi 편저, 『Jeong Jiyong Eine andere Sonne』, Hubert & Co Printed in Germany, 2005.(송연희 편저로 간행된 형태라 정지용의 대부분의 시가 수록되어 있다.)
68) 길림대학 교수. 「정지용 시와 한문학의 관련 양상 연구」, 인하대학교 박사학위 논

중국어로 번역한 정지용 작품[69] 등이 있다. 이 외국어 번역본 「호수」에 나타난 미적운율의 처리에 대하여 살펴보겠다.

일본어로 발간된 『鄭芝溶 詩選』은 역자들의 서(序)와 『白鹿潭』(1941) 에서 「장수산 1」 외 13편, 『鄭芝溶詩集』(1935)에서 「海 1」 외 42 편 등 정지용의 시를 총 55편을 번역하여 놓고 있다. 그리고 김용직(金容稷)의 「純粹詩の自己克服」, 좌야정인(佐野正人)의 「あとがき」, 이승순(李承淳)의 「補譯のことば」과 정지용연보(鄭芝溶年譜)[70]로 구성되어있다.

「湖水 1」의 일본어 번역을 살펴보겠다.

　　湖水 1[71]

　　顔一つなら
　　手のひら二つで
　　すっぽり隱れるが

문, 2001. 「정지용 후기 시와 선비적 전통 : 「장수산 1」과 「인동차」를 중심으로」, 『시와시학』 통권 50호, 시와시학사, 2003. 등이 있음.

69) 한글 본을 먼저 실고 중국어 본을 나란히 배열해 놓는 형식인 이 작품집에 「호수」 는 번역되어있지 않으나 정지용 소개와 「카페 프란스」, 「향수」, 「고향」, 「장수산 1」을 소개하고 있다. 윤해연(尹海燕) 편저, 『韓國現代名詩選讀(选读)』, 民族出版社, 2006, 73 ~ 86면. 한편, 이 책에는 정지용과 함께 김억, 주요한, 이상화, 홍사용, 이 장희, 한용운, 김기진, 김동명, 김동환, 심훈, 임화, 박세영, 김영랑, 김기림, 이상, 신 석정, 유치환, 이육사, 오장환, 백석, 이용악, 노천명, 서정주, 김광균, 박목월, 박두 진, 조지훈, 윤동주 등의 작품을 소개하고 있다. 또한, 연변 자치주에 있는 훈춘 고 급 중학교(우리나라 고등학교 과정에 해당) 조선족 『조선어문』(연변교육출판사) 교과서에도 정지용의 「향수」를 등재하고 있다.

70) "本籍 忠淸北道 沃川郡 沃川面 下桂里 40番地"로 표기한다. 鄭芝溶, 오양호·佐野正 人·심원섭·林隆 역, 앞의 책, 144면. 그러나 탄생지와 관련, "옥천군 내남면"으로 "望記"하고자 한다. 졸고, 「정지용 생애 재구 I」, 앞의 책, 41-50면.

71) 鄭芝溶 저, 吳養鎬·佐野正人·沈元燮·林隆 역, 앞의 책, 106면.

會いたい心は
湖水のようで
目を閉じるだけ

　일본어 번역본 「湖水 1」에서는 '조사'의 띄움이 나타나지 않는다. 1
연 1행의 '顔'와 '一つなら', 2행의 '手のひら'와 '二つで', 2연 1행의 '會
いたい'와 '心は', 3행의 '目を'와 '閉じるだけ'의 사이만 띄어쓰기를 해
놓고 있을 뿐이다. 뿐만 아니라, 「湖水」와 「湖水 1」의 1연 3행에서 보
여준 ','와 2연 3행에서 보여준 '.'가 소실되었다.

　한국어본 「湖水」와 「湖水 1」이 갖는 "보고 시픈 맘(싶은 마음)"은 "호
수"만 하다는 은유로 그리움의 확산을 성립시키고 있다. 그리움의 확산
이 포화 상태에 이르러 화자는 마침내 심적 동결상태에 도달한다. "주제
와 전달수단은 당연히 기억 연상에 효과적"이며 "우리는 은유의 토대까
지 함께 기억"[72]한다. 그러나 일본어 번역시에서는 어미나 조사의 띄어
쓰기와 문장부호가 은유의 토대인 전달수단으로 작용되지 못하기 때문
에 "눈 감을 밖에"에 대한 무한의 그리움을 훨씬 반감시키고 있다.

　독일어로 발간된 Song Yeonhi의 『Jeong Jiyong Eine andere Sonne』는
작품 Ⅰ부 ～ Ⅴ부와 부록(Anhang)으로 구성되어있다. 『Jeong Jiyong
Eine andere Sonne』 Ⅰ부에는 「별똥(Sternschnuppe)」 외 초기 민요조의
동시 21편, Ⅱ부에는 1926 ～ 1929년의 「카페 프란스」 외 시 28편, Ⅲ부
에는 1930 ～ 1935년의 「겨울(Winter)」 외 시 42편, Ⅳ부에는 1936 ～
1943년의 「船醉 2(Seekrankheit 2)」 외 시 28편, Ⅴ부에는 1945 ～ 1951년
의 「그대들 돌아오시니!(Ihr kehrt zurück!」 외 시 2편을 담고 있다. 그리
고 부록(Anhang)에는 연보(Zeittafel), 맺음말(Nachwort)과 박용철(1935),

---

72) Ellen Winner, 이모영·이재준 역, 『예술심리학』, 학지사, 2011, 371면.

양주동(1933), 이양하(1935), 김기림(1939) 등의 평(Würdigungen)으로 구성되어있다.

이러한 정지용의 「湖水 1」을 독일어 번역본에서 살펴보겠다.

See 1[73]

Ein Gesicht allein
könnte man mit zwei Händen
ganz bedecken.

Die Sehnsucht aber ist
groß wie der See -
da schließe ich einfach die Augen.

위에서 논의한 한국어본 「湖水」와 「湖水 1」의 1연 3행에서 보여준 ','가 독일어 번역본에서는 '.'으로 바뀌었다. 그리고 2연 2행의 '호수 만하니'가 독일어 번역본에서는 'groß wie der See - '로 번역하고 있다. 이는 아마도 '-'을 사용하여 '호수만큼 커다랗게 그리움이 성장'하고 있음을 시각적으로 드러낸다고 볼 수 있을 것이다. 또한, 이러한 시적 장치는한국어에서 의도적인조사 분리로 획득되어진 효과와 유사한 효과를 얻을 수 있다고 본다.

정지용의 「호수」에서는 비문법적인 조사의 의도적 분리와 체언인 의존명사에 붙여 써야 제 기능을 발휘하는 조사 '-밖에'가 홀로 쓰여도 시(詩) 속에서 의미의 변질이 나타나지 않았다. 오히려 그렇게 함으로

---

73) 정지용 저, Song Yeonhi 편저, 『Jeong Jiyong Eine andere Sonne』, Hubert & Co Printed in Germany, 2005. 87면.

써 더욱 긴장된 시어(詩語)가 되어 독자들은 고혹적(蠱惑的) 선율에 침잠(沈潛)하게 되는 것이다. 이는 언어의 마술사 정지용이 "한국어를 깊이 연구해서 한국어를 새로운 언어로 만드는 것을 목표"[74]로 하여 한국인의 정서를 아름다움으로 노래한 결과일 것이다.

이처럼 정지용의 시에서는 방언도 많이 쓰이고 있는 한편 그의 시는 한국 시의 출발점에서 세계적으로 회자(膾炙)되고 있다. 그러므로 영어나 프랑스어 등으로 번역된 정지용 작품에 대한 자료 발굴 작업의 적극적인 노력이 요구되는 바이다. 또한 정지용 시가 가진 음보와 운율이, 번역함으로써 사라지거나 희석되고 만다. 음보를 어떻게 살려 미적운율을 끌어낼 지는 여전히 역자들의 과제로 남는다.

3. 결론

본고는 서론에서 밝힌 바와 같이 첨예한 감각으로 천재성을 가진 언어의 마술사인 정지용의 「호수」에 나타난 조사와 어미 그리고 방언에 대해 초점을 두고 서술하였다. 또한, 표준어와 방언 사이에서 띄어쓰기와 비문법적인 언어구사가 중부 방언권에 속한 충청도 옥천지방에서도 구사·계승되고 있다는 입장을 밝혔다. 정지용의 시 「호수」에서도 조사 띄움과 비문법적 언어구조가 발견되고 그것은 관습적 방언으로 성립되어 아무런 불편을 느낄 수 없는 의사소통 행위를 가능하게 하고 있었다.

필자는 정지용의 시 「호수」를 분석하여보고 다음과 같은 것들을 알 수 있었다.

첫째, 조사를 체언에 붙여 쓰는 규정이 일반화된 '한글 맞춤법 통일

---

74) 사나다 히로코(眞田博子), 『最初의 모더니스트 鄭芝溶』, 역락, 2002, 38면.

안'(1933)이 시행된 이후인 『정지용시집』(1935)에도 조사와 어미의 띄어쓰기는 여전하다는 것. 둘째, 관형어 다음에 의존명사가 소거된 채로 조사 ' 밖에'가 쓰여 정지용만의 독특한 어법 구성을 하고 있다는 것. 셋째, 휴지나 음절 그리고 음소의 음성(音聲)적 질서에서 기인한 음성적 자질을 찾을 수 있다는 것. 넷째 외국어본 『정지용시집』에서의 시 양상 특히 「호수」는 어떻게 번역하고 있는지에 대한 것이었다.

본고는 정지용 작품의 근원적인 언어발원지를 찾고자하는 노력의 일종에서 출발하였다. 그의 심중에 품고 있던 고향의 언어 의식, 떠남과 동시에 그리움으로 회귀할 수밖에 없는 직립인간의 속성을 그도 또한 지니고 있었던 것이다. 선행 연구자들은 「호수」에서 어떤 시적 의도는 없었다거나 생각을 시각적으로 나타내기 위함이라고 하였다. 그러나 필자는 여기에서 간과해서는 안 될 '향토어의 부림'과 '관습화된 방언'에 대하여 살펴보았다. 조사와 어미 '-야, -로, -만, -하니, -밖에'를 멀리 떼어놓음으로써 획득되어진 충청도 특유의 '여유로움'과 '멋'을 읽어내고자 하였고, 시적 화자가 의도한 주제 의식을 수용하려는 시적허용으로도 보았으며, 체언인 의존명사가 소거된 채 조사만 부려져 상실의식과 애수에 찬 그리움을 화자와의 상관관계를 유지한 채 운율의식으로 작용됨도 알게 되었다. 한편 「瀑布」, 「溫井」, 「流線哀傷」, 「그대들 돌아오시니」 등의 시에서도 체언인 의존명사 없이 조사만 쓰이고 있음이 발견되고 「지는 해」, 「띄」, 「산에서 온 새」, 「별똥」 등에서 음절의 정형화된 질서를 찾을 수 있는 바, 문법적 연구가 이 작품들에도 확대 적용되어야 할 것이다. 아울러 후학들은 정지용 문학의 세계화를 위해 이미 발간된 외국어 번역본 발굴과 영어, 프랑스어 등 새 외국어 번역본을 출판하여 그의 황홀한 시적 정서를 세계인들과 함께 공유하고자 노력할 것을 기대하여 본다.

4장

鄭芝溶의 「슬픈 印像畵」에 대한 小考

鄭芝溶의「슬픈 印像畵」에 대한 小考

1. 서론

한국현대시사에서 시인 정지용은 모더니스트이고 구인회의 일 회원으로 알려져 있다. 그러나 정지용은 무엇보다 '한국현대시의 아버지'로 알려져 있을 만큼 그 시적 위상이 매우 뚜렷하다. 본고는 이에 정지용의 여러 시 중에서도 특히「슬픈 印像畵」[1]에 대하여 주목하였다. 이 시는 정지용 초기시 중에서 가장 중요한 작품 중의 하나로 여겨지는데 이는 시인이 애정을 가지고 여러 번 이 시를 개작한 데서도 알 수 있다.

본고의 방향과 연관되는 정지용 시의 연구는 이미지에 관련된 연구들이 주를 이룬다. 이미지에 대한 연구는 김원배, 양왕용, 김석환[2], 박

---

* 『2019 일본 정지용 문학 포럼』, 옥천군·옥천문화원·기타하라 하쿠슈 생가 기념관, 2019, 43-62면.

1) '印象畵'로 유추된다. 이와 관련, 본고에서는 정지용이 원래 쓰고자 하였던「슬픈 印像畵」로 통칭하기로 한다.

2) "수직적 공간기호체계는 양극으로부터 매개기호가 상승·하강하여 그 대립이 이완, 변환"된다며 "山은 하늘과 땅의 중간에서 두 공간을 上下로 분절하여 수직축"을 이룬다고 설명한다. 김석환,「정지용 시의 기호학적 연구 – 수직축의 매개기호작용을 중심으로」, 명지대학교,『명지대예체능논집』3집, 1993.

수진, 고형진, 이예니 등[3])에 의하여 이루어졌다. 이 논문들의 대부분은 "시의 이미지 연구"에 매진하였으며 정지용 시의 이미지 연구에 주춧돌이 되었다.

이 시는 특히 정지용이 일본 유학 당시 교토에서 쓴 것으로 식민지 지식인이 가질 수밖에 없는 이중언어적 환경을 잘 보여주는바 일본어와 조선어를 번갈아 가면서 개작하여 놓고 있다. 이와 관련 본고는 일본어로 창작된「슬픈 印像畵」와 조선어로 창작된「슬픈 印像畵」를 비교하여 그 개작양상과 개작에 따르는 의미를 밝혀보고자 하였다.[4])

2. 改作과 기호

정지용은 1902년 충북 옥천에서 태어나 1913년 옥천공립보통학교(현 죽향초등학교)를 졸업한다. 1918년 경성의 사립 휘문고보에 입학하여 1923년 3월에 졸업한다. 그리고 그해 4월 일본 교토의 동지사대학에 입학[5])한다. 물론 동지사대학 졸업 후 휘문고보 교사로 부임해야

---

3) 김원배,「「1930년대 한국 이미지즘 시 연구 - 정지용을 중심으로」, 인천대학교 국어국문학과,『인천어문학』6집, 1990. 양왕용,「감각적 이미지와 정지용의 '향수' - 교사를 위한 시론」,『시문학』253호, 시문학사, 1992.
김석환, 앞의 논문, 1993. 박수진,「정지용 시 연구 - 이미지 분석을 중심으로」, 성심여자대학교 국어국문학과,『성심어문논집』17집, 1995. 고형진,「정지용 시의 이미지 연구」, 상명대 어문학 연구소,『어문학연구』7집, 1998. 이예니,「정지용 시에 나타난 공간, 그리고 이미지」,『사회진보연대』38, 2003.
4) 정지용 시의 특징은 여러 가지로 지적될 수 있겠으나 그 가운데 하나는 그의 시에 문장부호 또는 이에 준하는 부호들이 더러 사용된다는 점이다. 본고가 주목하는「슬픈 印像畵」에도 그 부호들은 인상적으로 사용되는바 본고는 이를 '언어적인 기호'로 명명하고 그 양상과 의미를 살펴보고자 한다. 이는「슬픈 印像畵」의 시적 의미는 이 같은 '언어외적인 기호'를 충분히 고찰할 때 더욱 구체적으로 파악할 수 있다고 보았다.

하는 조건부 유학이었다. 이렇게 정지용이 교비유학생으로 선발된 것
은 그의 휘문고보 성적의 우수함6)과 문학적 자질7) 그리고 카랑카랑한
그의 성격8)이 일조하였기 때문이다.

정지용 시 창작 형식의 노력은 다양한 기호9) 체계에 있었다. 언어와

---

5) "동지사대학 성적표에는 5월 3일 입학으로 표기됨. 출국과 입학수속이 늦어진 것
으로 보임". 졸저, 『정지용 만나러 가는 길』, 국학자료원, 2017, 244면. 이는 "4월
16일 일본 교토의 동지사 전문학교 신학부에 입학하였고 며칠 지나지 않은 4월 27
일 신학부를 퇴학"(홍종욱, 「교토유학생 박제환의 삶과 실천」, 『한국학연구』 40
집, 인하대 한국학연구소, 2016. 2, 407면.). "5월 3일 동지사대학 예과에 진학,
1926년 3월 예과를 수료하고 4월 영문과에 입학해 1929년 6월 30일 졸업"(김동희,
「정지용의 이중언어 의식과 개작 양상 연구」, 고려대학교 대학원 박사학위 논문,
2017, 37면.)으로 보아 "출국과 입학수속이 늦어진 것으로 보임"은 정지용이 4월에
동지사 전문학교 신학부에 입학하기 때문이다.

6) 휘문고보 성적은 1학년 88명 중 1등, 2학년 62명 중 3등, 3학년 69명 중 6등, 4학년
61명 중 4등, 5학년 51명 중 8등. 한편, 정지용은 4년제 휘문고보를 1922년에 졸업
하고 그 해의 학제개편으로 고등보통학교의 수업연한이 5년제(1922-1938)가 되면
서 다시 5학년으로 진급했다. 졸업반 61명 중 10명이 5년제로 진급하지 않은 것으
로 보인다. 최동호, 『그들의 문학과 생애, 정지용』, 한길사, 2008, 32면.

7) 1919년 처녀작 소설 「삼인」을 『서광』 창간호에 발표. 휘문고보 졸업생과 재학생
이 함께하는 문우회에서 정지용은 학예부장직을 맡아 『徽文』 창간호의 편집위원
이 됨. 1922년 「풍랑몽1」의 초고를 씀 등.

8) "詩를 써 내놓지 못하고 詩를 論議 하는 것이 퍽 부끄러운 일이다. (중략) 政治性 없
는 藝術까지도 日帝 極惡期에 이르러 枯渴하여 버리고 一部 節操 喪失者들이 自進
하여 『國民文學』派的 强權에 協力함에 따라 朝鮮詩는 壓殺되고 말았던 것이다." 정
지용, 「朝鮮詩의 反省」, 『散文』, 동지사, 1949, 85-87면. "序――랄 것이 아니라 내
가 무엇이고 精誠껏 몇마디 써야만 할 義務를 가졌건만 붓을 잡기가 죽기 보담 싫
은 날 나는 천의를 뒤집어 쓰고 차라리 病아닌 呻吟을 하고 있다. 무엇이라고 써야
하나? (중략) 老子 五千言에 『虛其心 實其腹 弱其志 强其骨』이라는 句가 있다. 靑年
尹東柱는 意志가 弱하였을 것이다. 그렇기에 抒情詩에 優秀한 것이겠고, 그러나 뼈
가 强하였던 것이리라. 그렇기에 日賊에게 살을 내던지고 뼈를 차지한 것이 아니었
던가?" 정지용, 「尹東柱詩集 序」, 위의 책, 248-254면.

9) "소쉬르의 언어 기호. signe(sign(영)) = 소리 signifiant(signifier(영)) + 뜻
signifié(signified(영))으로 나눔. 우리나라는 말의 소리(기표(記表)) + 뜻(기의(記
意))로 옮겨 사용".이상섭, 『문학비평 용어사전』, 민음사, 2011, 39면. 본고에서는
문장부호인 "……"나 ",(쉼표)" 그리고 ".(마침표)" 등과 "――"나 "●●●" 등 정식 문

기호[10]는 그의 시에서 자신의 정서를 안고 있다. 그의 작품은 기호적 기표(記表)[11]들이 작용하고 있었고, 『학조』에 발표한 「슬픈 印象畫」를 구체적으로 살펴본 결과 기호적 기표들[12]이 쓰이고 있었다.

1) 改作 樣相

「슬픈 印像畫」는 일본어-조선어-일본어-조선어로 발표되며 개작과정을 거치고 있다. 그렇기 때문에 일본어로 된 작품들끼리, 조선어로 된 작품들끼리 비교가 선행되어야 한다. 그러면서 일본어가 조선어로 될 때, 조선어가 다시 일본어로 될 때, 또 일본어가 다시 조선어로 될 때의 비교를 전체적으로 밝혀야 온전한 연구가 이루어지는데 그 작업의 일환으로 우선 조선어로 발표된 시부터 비교하려고 한다. 본고에서는 조선어로 발표된 시의 개작을 밝히고 의미를 천착하되 그 의미천착의 일환으로 조선어로 발표된 시의 개작과 그 의미를 먼저 밝히고자 한다. 그래서 일차적으로 4편의 시를 살펴보는데 그 의미 천착에 있어서는 특히 조선어로 발표된 시들을 비교한다. 이렇게 함으로 조선어와 일본

자가 아닌 것들은 기호로 보고자 하였다.

10) 퍼스(C. Peirce)는 기호를 도상 기호(icon : 인위적 기호 사용으로 지시대상을 가리키거나 연상시킴. 화장실의 남녀 표시), 지표 기호(index : 자연적인 기호 이용으로 지시대상을 가리키거나 연상시킴. 먹구름은 '비'를 가리킴), 상징 기호(symbol : 인위적 기호 사용으로 지시대상을 가리켜 지시하는 대상과 자의적이고 계약적인 관계를 맺음)로 나눈다. "언어의 '상징적 재현(symbol representation)'과 이미지의 '도상적 재현(iconic representation)'은 상반의 대립 구도로 파악될 것이 아니라, 전체를 잇는 연속성 스펙트럼 속에서 자리매김"되어야 한다. 세미오시스 연구센터, 『말과 그림 사이』, 한국외국어대학교 지식출판콘텐츠원, 2018, 9면.

11) 시각적 요소로 작용될 부호 등을 포함한 언어 외적 표기를 이름.

12) 「카페-・프란스」 등과 동양 지향적 작품인 「마음의 日記」에서 - 시조 아홉首 -, 「서쪽한울」, 「씩」, 「감나무」, 「한울혼자보고」, 「쌀레(人形)와아주머니」 등도 기호적 기표들이 보인다.

어 사이의 개작양상과 의미를 전체적으로 밝힐 수 있다고 보았기 때문이다. 본고에서는 정지용 초기시[13]에 속하는 「슬픈 印像畵」의 서지적[14] 변이에 대하여 개괄적으로 살피도록 한다.

(1) 서지적 변이

정지용의 작품은 현대문학에 속하기에 고전문학[15]처럼 이본[16]이 다량 존재하지 않는다. 그렇기에 유형별 내용 대조나 복잡한 방법으로의 변이는 기대하기 어려울 수도 있다. 그러나 시의 변이과정을 연대별로 비교하여 시인의 정서를 유추하고자 한다.

일본 동지사대학 유학시절 정지용은 「仁川港の或る追憶」과 「슬픈印像畵」 그리고 「悲しき印像畵」를 발표한다. 「仁川港の或る追憶」은 정지용이 1925년 同志社大學豫科學生會雜誌部에서 발행한 『同志社大學豫科學生會誌』 4호에 일본어로 발표한다. 당시 정지용은 옥천에서 강연[17]을

---

13) 본고에서 초기시는 일본 동지사대학 유학시절까지, 중기시는 주로 1930년대 『정지용 시집』까지, 후기시는 『백록담』 전후의 동양적, 산수시 시기로 구분하기로 한다. 그러나 시기별 넘나듦은 다소 유동적일 수 있음을 밝힌다.

14) 당시 「슬픈 印像畵」의 언어적, 언어외적 표기를 포함한 잡지나 책의 내용을 '서지적'이라고 쓰기로 한다.

15) 특히 고전문학 작품에는 이본이 다량 존재한다. 「춘향전」 이본의 예를 보면, 판본이 9종으로 경판본이 4종, 완판본이 3종, 안성판본이 1종이다. 사본은 한문본이 5종, 한글 사본이 30여 본이나 되어 앞으로도 나타날 가능성이 많다. 신문학기의 활자본은 38책이 되며 활판본·한문본이 4책, 번역본 16종 등이 있다. 또 계통으로 보면 완판의 「별춘향전」 병오판 33장본, 「열녀춘향수절가」 84장본 등으로 다양하다. 국어국문학 편찬위원회 편, 『국어국문학자료사전』 하권, 한국사전연구사, 1994, 2953면.

16) 표준이 되는 내용의 간본에 대하여, 판(版)이 전혀 다른 간본을 말하는 이판본(異版本), 즉 같은 서명의 책으로서 표준적인 내용을 갖추고 있는 간본에 대하여, 글자와 글귀가 다른 부분이 있거나 본문의 성질이 다른 것. 국어국문학 편찬위원회 편, 『국어국문학자료사전』 상권, 앞의 책, 121면.

17) **沃川初有의 / 文化講演 / 聽衆無慮四百**

하며 일본과 경성 그리고 그의 고향 옥천까지 활동범위를 확장하고 있었다. 뿐만 아니라 많은 동시를 발표[18]하고 있었던 시기이다. 이때 정지용

沃川公立普通學校 同窓會 主催로 / 第一回 文化講演會를 再昨 十五日 / 午後 八時부터 沃川公普 大講堂에서 / 開催하고 柳基元 氏 司會下에 進行하야 / 同 十二時에 閉會하얏는대 / 演士와 演題는 如左하더라(沃川) / 童謠와 兒童敎育 / 同志社大學 鄭芝溶 君 / 基督敎란 如何한 宗敎인가 / 早大 英語科 柳錫東 君 / 文化園을 建設하라면 / 大邱高普敎諭 趙龜淳 君 -『매일신보』, 1925. 8. 18, 3면.
『매일신보』 3면 좌측 하단에 세로쓰기로 오른쪽에서 왼쪽으로 읽게 싣고 있다(원본대로 적되 띄어쓰기는 원본을 훼손하지 않는 범위에서 독자의 이해를 돕기 위해 필자가 현대 맞춤법에 따라 정리함). 이날 정지용은「童謠와 兒童敎育」을 강연하였다. (중략)정지용이 옥천에서 하였다는 강연내용은 구체적으로 확인하기가 어렵다. 100여년 가까운 세월이 강연 자리에 있었던 사람들의 흔적을 지워버렸기 때문이다. 이런 때 필자는 세월의 흐름과 인간의 수명이라는 한계에 묶여 버린다. 이러한 구술 자료의 한계성 때문에 인쇄자료에 의존하여야만 하는데 인쇄매체의 한계에 부딪칠 때가 많다. 이런 경우가 그러하다. 그러나 정지용의「童謠와 兒童敎育」이라는 강연은 크게 2가지 의미가 부여된다. 첫째 막연하게 정지용이 교토 동지사대학 유학시절에 "옥천과 일본을 오갔을 것"이라는 기존의 의문점에 종지부를 찍을 수 있다. 실제로 정지용은 동지사대학 유학시절에 그의 고향 옥천에 와서 조선의 아동과 조선인을 위한 강연을 하였다. 둘째 정지용은 글솜씨만 웃자란 시인은 아니었다. 실제로 옥천과 일본을 왕래하며 '민족정신을 동요류에서 찾고 아동교육의 최전선에서 노력'하였던 그의 '발자취를 가늠'할 수 있으며 '아동에 대한 관심과 사랑의 무게가 꽤나 두툼'하였음을 알 수 있다. 졸고,「정지용, 1925년 옥천에서 강연하다」중,『옥천향수신문』, 2019. 2. 21, 4면.
18) 정지용은 1925년 전후 아동을 위한 동요류의 시 창작을 주로 하였다.「삼월 삼진날」,「해바라기 씨」는 1924년과 1925년으로 정지용은 창작시기를 밝혀 놓았다. 그는 창작 일을 1924년이라 밝혀 놓은「삼월 삼진날」을 쓴다. 후에 이 시는 1926년『학조』1호에「딸레(人形)와 아주머니」→1928년『조선동요선집』에「三月 삼질 날」→1935년『정지용 시집』에「삼월 삼질 날」과「딸레」로 나누어 실었다. 1925년 3월로 정지용이 창작시기를 밝혀놓은「해바라기 씨」가 있다. 이 시는 1927년『신소년』에「해바락이씨」→1928년『조선동요선집』에「해바락이씨」→1935년『정지용 시집』에「해바라기씨」→1939년『아이생활』에「해바라기씨」로 수록된다. 1926년에「서쪽 한울」,「쯰」,「감나무」,「한울 혼자 보고」,「굴뚝새」,「겨울ㅅ밤」,「산에ㅅ색시 들녘사내」,「산에서 온 새」 등을 1927년에「넷니약이 구절」,「내맘에 맞는 이」,「무어래요?」,「숨기내기」,「비들기」,「할아버지」,「산 넘어 저쪽」 등을 발표한다. 1926년이나 1927년에 발표된 작품들은 발표년도와 창작시기가 같거나 발표년도보다 좀 이르게 창작되었을 것이다. 이로보아 정지용의 초기시에 해당하는 시들은 동요류로 보아도 크게

은 기독교에 대한 관심도 높았음을 알 수 있다. 그는 애초 동지사대학 신학부에 입학, 옥천 강의에서도 "유석동을 초대하였고, 휘문고보에서 같이 활동했을 조구순을 초빙해 강의를 맡긴 것"[19]으로 보아 정지용의 당

무리는 없어 보인다. 정지용은 아동에게 읽히면 좋았을 짧은 동요류의 시들을 이 시기에 집중적으로 창작하였던 것이다. 졸고, 위의 신문, 4면.

19) 정지용은 「童謠와 兒童教育」을, 유석동은 「基督教란 如何한 宗教인가」를, 조구순은 「文化園을 建設하라면」을 강연하였다. 강연이나 사회를 맡았던 이들은 누구인가? 유석동, 조구순은 정지용의 인맥동원, 유기원은 옥천공보 출신일 것이라는 가설을 설정하여 살펴보기로 한다. 정지용은 동지사대학 신학부에 입학할 정도로 기독교에 관심이 많았으니 「基督教란 如何한 宗教인가」를 강연한 早大 英語科 柳錫東과도 인연이 있었으리라. "그(함석헌1901-1989)는 동경유학시절에 일본 제일의 기독교 사상가였던 우치무라 간조의 영향을 받고 구원이 기성 교회에만 있는 게 아니라는 확신을 가지게 됐다. 도쿄 가시와기에서 열리던 성서 연구회를 통해 성경을 철저하게 공부했다. 그 시절 그의 동지들이 김교신, 송두용 그리고 유석동"(김동길, 「평생을 1인 1식...말과 글 '양면도' 휘두른 시대의 사상가」-김동길의 인물 에세이 100년의 사람들(8), 『조선일보』, 2018. 1. 6, 2면.) 등이다. "1927년 도쿄에서 함석헌, 송두용, 김교신, 유석동(발행인), 양인성, 정상훈(편집인) 등은 『성서조선』을 창간하였다. 창간 동인은 모두 동경에 있었기 때문에 집필 편집은 동경에서 하고, 인쇄 제작은 서울에서 하였다. 『성서조선』은 1942년 일본의 탄압으로 폐간되고 그해 3월호에 실린 글이 문제가 되어 발행인과 독자들 수십 명이 투옥, 함석헌도 서대문형무소에서 미결수로 복역, 이듬해 출옥하여 8·15 광복까지 은둔생활"((http://doopedie.co.kr)을 하였다고 한다. (중략)「文化園을 建設하라면」을 강연한 조구순은 휘문고등보통학교 문우회 학예부에서 1923년 1월 25일에 창간한 『휘문』이라는 교우지에서 정지용과 함께 활동한 인물로 추측된다. 『휘문』(편집인 겸 발행인:니가끼(新垣永昌) 창간호는 A5판 123면으로 발행하였다. 여기에 "정지용은 「퍼스포니와 수선화」, 「씨텐쟬리」를 譯, 조구순은 「孤獨」을, 정지용과 함께 일본 유학길에 올랐던 박제찬은 「노래 골짜기」를, 이태준은 「秋感」과 「안정흡군의 死를 弔함」을, 신종기는 「雜感」을 발표한다. 휘문고등보통학교 문우회는 1910년 1회 졸업생 32명이 발기하여 1918년 정백과 박종화가 강연회와 토론회를 열었다. 1920년 정지용, 이선근, 박제찬 등이 새로 영입되어 활동"(최덕교, 『한국잡지백년3』, 현암사, 2004.)하였다. 1923년 이세기가 펴낸 사화집인 「廢墟의 焰群」에서도 조구순의 활동상이 보인다. 『廢墟의 焰群』은 1923년 11월 조선학생회에서 A6판 34면으로 간행하였다. 여기에는 "신봉조, 박팔양, 이세기, 방준경, 윤정호, 조구순, 염형우 등이 참여하였으며 총 8편의 작품이 수록되어있다. 당시 학생들의 습작을 엮은 것이어서 문학사 평가를 받지 못하고 박팔양만이 시작활동을 계속하고 나머지는 문학과 거리가 있는 길을 걸었다"(http://encykorea.aks.ac.kr/). 해방 후 조구순은 1925년

시 활약상의 범위가 넓었을 것으로 추측된다. 또한 정지용은 그와 함께 동지사대학에서 수학한 고다마[20]와도 폭넓은 교류를 하였다. 고다마는 "大正14년(1925년) 여름, 내가 당시 조선에 갔을 때, 대전에서 가까운 시골의 향리에서 일부러 경성까지 와, 여기저기 함께 걸으며 안내해 주었다"는 글을 남긴다. 이로 정지용은 1925년 6월[21]과 8월에 옥천과 경성에 있었음을 알 수 있다. 1925년은 정지용이 동지사대학 예과 3학년에 재학 중이었다. "그해 동지사대학은 4월 12일에서 1926년 4월 11일까지 여름학기, 겨울학기, 봄학기 3학기제로 학기를 편성해 운영하였는데, 여

4월 1일 설립한 대구공립보습학교(현 대구공업고등학교)의 교장(www.tktech.hs.kr)이 된다. 사회를 맡았던 유기원은 주최 측인 옥천공보의 동창회원으로 유추된다. "문화유씨 정숙공파의 후손인 유기원은 옥천공보 출신으로 그의 후손 유제만이 대전광역시 판암동에 거주"(향토사학자 이재하 구술)하고 있다. 이를 통하여 유석동과 조구순은 정지용 인맥으로 그와 더불어 옥천에 강연을 하러 왔고 유기원은 옥천 출신일 것이라는 유추가 가능해진다. 보다 정확한 관계는 또 다른 추가 자료가 확보되길 바랄 뿐이다. 그래서 유추가 아닌 확실한 사실로 증빙되길 바란다. 졸고, 「옥천 강연에 나섰던 정지용과 사람들」중, 위의 신문, 2019. 2. 28, 4면.

20) 1905년생인 고다마는 1924년 동지사대학 예과에 입학한 후 영문과에 진학해 1930년 졸업, 동지사대학 영문과 교수를 지낸 인물이다. 고다마는 정지용이 최초로 작품을 발표한 『街』의 동인이기도 하다. 졸고, 위의 신문, 2018. 12. 6, 4면.한편, 고다마는 정지용의 귀국 후 끊어진 안부를 조선인 유학생들에게 물었다고 한다. 그는 정지용의 죽음 소식을 들은 후 「自由詩人のこと」鄭芝溶のこと」에 애석함을 표현한다. "왜인지 그 이야기가 진짜인 것만 같은 기분이 들었다. 젊은 날 열혈의 낭만시인, 뛰어난 한국 유일의 학자·시인. 이러한 그가 총살되었다고 한다면, 그 장면을 나는 애처로워서 눈꺼풀에서 지우고 싶다. 그리고 전쟁을 증오한다. 이데올로기의 투쟁이 시인의 생명까지 빼앗아 가는 것을 증오한다. 그리고 보도가 어떠하든, 역시 鄭이 어딘가에서 살아있어 주기를 빌었다. 빌면서, 그 후로는 鄭에 관해서 묻는 것도 이야기 하는 것도 피하고 있다." 졸고, 「정지용의 일본 교토 하숙집 II」, 위의 신문, 2018. 12. 13, 4면.

21) 『自由詩人』에 수록된 일본어 시「파충류동물」서두에 "一九二五·六月·朝鮮線汽車中にて", 말미에는 "朝鮮語原作者譯"이라는 부기가 있다. 최동호 엮음, 『정지용 전집1』, 앞의 책, 268-269면. 이로 정지용은 1925년 6월 조선에서 기차를 타고 이동하는 과정에서「파충류동물」을 지었으며, 이때 그는 조선에 있었음도 미루어 짐작할 수 있다.

름학기는 4월 12일에서 7월 10일까지, 7월 11일부터 시작된 여름방학
은 9월 10일까지 이어졌다. 이렇게 분주히 조선과 일본을 넘나들던 정
지용은 고다마와의 문학적 논의[22]도 활발히 하였던 것으로 보인다. 그
는 1926년 『學潮』 1호에 「슬픈印像畵」를 싣게 되었던 것이다. 또한 일
본어로 「悲しき印像畵」를 1927년 『近代風景』 2권 3호에 재수록 된다.
이후 1935년 『정지용 시집』에 「슬픈 印像畵」[23]로 거듭 수록하게 된다.
이와 같이 현재까지 발견된 「仁川港の或る追憶」-「슬픈印像畵」-「悲
しき印像畵」-「슬픈 印像畵」의 과정을 거친 것이다. 이와 같은 정지용
의 작품 이본[24]에 대해 통시적 일면을 살펴보도록 한다.

---

22) "한 여름의 별이 빛나는 하늘은 멋진 수박을 싹둑 자른 것 같다고 말하면 고다마는
천녀(天女)가 벗어 놓은 옷 같다고 말한다. 미이(ミイ)의 붉은 뺨은 작은 난로(煖爐)
같다고 말하면 고다마는 미이의 요람(搖籃) 위에 무지개가 걸려있다고 말한다. 북
성관(北星官)의 2층에서 이러한 풍(風)의 사치스런 잡담이 때때로 교환되는 것이
다. 그가 도기(陶器)의 시(詩)를 썼을 때 나는 붉은 벽돌(赤悚瓦)의 시(詩)를 썼다. 그
가 눈물로 찾아오면 밤새 이야기할 각오(覺悟)를 한다. // 「시(詩)는 연보라색 공기
(空氣)를 마시는 것이거늘」이라고 내 멋대로의 정의(定義)로 맞받아쳤다. // 개를 사
랑하는 데 그리스도는 필요(必要)하지 않다. 우울(憂鬱)한 산책자 정도가 좋은 것이
다. (중략) 다양한 남자가 모여 있다. 덩치에 어울리지 않게 외로워하는 남자 야마
모토(山本)가 있는가 하면 「아아 카페 구석에 두고 잊어버린 혼(魂)이 지금 연인을
자꾸만 찾는다!」라고 신미래파처럼 구는 마쓰모토(松本)가 있다. 그는 이야기 중에
볼품없는 장발(長髮)을 멧돼지처럼 파헤치는 버릇이 있다. // 어쨌든 우리들은 힘내
면서 간다면 좋다. 요즈음 시작(詩作)을 내어도 바보 취급을 받을 수 있다. 하지만
우리가 먼저 바보 취급해서 써버리면 되지" // (지용**). 정지용, 「詩·犬·同人」,『自
由詩人』1호, 自由詩人社, 1925. 12, 24면. 최동호 엮음, 『정지용 전집2』, 서정시학,
2015, 306-307면 재인용.
23) 『정지용 시집』 목차에는 「슳은印像畵」로 표기. 본문(『정지용 시집』, 시문학사,
1935, 48면)에는 「슬픈 印上畵」로 표기되어 있다. 본고에서는 본문에 따라 「슬픈
印像畵」로 통칭·표기하도록 한다.
24) 이본의 본문 변화는 발생 원인에 따라 무의도적인 변화와 의도적인 변화로 나뉠 수
있다. 무의도적인 변화는 필사자의 착오, 글자의 탈락, 음운이나 어절의 첨가와 반
복의 경우가 있다. 의도적인 변화는 언어나 문장 감각의 차이로 인해 일어나는 경
우로 첨가·부연·축약·삭제의 심리에 따른 변화와 독자층에 따른 변화가 존재할 수

「仁川港の或る追憶」	「仁川港의 어느 追憶」
西瓜の香りする	수박냄새 품어나는
しぬつぽい 初夏の夕暮れ―	우중충한 초여름 해질녘―
とうき海岸通りの	먼 해안선
ポプラの並木路に沿える	포플러 가로수 길에 늘어선
電燈の數。 數。	전등의 수. 수.
泳ぎ出でしがごと	헤엄쳐 나온듯한
瞬きかゞやくなり。	깜빡이며 반짝이는 빛.
憂鬱に響き渡る	우울하게 울려 퍼지는
築港の汽笛。 汽笛。	축항의 기적. 기적.
異國情調にはためく	이국정서로 펄럭이는
稅關の旗。 旗。	세관의 깃발. 깃발.
セメント敷石の人道側に	시멘트 길 인도 쪽으로
かるがる動く雪白い洋裝の點景。	가볍게 움직이는 새하얀 서양식 점경.
そは流るゝ失望の風景にして	그것은 흘러가는 실망의 풍경
空しくオレンヂの皮を嚙む悲みなり。	허무하게 오렌지 껍질 씹는 슬픔
	아아 애리시・황!
あゝ愛利施・黃!	그녀는 상해로 간다…………
彼の女は上海に行く…………	―「仁川港の或る追憶」 전문26)
―「仁川港の或る追憶」 전문25)	

있는데 이는 이본들 사이의 차이에 대한 심리적 판단에 의존하기 때문에 매우 조심성 있는 판단이 요구된다. 서경희, 「「蘇大成傳」의 서지학적 접근」, 이화여자대학교 대학원 석사학위 논문, 1997, 19면.

25) 정지용, 「仁川港の或る追憶」, 『同志社大學豫科學生會誌』 4호, 同志社大學豫科學生會雜誌部, 1925. 11, 52-53면. 본고의 정지용 작품 원문 인용은 최동호 엮음, 『정지용 전집1·2』(서정시학, 2015.)를 바탕으로 하였다. 다만, 작품의 개작을 검토하는데 동일한 제목의 작품 등장으로 발생할 혼란을 최소화하기 위해 작품을 인용할 때는 원문의 출처를 밝히기로 한다.

1925년 일본어로 발표된「仁川港の或る追憶」은 同志社大學豫科學生會雜誌部에서 발행한 『同志社大學豫科學生會誌』 4호에 실린다. 1926년 비슷한 내용의 시「슬픈印像畵」를 정지용은 京都學友會에서 발행한『學潮』1호에 조선어로 싣는다.

     수박 내ㅁ새 품어오는
     후주군 한 첫녀름의 저녁째

     먼-ㄴ 海岸 쪽
     포풀아 - 늘어슨 큰기ㄹ로

       電   電
       │   │
       燈   燈
       。   。
       │   │
       電   電
       │   │
       燈   燈[27]
       。

     헤엄처 나온 것 처름
     흐늑이며 쌈박어리는 구나.

     침울 하게 울녀오는

---

26) UN·NGO 포괄적협의지위기관 (사)세계평화여성연합 후지모토 치토세(시인·충북 지부 부회장)와 일본 오사카대학교 대학원 언어문화학 전공 박원선(재일 교포)의 도움을 받아 우리말로 옮김.
27) "電 燈 電 燈. / 電 燈 電 燈. /" 가로 표기함. 권영민, 『정지용 시 126편 다시 읽기』, 민음사, 2004, 261면. "電 燈. 電 燈. / 電 燈. 電 燈. /" 가로 표기함("電 燈. 電 燈."처럼 처음 電 燈.에도 (.) 쓰임. 최동호 엮음, 『정지용 전집1』, 앞의 책, 39면.

築港의 汽笛소리●●●汽笛소리●●●
異國情調 로 퍼덕이는
稅關의

　旗ㅅ발.
　旗ㅅ발
세메ㄴ트 깐 人道側 으로
사뿟 사뿟 옴겨가는 하이얀 洋裝의點景.
그는 흘너가는 失心한風景이어니.
부질업시 오레ㄴ지 껍ㅂ질을 씹는 슳흠이어니.

아아. 愛利施・黃!
그대는 上海로 가는구료………

―「슬픈印像畵」전문28)

『학조』에 조선어로 실었던 「슬픈印像畵」는 다시 일본어로 실리게
되며, 1927년 『近代風景』 2권 3호에 일본어로 발표하는 과정을 거친
다. 정지용은 일본 유학시절, 이 시를 거의 1년에 한 번씩 언어를 바꾸
어가며 발표하고 있다. 이렇게 「슬픈 印像畵」는 조선어와 일본어라는
특이한 이중 언어의 개작과정을 거치고 있다.

「悲しき印像畵」	「슬픈 印像畵」
西瓜の香りする	수박냄새 품어나는
しぬつぽい初夏の夕暮れ―	우중충한 초여름 해질녘―
(はつなつ)	면 해안선
	포플러 가로수 길에 늘어선
とほき海岸通りの	전등의 수。 수。

28) 정지용, 「슬픈印像畵」, 『學潮』 1호, 京都學友會, 1926. 6, 90면.

ぽぷらの並樹路に沿へる
電燈の數。 數。
泳ぎ出でしがごと
瞬きかがやくなり。
 	
憂鬱にひびき渡る
築港の汽笛。 汽笛。
 	
^{エキゾテイツク}
異國情調にはためく
稅關の旗。 旗。
 	
せめんと敷石の人道側に
かるがる動くま白き洋裝の點景。
そは流るる失望の風景にして
空しくおらんぢゆの皮を嚙る悲しみなり。
 	
^{エリシ フワン}
ああ 愛利施●黃!
彼の女は上海に行く……
      -「悲しき印像畵」전문29)
	헤엄처 나온듯한
	깜빡이며 반짝이는 빛.
	
	우울하게 울려 퍼지는
	축항의 기적。 기적。
	이국정서로 펄럭이는
	세관의 깃발。 깃발。
	
	세멘토 길 인도 쪽으로
	가볍게 움직이는 새하얀 서양식 점경.
	그것은 흘러가는 실망의 풍경
	허무하게 오랑쥬 껍질 씹는 슬픔
	
	아아 애리시・황!
	그녀는 상해로 간다……
	      -「슬픈印像畵」전문30)

---

29) 정지용,『近代風景』2권 3호, 1927. 3, 37-38면.

30) UN·NGO 포괄적협의지위기관 (사)세계평화여성연합 후지모토 치토세(시인·충북지부 부회장)와 일본 오사카대학교 대학원 언어문화학 전공 박원선(재일 교포)의 도움을 받아 우리말로 옮김.
한편, "수박 냄새 품어 오는 / 첫 여름의 저녁 때…… // 먼 해안 쪽 / 길 옆 나무에 늘어선 / 전등. 전등. / 헤엄처 나온 듯이 깜박거리고 빛나노나. // 침울하게 울려오는 / 축항의 기적소리…… 기적소리…… / 이국 정조로 퍼덕이는 / 세관의 깃발. 깃발. // 시멘트 간 인도 측으로 사뽓사뽓 옮기는 / 하이얀 양장의 점경! / 그는 흘러가는 실심한 풍경이어니…… / 부질없이 오렌지 껍질 씹는 시름…… // 아아. 애시리・황! / 그대는 상해로 가는구려…… //" -「슬픈 인상화」전문. 권영민,『정지용 시 126편 다시 읽기』, 민음사, 2004, 262면. "수박 냄새 나는 / 축축한 초여름의 저녁 어스름 —— // 먼 해안가의 / 포플러 늘어선 길을 따라 / 電燈의 수. 수. / 헤엄처 나온 것처럼 / 반짝이며 빛나오니. // 침울 하게 울려 퍼지는 / 築港의 기적소리. 기적소리. / 異國情調(exotic)에 펄럭이는 / 稅關의 깃발. 깃발. // 세멘트 간 人道쪽으로 / 사뿐사뿐 옮 정지용은 1929년 6월 30일 동지사대학 영문과를 졸업, 같은 해 9월 휘문고보 영어교사로 취임한다. 그곳에서 김도태, 이헌구, 이병기 등의 문학 동료를 만난다. 그리고 장남 구관31)과 부인을 솔거해서 서울 구로구 효자동으로 이사를 한다. 이때 정지용은 휘문고보 학생들 사이에서 이미 시인으로 인기가 높았다. 이러한 정지용이 1930년 박용철, 김영랑, 이하윤 등과 『시문학』 동인으로 활동하며 어울렸다.32) 이러한 인연으로 박용철이 관여하던 시문학사에서 1935년 『정지용 시집』을 발행하게 된다. 물론 이 시집의 「跋」33)은 박용철이 쓴다.

수박냄새 품어 오는
첫녀름의 저녁 때………

먼 海岸 쪽
길옆나무에 느러 슨
電燈。 電燈。
헤염처 나온듯이 깜박어리고 빛나노나.

沉鬱하게 울려 오는
築港의 汽笛소리…… 汽笛소리……

겨 가는 새하얀 洋服의 點景. / 그것은 흘러가는 失心의 風景이니 / 부질없이 오렌지 껍질을 씹는 슬픔이어니. // 아아. 愛利施 • 黃! / 그녀는 上海로 간다…… //" -「슬픈 印像畵」 전문. 최동호 엮음, 『정지용 전집 1』, 앞의 책, 333면.
31) 1928년 충북 옥천군 옥천면 하계리 40-1(당시 주소) 정지용 자택에서 태어남. 졸저, 『정지용 만나러 가는 길』, 국학자료원, 2017, 247면.
32) 졸저, 위의 책, 246-247면.
33) "천재 있는 詩人이 자기의 制作을 한번 지나가버린 길이오 넘어간 책장같이 여겨 그것을 소중히 알고 애써 모아두고 하지않고 물우에 떠러진 꽃잎인듯 흘러가 버리는대로 두고저 한다하면 그 또한 그럴듯한 心願이리라. (중략) 이 아름다운 詩集에 이 拙한 跋文을 부침이 또한 아름다운 인연이라고 불려지기를 가만이 바라며 朴龍喆" 「拔」, 『정지용 시집』, 시문학사, 1935.

異國情調로 퍼덕이는
稅關의 旗ㅅ발。 旗ㅅ발。

세멘트 깐 人道側으로 사폿사폿 옴기는
하이한洋裝의 點景!

그는 흘러가는 失心한 風景이여니……
부즐없이 오랑쥬 껍질 씹는 시름……

아아 愛利施・黃!
그대는 上海로 가는구료………

—「슬픈 印像畵」 전문34)

정지용은 그의 제1시집인 『정지용 시집』에도 「슬픈 印像畵」를 수록
하였다. 이렇게 10년 동안에 4번35)의 개작(改作) 과정을 거친 「슬픈 印
像畵」의 변화과정에 대한 의의에 집중하도록 한다.

(2) 개작 비교

정지용의 「슬픈 印像畵」가 1925년 「仁川港の或る追憶」이라는 제목
으로 발표된 이후 1935년 『정지용 시집』에 수록되기까지 수차례 개작
과정을 거친다. 개작은 "원작을 손질하여 다시 고치어 지음이나 고치어
지은 작품(adaptation)"을 이르거나 "원저작물에 대하여 신저작물로 인
정될 만큼 크게 고치는 일(recasting)"36)을 의미한다. 정지용도 그의 작

---

34) 정지용, 『정지용 시집』, 시문학사, 1935, 48-49면.
35) 현재까지 논자가 발견한 개작 과정이다. 향후 이 작품의 개작이 더 발견될 가능성이
   있다.
36) 국어국문학회 감수, 『국어대사전』, 민중서관, 2001, 105면.

품을 언어학적 측면에서 일본어에서 조선어로, 조선어에서 다시 일본어로, 또다시 조선어로 개작하는 과정을 거친다. 본고에서는 표 1-1(일본어에서 일본어로 개작된 과정)과 표 1-2(조선어에서 조선어로 개작된 과정)를 비교하여 살피고자 한다.

* 표 1-1(일본어에서 일본어로 개작)

	「仁川港の或る追憶」	「悲しき印像畵」
발표 년도	1925	1927
발표지	『同志社大學豫科學生會誌』4호	『近代風景』2권 3호
전문	西瓜の香りする しぬつぽい初夏の夕暮れ― **とうき**海岸通りの **ポプラ**の並**木**路に沿**える** 電燈の數。　數。 泳ぎ出でしがごと 瞬きか**ゞ**やくなり。 憂鬱に**響**き渡る 築港の汽笛。　汽笛。 異國情調にはためく 稅關の旗。　旗。 **セメント**敷石の人道側に かるがる動く**雪白い**洋裝の點景。 そは流る**ゝ**失望の風景にして 空しく**オレンヂ**の皮を嚙る悲みなり。	西瓜の香りする しぬつぽい初夏の夕暮れ― **とほき**海岸通りの **ぼぷら**の並**樹**路に沿**へる** 電燈の數。　數。 泳ぎ出でしがごと 瞬きか**が**やくなり。 憂鬱に**ひびき**渡る 築港の汽笛。　汽笛。 異國情調にはためく 稅關の旗。　旗。 **せめんと**敷石の人道側に かるがる動く**ま白き**洋裝の點景。 そは流る**る**失望の風景にして 空しく**おらんぢゆ**の皮を嚙る悲しみなり。

214 정지용 문학의 통시적 연구

	あ﹀愛利施・黃! 彼の女は上海に行く………	**ああ**愛利施・黃! 彼の女は上海に行く……

「仁川港の或る追憶」은 총 4연 17행으로 구성되어 있고, 「悲しき印像畵」는 총 5연 17행으로 구성되어 있다. 또 「仁川港の或る追憶」와 「悲しき印像畵」의 차이를 순서대로 비교하여 본다. ㉮ "とう → とほ", ㉯ "ポプラ → ぽぷら", ㉰ "木 → 樹", ㉱ "﹅ → が", ㉲ "響 → ひび", ㉳ "セメント → せめんと", ㉴ "雪白い (위에 "ましろ" 있음) → ま白き", ㉵ "﹅ → る", ㉶ "オレンヂ → おらんぢゆ", ㉷ "﹅ → あ", ㉸ "………… → ……"[37] 등의 차이를 보이고 있다.

1925년에 발표된 시를 1927년에 개작을 하면서 "オレンヂ → おらんぢゆ"로 표기, 영어식 발음에서 프랑스식 발음으로 바꾼다. 또 가타카나로 되어있던 곳을 히라가나로 개작한다. 이는 1927년 「悲しき印像畵」를 더욱 "고풍스러운 느낌으로 표현"[38]하고 있다는 것을 알 수 있다. 이와 관련 정지용의 일본어 표기로 된 시[39]를 연구하는 학자들의

---

37) "㉮-㉸" 등의 원문자, 두꺼운 글씨 처리 그리고 밑줄은 구분이나 강조를 위해 논자가 임의로 설정.

38) 동지사대학교 출신 박세용(우송정보대학교) 교수. 한편 시멘트 - 세멘토, 오렌지 - 오랑쥬 등의 표현도 고풍스러움의 가미로 보인다고 전한다.

39) 이러한 작품 등을 예로 들 수 있겠다. "しんにさびしい / ひるがきたね // ちいさいおんなのこよ / まぼろしの / ふえまめをふいてくれない? // ゆびさきに / あほいひがともる / そのま〻にしてきえる // さびしいね //". -「まひる」전문. 정지용, 『街』2권 7호, 1925. 7, 38면. (-「대낮」- 참으로 외로운 / 낮이 왔네요 // 어린 소녀야 / 환영 속의 / 풀피리를 불어주지 않으련? // 손끝에 / 파아란 불이 붙는다 / 그대로 사라진다 // 외롭네요 //) 최동호, 앞의 책, 253면. "パンと水を飲む / 菜葉服姿のよ / まつかな / 血紅色林檎が慾しくないか? // 頰ぺたに / ペンキのしみは / 一寸綺麗ね / ちよびつと殘した / 口ひげに / 伊太利人のやうに微笑ふ / そうだそこが好きなんだ──// そのラブレターを / 副食(かず 위쪽에 표기)にして食べろ / 薔薇(ばら 위쪽에 표기)になる。//". -「草の上」전문. 정지용, 「草の上」, 『街』, 2권 7호, 1925. 7, 39

관심이 요구된다. 이들의 폭넓은 연구를 기대하며 본고에서는 조선어로 개작된 부분의 의미를 개괄적으로 다루고자 하는 바이다.

*표 1-2(조선어에서 조선어로 개작)

	「슬픈印像畵」	「슬픈 印像畵」
발표 년도	1926	1935
발표지	『學潮』1호	『정지용 시집』
전문	수박 내ㅁ새 품어오는 후주군 한 첫녀름의 저녁째 먼-ㄴ 海岸 쪽 포풀아 - 늘어슨 큰기ㄹ로 電　電 ｜　｜ 燈　燈 。　。 ｜　｜ 電　電 ｜　｜ 燈　燈 。　。 헤엄처 나온 것 처럼 흐늑이며 깜박어리는 구나. 침울 하게 울녀오는 築港의汽笛소리●●●汽笛소리●●● 異國情調 로 퍼덕이는 稅關의	수박냄새 품어 오는 첫녀름의 저녁 때……… 먼 海岸 쪽 길옆나무에 느러 슨 電燈。　電燈。 헤염처 나온듯이 깜박어리고 빛나 노나。 沉鬱하게 울려 오는 築港의 汽笛소리……汽笛소리…… 異國情調로 퍼덕이는 稅關의 旗ㅅ발。　旗ㅅ발。 세멘트 깐 人道側으로 사뿟사뿟 옴 기는 하이한洋裝의 點景! 그는 흘러가는 失心한 風景이여 니……

면. (-「풀 위」 - 빵과 물을 마시는 / 푸성귀 차림의 젊은이야 / 새빨간 사과가 탐나지 않는가? // 뺨에 / 페인트 얼룩은 / 언뜻 어여쁘구나 / 살짝 남겨놓은 / 콧수염에 / 이탈리아인처럼 웃는다 // 그래──그 점이 좋단다 / 그 러브레터를 / 반찬삼아 먹으렴 / 薔薇가 된다. //) 최동호 엮음, 앞의 책, 255면.

| | 旗ㅅ발.
旗ㅅ발
세메ㄴ트 싼 人道側 으로
사풋 사풋 옴겨가는 하이얀 洋裝의
點景.
그는 흘너가는 失心한風景이여니.
부질업시 오레ㄴ지 써ㅂ질을 씹는
슯흠이여니.

아아. 愛利施·黃!
그대는 上海로 가는구료……… | 부즐없이 오랑쥬 껍질 씹는 시
름……

아아 愛利施·黃!
그대는 上海로 가는구료……… |

2) 언어외적 기호와 언어적 기호

「슬픈 印像畵」는 상해로 떠나는 시적 대상[40]을 배웅한다. 이 과정에서 나타난 정경을 묘사하고 있는 화자는 "오랑쥬 껍질 씹는"듯한 씁쓸한 이별과 마주한다. 화자는 이러한 상황을 1연에서 첫여름의 저녁때를 후각적 심상으로, 2연에서는 해안선 쪽 길옆 나무에 걸린 전등의 모습을 시각적 심상으로, 3연에서는 築港과 稅關의 정경을 청각적 심상과 시각적 심상으로 나타내고 있다. 시적 화자는 4연에서 "하이얀"이라는 색채를 동원하여 시각적 심상으로 처리하고 있다. 이렇게 정지용은 「슬픈 印像畵」에서 심상 즉 다양한 이미지로 구사하고 있음을 알 수 있다.

1926년 『學潮』1호에 실린 「슬픈印像畵」는 총 5연으로 구성되었고, 1935년 『정지용 시집』에 실린 「슬픈 印像畵」는 총 6연으로 구성되고 있다. 이 시는 마지막 연을 제외한 대부분의 표기가 상이하게 나타나고 있다. 이를 1926년의 「슬픈印像畵」를 먼저, 1935년의 「슬픈 印像畵」

---

40) 시적 대상을 "그녀"로 보는 경우. 권영민, 『정지용 시 126편 다시 읽기』, 민음사, 2004, 259면. 시적 대상을 "그"로 보는 경우. 최동호 엮음, 『정지용 전집1』, 서정시학, 2015, 492면.

를 뒤에 두며 " → "의 형태로 구분41)하기로 한다.

(1) 언어외적 기호의 시각화

기호는 어떠한 뜻을 나타내거나 사물을 지시하기 위해 쓰이는 부호나 그림, 문자 따위를 통틀어 포함한다. 시각적 특성이 강한 기호나 언어의 길이는 실제로 독자에게 인지된다. 그런데 기호나 언어의 길이는 시각적 인식에 의해 소리의 발현 없이 독자에게 직접 인식된다. 언어외적 기호42)의 시각화43)와 관련, 「슬픈 印像畵」의 개작과정에서 발생된

---

41) 두꺼운 글씨 처리와 밑줄은 논자가 강조하고자 임의로 설정함.

42) 언어도 일종의 기호인 바, 한글 자음과 모음의 결합으로 이루어진 언어는 언어적 기호로, "………(말줄임표)", "-", "●●●", "│ │"이나 "—", '.(마침표)','!(느낌표)'", " · · · (강조점)" 등은 언어외적 기호로 본다. 본고에서 '기호'는 주로 언어외적 기호를 이르고자 한다.

43) 예를 들면 "どす黒い息を吐きつゝ / すばやく走る巨大な / 長々しき爬蟲類動物。// あいつに童貞の婚約指を(エングージリング 위에 표기)を / 取り戻しにいつたものゝ / とても大い尻で退(つ 위에 표기)かれた。// ‥‥Tul—k—duk‥‥Tul—k—duk‥‥ / ‥‥Tul—k—duk‥‥ // 悲しくて悲しくて心臟になつちまつた。// よこに掛けてぬた / 小ロシヤ流浪の舞女(さすらひダンサー 위에 표기)。/ 眼玉がそんなに碧い? // ‥‥Tul—k—duk‥‥Tul—k—duk‥‥ / ‥‥Tul—k—duk‥‥ // そいつは悲しくて悲しくて膽囊になつた。// 長々し(3 위에 표기)き支那人(チヤンコロラ 위에 표기)は大腸七尺(なゝ 위에 표기)。/ 狼のごと眼ころんでる日本人(ウエイノム 위에 표기)は小腸五尺。/ いーいーあの脚の毛! // ‥‥Tul—k—duk‥‥Tul—k—duk‥‥ / ‥‥Tul—k—duk‥‥ // 今。 白金太陽直射の下 / 奇怪な消化器官の幻覺が沸騰する。// ‥‥Tul—k—duk‥‥Tul—k—duk‥‥ / ‥‥Tul—k—duk‥‥ // どす黒い火を吐きつゝ / 白骨と雜草の赭土を踏みじつて走る / 長々しき爬蟲類動物。// -「はちゆう類動物」전문. 정지용, 「はちゆう類動物」, 『自由詩人』1호, 1925. 12, 9-10면. 제목 아래에 "(一九二五・六月・朝鮮線汽車中にて。)", 작품 말미에 "(朝鮮語原作自譯)"라고 부기하고 있다. 최동호 엮음, 앞의 책, 268-269면 재인용. (-「파충류動物」- 시커먼 숨을 토해내며 / 재바르게 달리는 거대한 / 기다란 爬蟲類動物. // 그 녀석에게 童貞의 약혼반지(engage

218 정지용 문학의 통시적 연구

기호를 주시하고자 한다. 이 기호들의 시적형상화 작업으로 정지용은 "그(그녀)"와 이별하는 화자를 설정하고 있다. 물론 그 화자는 이별의 상황을 감각적 이미지로 형상화하고 있다. 그리고 시각화의 의도된 기호를 사용하고 있음을 알 수 있다. 이는 ㉠**"저녁째 → 저녁 때………"**,㉡ **"포풀아 - 늘어슨 → 길옆나무에 느러 슨"**, ㉢**"<표A>"**44), ㉣**"汽笛소리●● ●汽笛소리●●● → 汽笛소리……汽笛소리……"**,㉤**"세메ㄴ트 → 세멘 트"**,㉥**"洋裝의點景. → 洋裝의 點景!"**, ㉦**"失心한風景이여니. → 失心한 風景 이여니……"**, ㉧**"오레ㄴ지 → 오랑쥬"**, ㉨**"슯흠이여니. → 시름……"** 등으로 나타난다.

---

ring)를 / 돌려받으러 갔다가 / 아주 큰 엉덩이에 밀려났다. // ⋯⋯Tul─k─du k⋯⋯Tul─k─duk⋯⋯ / ⋯⋯Tul─k─duk⋯⋯ // 슬퍼서 슬퍼서 心臟이 되구요. // 옆에 앉아 있던 / 小露西亞 의 떠돌이 무녀(dancer). / 눈동자가 저렇게 푸른가? // ⋯⋯TTul─k─duk⋯⋯Tul─k─duk⋯⋯ / ⋯⋯Tulkduk⋯⋯ // 그 놈은 슬퍼서 膽囊이 되구요. // 기다란 支那人(짱꼴라)는 大腸 七尺 / 이리처 럼 눈을 굴리는 日本人(왜놈)은 小腸 五尺 / 이-이(감탄사 : 저런 저런) 저 다리의 털! // ⋯⋯Tul─k─duk⋯⋯Tul─k─duk⋯⋯ / ⋯⋯Tul─k─duk⋯⋯ // 지금 白金 太陽 直射 아래 / 奇怪한 消化器官의 幻覺이 沸騰한다. // ⋯⋯Tul─k─du k⋯⋯Tul─k─duk⋯⋯ / ⋯⋯Tul─k─duk⋯⋯ // 시커먼 불을 토해내며 / 白骨과 雜草의 赭土를 짓밟으며 달리는 / 기다란 爬蟲類動物. // 최동호 엮음, 앞 의 책, 270-271면.
44) <표A>

電 ｜ 燈 。 ｜ 電 ｜ 燈 。 電 ｜ 燈 。 ｜ 電 ｜ 燈 。	→	電燈。 電燈。

정지용은 이러한 시각화를 향한 기호들의 형상화 작업으로 "………(말줄임표)", "-", "●●●", "│ │"이나 "一", " '.(마침표)','!(느낌표)'", " ' ' '(강조점)" 등을 사용하고 있다. 이 기호들이 시각화된 의미에 대하여 집중하여 보기로 한다.

첫째, "………(말줄임표)"를 사용한 형상화 방법이다. ㉠저녁째 → 저녁 때………"에서 "저녁째"는 1어절로 한 호흡에 짧은 시간을 의미한다. 반면 "저녁 때………"는 2어절이다. 게다가 긴 말줄임표(………)를 사용하고 있다. 이는 시간의 긴 흐름과 첫여름이라는 계절의 여운을 표시한 시각적 처리이다. 그리고 ㉡"失心한風景이여니. → 失心한 風景이여니……"에서 "失心한風景이여니."는 8음절 1어절로 나타난다. 그러나 "失心한 風景이여니……"에서는 앞에서와 같은 8음절이지만 2어절로 나누어 놓았으며, "."가 "……"로 대치(代置)되고 있다. 이는 정지용의 유학지인 일본에서 공부를 하는 학생의 입장인 단순한 심리를 고국으로 돌아와서 교육자·아버지·조선의 지식인으로서 갖게 된 복잡한 갈등 발로의 표현이다. 이 표현을 그는 기호를 통하여 시각적으로 보여주고 있는 것이다. ㉢"슯흠이여니. → 시름……"에서도 "슯흠이여니."의 5음절을 "시름……"으로 "……"를 이용하여 기호를 이용해 시각적으로 처리하고 있다. 이는 "눈물을 구슬같이 알고 지어내던, 그러나 時流에 거슬러 많은 눈물을 가벼이 휘파람불며 비누방울"[45)]처럼 날렸다는 정지용의 슬프지만 그 슬픔을 초월하였던 그의 정서를 잘 드러낸다. 정지용 자신이 겪은 혹은 겪었을 법한 슬픔, 그 슬픔의 골이 더 깊어진 화자의 시름을 나타낸 것으로 본다.

---

45) "第二部에 收合된것은 初期詩篇들이다 이 時期는 그가 눈물을 구슬같이 알고 지어라도 내려는듯하든 時流에 거슬러서 많은 많은 눈물을 가벼이 진실로 가벼이 휘파람불며 비누방울 날리든 때이다".朴龍喆 "拔",『정지용 시집』, 시문학사, 1935.

둘째, "●●●"을 "………"로 치환한 경우이다. 즉, "●●●"의 일정한 대상인 "汽笛소리"를 향하여 있던 욕구가 환치(換置)되며 "………"으로 나타나고 있다. 이는 이 시의 화자였을 정지용의 심리적인 태도에 관여하고 있다. 일본 유학 시절의 "汽笛"소리가 "●●●"처럼 크고 진하고 짧은 울림이었다면, 1930년대 한국문학사의 거두였던 정지용에게 울려오던 조선에서의 "汽笛"소리는 좀 더 잔잔하고 긴 여운으로 다가왔을 법하다. 당시 조국은 일제강점기라는 긴 다리를 건너고 있었지만 정지용의 고향이었고 뿌리였으니 일본에서 듣던 "汽笛"소리와는 다를 수 있다. 정지용은 일본 축항에서 들었을 "汽笛"소리와 조선에서 들려왔을 "汽笛"소리에 감정을 포함한 기호라는 대상으로 돌려 대치(代置)시키고 있었다.

셋째, ⓛ"포풀아 - 늘어슨 → 길옆나무에 느러 슨"에서의 "-"의 시각화 작업이다. "포풀아 - 늘어슨"은 2어절이다. "길옆나무에 느러 슨"은 3어절이다. 그러나 "포풀아 -"처럼 "-"을 사용하여 1어절을 추가하여 시각적으로 빈 어절을 채우고 있다. 이는 "-"의 기호를 사용함으로 무음 실현으로 유음 실현의 역할을 수행하고 있는 것이다. 즉, 2어절에서 무음 부분에 "-"을 사용함으로 3어절의 유음 실현을 성립시키고 있다. 이는 "-"이라는 기호를 사용하면서 음성인 음절이나 어절에 영향을 미친다. 뿐만 아니라 시각적인 공간을 메우는 역할을 동시에 수행하게 되었던 것이다.

넷째, '.(마침표)', '!(느낌표)'"의 사용이다. ⓗ"洋裝의點景. → 洋裝의 點景!"에 나타난 시각화 작업이다. "洋裝의點景."은 1어절 5음절로 문장의 서술을 종료하고 있다. 반면 "洋裝의 點景!"에서는 2어절 5음절로 어절을 분리하며 느낌표를 사용하여 감탄형으로 종료하고 있다. "洋

裝"을 차려입은 그가 한 폭의 그림처럼 묘사되고 있다. 이 "洋裝의點景." 묘사는 ".(마침표)"로 단호하게 "洋裝"을 입은 그의 모습을 차단하고 있다. 이와 달리 "洋裝의 點景!"에 나타난 묘사는 "洋裝"을 입은 그의 모습에 "!(느낌표)"로 감정을 실어주고 있다.

다섯째, "｜　｜"이나 "──"의 기호 사용을 보인 시각화 작업이다. ⓒ "<표A>"는 독특한 기호를 사용하였고 그 기호의 의미도 특이성을 지닌 시각화 과정을 거치고 있다. 이는 "｜　｜"이나 "　"의 기호를 사용하여 전등이 세로로 달려있는 모양을 시각적으로 형상화하고 있다. 먼 "海岸" 쪽으로 "포풀아" 나무가 늘어선 길에 전등이 걸려있다. 전등이 가로로 수평을 이루고 있는 것이 아니다. 전등은 길을 따라 직교하며 수직으로 달려있다. 보통 전등은 길을 따라 평행선을 그으며 길과 평행하게 늘어서 있다는 것으로 인식한다. 그러나 정지용의 시각은 달랐다. 전등을 길과 직교시키며 수직으로 매달고 있다. 뿐만 아니라 "포풀아"도 길과 직교하며 수직으로 자라고 있다.

이러한 형태는 1925년 『학조』 1호에서만 나타난다. 정지용의 유학 시절에 일본어로 쓴 「仁川港の或る追憶」(『同志社大學豫科學生會誌』 4호, 1925)이나 「悲しき印像畵」(『近代風景』 2권 3호, 1927)에서는 "電燈の數。　數。"로 나타난다. 물론 「슬픈 印像畵」(『정지용 시집』, 1935)에서도 이러한 부분은 나타나지 않는다. 1935년 『정지용 시집』에서는 "電燈。　電燈。"으로 표기하고 있다. 이 시집은 박용철이 주도적으로 추진[46]하였으니 그의 의도가 다분히 들어있다고 할 수도 있다. 그러나 정지용은 글자 한 자도 허투루 놓이는 것마저도 용납하지 않았

---

46) "『정지용 시집』은 박용철이 앞장섰고 발간비도 부담하였으며 정지용의 발표작을 다시 찾고 순서를 정"하여 만들어졌다. 최동호, 『그들의 문학과 생애 정지용』, 한길사, 2008, 80면.

던 칼칼한 성격이었다. 그러니 그의 의도에서 벗어난 단어선택을 섣불리 용인하지 않았으리라는 유추는 억지가 아니다. 이런 까닭에 정지용의 시적 의미를 형상화하기 위한 방법의 일환으로 언어외적 기호를 사용하여 시각화 작업을 하였음이 분명해지고 있다.

여섯째, "··· (강조점)"을 이용한 시각화 작업이다. ⑪"세메ㄴ트 → 세멘트"와 ⑫"오레ㄴ지 → 오랑쥬"에서 "세메ㄴ트"나 "오레ㄴ지"처럼 외국어 표기에는 "··· (강조점)"을 두고 있다. 이는 "··· (강조점)"을 사용하여 외국어라는 이미지를 시각적으로 보여주고 있다. 또 "세메ㄴ트"나 "오레ㄴ지"에서 "초성 + 중성"으로 1음절을 형성하고 있다. 여기에서 종성으로 쓰여야할 "ㄴ"은 따로 떼어내 처리하고 있다.

정지용은 시에 생명을 불어넣고, 그의 내면 심리를 표현하기 위한 흔적47)으로 언어외적 기호들을 사용하였다. 이는 언어적 기호로는 내면을 온전히 다 전하지 못하는 한계에 봉착하였을 그가 선택한 시 작법의 일종으로 보인다. 이렇게 그는 언어외적 기호를 사용하여 자신의 유학생활과 고통스러웠을 식민지인의 내면심리를 시로 형상화하고 있었을 것이다.

---

47) 초월적 실체와 현존은 차이의 고정이며, 고정된 것은 생명이 아니다. 생명은 차이의 이동이며 움직임이다. 사고 역시 문자의 지속적 지시와 결합으로서 다이어그램적인 새로운 연결을 중단하면 안 된다. 데리다에게 "재현은 죽음"이며 "죽음은 재현"이다. 또한 흔적은 "자신의 삭제이자 자신의 현존의 삭제"이며, "삭제 불가능한 흔적은 흔적이 아니"다. 흔적이 삭제 가능한 것은 그것이 움직임이기 때문이며, 움직임이 아니라면 흔적도 아니다. 데리다의『회화에서의 진실』은 프레임이 형상의 구성에 미치는 영향을,『롤랑바르트의 죽음』에서는 롤랑바르트의 사진 이론을 다루며,『시각장애자의 기억』을 통해서는 가시적인 것과 비가시적인 것 사이 관계와 형상 창조의 가능성을 다룬다. 세미오시스 연구센터,『말과 그림 사이』, 한국외국어대학교 지식출판콘텐츠원, 2018, 48면.

(2) 미적 의미 산출

문학 해석의 본령은 "작품의 의미 파악에 있"[48]다. 문학에 쓰인 언어는 작품의 의미형성에 영향을 미치는 바가 크다. 본고에서 언어외적 기호인 언어는 감각적 인식과 전달효과에 많은 영향을 미친다. 게다가 언어로 불가능한 표현의 영역까지를 관여한다. 이러한 언어외적 기호는 정지용의 시세계를 문학세계에서 뿐만 아니라 언어와 심미의 예술로 승화시키는 결정적 역할을 하였다고 본다.

"예술가는 그리는 선을 보는 것이 아니라 그리려는 선을 보기에 보이지 않는 선을 보"[49]는 것이다. 정지용도 의도하고자 하는 선 즉 언어외적 기호에 의미를 담았다. 그의 「슬픈 印像畫」에 나타난 기호의 미적 의미에 집중하도록 한다.

「슬픈 印像畫」에는 시어의 띄어쓰기나 표기법 등에 의한 차이를 보이고 있는 것들이 있다. 이는 Ⓐ"**수박 내ㅁ새 품어오는 → 수박냄새 품어 오는**",Ⓑ"**후주군 한 첫녀름의 저녁째 → 첫녀름의 저녁 때………**", Ⓒ"**먼-ㄴ** 海岸 **쪽 → 먼** 海岸 **쪽**", Ⓓ"**포풀아 - 늘어슨 큰기ㄹ로 → 길옆 나무에 느러 슨**", Ⓔ"**<표A>**", Ⓕ"**헤엄처 나온 것 처름 / 흐늑이며 깜박어리는 구나. // → 헤염처 나온듯이 깜박어리고 빛나노나. //**",Ⓖ "**침울 하게 울녀오는 → 沉鬱하게 울려 오는**",Ⓗ"異國情調 **로 →** 異國情調**로**",Ⓘ"**세메ㄴ트깐 → 세멘트 깐**", Ⓙ"人道側 **으로 →** 人道側**으로**", Ⓚ"**사꼿 사꼿 → 사꼿사꼿**",Ⓛ"**옴겨가는 → 옴기는**",Ⓜ"**하이얀 → 하이 한**",Ⓝ"洋裝의點景**. →** 洋裝의 點景**!**",Ⓞ"**흘너가는 → 흘러가는**",Ⓟ"失心한風景**이여니. →** 失心한 風景**이여니………**",Ⓠ"**부질업시 → 부즐없**

---

48) 마광수, 「윤동주 연구 : 그의 시에 나타난 상징적 표현을 중심으로」, 연세대학교 대학원 박사학위 논문, 1984, 10면.
49) 세미오시스 연구센터, 앞의 책, 49면.

이”, Ⓡ“오레ㄴ지 → 오랑쥬”, Ⓢ“쩌ㅂ질을 → 껍질”, Ⓣ“슲흠이여니. → 시름……” 등에서 찾아진다.

첫째, 한글의 “초성 + 중성 + 종성”에서 ‘종성’을 따로 떼어 표기하는 것이다. 이는 Ⓐ“수박 내ㅁ새 품어오는 → 수박냄새 품어 오는”과 Ⓓ “포풀아 - 늘어슨 큰기ㄹ로 → 길옆나무에 느러 슨” 그리고 Ⓘ“세메ㄴ트칸 → 세멘트 깐”과 Ⓡ“오레ㄴ지 → 오랑쥬”, Ⓢ“쩌ㅂ질을 → 껍질”에 나타난다. 이는 1926년 『學潮』에 발표한 부분에서 발견되고 있다. 이는 정지용이 일본 유학시절에 사용하였을 일본어에 대한 흔적으로 보인다. 흔히 일본어에서는 한글에서 “받침”이라 이르는 “종성”을 잘 사용하지 않50)는다. 이후 『정지용 시집』에서는 “종성”을 사용하여 한글 표기법에 맞추고 있다.

둘째, 시각적인 것과 주체의 마음전이로 인한 화자의 슬픔에 대한 강조 용법이다. Ⓒ“먼-ㄴ 海岸 쪽 → 먼 海岸 쪽”에서 “먼-ㄴ”은 “머(언)”의 줄임말로 시각적으로 ‘멀다’라는 의미를 강조하기 위한 수단으로 보인다. “먼” 보다는 “먼-ㄴ”이 더욱 멀고 까마득해 보이는 것은 사실이다. 일본에서 바라본 해안 쪽이 한국에 돌아와서 보게 되었을 해안보다 훨씬 멀어 보임직하다. 이는 조국을 잃은 가난한 유학생의 “전등”이라는 희망이 “흐늑이며 쌈박어리는” 상황이다. 즉, “흐늑이며 쌈박어리는”의 주체는 “전등”이다. 이는 “침울”하게 울리는 “汽笛소리”나 “그”의 “失心한風景”과 맥을 같이 한다. “失心한風景”은 당시 조선인의 마음이었으며 화자인 지식인 정지용의 고뇌에 찬 슬픔이었을 것이다.

셋째, 단어나 어휘 등의 생략이나 줄어듦이다. Ⓑ“후주군 한 첫녀름의 저녁째 → 첫녀름의 저녁 때………”, Ⓒ“먼-ㄴ 海岸 쪽 → 먼 海岸

---

50) 실제 UN·NGO 포괄적협의지위기관 (사)세계평화여성연합 후지모토 치토세(시인·충북지부 부회장)는 말한다.(2019. 10. 18.)

쪽", ⓓ"포풀아 - 늘어슨 큰기ㄹ로 → 길옆나무에 느러 슨", ⓔ"<표
A>", ⓕ"헤엄처 나온 것 처름 / 흐늑이며 쌈박어리는 구나. // → 헤염
처 나온듯이 깜박어리고 빛나노나˚ //", ⓘ"세메ㄴ트깐 → 세멘트 깐",
ⓡ"오레ㄴ지 → 오랑쥬", ⓢ"써ㅂ질을 → 껍질", ⓣ"슯흠이여니. → 시
름……" 등에서 생략하거나 줄어들고 있다. 이는 ⓑ, ⓓ, ⓔ, ⓕ, ⓣ에서
"후주군 한", "포풀아"51), "電燈˚   電燈˚"52), "흐늑이며", "슯흠이여
니."53)에서 나타난다. 또 ⓒ"먼-ㄴ 海岸 쪽 → 먼 海岸 쪽",ⓘ"세메ㄴ트
깐 → 세멘트 깐", ⓡ"오레ㄴ지 → 오랑쥬"에서 "ㄴ"이 생략된다. 이는
정지용이 시적어휘를 보다 간결하게 정리한 것으로 보인다.

「슬픈 印像畵」는 '종성'을 따로 떼어 표기하거나 시각적인 것과 주체
의 마음전이로 인한 화자의 화법이 특이하게 산출되고 있다. 그리고 단
어나 어휘 등의 생략이나 줄어듦으로 인해 시가 생산되고 있다. 이로
미루어 일제강점기에 일본에서 바라본 조선청년의 고뇌에 찬 슬픈 정
서를 헤아려볼 수 있겠다.

3) 창작 환경의 대립과 정서

조선 지식인이자 식민지인이었던 정지용 문학창작의 공간적 상황은
일본이라는 지배국과 피식민지인이라는 매우 대립되는 환경과 마주한
다. 이런 상황은 정지용이 시를 쓰게 만들었을 것이고 그만이 선택한
독특한 기호를 사용한 시를 생산하게 하였다. 이른바 '현해탄 콤플렉
스'54)라 일컬을 만한 식민지인이자 조선의 지식인으로 정지용은 이중

---

51) "포풀아 - "가 "길옆나무에"로 변환.
52) 각주 44) <표A> 참조.
53) "시름……"으로 변환.
54) "당시 우리나라 상황은 식민지 반봉건상황(지주제가 존재하는)이었다. 식민지도 벗

적인 감정을 지닐 수밖에 없었을 것이다. 이러한 대립 환경에서 그는
이중적 감정의 교차와 얽힘을 수도 없이 마주하였을 것이다.

　당시 정지용의 마음은 「日本の蒲團は重い」(「일본의 이불은 무겁
다」)55)에도 나타난다.

어나고 봉건상황에서 벗어나려면 근대화를 지향할 수밖에 없었다. 그런데 조선이
식민지가 된 것은 일본처럼 근대화되지 못하였기 때문이다. 그렇다면 우리가 식민
지 상대에서 벗어나려면 결국은 근대화를 해야 된다. 근대화하기 위해서는 근대화
된 나라에 가서 배워야 한다. 그런데 우리나라를 식민지로 만들어버린 일본에 가서
일본을 배워야 되는 것은 모순이었다. 조선의 지식인들이 배를 타고 일본을 향하면
서도 콤플렉스를 가지는 것이다. 그냥 마음 편하게 근대를 배우는 것이 아니라 나를
학대한 사람으로부터 다시 배워야 하니까 정말 굴욕적인 것이다. 그래서 김윤식의
"네 칼로 네 목을 치러라"는 말도 있지만 이게 '현해탄 콤플렉스'이다. '현해탄 콤플
렉스'는 바다와 관련한다. 김기림의 바다, 임화의 바다, 정지용의 바다 즉 시에서 바
다가 나타난다. 결국 이 바다는 '현해탄 콤플렉스'와 관련되고 있다. 대표적으로 「바
다와 나비」에서 일본의 근대화된 문물을 배우러다 좌절한 식민지 조선의 지식인이
나비로 형상화되고 있다. 그러나 '현해탄 콤플렉스'는 작가를 욕보일 수도 있겠다고
생각할 수도 있겠지만 정지용이 열등감만 느꼈느냐 그것은 아니다. 그렇기에 이중
적 감정이 교차하였다". 신희교(우석대학교 국어교육과) 교수님 강의 중에서.

55) 다소 생경하겠지만, 식민지 지식인의 애끓는 비애를 적은 정지용의 산문이다. 그는
1926년 일본인을 대상으로 한 잡지 『自由詩人』 4호에 「日本の蒲團は重い」를 발표
한다. 당시 정지용은 한국어로 식민지 지식인의 비애나 조선에 대한 애타는 그리움
을 노래하고 싶었을 것이다. 그러나 지금처럼 원고를 원하는 곳에 메일로 보낼 수
있는 형편도 아니고 우편으로 보내는 것도 상황이 여의치는 않았으리라. 즉 당시 정
지용의 작품 활동 여건을 충족시키는 잡지가 만만치 않았으리라는 생각이다. 물론
일제강점기라는 특수한 상황에서도 글은 쓰여지고 발표되고 읽혀지고 있었다. 일
제 말기 상황보다 1926년 문단상황은 양호한 편이었다. 그러하더라도 정지용의 일
본 유학시절(그가 일본에서 정식시인으로 인정받기 이전), 그에게도 여전히 어려운
시간들이 지났으리라. 이는 「日本の蒲團は重い」에서도 쉽게 짐작해낼 수 있다.
정지용은 기타하라 하쿠슈가 주관한 『근대풍경』 2권 1호(1927. 1, 151면)에 「海」를
실었다. 이후 기성시인 대우를 받게 된다. 여러 이견이 따르겠지만(이러한 관점에서
보면) 1927년을 정지용이 일본에서 두각을 드러내는 시점으로 잡을 수 있다. 그렇
기에 여기서는 1927년을 그의 문학을 일본에서 인정받은 시점으로 보기로 한다. 한
편, 정지용은 일본인에 대한 직접적인 비판을 표시 나게 고발하는 목소리를 낼 수
없었다. 또 그의 비애를 형언할 수 없는 환경에 있었다. 그랬을 것이다. 그렇기에 일
본어로 「日本の蒲團は重い」고 쓰고 있다. 그것도 "せんちめんたるなひとりしゃ

似合はぬキモノを身につけ 下手な日本語をしやべる自分が た
之きれなく淋しい。(중략) 朝鮮の空は何時も ほがちで美しい。
朝鮮の子のこフろも ほがらかで美しくある筈だ。 やフもすれば
曇りがな このフろが呪はしい。追放民の種であるこそ雑草のや
うな根強さを持たねばならない。何處へ植えつしけて美し朝鮮風
の花を咲かねばならない。自分の必には恐らく いろいろの心が
いつしよになつてゐるだらう。(중략) 破れた障子の紙が 針のや
う冷い風に ピコルルル 夜中の小唄をうたひ出す。蒲團の奥まぢ
もぐりこんで縮まる。 ……日本の蒲團は重い56)

"정지용은 "어울리지 않는 기모노를 몸에 걸치고 서툰 일본어를 말
하는 내가 참을 수 없이 쓸쓸하"다고 고백한다. "조선의 하늘은 언제나
쾌청하고 아름답고 조선 아이의 마음도 쾌활하고 아름다울 것이지만
걸핏하면 흐려"지는 자신의 마음이 원망스럽다고 하였다. "추방민의
종이기 때문에 잡초처럼 꿋꿋함을 지니지 않으면 안"되었던 그였다.
"어느 곳에 심겨지더라도 아름다운 조선풍의 꽃을 피우지 않으면 안"
되었다. 정지용만 "안"되었던 것은 아닐 것이다. 이는 당시 조선인 대부
분이 지닌 공통된 정서였을 것이다. 그는 "마음에는 필시 여러 가지 마
음이 어우러져 있"는 것이라고 말한다. 심란한 그의 마음이 엿보이는
부분이다. "찢어진 창호지가 바늘 같은 차가운 바람에 횡횡 밤중 노래

べり"(센티멘탈한 혼잣말)이라는 표제와 함께 발표한다. 이는 정지용의 식민지 지
식인의 비애에 대한 또 다른 표현은 아니었을까? 애써 "せんちめんたるなひとり
しゃべり"라며 '혼잣말'이라는 위로를 한 것은 아니었는지. 애타게 조선과 고향을
그리워하며 압천을 홀로 걸어 하숙집으로 향하였을 정지용의 모습이 그려진다. 슬
프다. (하략). 졸고, 「일본의 이불은 무겁다」, 『옥천향수신문』, 2019. 4. 11, 4면.
56) 정지용, 『自由詩人』4호, 1926. 4, 22면. 최동호 엮음, 『정지용전집2』, 서정시학』,
2015, 314-315면 재인용.

를 부르기 시작한다. 이불 깊숙이 파고들어 움츠러든다. ……일본의 이불은 무겁"다고 하였다. 정지용은 일본이 가하는 압력의 하중을 이불의 무게에 비유하며 무게중심을 이동하고 있다. 이는 식민지 지식인의 극심한 비애를 견디려는 일종의 노력으로 보인다. 이렇게 정지용의 민족적 고뇌 확산은 안으로 서늘히 굳어져 축소되어 이동하고 있었던 것은 아니었던가? 그리하여 이불로 파고들어 움츠러들었다. 아무리 생각해도 일본의 이불은 무거울 수밖에 없[57]었다는 그의 고백적 산문에 수긍이 가는 바이다. 정지용은 자신에게 가해지는 비애의 하중을 이불의 무게에 비유하며 민족적인 고뇌의 정서를 표현하고 있다. 이는 「일본의 이불은 무겁다」와 같은 해에 발표된 「슬픈 印像畵」에서 보이는 민족적인 고뇌의 정서와 맥을 같이한다고 볼 수 있다.

정지용의 당시 정서는 「슬픈 印像畵」에서 연이나 행의 구분이 상이한 부분에서도 엿볼 수 있다. 이는 ⓐ"<표B>"[58]와 같이 표시한 것과 ⓑ"**침울 하게 울녀오는** / 築港의 汽笛소리●●●汽笛소리●●● / **異國情**

---

57) 졸고, 「일본의 이불은 무겁다」, 앞의 신문, 2019. 4. 11, 4면.
58) <표B>

電 | 燈 。 | 電 | 燈 。 헤엄처 나온 것 처름 흐늑이며 쌈박어리는 구나. 電 | 燈 。 | 電 | 燈 。	→	電燈。 電燈。 헤염처 나온듯이 깜박어리고 빛나노나.

調 로 퍼덕이는 / 稅關의 // 旗ㅅ발. / 旗ㅅ발 / 세메ㄴ트깐 人道側 으로 / 사뜻 사뜻 옴겨가는 하이얀 洋裝의點景. / 그는 흘녀가는 失心한風景이여니. / 부질 업시 오레ㄴ지 쩌ㅂ질을 씹는 습흠이여니. // → 沉鬱하게 울려 오는 / 築港 의 汽笛소리……汽笛소리…… / 異國情調로 퍼덕이는 /稅關의 旗ㅅ발。 旗ㅅ발。 // 세멘트 깐 人道側으로 사뜻사뜻 옴기는 / 하이한洋裝의 點景! // 그는 흘러가는 失心한 風景이여니…… / 부즐없이 오랑쥬 껍질 씹는 시 름…… //"으로 확연하게 연이나 행의 구분이 차이를 보이고 있다.

정지용은 ⓑ"침울 하게 울녀오는 / 築港의 汽笛소리●●●汽笛소리● ●● / 異國情調 로 퍼덕이는 / 稅關의 // 旗ㅅ발. / 旗ㅅ발 / 세메ㄴ트깐 人道側 으로 / 사뜻 사뜻 옴겨가는 하이얀 洋裝의點景. / 그는 흘녀가는 失心한風景이여니. / 부질업시 오레ㄴ지 쩌ㅂ질을 씹는 습흠이여니. // → 沉鬱하게 울려 오는 / 築港의 汽笛소리……汽笛소리…… / 異國情調 로 퍼덕이는 /稅關의 旗ㅅ발。 旗ㅅ발。 // 세멘트 깐 人道側으로 사뜻 사뜻 옴기는 / 하이한洋裝의 點景! // 그는 흘러가는 失心한 風景이여 니…… / 부즐없이 오랑쥬 껍질 씹는 시름…… //"에서 연이나 행을 구 분하고 있다. 『학조』에서 3 - 5연을 『정지용 시집』에서는 3 - 6연으로 구성하고 있다. 이는 『정지용 시집』으로 "시인으로서의 위상을 확립해 명성을 얻었던 것"59)과 "그는 한군데 自安하는 시인이라기보다 새로운 詩境의 開拓者이려 한"60)다는 박용철의 평과 맞닿아있다. 정지용이 고 국으로 돌아와서 더 세심한 정서를 보이고 있는 것과 그의 단아한 시 정리와 무관하지 않아 보인다.

「詩·犬·同人」에서 정지용은 별이 빛나는 한여름 밤하늘을 "멋진 수

---

59) 최동호, 앞의 책, 81면.
60) 朴龍喆"「拔」,『정지용 시집』, 시문학사, 1935.

박을 싹둑 자른 것"같다고 한다. 그러면 고다마는 "天女가 벗어놓은 옷"같다고 한다. 또 정지용이 "미이(ミイ)의 붉은 빰은 작은 暖爐같다"고 하면 고다마는 "미이의 搖籃 위에 무지개가 걸려있다"고 말한다. 고다마가 "陶器의 詩"를 쓸 때 정지용은 "붉은 벽돌의 詩"를 썼다고 고백한다. "詩는 연보라색 空氣를 마시는 것"이라고 고다마가 말하면 "詩는 개를 愛撫하는 것"이라고 정지용이 말한다. 이처럼 같이 詩를 논하지만 일본인 고다마와 조선인 정지용은 대립적 구도 속에서 의사소통을 진행한다. 그것도 지배국인과 피지배국인의 대립구도로 설정 지어진 고다마와 정지용의 문학적인 조우였다. 고다마가 "천녀와 요람" 그리고 "연보라색 공기"를 시적 표현의 어휘로 논하고자 할 때 정지용은 "수박과 난로"그리고 "붉은 벽돌"이라는 언어를 선택한다. 고다마의 시심이나 상념은 좀 더 추상적이다. 그리고 그의 시적세계가 수직적 원리에 집중하며 상위 지향적인 어휘들을 선택하고 있다. 그것은 일종의 지배국인으로 자만심이나 자긍심의 발로였을 것이다. 그러나 피지배국인이었던 정지용의 언어는 수평적 원리의 적용을 받고 있다. 어느 상층에도 도달할 수 없을 것만 같은 "수박, 난로, 벽돌"이다.

정지용은 일본어와 조선어, 지배국과 피지배국 그리고 유학생과 비유학생이라는 대립된 환경에서 이중적 감정의 교차를 경험하게 된다. 이러한 대립구도 속에서 분출한 정지용의 이중적 감정은 한군데 안주하지 않고 시의 언어를 끊임없이 생산하게 만들었다. 이러한 혼란스러움의 자정작용으로 시를 개작하고 논의하는 과정에서 그는 기호를 사용하였다. 이렇게 정지용은 기호를 동원하여 조선 지식인의 정서를 형상화하고 있었던 것이다.

3. 결론

본고는 '한국현대시의 아버지'라 일컬어지는 정지용 초기시의 대표작 가운데 하나인 「슬픈 印像畫」의 이중 언어로부터 빚어지는 개작양상을 살펴보고 그 의미에 대하여 천착하였다.

본고는 '改作 樣相'에서 「仁川港の或る追憶」(『同志社大學豫科學生會誌』 4호, 1925) → 「슬픈印像畫」(『學潮』 1호, 1926) → 「悲しき印像畫」(『近代風景』 2권 3호, 1927) → 「슬픈 印像畫」(『정지용 시집』, 1935)의 서지적 측면의 개작과정을 전개하였다. 그리고 '언어외적 기호와 언어적 기호'에서는 기호를 사용하여 창작환경의 대립적 상황인 일본어와 조선어, 지배국과 피지배국 그리고 유학생과 비유학생이라는 양상에서 시인의 이중적 정서가 표출됨을 헤아려 보았다.

기본적으로 작가는 자신이 처한 상황을 감옥과 같은 것으로 인식하고 그 상황과 치열하게 대결하는 존재이다. 정지용의 「슬픈 印像畫」에서도 작가들의 이 같은 고민들이 엿보인다.

이 연구는 일단 조선어 개작 비교가 먼저 되었기 때문에 다음에는 일본어 작품과의 개작 비교로 나아가고자 한다. 이와 관련, 본고가 정지용 시의 일본유학 시절 작품 전반에 대한 연구로 심화되기를 기대해 본다.

5장

정지용 「三人」의 지리적 공간 연구

정지용 「三人」의 지리적 공간 연구

1. 서론

정지용은 1902년 음력 5월 15일[1] 충북 옥천에서 태어났다. 부 영일 정 씨 태국과 하동 정씨 미하 사이에서 독자로 태어나 상당히 귀한 대접을 받게 된다. 그러나 1911년과 1917년의 대홍수로 가세가 기울고, 부친의

---

*『충북도립대 학회지』, 충북도립대학교, 2023, 57-69 면.

1) 탄생에 대한 이견은 여전히 존재한다. (1) 기록으로 본 탄생은 ① '광무 8년(1904년) 5월 15일 생'(「정태국 제적등본」) ② '1904년 5월 16일 생'(「정지용 제적등본」) ③ 1902년 5월 15일 생(영일 정씨 세보 편찬위원회, 『迎日鄭氏世譜 卷之六 刑議公派』, 도서출판 뿌리정보미디어, 2014, 403면). ④ 1903년 생 - 휘문고보 졸업생 명부에 "鄭芝溶 癸卯 五月 十五日生 (本迎日) 忠北 沃川郡 沃川面 上桂洞", 『徽文高等普通 學校 第四回卒業生 名簿』, 門田寫眞製版所, 大正 11년, 132면. "明治 36년 5월 15일 생"으로 표기, 일본 동지사대학 학적부. "(2)鄭芝溶 一九O三年, 忠淸北道沃川生". 宇治鄕 毅, 「同志社大學んだ 三人の朝鮮人詩人」, 『同志社時報』 五二号, 1974. 9, 39면. "1903년(明治 36년) 출생". 오탁번, 「芝溶詩의 環境」, 『植民地時代의 文學研 究』, 깊은샘, 1980, 69면. (2) 작품 연구로 유추된 탄생은 1902년 생 - "열네살부터 나가서 고달펏노라.(「넷니약이 구절」), 1915년은 정지용이 경성으로 떠난 해이기 때문에 이때가 14살로 본다". 김학동, 『정지용 연구』, 민음사, 1997(1판 1쇄 1987), 136면. 이석우, 『현대시의 아버지 정지용 평전』, 푸른사상사, 2006, 39면. 최동호, 『그들의 문학과 생애, 정지용』, 한길사, 2008, 23면. 그러나 본고에서는 가족(장손 운영, 손녀 수영)의 증언 구술 확인에 따라 1902년으로 보기로 한다.

방랑과 이복동생의 출현2) 등은 그를 불안증에 시달리게 하였다. 이러한 정지용의, 경성으로 유학 경험에서 얻은 희망과 불안 그리고 곤궁했던 전기적 사실들이 소설「三人」3)에 영향을 끼쳤음을 유추할 수 있다.

정지용의 첫 작품은 1919년 12월『서광』에 발표한 소설「三人」이다.「三人」은 정지용의 산문 장르 중 유일한 소설이다. 그런데「三人」에 대한 연구는 거의 이루어지지 않고 있으며 대부분 연보에 정리하고 있다.4) 하지만 몇몇 연구서에는「三人」에 대한 연구가 간략하게나마 되어있기에 살펴보기로 한다.

김학동은 "정지용의 최초 발표작품으로 휘문고보 2학년 때 쓴 유일의 소설이다"5)라고 밝히고 있다. 이숭원은 "소설로 자신의 처지를 드러내고 싶어 이 작품을 썼는지도 모르겠다."6)고 기록하고 있다. 최동호는 "「三人」은 조·이·최 세 사람이 옥천으로 귀향하는 이야기이며 정지용의 당시 상황과 상당 부분 일치된다고 추정"7)하였다. 이들 주장은「三人」이 분명 정지용의 전기적 기록의 일부분임을 알 수 있게 해준다.

김묘순은 정지용 산문의 특성 중 소설「三人」의 "자전적 세계관과 성장 이야기"로 다루면서 정지용은 "교우 관계인 이태준의 영향, 휘문고보 학내 문제, 국내외 정세와 불우한 가정사까지 모두 정지용을 소설로 내몰았다."라며 "시로써 문단에 입문하기에는 매우 복잡한 산문적

---

2) 김묘순,「정지용 생애 재구(再構) I」,『한국 현대시의 아버지 정지용 문학포럼』, 옥천군·옥천문화원·지용회, 2013, 43-46면.

3) 본고의 한자 표기는 작품이나 논문을 인용하는 경우는 원본대로 쓰고, 그 외는 한글(한자)를 병기하도록 한다.

4) 사나다 히로코(眞田博子),『최초의 모더니스트 정지용』, 역락, 2002, 246면. 박태상,『정지용의 삶과 문학』, 깊은샘, 2012, 281면.

5) 김학동,『정지용 연구』, 민음사, 1997, 133면.(초판은 1987.)

6) 이숭원,『정지용 시의 심층적 탐구』, 태학사, 2004, 24면.(초판 1999)

7) 최동호,『그들의 문학과 생애 정지용』, 한길사, 2008, 28-29면.

상황에 놓여 있었던 것"8)이라고 서술하였다. 이로써 시인으로 유명한 정지용이 소설을 첫 작품으로 생산할 수밖에 없었던 복잡했던 주변 상황을 이해하는 데 일조하였다.

이와 같은 논의들은 정지용의 첫 발표작품 「三人」에 대한 개괄적 이해와 당시 개인의 전기적 상황을 보여주는데 기여하였다. 논자도 이와 같은 선행연구에 공감하고 동의한다. 그러나 정지용의 고향과 자전적 이야기를 언급하고, 공간적 연구는 여전히 미흡하다. 본고에서는 「三人」에 나타난 '경성'이라는 공간에 대하여 살피되, 정지용의 전기와의 상관성에 대하여도 일별하고자 한다.

2. 조우(遭遇)와 기앙(期仰)의 공간

정지용은 1918년 휘문고보9)에 입학한다. 다음 해인 1919년 3·1운동이 일어났다. 이때 1년 선배 김영랑이 투옥된다. 이후 정지용도 반일수업(半日授業)을 주장한다. 이로써 정지용은 이선근과 함께 무기정학 처분을 받았으나 교사들의 노력으로 사태수습이 되고 정상적인 학교생활을 이어갈 수 있었다. 이렇게 3·1운동의 실패와 학교 사태 등으로 심

---

8) 김묘순, 「정지용 산문 연구」, 우석대学校 교육대学院 석사학위 논문, 2013, 25-27면.
9) 1904년 9월 12일 민영휘가 <광성의숙>을 열었고, 이후 1906년 5월 1일 고종에게 <휘문>이라는 교명을 하사받으며 새로 개교해 1910년에 32명의 졸업생을 배출하였다. 수업 연한은 중학과 4년, 고등소학과 3년이었다. 1907년에는 많은 지원자가 몰려 예비과를 설치했으며 5월에 고등소학과를 예비과에 합병시켰다가 2년 후인 1909년 4월에 예비과를 폐지하였다. 1911년에는 상업 학교로 전환하자는 논의와 함께 졸업 연한을 4년에서 3년으로 축소하였으나 1912년 상업학교 변경 건은 취소되고 졸업 연한도 4년으로 환원되었다. 1918년 4월 1일 부로 <사립 휘문고등보통학교>로 학교명이 바뀌었고 1922년 4월 <휘문고등보통학교>로 개명되면서 4년제에서 5년제로 연장되었다. namu.wiki.(휘문고등학교 연혁) 참조.

란하였던 1919년 12월 정지용은 「三人」을 첫 작품으로 발표하게 된다. 물론 첫 작품 발표에 대한 이견10)이 존재하나 증빙 자료가 남아있지 않아 본고는 「三人」을 첫 작품으로 삼기로 한다.

정지용의 「三人」에 나타난 경성에서의 생활은 휘문고보가 위치하였던 원서동(현재 현대건설 계동 사옥) 서쪽 주변을 '재동' 또는 '재골'이라 서술하고 있다. 「三人」의 경성 공간은 크게 필연적 운명 공간과 성장 견인의 지향적 공간으로 분류할 수 있겠다. 전자는 휘문고보 주변과 재동 그리고 하숙집을 들 수 있겠고 후자는 서술자가 지명하고 있는 남산이나 한강이라 할 수 있다. 본고에서는 경성 공간을 둘로 나누어 살펴보고자 한다.

1) 필연적 운명의 공간

정지용은 1914년 옥천공립보통학교를 졸업하고 1915년 경성으로

---

10) "정지용의 문학 활동은 휘문고보 1학년(1918년) 때부터라고 볼 수 있다. 비록 습작기에 지나지 않았지만 『搖籃』이라는 동인지를 만들어 활발한 문학 활동을 함으로써 선배들의 주목을 받았다. 『搖籃』 동인의 구성원은 휘문고보 학생으로 鄭芝溶, 朴濟瓚(濟煥으로 改名, 민주당 정부 때 농림부 장관), 金承泳이, 一高의 학생으로는 金京泰, 中央高普 학생으로는 金瑢俊, 商高의 李世基, 法專의 金華山, 朴八陽 등이 었는데 정지용과 김화산이 가장 뛰어난 동인으로 활약했다고 한다. 박팔양에 의하면 이 책은 상호간의 회람을 목적으로 발간한 프린트판 동인지로 기성 문단적 의미는 지니지 못한 것으로 생각된다." 정의홍, 『정지용의 시 연구』, 형설출판사, 1995, 47면. "휘문에 입학하자마자 문재를 발휘하여 1학년 때부터 『搖籃』이라는 등사판 동인지를 내는데 참여하여 박팔양, 김화산 등과 더불어 작품을 발표하였다고 한다. 박팔양은 지용의 초기시인 「향수」라든가 「카페 프란스」, 「슬픈 인상화」, 슬픈 기차」, 「풍랑몽」 등과 시집에 수록된 동시의 반수 정도가 모두 이 『搖籃』지에 발표된 것들이라 하였으나 이것은 다소 과장된 발언이라고 생각된다. 이 『搖籃』지는 지금 한 권도 남아 전하지 않아서 그 실상을 알 수 없으나 설사 거기에 지용의 초기시가 여러 편 발표되었다 하더라도 그 시의 형태는 지금의 것과 적지 않은 차이를 지녔으리라 생각된다." 이숭원, 앞의 책, 22-23면.

간다. 아내 송재숙의 친척인 송지헌[11] 씨의 도움으로 한문을 수학한 후 1918년 휘문고보에 입학한다. 휘문고보 학적부에 "옥천공립보통학교 졸업 후 "漢文 自修"라고 기재되어있는데 이숭원은 이를 "관습적 문구"[12]라고 주장한다. 그러나 정지용의 한문 실력이나 서울대학교 문리과대학 강사로 출강할 때 『詩經』을 강의하였던 것 등으로 볼 때 한문 수학의 가능성은 여전히 존재한다.

한편 정지용이 휘문고등보통학교 입학한 것에 대하여 송지헌의 권유[13]라는 주장도 배제할 수 없으나, 민형식 교장의 추천으로 입학하게 된 것에 무게가 실린다.

> 민형식은 정지용이 입학하였던 사립창명학교 교장을 지낸 인물로, 휘문고보의 설립자인 민영휘의 양아들이었던 점, 정지용이 학비를 댈 형편이 되지 않자 민영휘가 교비생으로 계속 공부를 할 수 있도록 도움을 준 것 등은 정지용과 민형식 그리고 민영휘의 인연이 단순해 보이지는 않는다.[14]

1923년 휘문고보 졸업식 앨범에 은사 민형식과 학생 정지용이 함께 실린다. 이것을 보면 정지용의 휘문고보 재학 시절 민형식이 그 학교 교사로 근무하고 있었다는 것을 미루어 짐작할 수 있다. 이 자료도 또한 민형식과 옥천공립보통학교 시절 정지용의 인연과 무관하지 않아

---

11) 조선총독부의 어용자문기관인 중추원의 參議라는 벼슬에 올랐던 친일파의 한 사람. 송시열의 10대손. 송시열이 태어난 곳 역시 정지용의 고향인 옥천.
12) 이것은 사실 당시의 관습적 문구였다. 보통학교 졸업 후 아무 일도 안 하다가 고등보통학교에 진학했다고 할 수 없으니 보통학교와 고등보통학교 사이에 공백이 있는 사람은 대체로 이런 문구를 써 넣었다. 이숭원, 위의 책, 22면.
13) 정의홍, 앞의 책, 32면.
14) 김묘순, 「정지용 문학 연구」, 우석대학교 대학원 박사학위 논문, 2021, 106면.

보인다. 이러한 인연으로 정지용이 휘문고보로 입학하게 되어 민형식과 운명적으로 조우하게 된다. 이렇게 그들의 만남은 필연적 운명의 공간에서 마주하게된 것이라고 지목하고 있다.

	정지용은 한자로 "鄭芝溶"으로 표기해야하는데 앨범에는 "鄭芝鎔"으로 표기. 즉 "溶"(흐를용)이 "鎔"(녹일용)으로 오기(誤記).
은사 민형식 선생	

<『휘문고보 졸업 앨범』, 1923. 세로쓰기와 왼쪽에서 오른쪽으로 표기.>

정지용은 민형식의 추천으로 휘문고보에 입학하였다고 본다. 왜냐하면 민형식은 정지용이 옥천에서 입학하였던 사립창명학교의 교장을 지낸 점과 이후 민형식이 휘문고보에서도 교사로 지내면서 정지용과 스승과 제자로 만났던 점을 들 수 있기 때문이다.

한편 정지용은 친척 송지헌 씨, 민형식 선생 등 각계의 지원과 기대에 부응하기 위해서 노력하였던 것으로 보인다. 그는 옥천공립보통학교 시절 중간 정도의 성적을 유지하였으나 휘문고보에서의 성적[15]은 수석을 할 정도로 한층 돋보인다.

휘문고보 재학시절 정지용은 「三人」을 쓰고 발표하였으며 그는 경성에서의 생활을 휘문고보로 유추되는 "ＸＸ고보"로 설정한다.

---

15) 1학년 1/88, 2학년 3/62, 3학년 6/69, 4학년 4/61, 5학년 8/51. 정지용 휘문고보 학적부.

쌀은 여름밤 어나틈에 지나가고 녹일듯이 쪼이는 太陽 赫赫흔 그 빗을 다시 보닉일제 왼世界는 그의품에 싸이엿다 푸른물 들쓸흔 숩속으로 솔솔 새여나오는 아참바람 次次 힘업서지며 銀빗燦爛흔 풀 곳에 밋친 이슬 不知中에 살아지고 거리에 往來ᄒ는 사름들 붓치로 낫을 가리엿다 다시 활활 흔들엇다 흔다 齋洞병문[16]으로 나와 觀峴으로 쌜니 닷는 少年 세사람 손목 맛잡앗다 하-얀 日覆로 싼帽子 이마신지 덥히쓰고 若干 쌔뭇은듯흔 灰色의 校服을 입엇다 통통흔 두 볼 해빗에 쏠어 검붉은 빗씌엇고 쏙담은입 고흔두눈 光彩잇나 키도 갓고 얼골도 거진 갓흔 十五六歲의 少年들이다 에리에 3字붓친 X X高普生徒이다 와살스런 구쓰코에 부듸쳐 달아나는 잔돌 핑 - 소리친다 오날은 第一學期 成績發表ᄒ는 날이라 夏期休暇도 오날로 始作이다 너무 일는듯ᄒ던 鐘소리 오날은 더듸여 恨이다 그늘진 곳마다 三三五五 모혀 안져 말른 쌍을 죽죽 그으며 漢字도 쓰고 英語 스펠도 긋는다 이것은 마젓느니 틀리엿느니 議論이 紛紛ᄒ다 試驗 - 試驗이란 이어린가슴들을 쾌 조리는ㄴ 것이다.[17]

「三人」은 하계방학이 시작되는 날에 시작된다. 등장인물들은 "키도 갓고 얼골도 거진 갓흔 十五六歲"의 "에리에 3字붓친 X X高普生徒"들은 햇빛에 그은 얼굴이다. 그러나 "하-얀 日覆로 싼帽子 이마신지 덥히쓰고 若干 쌔뭇은듯흔 灰色의 校服"을 입고 있다. "쏙담은입 고흔두눈 光彩"가 난다. 이렇게 야무진 소년들은 학기말고사를 끝냈다. 그들은 1학기 종강을 하고 학기말고사 성적표를 받는 날인데 시간이 느리게 흐른다. 긴장되고 기다리는 시간은 더디 흐르게 마련이다. 여름밤이 지나가고 "太陽"은 온 세계를 품고 있다.

---

16) 사전적 의미인 "골목 어귀의 길가"이거나 '정문'의 오기(誤記)로 보인다.

17) 김학동 편, 『정지용 전집2』, 민음사, 2005, 299면 재인용. 「三人」 원문 인용 시 원전대로 표기하였다. 이하 소설 「三人」의 인용문에서는 면만 표기하도록 한다.

"太陽"은 태고의 영원과 함께 오랜 어둠을 깨뜨리는 희망으로 존재한다. (중략) 유치환은 태고의 창조와 유구한 역사의 증인이던 태양을, 박두진은 억압된 탄압의 세월 속에서 살아 숨 쉬는 광명을, 박종화는 솟아오르는 태양의 역동성을 표현하고 있다.[18]

이렇듯 「三人」의 세 사람은 동시대 같은 연령, 비슷한 모습으로 동질성을 지녔지만, 모두 태양처럼 아니 태양을 향해 꿈을 키우고 있었다. 정지용이 휘문고보에 재학할 당시 이 학교는 종로구 원서동(현재 현대그룹 계동[19] 사옥)에 위치하였다[20]. 시인 최남선이 작사한 휘문 교가에는 "휘

---

18) "머언 태고 적부터 훈풍을 안고 내려온 / 황금가루 화분은 분분히 이글거리던 그 태양이로다. // 처음 꽃이 생겼을 때, / 서로 부르며 가리켜 조화를 찬탄하던 / 그 아름다운 감동과 면면한 친애를 아느뇨." 유치환, 「오오랜 태양」. "해야, 솟아라. 해야, 솟아라. 말갛게 씻은 얼굴 고운 해야, 솟아라. 산 너머 산 너머서 어둠을 살라먹고, 산 너머서 밤새도록 어둠을 살라먹고, 이글이글 앳된 얼굴 고운 해야, 솟아라." 박두진, 「해」. "살아서 설던 주검 죽었으매 이내 안 서럽고, 언제 무덤 속 환하게 비춰 줄 그런 태양만이 그리우리." 박두진, 「묘지송」. "동천이 불그레하다. 해가 뜬다. 시뻘건 욱일(旭日)이 불쑥 솟았다. 물결이 가물가물 만경창파엔 다홍 물감이 끓어 용솟음친다. 장(壯)인지 쾌(快)인지 무어라 형용하여 말할 수 없다." 박종화, 「청산 백운첩」. 한국문화상징사전편찬위원회, 『한국문화상징사전』, 동아출판사, 1992, 599면.
19) 서울시 종로구의 중앙부에 위치한 동이다. 북부 10방 중의 하나인 가회방을 동 이름 그대로 사용한 것이다. 1851년(영조 27) 『도성삼군문분계총록』에 의하면 가회방(嘉會坊)에는 가회방계 하나만 보이고, 1894년(고종31) 가회방 재동계에서도 가회동이 동명으로 사용되지는 않았다. 결국 1914년에 가회동의 동명으로 새로 등장하게 된 것이다. 조선시대에는 가회방에 속한 지역이었다. 1914년에 맹현·재동·동곡·계동 일부를 통합하여 가회동이라 하였다.1936년에 가회정이라 하였다가 1946년 다시 가회동으로 바뀌었다. 법정동 중 계동(桂洞)은 원래 계동·가회동·원서동에 걸쳐 있었는데, 『도성삼군문분계총록』에 계생동이 대개 현 위치에 기입되어 있는 점으로 보아서 영조 때 또는 그 이전부터 계생동으로 불리었음을 알 수 있다. 『한경지략』에 보면 "지금 북부 계생동을 살펴보면 옛날 제생원이 이곳에 있었던 고로 제생동이라 불리었으며, 제와 계의 음이 서로 혼용되는 까닭에 계동이라 칭한다." 는 내용이 남아있어 지명의 유래가 뚜렷하다. 한편, 조선시대 종로는 서린방 견평방, 가회방, 양덕방 등의 지역이었다. 김기혁 외 18인, 『한국지명유래집 중부편 지명』, 국토지리정보원, 2008, 네이버 지식백과 재인용.

문"이라는 용어가 발견 되지 않는다. 다만 '볼재'가 기록될 뿐이다.

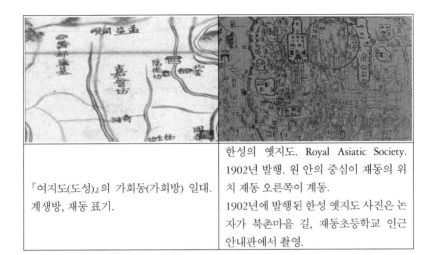

『여지도(도성)』의 가회동(가회방) 일대. 계생방, 재동 표기.	한성의 옛지도. Royal Asiatic Society. 1902년 발행. 원 안의 중심이 재동의 위치 재동 오른쪽이 계동. 1902년에 발행된 한성 옛지도 사진은 논자가 북촌마을 길, 재동초등학교 인근 안내판에서 촬영.

「三人」에 쓰인 "齋洞"[21]은 원서동 시절 "볼재에 우뚝한 우리 집"으

---

20) 박정희 정권의 강남 개발 당시 강북 주민을 강남으로 이주시키기 위한 방편 중 하나였던 강북 명문고의 강남 이전 정책에 따라 현재의 대치동 교사로 1978년 이전하게 되었다. namu.wiki. 휘문고등학교 연혁 참조.

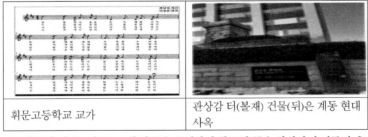

휘문고등학교 교가	관상감 터(볼재) 건물(뒤)은 계동 현대 사옥

21) 수양대군이 단종 1년(1453)에 단종을 보필하던 황보인 등을 참살하여 이들이 흘린 피가 내를 이루고 비린내가 나므로 마을 사람들이 집안에 있던 재(灰)를 가지고 나와 길을 덮었다는 데서 유래. 즉 재를 덮은 마을이라 잿골 회동(灰洞)이라 부르던 것이 한자명으로 재동(齋洞)이라 표기된 것이다. 재동은 『태조실록』에 의하면 한성부 북부의 가회방에 속하였으며, 고종 4년(1867)에 간행된 『육전조례』에는 북부의 재동계로 바뀌고, 1895년 칙령 제98호로 한성부 북서 가회방 재동계의 재동·홍

로 표기된 것에서 그 어원을 찾아볼 수 있겠다. 원래 이곳은 "조선 시대의 천문 기관 관상감의 천문대인 관천대"가 있었던 곳으로 "하늘을 보는 고개"[22]라 하여 "볼재"로 불렸다고 한다. 실제로 논자가 확인한 '재골'과 '볼재'로 유추되는 곳은 약간 경사를 이루고 있었다.

苦待ㅎ덩 鐘소릭나자 事務室압 揭示板에 흔발式이ᄂ 되ᄂ 成績表를 붓치엿다 數百의 어린사람 압흘다토와 모와드러 圓形으로 에워싼다 방글방글 웃ᄂ 得意의顔 落望의態度 헤여질때 여러사람의 模樣이다

齋골서 온 세사람 모다 웃ᄂ 얼골이다 運動場으로 닉다르며 라케트를 잡앗다 ……

齋골막바지 山밋 조고만 草家집 조용흔 處所이다 람프불 빗처 잇고 册床세긔 귀 맛추워 잇ᄂ 우에 敎科書雜記帳整齊ㅎ게 끼여 잇다 페-지만은 洋裝册도 잇다 빗갈 조흔 草花 흔묵금 筆筒엽에 꼿치여잇다 모와드ᄂ 날버레 불가를 워싸며 <풍둥이> 흔머리 이구석 저구석으로 횡-횡-ㅎ며 날으고 壁에 걸닌 八角木鐘 <제-썩제-썩> 수일 사이 업다[23]

<hr>

현·맹현·동곡이 되었다. 1914년 경기도 고시 제7호에 따라 새로 통합되면서 재동으로 칭하였다. 김기혁 외 18인, 『한국지명유래집 중부편 지명』, 국토지리정보원, 2008, 네이버 지식백과 재인용.

| 『한양도성도』의 종로구 일대, 계동과 재동(오른쪽 위) 표기. | 현재 휘문고보 옛터(오른쪽)와 「三人」의 재동(왼쪽) |

22) namu.wiki. 휘문고등학교 연혁 참조.

종소리와 함께 기다렸다는 듯이 성적표가 공개된다. 희비가 엇갈린다. 여기서 "齋골"이 다시 등장한다. 앞의 "齋洞"과 같은 "齋"를 쓴다. 정지용이 휘문고보에 재학 중일 때 "齋洞"은 학교의 서쪽에 위치한 공간이다. "齋洞"이나 "齋골"로 서술된 곳은 휘문고보와 근접한 "세사람"이 하숙하고 있는 곳24)이라고 유추할 수 있다.

"齋골막바지" 산 밑에 있는 초가집에는 "세사람"이 하숙하는 방안 풍경이 자세히

묘사되어 있다. 그 방에는 호롱불이 아닌 "람프불"을 켜고 책상 세 개가 나란히 놓여있다. 교과서와 노트 등이 정갈히 정리되어 있고 제법 두툼한 양장본 책도 있다. 그 사이로 불빛을 찾아든 <풍뎅이>가 날고 벽시계는 "세사람"의 들뜬 기대를 안고 쉬지 않고 달린다.

> 『여보게 崔君 壯元禮 안이 홀터인가? 이사람 番番 히 優等ㅎ고 시침이 짜나? 이番에는 그냥두지 안켓다』
> 雜誌보던 李 별안간 嚴重흔 命令을 나리니
> 『오울흔말일세 이番에는 旅行ㅎ야ㅎ지』
> 趙는 李의 말에 贊成ㅎ듯ㅎ며 崔를 본다
> 『이사름들 자네들이야 말노 壯元禮ㅎ야 ㅎ네 나는 무슨턱으로 壯元禮 하……』
> 趙 李는 崔의 두팔을 힘껏 잡아다리며 흔番 주물으며
> 『무슨 잔말! 어서ㅎ야라……하하……』
> <중략>
> 방글방글 우스며 안房을 向ㅎ야 主人老婆를 부른다25)

---

23) 김학동 편, 앞의 책, 299-300면.
24) 1918년 당시 정지용의 주거지는 "경성 창신동 143번지"이다. 최동호,『그들의 문학과 생애 정지용』, 한길사, 2008, 180면.
25) 김학동 편, 앞의 책, 300-301면.

노파는 하숙집 주인이다. 노파는 밖에 나가 최가 장원례로 낸 주전부리를 사온다. 세 사람은 웃으며 재미있게 주전부리를 나눈다. 아직은 부모의 사랑을 듬뿍 받아야 마땅한 이들은 타향에서 희망을 키우고 있었던 것이다. 그들은 글을 쓰고 책을 읽으며 고향에 대한 그리움을 삭이기도 한다.

이렇게 「三人」에서 경성 공간은 민형식과의 재회, 휘문고보에서 '삼인'으로 대변되는 김영랑 등의 인물과 교류하였을 것, '재(灰)'와 관련된 '재색(灰色)' 교복, 단종애사와 관련되었던 피를 재로 덮었다던 데서 유래한 재동(灰洞)이라는 지명 그리고 '볼재' 등으로 나타난다. 이러한 공간은 정지용에게 인물에 대한 조우와 기앙의 공간으로 적용되고 있었다.

2) 성장 견인의 지향적 공간

정지용의 휘문고보 생활은 '볼재'로 형상화하였을 '재동' 혹은 '재골'을 중심으로 전개되었을 것이다. 그리고 학교 밖 교외 생활은 '남산'[26]과 '한강'의 실명이 거론됨을 알 수 있다. 휘문고보가 있었던 계동은 하숙이 있었던 재동과 경계를 이루며 나란히 위치하고 있다. '재골'에서 불었을 바람을 맞으며 북촌으로 오르니 남산이 가깝게 보인다. 정지용은 일요일이면 스케치북을 들고 걸어서 남산에 오르고 한강을 조망하기도 하였다. 그러면서 그의 예술적 혼을 강하게 자극했을 것이고 그 자극은 시적 감흥으로 자라 한국현대시의 천재성을 발휘하기에 이르렀다고 본다.

日曜日 이면 日誌ᄂ 스켓치쏙을 가지고 南山에도 올으고 漢江바 름도 쏘인다. 半空에 웃득솟슨 鼇頭27)에 안저 몬지잇고 煙氣씨인 長 安을 굽어 볼씩라던지 頹落흔 古色蒼然의城址 千古의 歷史를 말흐 듯이 <솨> 흐ᄂ 솔바람 굼실굼실흐ᄂ 漢江물 모든 보임 모든들님 에 趣味를 붓치고 感情을

   자어닉여 질거워도흐고 슯흠도 잇고 눈물도 잇다 그질거움 슯흠 눈물이 詩 도 되고 文 도되고 그림도된다 多情흔 사이다 사랑스러운 세사름 이다··········

『그만 일어들 나오 汽車時間 느저가오』28)

주중에는 재동 하숙집과 휘문고보 주변에서 학교생활을 하고 주말 이나 여유시간이 나면 한강과 남산을 다녔던 것으로 유추된다. 「三人」 은 정지용이 우수한 학교 성적을 위해서 공부를 열심히 하였던 흔적이 고스란히 배어있는 장면을 묘사하고 있으며 시인이나 예술가로서 자 연에서 그 소재를 구하거나 시적 감성을 가다듬기도 하였다.

이렇듯 학교라는 공간을 나선 서술자는 "일요일"이면 "남산"이나 "한강"29)이라는 자연적 공간으로 이동한다. 이곳에서 학교나 하숙집과 다른 형태의 관계성을 확인하게 된다. 학교나 하숙집은 친구 또는 학업 과 연관된 형태를 지닌다면 "남산"이나 "한강"은 학업이나 교우 관계에

---

26)

재골(동) 언덕에서 내려다보니 북촌 한옥마을 사이로 남산(타워)이 근접해 있다. 이곳은 영하 15도의 추위에도 관광객들이 북적이고 있었다.

27) 현재도 '잠원', '잠실' 등 누에와 관련된 지명이 사용되고 있다.
28) 김학동 편, 위의 책, 301면.

서 탈피한 자신만의 공간으로 오롯이 작용된다. 즉 서술자가 그린 정지
용이 "蠶頭"에 앉아 "長安"을 보며 "歷史"가 들려주는 소리를 듣는다.
시각을 지나 청각으로 전환된 서술자의 심리는 "질거움"과 "슬흠"으로
이내 전환된다. 이렇게 대립된 두 가지의 감정은 "눈물"이라는 매개체
를 거치며 "詩"와 "文" 그리고 "그림"으로 완성된다.

이러한 부분은 후에 정지용이 시를 쓰거나 유치환30), 정종여31), 김영

---

29) 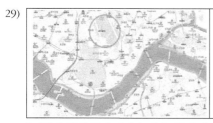 정지용은 남산에 올라 한강을 조망하
였을 것.

30) 유치환과 함께 통영 기행을 한다. 현재 미륵산에 정지용의 기행산문「통영5」가 새
겨져있다.

31) <거제도 '유치환 기념관'에 전시된 정지용 글씨.>

정지용은「남해오월점철」은 부산, 진주, 통영을 기행하며 쓴 산문을『국도신문』에
연재(1950. 5. 7.-6. 28.)한다. 이때 삽화는 정종여가 담당했다. 한편『국도신문』은
1950. 6. 28.까지 감행되고 전쟁으로 휴간한다. 이후 1951. 2. 1. 임시수도인 부산에서
속간된다. 김묘순 편저,『원전으로 읽는 정지용 기행산문』, 깊은샘, 2015, 159-194면.
"지난 봄 거제 둔덕에서 청마 유해 이장 일주기를 맞이하여 행사가 있었다. 필자(박
철석)는 그곳 둔덕 면사무소 옆에 새로 단장한 복지회관 2층에 임시로 마련한 청마
유품 전시실을 둘러보았다. 원고지를 고정시키는 청마 스스로 제작한 받침대며, 낙
관, 안경, 여러 문우와 후배들에게서 받은 서간, 육필원고 등 청마의 채취가 배어
있는 값진 유품들이 전시되어 있었다. 이들 유품 가운데 특히 눈을 끄는 것은 경인

랑32), 길진섭33) 등과 다니며 시나 산문을 쓰거나 붓글씨로 작품을 남겨 두게 되는 것과 무관하지 않아 보인다.

> 『여름동안은 집안이 모다 븨인것 갓겟는걸……모다 시골들 가시면』
> 『무얼이요 곳들 올터인데요 얼마걸니지 안어요』
> 老婆는 實업슨말노 嘲弄ᄒ듯시 우스면서
> 『崔學徒는 앗시뵈러 妻家宅에 갈터이지?』
> 『앗시도 퍽 잘낫슬걸? 또 나이가 우이라니까 키도크고……』
> 趙 李는 수져 든치로 소리쳐 우스며
> 『크기만 희요 곱절이ᄂ 된담니다 崔君은 꼭쏙 問安 길은 걸느지
> 안치요』
> 崔는 얼골을 붉히며 말업시 머리숙으린다……34)

하숙집 노파는 하숙생들을 깨워 아침을 먹인다. 여름방학을 맞아 고향으로 가는 학생들에게 생선과 고기 그리고 전에 없던 반찬들을 준비하였다. 그렇게 노파는 하숙생들을 배불리 먹이고 그들이 떠난 자리가 허전할 것이라는 서운함을 내비친다. 그러면서 崔를 향해 농담을 건다.

년 5월 10일, 청마의 청령장에서 정지용이 영랑의 시 「모란이 피기까지는」 전문을 붓으로 쓰고 동행한 청계 정종여 화백이 모란의 묵화를 그려 넣은 시화이다. 이 시화를 완성해 놓고 서로 흐뭇해하는 정지용, 청마 그리고 청계 화백의 평화로운 얼굴을 상상해 본다." ( )는 논자 주. 박철석 편저, 『한국현대시인연구 유치환』, 문학세계사, 1999, 198면. 실제로 논자는 10여 년 전 옥천문화원에 어느 사람이 정지용의 글씨를 가지고 나타난 적이 있었다고 문화원 관계자에게 들었다. 당시 그 작품을 사지 않았다고 한다.

32) 정지용은 김영랑과 함께 여행하며 「남유다도해기」를 남긴다. 정지용, 『문학독본』, 박문출판사, 1948, 108-129면.

33) 정지용은 화가 길진섭과 여행하며 「화문행각」을 남긴다. 특히 「평양1」에 길진섭과의 이야기가 잘 드러난다. 정지용, 『문학독본』, 위의 책, 150-153면.

34) 김학동, 앞의 책, 302면.

180 "앗시"를 만나러 "처가"에 간다든지, "앗시"가 崔보다 연상이라든지, 키가 크다는 것을 들어 여름방학에 텅 빈 하숙방을 지켜야하는 섭섭한 마음을 崔에게 건넨다. 친구인 趙와 李가 옆에서 키가 "곱절"이나 크다든지, 처가에 문안 인사를 여쭙는다는 것을 노파를 향해 말하지만 결국은 崔를 놀리는 대화를 한다.

정지용 자전적 이야기인 「三人」의 전체 내용으로 유추하면 趙가 정지용의 역할을 담당하게 된다. 하지만 이 부분에서는 崔가 정지용의 역할에 가깝다. 정지용은 1913년 충북 영동군 심천면 송명헌의 딸인 1902년 1월 21일ㄴ생 재숙과 결혼한다. 정지용이 음력 5월 15일생이니 1월생 재숙이 정지용보다 생일이 빨라 나이가 위로 볼 수 있고, 재숙의 키는 정지용보다 크다고 하였다. 그러니 이 부분은 정지용 자신의 주변 사람 중 아내를 차용하여 趙가 아닌 崔를 빌어 서술하고 있음을 알 수 있다.

　　힘껏질으는 汽笛소리나자 <덜그럭> 소리 조차나며 汽車는 複雜ㅎ고 식그러운 南大門停車場을 써나 瞬息間에 龍山을 지나 파라케 맑은 漢江을 어느덧 뒤에두고 더운바람 헛치면서 南 쪽으로 달닌다. 검은 煙氣 수일사이 업시 吐흔다 崔, 李, 趙三人도 三等室의 흔자리를 차지ㅎ얏다 車안은 입김 담빅煙氣 써드는 소리로 찻다[35]

趙, 李, 崔 세 사람은 하숙집을 나와 기차를 탔다. 기차가 기적소리를 내고 "<덜그덕>" 소리도 지르며 복잡하고 시끄러운 남대문 정거장에 도착한다. 趙, 李, 崔는 남대문에서 기차에 오른 모양이다. 빠르게 용산[36]을 지나고 한강을 지난다.[37] 급하게 장소며 시간을 이끈다. 아마도

---

35) 김학동, 위의 책, 302면.
36) - 역(驛), 도시가 되다.
　　1900년 7월 8일 11.5㎡(3.5평)의 작은 목조건물로 시작한 용산역은 경의선의 시발

고향에 가고 싶은 마음의 빠르기가 서술자를 급하게 이끌어 시간적 공간적 배경을 진행하고 있다.

> 서울역의 역사는 1900년으로 거슬러 올라간다. 남대문역으로 개장했다가 1925년 역사가 준공되면서 경성역으로 이름이 바뀌었다. (중략) 3·1운동의 열기가 채 가시지 않았던 1919년 9월 2일, 독립운동가 강우규 선생이 당시 남대문역이었던 이곳에서 새로 부임해온 제3대 조선 총독 사이토 마코토에게 폭탄을 던졌다.[38)]

역이 되면서 1906년 11월 서양식 역사로 다시 지어진다. 1932년까지 지어진 이 역사는 당시 일본인들이 덕수궁 석조전 등과 함께 조선의 4대 건축물로 꼽았을 정도로 크고 매력적인 목조건물이었다. 1972년 철도화물운송이 시작되면서 각종 화물과 소화물이 서울 시내로 들어오는 철도물류터미널의 역할을 하였으며, 2004년 KTX 개통에 이어 2012년부터 ITX-청춘의 시종착역으로 역할하고 있다. 2004년 10월 민자역사로 새롭게 태어난 용산은 쇼핑과 문화 활동의 중심지로 상업, 레저기능이 복합된 도심 속의 도시, 그 자체가 되었다. 국가철도공단, 「철도역 이야기」에서 발췌.

37) 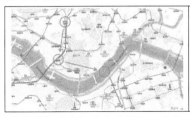 남대문(서울)역 → 용산역 → 한강을 지난다.

38) 3년의 공사 기간을 거쳐 완공한 르네상스 양식의 경성역은 동양에서는 일본 도쿄역 다음으로 규모가 큰 철도역이었다. 원래 공사비로 약 420만 원이 책정되었지만 1923년 도쿄 대지진이 일어나면서 절반 이상 삭감되어 최종 건축비는 약 195만 원이었다. 만약 지진이 일어나지 않았다면 더 웅장하고 화려한 경성역으로 탄생했을지도 모른다. 경성역은 도쿄 제국대학 건축과 교수인 쓰카모토 야스시가 설계했고, 조선호텔을 지은 합자회사 시미즈 건설이 시공했다. 경성역은 일제의 대륙 침략을 위한 발판이기도 했다. 일제는 경인선, 경부선, 경의선을 잇달아 놓으면서 명실 공히 '시모노세키-부산-서울-신의주'를 잇는 한반도 종단 철도를 완성했다. 그리고 1926년에는 부산발 모스크바행 '구아열차'도 운행을 개시했다. 이 열차를 이용해 북쪽으로는 군대와 군수품, 남쪽으로는 조선에서 수탈한 곡식을 수송했다. 철도와 역사 건설을 위해 1억 명이 넘는 조선인을 동원했고, 집과 토지를 몰수하기 일쑤였

「三人」은 1919년 12월 『서광』 창간호에 발표되었으니 趙, 李, 崔 세 사람은 남대문역에서 기차를 탔음이 분명하다. 현재의 서울역은 1900년에 남대문역, 1925년 역사 준공과 함께 경성역, 그리고 광복 후 서울역으로 개칭되며 오늘에 이르렀으며, 「三人」은 남대문역에서 강우규가 일본 총독 사이토 마코토에게 폭탄을 던진 이후 1919년 12월에 발표된 것이기 때문이다.

3. 결론

본고는 정지용의 「三人」에 나타난 지리적 공간에 대하여 서술하였다. 「三人」의 공간 중에서도 1910년대 휘문고보가 있던 계동과 정지용의 하숙이 있었던 재동 그리고 남산·한강·남대문역·용산역의 공간을 살펴보고자 하였다. 이 소설에서 조우(遭遇)와 기앙(期仰)은 계동과 재동에서 필연적 운명의 공간으로 작용되며, 남산·한강·남대문역·용산역은 성장 견인의 지향 공간으로 적용되었음을 알 수 있다.

「三人」은 시인으로서 빛나던 정지용의 첫 작품이다. 당시 그가 소설로 문단에 입문할 수밖에 없었던 상황이었고, 「三人」은 성장소설로 완벽한 진행을 할 수 없었지만 자신의 성장이야기를 전기적 상황과 맞물려 비교적 사실적으로 서술하고 있다. 그렇기에 정지용이 처한 당시 상황이나 그를 둘러싼 공간을 유추하기에 아주 유용한 작품이다.

이 소설은 정지용의 유일한 소설로 그의 전기를 자화상처럼 그려놓았다. 특히 소설에 등장하는 공간들은 그의 전기적 공간과 궤를 같이하

다. 이정은, 「서울의 관문, 서울역의 117년을 돌아보다」, 『서울사랑』, 동네에서 만나는 인문학. seoullo7017.seoul.go.kr

며 맞물려있다. 향후 「三人」에 나타난 그의 고향 옥천에 대한 공간적 연구를 진행해 정지용의 전기에 한걸음 다가가고 문화콘텐츠로도 활용되길 바란다.

III. 정지용 작품의 변주

1장

정지용과 윤동주 산문의 지향성 소고(小考)

정지용과 윤동주 산문의 지향성 소고(小考)

-「별똥이 떨어진 곳」과 「별똥 떨어진 데」를 중심으로 -

1. 서론

한국현대시의 아버지라 불리는 정지용과 한국인이 가장 좋아한다는 시인 윤동주는 '조선'이라는 같은 시대를 살았다. 이뿐만 아니라 1902년 충북 옥천에서 태어난 정지용은 1923-1929년에, 1917년 간도성 화룡현 명동촌에서 태어난 윤동주는 1942년 9월 문학부 선과에 입학[1]하여 1943년 7월 14일 독립운동 혐의로 검거[2]될 때까지 일본 교토 동지사대학에서 공부하였다. 이후 1950년 정지용의 사망은 의견이 분분하나, 윤동주는 1945년 2월 16일 후쿠오카 감옥에서 사망하였다.

정지용과 윤동주의 연구는 주로 시에서 이루어진다. 정미경[3], 강찬

---

* 『7회 정지용 국제문학포럼』, 옥천군·옥천문화원, 중국 항주사범대, 오사카 데즈카 야마카쿠인대학교, 2024, 29-41면.

1) "윤동주는 延禧專門學校를 졸업한 후 東京으로 와 法政大學 聽講生으로 면학하다가 1942년 9월 京都에 있는 同志社大學 文學部 選科에 입학", 송우혜, 『윤동주 평전』, 푸른역사, 2013, 406면.

2) 왕신영·심원섭·오오무라 마스오·윤인석 엮음, 『윤동주 자필 시고전집』, 민음사, 2015, 연보 참조.

3) 정미경, 「정지용·윤동주의 동시 비교 연구」, 중앙대학교 교육대학원 석사학위 논문, 2001.

모4), 임윤희5), 김신정6), 김 둘7) 등이 연구하였다. 이들은 대부분 시론
이나 동시의 비교 또는 시적 영향에 관하여 연구하며 정지용과 윤동주
문학의 주춧돌을 마련하였다. 그러나 정지용과 윤동주의 산문 연구는
드물다. 그렇기에 이 논문에서는 산문 중에서도 정지용의 「별똥이 떨어
진 곳」과 윤동주의 「별똥 떨어진 데」를 중심으로 살펴보기로 하였다.

2. 연기(緣起)와 지향

정지용과 윤동주는 태어난 곳과 시기 그리고 학교 등 접점이 없을 것
같다. 그러나 1948년 윤동주 유고 시집 초판본 『하늘과 바람과 별과 시』
에 정지용이 서문을 쓰게 되며 인연이 시작된 것으로 알려졌다. 그러나
이 둘은 생전에 한 번도 만나지 못했다고 단정된 것에 대하여 송우혜는
"정지용이 윤동주를 기억하지 못했다 뿐이지"8)라고 말한다. 즉 윤동주
는 정지용의 시를 좋아하였고 탐독하고 「말」을 동생들에게 권하기도 하
였다9). 이처럼 정지용을 스승처럼 생각했을 윤동주는 20세인 1936년에
『정지용 시집』을 읽는다. 윤동주가 『정지용 시집』에 밑줄을 그으며 읽

---

4) 강찬모, 「정지용과 윤동주 詩論 비교 연구」, 한국국어교육학회, 2009.
5) 임윤희, 「정지용·윤동주의 '동심'과 '환상성'에 대한 연구: 아동문학의 서정 장르를
   중심으로」, 동국대학교 대학원 석사학위 논문, 2011.
6) 김신정, 「정지용과 윤동주의 시적 영향 관계」, 배달말학회, 2016.
7) 김 둘, 「윤동주 동시 연구: 정지용과 백석의 영향 관계를 중심으로」, 대구교육대학
   교 교육대학원 석사학위 논문, 2021.
8) "윤동주는 정지용의 집으로 방문해서 그를 만난 일이 있었던 것이다. 시인 지망생
   이 무수히 찾아다녔던 정지용이고 보면 잊는다는 게 있을 법한 일이다." 송우혜, 앞
   의 책, 256면.
9) "윤동주는 정지용 시인을 '시의 아버지'(poetic father)로 생각했습니다. 정지용 시 「
   말」이 좋다며 동생들에게 여러 번 말했다죠." 김응교, 『나무가 있다』, 아르테,
   2019, 146면.

거나 "걸작"[10) 또는 "열정을 말하다"[11) 등 자신의 감정을 기록하였다. 윤동주는 이렇게 『정지용 시집』을 정독하며 시작 수업을 하고, 자신의 시적 세계를 돈독히 하고 있었던 것으로 보인다.

1) 견집(堅執)과 고향

정지용은 운문과 산문을 두루 발표하였다. 특히 1920~1930년대에는 동시를 많이 발표한다. 이 시기 발표된 동시[12) 중 하나가 「별똥」[13)이다. 「별똥이 떨어진 곳」을 살펴보려면 「별똥」이 발표된 역사를 먼저 살펴보아야 이해하기가 쉽다. 이것은 1926년 6월 『학조』에 "'동요'라는 표제 아래 덧붙여 쓴 글"[14)이라거나 "「별똥」(童謠)"[15)으로 최초 발표되며 「별똥이 떨어진 곳」의 역사가 시작된다. 그렇기에 「별똥이 떨

10)	정지용의 「압천」에 파란 색연필로 "傑作"이라 쓰어있다. 왕신영·심원섭·오오무라 마사오·윤인석 엮음, 앞의 책, 190면.
11)	정지용의 「태극기」에 연필로 "盲目的인", "熱情을 말하다"가 쓰어있다. 왕신영·심원섭·오오무라 마사오·윤인석 엮음, 위의 책, 191면.

12) 동시는 운문에 포함되기에 본고에서는 동시를 운문으로 통칭하기로 한다.
13) 이하 「별똥」은 「별똥」과 구별할 필요가 없는 경우 「별똥」으로 통칭하고자 한다.
14) 권영민, 앞의 책, 457면.
15) "『학조』 창간호에 정지용은 「카예쯔란스」, 「슬픈 印象畵」, 「爬蟲類動物」, 「지는 해(서쪽한울)」, 「띄」, 「홍시(감나무)」, 「딸레(人形)와 아주머니」, 「별똥(童謠)」, 「마음의 日記」"를 발표. 최동호, 『그들의 문학과 생애』, 한길사, 2008, 191면.

어진 곳」이라는 산문의 역사를 추적하기 위하여 『학조』의 「별똥」에
소개해 보기로 한다.

　　별똥이 떨어진 고슬 나는 꼭 밝는 날 차저가라고 하엿섯다. 별으
　다 별으다 나는 다 커버럿다16)

　이 작품을 발표한 1926년 6월은 정지용이 일본 교토의 동지사대학
영문과17)에서 공부하고 있을 때이다. 1926년에 정지용은 「별똥」이외
에도 18편18)을 더 발표한다. 이 시기에 발표한 작품은 대부분 동시류에
가깝다고 본다.

___

16) 정지용, 『학조』 1호, 재경도유학생학우회, 1926, 105면.

17) 정지용은 1923년 4월 16일 동지사전문학교(박세용 구술: "1912년 전문학교령에
　따라 신학부가 개교되었고 1920년 대학령에 따라 문학이나 예과가 개교되었기에
　당시 신학부는 전문학교로 여김이 타당") 신학부 입학 → 4월 27일 신학부 퇴학(홍
　종욱, 「교토 유학생 박제환의 삶과 실천」, 『한국학 연구』 40집, 인하대학교 한국학
　연구소, 2016. 2, 407면. 한편, OTA 교수는 "정지용이 동지사대학을 택한 것은 신
　학을 공부하기 위한 것은 아닌지에 대한 의견 제시(OTA Osamu, 「교토 유학시대
　의 정지용과 詩作: 식민지하의 분열」, 『동아시아 타자 인식과 담론의 과제』, 국제
　비교한국학회, 제28회 국제학술대회 자료집, 2014. 9, 13면). 그러나 정지용은 유학
　후 휘문고보 교사로 근무해야 하는 조건부 유학이었기에 OTA 교수의 유추는 좀
　거리가 있어 보인다.) → 5월 3일 동지사대학 예과 입학 → 1926년 4월 1일 영문과
　입학 → 1929년 6월 30일 영문과 졸업. 김묘순, 「정지용 문학 연구」, 우석대학교 대
　학원 박사학위 논문, 2021, 113-115면.

18) ① 『學潮』 1호(1926.6.)에 「카페 ● 프란스」(89-90면), 「슬픈印象畵」(90면), 「爬虫
　類動物」(91면), 「「마음의日記」에서-시조　아홉首」(101-102면), 「서쪽한울」(105
　면), 「쎅」(105면), 「감나무」(105-106면), 「한울혼자보고」(106면), 「쌀레(人形)와아
　주머니」(106면). ② 『신소년』에 「넘어가는해」(1926. 11.), 겨울ㅅ밤(1926. 11.), 「굴
　뚝새」(1926. 12.), ③ 『1920년대 시선 3』(1992, 평양문학예술종합출판사)에 「그리
　워」. ④ 『위생과 화장』 제2호에 「내안해 내누이 내나라」(1926. 11.). ⑤ 『新民』 19
　호(1926. 11.)에 「紅椿」(1면), 「Dahlia」(70-71면). ⑥ 『文藝時代』 1호(1926. 11.)에 「
　산에ㅅ 색시, 들녘사내」(60면). ⑦ 『어린이』 4권 10호(1926. 11.)에 「산에서온새」
　(1면)을 발표한다. 최동호 엮음, 『정지용 전집 1』, 서정시학, 2015, 37-61면, 참조.

「별똥」은 1930년「별똥」으로『學生』에 발표된다.

> 별똥 써러진 곳,
> 마음해 두엇다
> 다음날 가보려,
> 벼르다 벼르다
> 인젠 다 자랏소.

—「별똥」전문19)

　정지용은『學潮』의「별똥」이 줄글 형식으로 되어 있다면『學生』의 「별똥」은 행을 구분하여 놓았다. 그러나『學生』에 발표한「별똥」의 내용은『學潮』에 실은「별똥」의 연장선에 놓아두었다. 즉, "별똥이 쩌러진 고슬(별똥 써러진 곳,), 나는 꼭 밝는 날 차저가라고 하엿섯다.(마음해 두엇다 / 다음날 가보려,), 별으다 별으다(벼르다 벼르다) 나는 다 커버럿다(인젠 다 자랏소.)"20)로 개작을 하여 다시 실었다.

　이후 1935년「별똥」은『정지용 시집』에 재수록된다.

> 별똥 떠러진 곳,
>
> 마음해 두었다
>
> 다음날 가보려,
>
> 벼르다 벼르다

---

19) 정지용,『學生』2권 9호, 1930. 10, 23면. 원본대로 쓰고 세로쓰기는 가로쓰기로 바꿈.
20) (　)는『學生』2권 9호(1930. 10, 23면)의「별똥」.

인젠 다 자랐오°

— 「별똥」전문21)

『學生』에 수록된 「별똥」의 경우 행만 구분하였다면『정지용 시집』22)
의 「별똥」은 1행을 1연으로 정하여 개작을 단행하였다. 그뿐만 아니라
"별똥(별똥)", "두엇다(두었다), 자랏소.(자랐오°)"23)로 수정하여 수록
하고 있다.

이렇게 「별똥」은『학조』의 「별똥」(1926) →『學生』의 「별똥」(1930)
→『정지용 시집』의 「별똥」(1935)으로 개작을 거치며 발표되었다. 그
후 정지용은 「별똥」을 그의 산문집『문학독본』24)의 「별똥이 떨어진

---

21) 정지용,『정지용 시집』, 시문학사, 1935, 112면. 원본대로 쓰고 세로쓰기는 가로쓰
　　기로 바꿈.

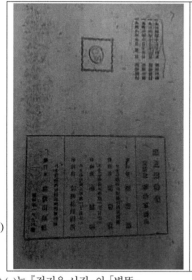

22)

『정지용 시집』은 1946년 건설출판사
에서 발행하였는데 1935년 시문학사
『정지용 시집』과 흡사하다. 그런데
건설출판사 간기에『정지용 시집』의
초판 인쇄와 발행이 1934년 10월로
명기하고 있다.
"현재 시문학사에서 발행한 1935년
『정지용 시집』을 초판 발행으로 알고
있는 연구자들의 관심이 쏠리는 부분
일 것이기도 하다. 그러나 1934년 10
월 건설출판사에서 발행했다는『정지
용 시집』은 찾을 수가 없었다. 다만 정
본(正本)과 정본(定本) 그리고 초판본
의 문제는 여전히 안고 있다." 김묘순,
「「鄕愁」의 再考」,『충북학』19집, 충
북학 연구소, 2017, 61-82면.

23) ( )는『정지용 시집』의 「별똥」.
24) 표지에는『文學讀本』, 간기에는『지용 文學讀本』으로 표기. 이 논문에서는『文學
　　讀本』으로 통칭하고자 한다.

곳」끝에 다시 기록해 둔다. 이것으로 미루어 정지용은 「별똥」을 특별히 아끼고 소중히 여겼던 모양이다. 그렇지 않고서야 굳이 꾸준히 개작을 거쳐 발표할 리가 없었다고 본다.

「별똥이 떨어진 곳」은 1947년 12월 『소년』1권 6호에 산문 형태로 처음 실린다. 아마『문학독본』의 「몇 마디 말씀」의 말미에 "1947. 가을"이라고 표기한 것으로 보아 「별똥이 떨어진 곳」은 이미 완성된 것을『소년』에 먼서 실었던 것으로 유추해 볼 수 있겠다.

1948년 『문학독본』의 서문 격인 책머리에 「몇 마디 말씀」을 보면 정지용의 산문에 대한 친밀감이 드러난다.

> 學生때 부터 將來 作家가 되고 싶던것이 이내 기회가 돌아오지 아니한다.
> 학교를 마추고 잘못 敎員노릇으로 나선것이 더욱이 戰爭과 貧寒 때문에 一平生에 좋은 때는 모조리 빼앗기고 말았다.
> 그 동안에 詩集 두권을 내었다.
> 남들이 詩人 詩人하는 말이 너는 못난이 못난이 하는 소리 같이 좋지 않았다. 나도 散文을 쓰면 쓴다泰俊만치 쓰면 쓴다는 辨明으로 散文쓰기 練習으로 試驗한 것이 책으로 한卷은 된다. 대개 「愁誰語」라는 이름 아래 新聞 雜誌에 發表되었던것들이다.
> 애초에 「文學讀本」의 性質이 아닌것이다. 出版社에서 하는 일을 막을 固執도 없다.
>
> 一九四七年 가을, 지용[25]

정지용은 "학생 때부터 작가가 되고 싶"다고 말한다. 그러나 "기회"

---

25) 정지용, 「몇 마디 말씀」, 『문학독본』, 박문출판사, 1948, 2.(원본대로 표기. 다만 세로쓰기는 가로쓰기로 바꿈.)

가 닿지 않았고 동지사대학을 졸업한 후 선생이 되었다. 그런데 그 길은 작가로서의 길이라기보다 "전쟁과 빈한"으로 세월을 다 보내고 만 45세 중년의 생활인이 되어버린 것이다. 그는 『정지용 시집』과 『백록 담』이라는 두 권[26]의 시집을 발간하였지만 "남들이 詩人 詩人하는 말이 너는 못난이 못난이"라며 비아냥거리는 것으로 들린다고 한다. 물론 겸손의 의미를 배제할 수는 없다. 다만 정지용이 산문에 대한 이루지 못한 포부나 후회를 드러내고 있다는 점에 주목해 볼 필요가 있다. 당시 산문의 대가로 이태준이 널리 알려져 있었다. 이태준은 정지용과 함께 휘문고보를 다녔다. 그런데 이태준은 산문가로 정지용은 운문의 한 갈래인 시인으로 더욱 빛을 발하고 있었다. 아마 첫 발표작이 정지용의 유일한 소설인 「三人」을 1919년에 발표한 점, 줄글로 시작했던 시 「별 똥」이 종래에는 산문으로 다시 돌아온 점 등은 그가 산문을 쓰고 싶은 소망이 있었던 것으로 보인다. 그것도 정지용 자신이 "散文을 쓰면 쓴 다泰俊만치 쓰면 쓴다"라고 서문 격인 「몇 마디 말씀」에 표현한 것으로 보면 이태준 산문에 대한 경쟁의식 또는 이태준보다 더 잘 쓸 수 있 다는 우월의식이 작용하고 있었을 것으로 보인다. 거기에 더해 정지용 자신의 산문에 대한 자부심이나 자신감도 결부되었을 것으로 본다.

정지용의 산문에 대한 문학인으로서 고민의 흔적은 『散文』의 「머리에 몇 마디만」에도 나타난다.

> 교원 노릇을 버리면 글이 싫것 써질가 한 것이 글이 아니 써지는 것이 아니라 괴상하게도 쓰지 못하게 되는 것이다. (중략)
>
> 一九四八年 十二月 三十日 지용[27]

---

26) 선집이나 재발행한 서적은 제외.
27) 정지용, 「머리에 몇 마디만」, 『散文』, 동지사, 1949, 1.(원본대로 쓰고 세로쓰기는

1945년 8·15해방과 함께 휘문고보를 사직하고 그해 10월 이화여자전문학교 교수로 임용되어 1948년 2월에 사직하였다.[28] 이렇게 정지용은 '선생'과 '교수'라는 가르치는 직업을 그만두고, 글만 쓰려고 하였던 것만 같다. 그러나 정지용은 "글이 아니 써지는 것이 아니라 괴상하게도 쓰지 못하게 되는 것"이라고 서술한다.8·15해방이 되고 그해 11월 조선문학가동맹 회원으로 "광복기 문학 활동을 시작"[29]한 그는 아동문학 분과위원장으로 고민이 많았을 것으로 추측된다. 누구보다 시를 잘 쓴다고 정지용은 생각하였는데 시 분과위원장이 아닌 아동문학 분과위원장이 되었던 것, 순수문학을 추구하며 살았는데 조선문학가동맹 회원으로 활동하게 되었던 것 등은 글을 "쓰지 못하게 되는 것"의 원인이 되었을 것이다. 이렇게 혼란스러운 시대 상황과 직면한 정지용은 산문의 영역에 집중하게 된다. 산문 「별똥 떨어진 곳」도 이와 무관하지 않은 작품으로 사료 된다.

밤뒤[30]를 보며 쪼그리고 앉었으라면, 앞집 감나무 위에 까치 둥어리[31]가 무섭고, 제 그림자가 움직여도 무서웠다. 퍽 치운 밤[32]이었다. 할머니만 자꾸 부르고, 할머니가 자꾸 대답하시어야 하였고, 할머니가 딴데를 보시지나 아니하시나 하고, 걱정이었다.[33]

---

28) 한편, 경향신문사 주간(1946. 10. 1.-1947. 7. 9.)으로도 근무.
29) 박태일,『한국 현대문학의 실증과 방법』, 소명, 2004, 83면.
30) 밤에 잠을 자다가 대변을 보는 일.
31) '둥우리' 또는 '둥지'의 방언('둥거리'라고도 함).
32) '추운 밤과 그 추위나 어둠으로 인해 무섭게까지 느껴지는 밤'. '치위'(「날은 풀리며 벗은 않으며」), '칩지'(「우산」), '추이 타는'(「오룡배」3) 등의 '치운'과 비슷한 어휘는 정지용의 산문 곳곳에 드러난다. 김묘순, 「정지용 생애 재구 I」,『한국 현대시의 아버지 정지용 문학포럼』 자료집, 옥천군·옥천문화원·지용회, 2013, 62면.
33) 정지용, 「별똥이 떨어진 곳」,『文學讀本』, 박문출판사, 1948, 20면.

세상이 시끄럽고 혼란스러우면 그리움이 커지게 되는 것이다. 가족이 보고 싶고 고향이 그리워지는 법이다. 특히 사라진 사람이나 가기 어려운 고향에 대해서는 더욱 그러하다. 정지용은 「별똥이 떨어진 곳」에서 어린 시절을 그리워하고 있다. 그것도 앞집 감나무 위에 지어놓은 까치 둥어리도 무섭고 하물며 자신의 그림자마저도 무섭다고 한다. 더군다나 '밤뒤'를 보는 날 밤은 춥기조차 하다.

생가 앞쪽으로 송림이 우거진 안산(安山)이, 북쪽에는 마성산이, 집을 등지고 일자산이 자리 잡고 있다. 사면이 온통 산으로 둘러싸여 있다. 추운 겨울밤에 '밤뒤'를 보기 위해 마당 어귀로 나선 서술자의 어린 시절에 대한 기억은 온통 까맣게 보이는 산이 무서웠을 것으로 보인다.

> 정지용 생가 오른쪽에 (일본)주재소가 있고 그곳에는 긴 칼 찬 순사가 있었다. 구읍 장터에서 섯밭탱이 가는 우측 큰 공터가 옛 옥천 관아 건물이었는데 이곳에 관아의 주춧돌이 여기저기 흩어져 있던 기억이 난다.[34]

이렇게 구술된 바에 의하면 정지용 생가 주변에 항상 긴 칼 찬 순사가 있었으니, 정지용의 밤은 더욱 서늘하였을 것이다. 더군다나 정지용 생가에서 멀지 않은 곳에서 일어난 송병선의 자결과 의병들의 일본인 살해 등은 어린 정지용에게 무서움으로 다가올 수밖에 없었을 것이다.

> 1905년 대사헌 송병선이 을사늑약 체결 후 분함을 삭히려 이지당 (二止當)[35]을 방문하였고 그곳에서 자결하였다.[36]

---

34) 오근호(1939년 생) 구술.
35) 우암 송시열이 쓴 "二止當"이라는 편액이 걸려있다. 관성동호회, 『옥천향지』, 옥천군, 1989, 146-147면.

1906년 여름, 의병 60여 명이 옥천군을 습격해 일본인 2명을 살해하였다.

이지당에서 자결 사건이 일어나고 의병들은 일본인을 살해하는 주변의 이야기들은 어린 정지용에게 상당히 두려운 무서움으로 각인되었을 것이다. 물론 어렸을 적 시시콜콜한 아이들끼리 나누는 귀신 이야기가 "밤뒤"를 볼 때 생각이 나서 무서웠을 수 있었음도 완전히 배제할 수는 없다. 그러나 어릴 적에 친구들과 이야기하며 귀신과 같은, 비현실적인 떠도는 이야기와 현실에서 직접 일어났던 자결이나 살해들은 더욱 무서움을 심화시켰을 것으로 추론해 볼 수 있겠다.

> 아이들 밤뒤 보는데는 닭보고 묵은 세배[37]를 하면 낫는다고, 닭보고 절을 하라고 하시었다. 그렇게 괴로운 일도 아니었고, 부끄러워 참기 어려운 일도 아니었다. 둥어리 안에 닭도 절을 받고, 꼬르르꼬르르 소리를 하였다.[38]

이 부분은 단순한 주변 환경이 조성하던 무서움을 넘어 "밤뒤"를 보는 것에 대한 민속적 해결책이 제시된다. 닭에게 절을 하고 잘못된 습관이나 배앓이를 고쳐보겠다는 것이다. 서술자도 해결책에 괴롭거나 부끄러워하지 않고 닭도 순리대로 절을 받는 "밤뒤"에 대한 해결을 하고 있다.

---

36) 옥천군지편찬위원회, 『옥천군지 4-삶과 숨결』, 옥천군, 2015, 494면.
37) 흔히 '섣달그믐 밤에 그해를 보내는 인사로 동네 어른들을 찾아 뵙고 절을 하는 것'을 이른다. 여기서는 미처 예를 갖추지 못한 물질세계에 존재하는 구체적이고 개별적인 대상인 닭에게마저 예를 갖추며 상생하고자 하는 의미로 보인다.
38) 정지용, 「별똥이 떨어진 곳」, 앞의 책, 20면.

별똥을 먹으면 오래 오래 산다는 것이었다. 별똥을 줏어 왔다는 사람이 있었다. 그날밤에도 별똥이 찌익 화살처럼 떨어졌었다. 아저씨가 한번 모초라기[39]를 산채로 홈켜 잡아온, 뒷산 솔푸데기[40] 속으로 분명 바로 떨어졌었다.[41]

정지용은 "밤뒤"를 보며 별똥이 떨어지는 것을 목격한다. 바로 "뒷산 솔푸데기" 속으로 떨어졌다. 분명히 그곳에 떨어졌다. 그는 먹으면 오래 산다는 "별똥"을 실제로 주워 왔다는 이야기도 듣게 된다. "먹으면 오래 산다"는 별똥을 어린 정지용은 "솔푸데기" 속으로 가보면 있을 것만 같다. 정지용은 신문 「별똥이 떨어진 곳」 말미에 「별똥」 시를 다시 추가한다.

『별똥 떨어진 곳
마음해[42] 두었다
다음날 가보려
벼르다 벼르다
인젠 다 자랐소』.[43]

"밤뒤"를 보던 정지용과 그 무서움을 지켜주던 할머니는 서늘하도록 춥고 무서운 밤을 건넌다. 그 와중에 "밤뒤"의 해결책은 닭에게 절을 하

39) 야산이나 들에서 살아가는 '메추라기' 혹은 '메추리'를 이르는 방언.
40) 키가 크지 않은 소나무의 일종. "'다방솔'이라고도 하는 다복다복하게 앉은뱅이로, 크지 않은 솔이쥬. 그 시절에는 이 솔푸데기 안에 메추라기가 둥어리를 틀고 새끼를 많이 쳤쥬(낳아 기르다)".(　)는 논자 주. 구술: 옥천군 동이면 적하리 생 정수병 (당시 80세) 옹.
41) 정지용, 「별똥이 떨어진 곳」, 위의 책, 20면.
42) '마음에 오래두고 새기다.' 또는 '마음에 여러 해 새기다.'라는 의미.
43) 정지용, 「별똥이 떨어진 곳」, 앞의 책, 20-21면. 『소년』1권 6호(1947. 12.)에도 「별똥이 떨어진 곳」으로 수록.

며 해결되고, "별똥"이 떨어진 곳을 정확히 "솔푸데기" 속이라고 분명하고 정확히 짚어 놓는다. 즉, "밤"이 잉태한 "별", 그 "별"의 발아를 지켜보며 꿈을 키워 어른이 되었다.

정지용은 고향집 뒷산 "솔푸데기" 속에 별똥이 떨어진 곳을 분명히 마음속에 새겨 놓았다. 시간이 될 때 가서 주워다 먹고 오래 살려고 하였을지도 모른다. 그런데 언젠가 가보겠다는 마음만 키워오다가 지금은 어른이 되어버렸다.

생가 주변의 공간적 배경이나 상황적 배경이 된 까치 둥어리, 제 그림자, 긴 칼 찬 순사, 을사늑약의 분함으로 자결한 이야기, 의병들의 일본인 살해 등은 어릴 적 서술자를 무서움에 휩싸이게 하였을 것이다. 이 무서움은 닭에게 절을 하며 일부 해소된다. 이어 별똥이 떨어지고 그 별똥은 "뒷산 솔푸데기" 속으로 떨어진다. 실제로 그것보다 훨씬 멀리 떨어졌을지 모를 일이다. 그러나 어린 시절 그렇게 가까운 곳에 떨어졌다고 적고 있다. 그러나 정지용은 그곳에 가보려 하였으나 영영 가보지 못하고 어른이 된다. 고향이란 그런 것이다. 무서운 기억을 가지게도 하였지만 잔인하도록 그립기만 한 것인가 보다.

2) 만남과 정도(正道)

윤동주는 1917년[44] 12월 30일 만주 간도성 화룡현 명동촌에서 부친 윤영석과 모친 김룡 사이에서 맏아들로 태어난다. 1925년 4월 고종 송몽규, 문익환(목사) 등과 명동소학교에 입학하여 1931년 졸업하고,

---

44) "호적상 윤동주 생년이 1918년으로 되어 있는 것은 출생신고가 1년 늦었기 때문이다". 왕신영·심원섭·오오무라 마스오·윤인석 엮음, 『윤동주 자필 시고선집』, 민음사, 2015, 연보.

1932년 송몽규, 문익환(목사)과 함께 기독교계 은진중학교에 입학하였다. 4학년 1학기를 마친 윤동주는 평양숭실학교로 편입한다. 그러나 신사참배 강요에 항의하여 자퇴하게 된다. 이 시기에『정지용 시집』을 정독하였다고 한다. 1938년 2월 광명중학교를 졸업하고 그해 4월 연희전문학교에 송몽규와 함께 입학한다. 1940년 연희전문에 입학한 하동 학생 정병욱과 친해지고, 1941년 5월에는 정병욱과 기숙사를 나와 종로구 누상동 9번지 소설가 김송 씨 집에서 하숙한다.[45] 그러나 하숙과 관련, 유영 교수나 라사행 목사의 경험담이 나오면서 이견이 존재하게 된다.

> 동주는 먼저 아현동에서 하숙을 했었지요. 그러다 후에 서소문으로 이사했어요. 그때엔 혼자 하숙했었던 걸로 기억합니다. 서소문 하숙집은 옛날 서대문 구청 자리 근처였는데, 그때만 해도 거긴 꼭 시골 같은 곳이었어요.[46]

라사행 목사도 윤동주가 북아현동에서 하숙할 때 정지용을 방문했었다고 경험을 이야기한다.

---

45) 왕신영·심원섭·오오무라 마스오·윤인석 엮음, 위의 책, 연보.
46) 유영 교수 구술. 윤동주의 하숙과 관련, "하숙 생활은 4학년 대인 1941년에 정병욱과 함께 지냈던 1년뿐으로 알려져 있다. 그러나 사실은 그와 다르다. 윤동주는 2학년 때에는 기숙사를 나와서 하숙 생활을 했고, 3학년 때 다시 기숙사에 들어갔다가 4학년 때 정병욱과 또 나온 것이다. 그가 1939년에 기숙사가 아닌 하숙생활을 했던 것은 입학 동기인 유영 교수와 라사행 목사의 증언으로 명확하게 밝혀진다. 유영 교수는 1939년 11월에 가정 사정으로 휴학했다가 2년 후 윤동주 등이 졸업한 뒤에 복학했다고 한다. 그런데 이미 휴학 전에 윤동주의 아현동 하숙집과 서소문의 하숙집을 모두 방문하여 시에 관한 이야기를 나누곤 하였던 기억을 선명하게 지니고 있었다". 송우혜, 『윤동주 평전』, 푸른역사, 2013, 252-253면.

동주가 연전에 입학하여 기숙사에 있을 때, 일요일이면 내가 연전 기숙사로 놀러가기도 하고 동주가 우리 감신 기숙사로 놀러오기도 해서 자주 만났어요. 그런데 1939년에는 동주가 기숙사를 나와서 북아현동에서 하숙을 했었어요. 그래서 그리로도 놀러갔었지요. 그때의 일인데, 역시 북아현동에 살고 있던 시인 정지용 씨 댁에 동주가 가는데 같이 동행해서 갔던 일도 있습니다. 정지용 시인과 시에 관한 이야기를 주고받은 것으로 기억합니다.[47]

아마 라사행 목사의 경험담은 상당히 신빙성이 있어 보인다. 왜냐하면 정지용이 1937년 서대문구 북아현동으로 이사하여, 1944년 서울 소개령이 내려져 부천군 소사읍으로 이사 갈 때까지 그곳에서 거주하였기 때문이다. 그렇기에 정지용을 추앙하였을 윤동주는 정지용을 찾았을 것으로 여겨진다.

그뿐만 아니라 구입 순서대로 정리하였다는 윤동주의 소장 도서 목록 1호가 『정지용 시집』이다.[48] 『정지용 시집』에는 윤동주의 필적이 고스란히 남아 있다.[49] 또 스크랩한 순서대로 정리하였다는 스크랩 내용 일람도 '순서 1'에 「수수어 2-비로봉 구성동」(『조선일보』, 1937. 6. 9.)이 기록되어 있다. 이외에도 정지용에 대한 윤동주의 스크랩은 다수

---

47) "1948년 1월에 출간된 윤동주의 유고 시집 『하늘과 바람과 별과 시』의 초간본에는 정지용이 강처중의 부탁으로 쓴 서문이 실려있다. 그런데 그 내용이 그가 윤동주를 전혀 모르는 것으로 되어있다. 그래서 지금까지 정지용과 윤동주는 생전에 한 번도 서로 만나지 못했던 것으로 단정 되어왔다. 그러나 정지용이 윤동주를 기억하지 못했다 뿐이지, 윤동주는 정지용의 집으로 방문해서 그를 만난 일이 있었던 것이다. 시인 지망생이 무수히 찾아다녔던 정지용이고 보면 잊는다는 게 있을 법한 일이다. 라 목사에 의하면 북아현동에서 낮은쪽 평지대에는 돈 많은 사람들의 큰 집들이 있고, 높은 고지대로 올라갈수록 가난한 사람들이 살아 집들도 작아지더라는데, 정지용의 집은 약간 높은 지대에 속하는 웬만한 규모의 한식 기와집이었다는 것이다." 송우혜, 위의 책, 256면.

발견된다.50) 윤동주의 소장 도서 목록이나 스크랩 목록으로 볼 때 윤동주는 정지용의 작품에 관심이 있었거나 심취해 있었던 것으로 보인다.

윤동주는 다수의 작품에 쓴 날짜를 적고 있다.51) 그러나 「별똥 떨어진 데」는 창작일을 밝히고 있지 않다. 다만 연희전문학교 시절이었던 1941년52)으로 보고 있다.

밤이다.

하늘은 푸르다 못해 濃灰色으로 캄캄하나 별들만은 또렷또렷 빛난다. 침침한 어둠뿐만 아니라 오삭오삭 춥다. 이 육중한 氣流 가운데 自嘲하는 한 젊은이가 있다. 그를 나라고 불러두자.

나는 이 어둠에서 胚胎되고 이 어둠에서 生長하여서 아직도 이 어둠 속에 그대로 生存하나 보다. 이제 내가 갈 곳이 어딘지 몰라 허우적거리는 것이다. 하기는 나는 世紀의 焦點인 듯 憔悴하다.53)

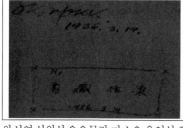

(48)

정지용의 『백록담』도 소장 도서 목록 여섯 번째에 적혀있다. 왕신영·심원섭·오오무라 마스오·윤인석 엮음, 앞의 책, 부록.
『정지용 시집』에 있는 윤동주 자필 서명. 왕신영·심원섭·오오무라 마스오·윤인석 엮음, 위의 책, 189면.

49) 왕신영·심원섭·오오무라 마스오·윤인석 엮음, 위의 책, 189-192면.
50) 윤동주의 스크랩 북에는 정지용의 胡椒譚: 「衣服一家見」(수필, 『동아일보』, 1939. 5. 10.), 族窓短信:①「꾀꼬리」, ②「石榴, 甘柿, 柚子」, ③「烏竹, 孟宗竹」(수필, 『동아일보』, 1939. 8. 6. 8. 7. 8. 9.), 「詩人散文 煎橘」(수필, 『조선일보』(1939. 2. 14.), 등이 기록되어 있다. 왕신영·심원섭·오오무라 마스오·윤인석 엮음, 위의 책, 부록.
51) 「조개껍질」(1935년 12월), 「고향집」(1936. 1. 6.), 「병아리」(昭和12년 1월 6일), 「이별」(1936년 3월 20일), 「식권」(1936. 3월 20일), 「황혼」(1936년 3월 25일), 「종달새」(1936년 3월) 등.
52) 김응교, 앞의 책, 2019, 9면.
53) 왕신영·심원섭·오오무라 마스오·윤인석 엮음, 앞의 책, 116면.

윤동주는 「별똥 떨어진 데」에서, 소재로 "별"보다 "밤"을 먼저 선택해 사용한다. 그 밤이 갖는 하늘은 "농회색으로 캄캄"하다. 그러나 그 하늘에는 "별"이 확연히 그 빛을 발하고 있다. 밤이 짙어야 별이 제빛을 발하듯이 말이다.

"밤"은 "여성적, 무의식적, 수동적"일 수 있지만, "비옥, 잠재력, 발아"[54]를 의미하기도 한다. 물론 일제강점기라는 시대적 배경을 고려한다면 "밤"은 '비탄'이나 '절망' 그리고 '암울' 등을 의미한다고 볼 수도 있을 것이다. 그러나 "밤"을 가만히 들여다보면 "별"을 품고 있다. "별"은 정신을 의미하기에 "밤"이라는 잠재력을 통해 빛을 발하며 발아한다고 본다. 윤동주는 「별 헤는 밤」, 「서시」 등에서도 "별"을 노래했다. 그러나 「별 헤는 밤」[55]에서 "별"이 추억, 사랑, 쓸쓸함, 동경, 시, 어머니를 상징한다면 「서시」[56]에서는 "모든 죽어가는 것을 사랑"하는 마음의 표식으로 볼 수 있겠다. 「별똥 떨어진 데」나 「별 헤는 밤」 그리고 「서시」가 1941년 작품이고 보면, 윤동주는 "별"을 다양하게 노래하는 "별"의 신동이라 할 수 있겠다.

「별똥 떨어진 데」에서 "밤"이 그동안 준비했던 자양분을 머금은 "별"이 발아하였다. 윤동주는 "나"는 "어둠"에서 "胚胎"되었다고 한다.

---

54) 이승훈 편저, 『문학상징사전』, 고려원, 1995, 195면.

55) 季節이 지나가는 하늘에는 / 가을로 가득 차있습니다. // 나는 아무 걱정도 없이 / 가을 속의 별들을 다 헤일듯합니다. // 가슴속에 하나 둘 색여지는 별을 / 이제 다 못헤는 것은 / 쉬이 아츰이 오는 까닭이오, / 來日밤이 남은 까닭이오, / 아직 나의 靑春이 다하지 않은 까닭입니다. // 별하나에 追憶과 / 별하나에 사랑과 / 별하나에 쓸쓸함과 / 별하나에 憧憬과 / 별하나에 詩와 / 별하나에 어머니, 어머니, //(중략)(1941. 11. 5.) 왕신영·심원섭·오오무라 마스오·윤인석 엮음, 앞의 책, 331면.

56) 죽는 날까지 하늘을 우르러 / 한점 부끄럼이 없기를, / 잎새에 이는 바람에도 / 나는 괴로워했다. / 별을 노래하는 마음으로 / 모든 죽어가는 것을 사랑해야지 / 그리고 나안테 주어진 길을 / 거러가야겠다. // 오늘밤에도 별이 바람에 스치운다.(1941. 11. 20.) 왕신영·심원섭·오오무라 마스오·윤인석 엮음, 위의 책, 140면.

즉 "어둠" 속에서 양분을 얻어 "나"가 잉태되었다고 서술하는 것이다. "별"은 어둠에서 "생장"하고 "존재"하나 서술자는 지향하는 곳을 몰라 어찌할 바를 몰라 갈팡질팡하고 있는 듯하다. 그러면서 "초췌하다"며 자신을 수척함으로 밀어 넣기에 이른다.

> 이제 닭이 홰를 치면서 맵짠울음을 뽑아 밤을 쫓고 어둠을 줏내몰아 동천으로 휘 ㄴ이 새벽이란 새로운 손님을 불러온다 하자. 하나 輕忽스럽게 그리 반가워 할 것은 없다. 보아라 假令 새벽이 왔다하더래도 이 마을은 그대로 暗澹하고 나도 그대로 暗澹하고 하여서 너나 나나 이 가랑지길에서 躊躇 躊躇아니치 못할 存在들이 아니냐.57)

"새벽"이 몰고 올 희망, 그것은 "밤을 쫓고 어둠을" 몰아낸 결과물이다. 그러나 "새벽"이라는 다소 희망적 "손님"이 온다고 하나 "나"에게는 "암담"함만 밀려온다. 즉 "새벽" 앞에서 "너"와 "나"로 지칭되는 우리는 "주저 주저"하는 "존재"가 아니느냐며 반문하고 있다.

"밤"이 자양분을 불어넣어 "별"을 생성하였다. 더욱이 어둠을 몰아내는 "새벽"이 온다. 그러나 서술자는 그리 반기지 않는다.

> 어디로 가야 하느냐. 동이 어디냐, 서가 어디냐, 남이 어디냐, 북이 어디냐. 아라! 저 별이 번쩍 흐른다. 별똥 떨어진 데가 내가 갈 곳인가 보다. 하면 별똥아! 꼭 떨어져야 할 곳에 떨어져야 한다.58)

"별"이 행방을 모르기 때문이다. 행방을 모르던 "별"은 "별똥"이 되어 번쩍인다. 서술자는 그 "별똥"을 따라가고자 한다. 정확히 윤동주는

---

57) 왕신영·심원섭·오오무라 마스오·윤인석 엮음, 위의 책, 118면.
58) 왕신영·심원섭·오오무라 마스오·윤인석 엮음, 위의 책, 120면.

자신의 목표설정이나 나아갈 정도(正道)의 방향을 정하고자 한 것이다. 그리고 소망을 실어 "별똥"에게 전한다. "꼭 떨어져야 할 곳"에 떨어지라며 자신이 올바로 가고자 하는, 다짐 섞인 의지를 나타내고 있다.

3. 결론

사라진 그리움은 현존하는 안주나 고통보다 더 강하게 다가온다. 그리고 그 그리움은 강한 인상으로 박힌다. 정지용의 「별똥이 떨어진 곳」에 나타난 어린 시절에 대한 그리움도 그러하다. 그는 어른이 된 시점에서 「별똥이 떨어진 곳」을 서술하고 있다. 그것도 「별똥」이라는 시를 『학조』(1926년)에 줄글 형식으로 발표하고 『학생』(1930년)에 「별똥」이라는 표기로 행을 나누어 싣게 된다. 이후 『정지용 시집』(1935년)에 1행을 1연 형식으로 개작하여 「별똥」을 수록한다. 이렇게 여러 번의 개작을 단행한 「별똥」은 그의 산문집 『문학독본』(1948년)에 「별똥이 떨어진 곳」의 말미에 다시 붙여 재수록하기에 이른다. 그만큼 정지용은 「별똥」을 소중히 여겼을 뿐만 아니라 산문에 대한 그의 소망도 크다는 점을 알 수 있었다. 또한 정지용에게 자리 잡은 고향과 가족에 대한 그리움이 굳건하였음을 견지할 수 있었다.

세상의 현상들은 무수한 원인과 조건의 상호작용으로 발생한다. 윤동주는 『정지용 시집』에 필적을 남기거나 그의 작품을 스크랩하며 정독하였다. 이렇게 정지용의 작품에 관심을 두던 그는 『정지용 시집』을 만나며, 정지용과의 인연이 시작된다. 작품을 정독하거나 스크랩할 만큼 윤동주의 정지용에 대한 관심도가 높았음을 알 수 있다. 이렇게 정지용을 따랐던 윤동주는 「별똥 떨어진 데」라는 산문을 발표한다. 「별똥 떨어진 데」에서 "밤"은 단순히 어둠을 나타내지 않고 "별"이 자랄 자양분을 생성한다. 그러나 이내 "새벽"이 왔지만 반기지 못한다. "별"이 가야 할 방향을 모르기 때문이다. 방향을 잡지 못하던 "별"은 "별똥"이 되었다. 윤동주는 "별똥"을 따라가고자 한다. 그 길이 '정도(正道)'인 것이다. 그렇게 윤동주는 올바른 길을 가고자 하는 굳은 의지를 보이고 있었다.

이 논문은 정지용의 산문「별똥이 떨어진 곳」과 윤동주의 산문「별똥 떨어진 데」를 중심으로 이들이 지향하는 바가 무엇인지 일별하였다. 다만 한정된 산문을 살폈다는 점에서 한계는 여전히 존재한다. 향후 다수의 산문으로 집중·확대할 필요성을 열어둔다.

2장

鄭芝溶 童詩와 改作에 대한 小考

鄭芝溶 童詩와 改作에 대한 小考

1. 서론

본고[1]는 정지용 동시의 서지적 변이와 해제에 주목, 언어 부림과 그 의미에 대하여 살펴보고자 한다.

II장에서는 정지용 동시를 음절과 음보의 규칙성에 따른 정형 동시와 언어의 변화로운 구사로 시각적 효과에 집중한 변형 동시로 분류하겠다. 그리하여 형태 미학적 측면에서 정·변형 동시에 대하여 살펴볼 것이다. 정형 동시에서 시적 화자의 구속된 감정 표출 형태와 다양한 언어 외적 기호[2]를 사용·구사된 점에 집중하기로 한다.

III장에서는 정지용이 조선어가 아닌 외국어를 도구로 사용·개작한

---

* 『3회 정지용 동북아국제문학포럼』, 옥천군·옥천문화원, 2020, 33-51면,
1) 졸역·해설, 『정지용 동시집 - 보고픈 마음, 호수만 하니』, 북치는마을, 2019를 바탕으로 수정·보완하였다.
2) "소쉬르의 언어 기호 signe(sign(영))=소리 signifiant(signifier(영))+뜻 signifié(signified(영))으로 나눔. 우리나라는 말의 소리(記表) + 뜻(記意)로 옮겨 사용". 이상섭, 『문학비평 용어사전』, 민음사, 2011, 39면.
본고에서는 문장부호인 "—"나 "?" 그리고 "!" 등과 "○"나 "•" 등 정식 문자가 아닌 것들은 기호로 보고자 하였다.

동시를 살펴보겠다. 일본어로 최초 발표된 동시나 조선어로 발표 후 일본어로 개작 과정을 거친 동시에서 자아와 세계의 갈등을 드러냄에 대하여 집중하겠다. 아울러 외국어 차용으로 발표된 동시와 경험적 자아가 기억하고 그렸을 작품을 선정, 정지용의 이중 언어로의 넘나듦에 대하여도 고찰하고자 한다.

2. 운율과 시각화로의 정·변형

정지용의 동시는 1920년대와 1930년대 초에 대부분 창작된다. 1920년대 동시3)는 「홍시」(1926), 「삼월 삼짇날」(1926), 「산엣 색시 들녘 사내」(1926), 「병」(1926), 「띠」(1926), 「지는 해」(1926), 「딸레」(1926), 「산에서 온 새」(1926), 「넘어가는 해」(1926), 「겨울밤」(1926), 「옛이야기 구절」(1927), 「내 맘에 맞는 이」(1927), 「무어래요」(1927), 「숨기내기」(1927), 「호면」(1927), 「굴뚝새」(1927), 「산 너머 저쪽」(1927), 「산소」(1927), 「비둘기」(1927), 「돌아오는 길」(1927), 「바다3」(1927), 「종달새」(1927), 「말」(1927), 「해바라기 씨」(1927), 「할아버지」(1927), 「바람」(1928) 등으로 대부분 일본 동지사대학 유학 시절에 발표한 것들이다.

1930년대 동시4)는 「별똥」(1930), 「겨울」(1930), 「호수1」(1930), 「호

---

3) 이 시기의 동시 소재는 사물인 '홍시', '병', '띠', '해', '딸레', '옛이야기', '겨울밤', '호면', '산', '산소', '해바라기 씨', '바다', '바람'과 동물인 '색시와 사내', '내 맘에 맞는 이', '새', '굴뚝새', '비둘기', '종달새', '말', '할아버지' 등이다. 특히 화자가 청자에게 이야기하는 듯한 어투로 구성된 '딸레', '옛이야기 구절', '숨기내기' 등으로도 구분할 수 있다. 이는 시적 화자가 사람과 사물 그리고 대화의 상대로 세계를 인식하며 동시를 형상화하였던 것으로 보인다.
4) 이 시기 동시는 '별똥', '겨울', '호수', '시계', '기차' 등의 사물을 주요 소재로 선택한다. 이는 정지용이 시문학 등으로 전격 문학 활동기에 돌입하며 사물에 관심을 가졌을뿐더러 현실 세계에서도 고향이나 유소년기적 기억을 더듬으며 그리워하고

수2」(1930),「무서운 시계」(1932),「기차」(1932) 등이다. 1930년대 정
지용의 동시는 1920년대보다 확연히 줄어들었다.

이 시기의 정지용 동시를 음절과 어절에 따라 정형 동시로, 언어 외
적 기호인 "?, !, ─, ○, •" 등의 기호5)를 도구화한 변형 동시6)로 분류하
여 집중하였다.

1) 정형의 구속된 감정

정형 동시인「홍시」와「띠」그리고「지는해」는 8음절 4어절로 고정
하고 있다7). 이는 시대적 배경과 맞물린 혼란스런 환경에서 얻은 복잡·
곤궁한 정지용의 구속된 감정처리로 볼 수 있다. 이러한 감정을 절제하
는 방법의 일종으로 그는 동시의 정형화를 시도하였던 것으로 보인다.

1행에 8음절 4음보로 구성된「홍시」는 1926년 6월 27일, 창간호인
『학조』1호에「감나무」로 최초 발표하였다.「감나무」를 발표한『학
조』는 '재경도(在京都) 조선유학생학우회'의 기관지였다. 이후 정지용
은 1927년 6월에 발간된『학조』2호 78면에「압천」을 발표하기도 한

있었던 것으로 보인다.

5) 퍼스(C. Peirce)는 기호를 도상 기호(icon: 인위적 기호 사용으로 지시대상을 가리키
   거나 연상시킴. 화장실의 남녀 표시), 지표 기호(index: 자연적인 기호 이용으로 지
   시대상을 가리키거나 연상시킴. 먹구름은 '비'를 가리킴), 상징 기호(symbol : 인위
   적 기호 사용으로 지시대상을 가리켜 지시하는 대상과 자의적이고 계약적인 관계
   를 맺음)로 나눈다. "언어의 '상징적 재현(symbol representation)'과 이미지의 '도상
   적 재현(iconic representation)'은 상반의 대립 구도로 파악될 것이 아니라, 전체를
   잇는 연속성 스펙트럼 속에서 자리매김"되어야 한다. 세미오시스 연구센터,『말과
   그림 사이』, 한국외국어대학교 지식출판콘텐츠원, 2018, 9면.

6) 음절이나 어절의 정형화를 이룬 정형 동시와 달리 언어 외적 기호를 사용하여 형상
   화한 동시를 의미한다.

7) 한편,「산에서 온 새」는 10음절 4-5어절,「넘어가는 해」와「겨울밤」은 4음절 2어
   절,「별똥」은 6음절 2-3어절,「호수1」은 5음절 3어절의 정형 동시로 구성된다.

다. 『학조』와 『정지용 시집』에서의 개작을 살펴보고 그 의미에 대하여 집중하겠다.

『학조』(1926)	『정지용 시집』(1935)
어적 게도 홍시 하나. 오늘 에도 홍시 하나. 까마구 야. 까마구 야. 우리 남게 웨 안젓나. 우리 옵바 오시걸 랑. 맛뵈ㄹ 나구 남겨 두엇다. 후락. 싹싹. 휘이. 휘이. 　　　　　　—「감나무」전문8)	어적게도 홍시 하나. 오늘에도 홍시 하나. 까마귀야. 까마귀야. 우리 남게 웨 앉었나. 우리 옵바 오시걸랑. 맛뵐라구 남겨 됐다. 후락 딱 딱 휘이 휘이! 　　　　　　—「홍시」전문9)

　『학조』에 발표된 「감나무」는 1935년 『정지용 시집』에 「홍시」로 제목을 바꾸어 재수록 된다. 정지용, 김영랑, 박용철은 시문학 동인이다. 1935년 봄, 이 세 사람은 카프 해산이라는 스산함을 안고 폐병이 중하였던 임 화의 병문안을 다녀온다. 그리고 삶에 대한 무상감이 작용하였던지 개인 시집을 발행하기로 한다. 그리고 문단의 명성이 가장 높았던 정지용의 시집부터 발행하게 된다. 『정지용 시집』의 발간비는 물론 발표작 정리와 시집 목차 순서도 박용철이 주도하였다고 한다. 이렇게 박용철이 발행인이었던 시문학사에서 발간한 『정지용 시집』은 정지용의 첫 시집이 되었다. 시의 제목을 「감나무」에서 「홍시」로 바꾼 것도 당시 박용철의 관여가 있었던 것으로 보인다. 「홍시」에서 '어제도', '오늘

---

　8) 정지용, 『학조』1호, 1926, 105-106면.
　9) 정지용, 『정지용 시집』, 시문학사, 1935, 100면.

도'로 표기하여도 의사소통은 충분히 가능한 것이다. 오히려 '어저께도', '오늘에도'로 표현함이 부자연스럽게 느껴지기도 한다. 그러나 충청도에서 쓰이는 '어저께도', '오늘에도'라는 관습적 방언10)은 '어제도', '오늘도'라는 일상 언어보다 훨씬 감칠맛을 내주고 있다. 이러한 방언의 사용은 향토적 정서뿐만 아니라 오누이의 따뜻한 정감이 우러나는 데에 도움이 되고 있다. 시적 화자는 오빠 생각에 '홍시'를 남겨두었다. 그런데 날마다 까마귀가 홍시를 가져가는 보양이다. 시적 화자로 내세워진 누이동생은 "까마귀야. 까마귀야. / 우리 나무에 왜 앉았나. // 우리 오빠 오시걸랑. / 맛 뵈려고 남겨 뒀다."며 까마귀와 대화를 시도한다. 그러나 까마귀는 막무가내로 의사소통을 거부한다. 이 시는 그러한 까마귀를 마침내 쫓아 내고 만다. 「홍시」는 오빠를 생각하는 누이동생의 따뜻한 마음이 그려져 있다. 따뜻하고 애틋한 누이동생의 마음은 아랑곳하지 않고, 홍시를 사냥하는 까마귀의 악습이 시적 화자를 통해 형상화되고 있다.

「홍시」는 「감나무」에서 제목이 바뀐 것이다. 「감나무」는 연 구분 없이 7행으로 구성되었다. 그러나 「홍시」는 4연으로 나누어 구성되고 있다. 특히, 「감나무」의 7행을 「홍시」에서 1연 2행으로 분리하고 있다. 이로써 "까마귀"가 홍시를 쪼아먹는 장면과 주인이 "까마귀"를 쫓고 있는 장면을 좀더 확연히 구분하고 있다. 「감나무」 6행의 "맛뵈ㄹ 나구 남겨 두엇다"는 불완전한 음절과 리듬을 보였다. 그러나 「홍시」로 재수록 되면서 8음절의 모습을 갖춘다. 그리고 음보는 4음보에서 3음보로 전환되고 있음을 알 수 있다. 이는 글자 하나도 비뚤게 놓이는 것을 용납할 수 없었던 정지용의 운율 의식과 무관하지 않다고 본다.

---

10) 실제로 충북 옥천에는 "갸(그 아이)는 어저께도 울고 오늘에도 또 울고 난리랴."로 사용됨.

1행에 8음절로 구성된 「띠」는 1926년 『학조』 1호에 「씌」로 최초 발표된다. 정지용은 일제 식민 지배를 받아야만 하였던 시대적 현실 속에서 그 아픔과 고통 그리고 민족의 비애를 그의 시에 고스란히 담아내고 있었다. 이러한 정지용의 초기시편들에 대하여 일별하려면 『學潮』를 건너야만 한다. 그래야 그의 시와 당시 문우관계 상황도 개괄적으로 또는 촘촘히 살필 수 있음이다. 당대 최상의 수준을 보여준 시인 정지용은 고향을 떠난 외로움과 유학생의 절망과 비애 그리고 조국을 잃은 서글픔을 시로 위로하였다. 이처럼 당시의 시들은 『학조』를 매개로 정지용에게 당대 최고의 사람들과 인연을 맺어주고 있었다.

1926년 『학조』에 발표된 「씌」는 연 구분 없이 1행에 8음절씩 6행으로 마무리 되어있다. 그러나 『정지용 시집』에는 3연으로 나누어 실고 있다. 『정지용 시집』에는 「띄」로 발표된다. 이는 즉 '씌>띄>띠'로 변하는 한국어의 변천과정을 알 수 있게 해주는 부분이기도 하다. 정지용의 동시와 작품들이 가지고 있는 국어학적 중요한 가치를 발견하게 되는 일부분이라 할 수 있다. 『학조』와 『정지용 시집』의 개작은 다음과 같이 이루어졌다.

『학조』(1926)	『정지용 시집』(1935)
하눌 우에 사는 사람 머리 에다 씌를 씌고, 이쌍 우에 사는 사람 허리 에다 씌를 씌고, 쌍속 나라 사는 사람 발목 에다 씌를 씌네. 　　　　　—「씌」 전문11)	하늘 우에 사는 사람 머리에다 띄를 띄고, 이땅우에 사는 사람 허리에다 띄를 띄고, 땅속나라 사는 사람 발목에다 띄를 띄네. 　　　　　—「띄」 전문12)

1912년 조선총독부는 '보통학교용 언문철자법'[13]을 공포하였다. 이
왜곡된 맞춤법은 1933년 '한글 맞춤법 통일안'이 발표되면서 정정되었
다. 한편 일제강점기를 건너며 한글은 '무규범기'라는 다리를 건너기도
하였다. 이 시에서 '하늘-땅-땅속'으로 사람이 사는 공간이 이동한다. 그
러면서 '머리-허리-발목'으로 띠를 두르는 공간적 이동에 따른 시선이 함
께 이동한다. 그렇기에 「띠」에서는 '띠'의 위치와 공간 그리고 시선의 변
화가 갖는 의미에 집중하여야 한다. 1926년에 발표된 「씌」는 4음보로
1935년 「띄」는 3음보 형식으로 변하고 있다. 유학 시절의 절망과 비애
가 그려졌던 「띠」는 1행[14]을 제외한 음보의 변화가 눈에 띈다. 「씌」는 1
연 6행으로 구성되고 있으나 「띄」는 3연으로 나누어 개작하고 있다.

1행에 8음절인 「지는 해」는 1926년 6월 『학조』[15] 1호에 「서쪽한울」
이라는 제목으로 최초 발표된다. 『학조』와 『정지용 시집』의 개작을 비
교하기로 한다.

『학조』(1926)	『정지용 시집』(1935)
우리 옵바 가신 고슨	우리 옵바 가신 곳은
해ㅅ님 지는 서해 건너	해님 지는 西海 건너
멀니 멀니 가섯 다네.	멀리 멀리 가섰다네.

---

11) 정지용, 『학조』 1호, 앞의 책, 105면.

12) 정지용, 『정지용 시집』, 앞의 책, 97면.

13) "조선인에게 일본어를 가르치기 위한 도구로 한글을 이용하려는 것이고 일본인 경
찰, 교사의 한국어 습득 편의가 맞춤법의 목적이다"라고 한다. 조종엽, 「일제가 왜
곡한 한글 맞춤법」, 『동아일보』, 2017. 10. 9.

14) 다른 행에 비하면 1행도 3음보를 의도하였을 것이다. 그런데 편집 과정에서 오기
가 발생하였을 가능성은 있다.

15) '동요'라는 표제 아래 「서쪽한울」, 「씌」, 「감나무」, 「한울혼자보고」, 「쌀레(人形)와
아주머니」가 실려 있다. 표제 아래에는 "별똥이떨어진 고슬 나는 꼭 밝는날 차저
가라고 하엿섯다. 별으다 별으다 나는 다 커버렸다."라는 기록이 남아있다. 최동호
엮음, 『정지용 전집1』, 서정시학, 2015, 682면.

웬일 인가 저 하눌 이	웬일인가 저 하늘이
피ㅅ빛 보담 무섭 구나!	피ㅅ빛 보담 무섭구나!
날니 낫나. 불이 낫나.	난리 났나. 불이 났나.
―「서쪽한울」 전문16)	―「지 는 해」 전문17)

「서쪽한울」은 1935년『정지용 시집』과 1940년 8월 10일『동아일보』
에「지는해」로 다시 수록된다.「서쪽한울」이나「지는해」는 8음절 4음
보를 여전히 유지하고 있다. 정지용이 24살이 되던 1926년 6월 10일에
순종 황제의 장례식이 있었다. 이날 서울에서는 학생 중심으로 지방에
서는 장례식에 참석한 대중들이 결집해 6·10만세 운동을 전개하였다.
이 만세운동은 식민지 노예화 교육의 소멸과 보통학교 교육 용어를 조
선어로 변환 그리고 일본인 교원 배척 등을 주장하며 일어났다. 이 운
동은 대표적인 항일운동으로 당시의 급박한 상황과 염원을 읽어낼 수
있는 발판이 되고 있다. 정지용의 고국인 조선은 그가 공부하고 있는
교토라는 도시의 서쪽에 있다. 그리고 서쪽은 그의 고향인 동시에 '서
방정토'를 의미하기도 한다. 이미 일제강점기에 접어든 고향과 조국을
정지용은 사람이 이승을 하직하여야만 가는 '서방정토'로 인식하였음
은 무리가 아니다. 일제강점기 조국의 현실을 지식인 정지용은 한없는
슬픔으로 바라보았을 것이다.

정형 동시에서는「감나무」→「홍시」,「서쪽한울」→「지는해」로
제목을 색다르게 바꾸기도 하고「홍시」나「띄」처럼 연 구분을 하여 개
작하고 있었다. 즉, 정지용은『학조』와『정지용 시집』에서 동시의 개
작 변이를 통하여 8음절 4음보의 운율과 정형화된 시각화로 구속된 감
정을 형상화하고 있었다.

---

16) 정지용,『학조』1호, 앞의 책 105면.
17) 정지용,『정지용 시집』, 앞의 책, 96면.

2) 변형의 언어 부림

정지용의 동시는 정형 동시에서 정형화된 규칙으로 구속된 감정의
절제를 표출하였다. 그러나 변형 동시에서는 언어 외적 기호인 "?, !, —,
ㅇ, ·" 등의 처리로 화자의 내면에 잠재된 기다림, 연이나 의미 구분, 울
분 등을 의미한다고 본다. 이러한 변형 동시[18]는 「무어래요」, 「해바라
기 씨」, 「바다3」이 있다. 이는 언어적 기호에서 형상화할 수 없는 시적
장치로 정지용이 부렸던 언어의 기교였다.

「무어래요」는 1927년 『조선지광』 64호에 「무어래요?」로 "?"를 첨
가하여 발표되었다. 제목뿐만이 아니라 "누 가 무어 래요?"라며 의문문
형식을 선택하며 '꼭 들러 달라는' 부탁을 그리움과 혼합하여 형상화하
고 있다. 이후 정지용은 1935년 『정지용 시집』에 「무어래요」로 다시
수록한다. 당시 이 작품은 『정지용 시집』 목차에는 123면으로 표기되
어 있으나 본문에는 122면에 수록되어 있다. 『조선지광』과 『정지용 시
집』에서 「무어래요」의 개작에 집중하여 본다.

『조선지광』(1927)	『정지용 시집』(1935)
한 길로만 오시다	한길로만 오시다
한 고개넘어 우리집.	한고개 넘어 우리집.
압문 으로 오시지는 말고	앞문으로 오시지는 말고
뒤ㅅ동산 새이ㅅ길로 오십쇼.	뒤ㅅ동산 새이ㅅ길로 오십쇼.
느진 봄날	늦인 봄날
복사솟 연분홍 이실비가 나리시거든	복사꽃 연분홍 이슬비가 나리시거든
뒤ㅅ동산 새이ㅅ길로 오십쇼.	뒤ㅅ동산 새이ㅅ길로 오십쇼.

18) 「병」, 「옛이야기 구절」, 「내 맘에 맞는 이」, 「바람」, 「종달새」 등도 변형 동시 형식
    을 취한다.
19) 정지용, 『조선지광』 64호, 1927, 100면. 최동호 엮음, 앞의 책, 71면 재인용.

바람 피해 오시는 이 체럼 들레시면 누 가 무어 래요? 　　　　　　— 「무어래요?」 전문19)	바람 피해 오시는이 처럼 들레시면 누가 무어래요? 　　　　　　— 「무어래요」 전문20)

1927년 발표 당시에는 「무어래요?」에 "?"를 사용하였으나 『정지용 시집』 이후에는 "?"가 쓰이지 않았다. 이는 『정지용 시집』 발간 당시 시문학사의 발행인이었던 박용철이나 정지용의 의도로 보이나 확인할 길은 없다. 다만 "?"의 유무에 의한 감상의 차이는 독자의 몫으로 남길 뿐이다.

이 시의 주된 시적 상황은 기다림이다. 화자는 임에게 '앞문'으로 오시지 말고 '뒷동산 사잇길'로 오라고 한다. 그것도 늦은 봄, 이슬비가 오는 날, '바람 피해' 살짝 '들르'라는 것이다. 그러나 화자의 태도는 임에게 간곡히 청하지는 않는다. 시적 화자가 살고 있는 "우리 집"에 "오십쇼"라는 표현에서 보면 일정부분 자존심을 지키려 노력하고 있다. 뒤이어 "살짝" 들러 가시면 "누가 무어래요?"라고 시상을 정리한다. 이렇게 자존심을 지키며 기다리던 대상은 끝내 나타나지 않고 마무리된다.

「해바라기 씨」는 1925년 3월로 정지용이 창작 시기를 밝히고 있다. 이 시는 1927년 『신소년』에 「해바락이씨」로 최초 발표된다. 이후 1928년 『조선동요선집』에 「해바락이씨」로, 1935년 『정지용 시집』과 1939년 『아이생활』에 「해바라기씨」로 수록된다. 『신소년』과 『정지용 시집』의 동시에 대한 개작을 살펴보도록 한다.

『신소년』(1927)	『정지용 시집』(1935)
해바락이 씨를 심 짜. 담모롱이 참새 눈숨기고 해바락이 씨를 심 짜.	해바라기 씨를 심자. 담모롱이 참새 눈 숨기고 해바라기 씨를 심자.

---

20) 정지용, 『정지용 시집』, 앞의 책, 122면.

누나 가 손으로 다지고 나면
바뚝이는 압발로 다지고
광이 가 쇠리로 다진다.
 	
우리가 눈감고 한밤 자고나면
이실이 나려와 가치 자고가고,
우리가 이우세 간동안에
해ㅅ비치 입마추고 가고,
 	
해바락이 는 첫시약씨 인데
사홀이 지나도 북그러워
고개를 아니 든다.
 	
가만히 엿보러 왓다가
소리를 캑 ! 지르고 간 놈이 –
오오 사철나무 니페 숨은
청개고리 고놈 이다.
 	
                  (一九二五・三月)
           — 「해바락이씨」 전문21)
	누나가 손으로 다지고 나면
	바둑이가 앞발로 다지고
	괭이가 꼬리로 다진다.
	
	우리가 눈감고 한밤 자고 나면
	이실이 나려와 가치 자고 가고,
	
	우리가 이웃에 간 동안에
	해ㅅ빛이 입마추고 가고,
	
	해바라기는 첫시약시 인데
	사홀이 지나도 부끄러워
	고개를아니 든다.
	
	가만히 엿보러 왓다가
	소리를 캑 ! 지르고 간놈이 —
	오오, 사철나무 잎에 숨은
	청개고리 고놈 이다.
	
	                — 「해바라기씨」 전문22)

　「해바라기 씨」에서 사용된 "——"는 일제강점기 현실에서 지니는 울분과 대치하고 있다. 「해바라기 씨」를 창작하였다는 1925년은 국내에서는 일제에 의해 치안유지법이 공포되었다. 당시에는 사유재산이 인정되지 않았으며 단체조직이 금지되었다. 또 KAPF가 결성되며 신경향파문학운동이 일어났다. 24세 젊은이 정지용은 일본 동지사대학을 유학할 때 이 시를 지었다. 고국을 떠나 유학을 하고 있었던 정지용의 심정은 매우 복잡하였을 것이다. 화자는 민족의 정체성과 같은 '해바라기 씨'를 심자고 한다. 그리고 이 해바라기 씨를 '누나', '바둑이', '괭이'와 같은 유정물이 가꾸고 있다. 유정물이 잠들었을 때는 '이슬', '햇빛'이라

---

21) 정지용, 『신소년』 5권 6호, 1927, 2-3면.
22) 정지용, 『정지용 시집』, 앞의 책, 94-95면.

는 무정물이 보살핀다. 그러나 모든 일에 엇나가는 짓을 하고야 마는 대명사 격인 '청개구리'. 그 '청개구리'가 정적을 깨뜨리고 만다. 여기서 '청개구리'는 일제강점기라는 당시 시대 상황에 비추어 보면 조선을 괴롭히던 일제나 정지용의 문학이나 학문에 대한 어려움을 생성하게 하던 존재로 보인다.

　개작의 형태에 파격을 가져온 「바다」라는 동시는 「바다」라는 제목으로 1927년 『조선지광』 64호에 발표하였다. 정지용은 『조선지광』의 「바다」를 발표할 때 창작 시점과 장소를 "一九二六・六月・京都"라고 작품 말미에 밝히고 있다. 이 시는 "오・오・오・오・오・", "철석・처얼석・철석・처얼석・철석・처얼석", "ㅇ" 등에서 사용되는 "●"는 소리나 모양이 연달아 발생하는 정서를 나타내고 "ㅇ"는 연과 연을 확연히 구분하고자 하는 시적 처리를 보인다.

『조선지광』(1927)	『정지용 시집』(1935)
오・오・오・오・오・ 소리치며 달녀가니 오・오・오・오・오・ 연달어서 몰아온다.

간밤에 잠설푸시 먼-ㄴ 뇌성이 울더니 오늘아츰 바다는 포도비츠로 푸러젓다.

철석・처얼석・철석・처얼석・철석 ・처얼석 제비날아들듯 물결 새이새이로 춤을추어

ㅇ | 오・오・오・오・오・ 소리치며 달려가니 오・오・오・오・오・ 연달어서 몰아온다.

간밤에 잠살포시 먼언 뇌성이 울더니,

오늘 아침 바다는 포도빛으로 부풀어졌다. 철석, 처얼석, 철석, 처얼석, 철석, 처얼석, 제비 날어 들듯 물결 새이새이로 춤을추어.
　　　　　　　　—「바다1」 전문24) |

한백년 진흙속에 숨엇다 나온드시
긔처럼 너프로 기여가 보노니
먼-ㄴ 푸른 한울미트로 가이업는
모래밧.

     ㅇ

외로운 마음이 한종일 두고
바다 를 불러-
바다 우로 밤이 걸어온다.

     ㅇ

후주근한 물결소리 등에지고 홀로
돌아가노니
어데선지 그 누구 씰어저 우름 우는듯
한기척,

돌아서서 보니 먼 燈臺가 쌘작 쌘작
쌈박이고
갈메기째 씨루룩 씨루룩 비를불으며
날아간다.

우름우는 이는 燈臺도 아니고 갈메기도
아니고
어덴지 홀로 썰어진 이름도모를
스러움이 하나.
　　　　　　　　　　－ 一九二六 · 六月 · 京都 -
　　　　　　　　　　　　　－ 「바다」 전문23)

한 백년 진흙 속에
숨었다 나온 듯이,

게처럼 옆으로
기여가 보노니,

머언 푸른 하늘 알로
가이 없는 모래 밭.
　　　　　　　　　　－ 「바다2」 전문25)

외로운 마음이
한종일 두고

바다를 불러――

바다 우로
밤이
걸어 온다.
　　　　　　　　　　－ 「바다3」 전문26)

후주근한 물결소리 등에 지고 홀로
돌아가노니
어데선지 그 누구 씨러저 울음 우는듯한
기척,

돌아 서서 보니 먼 燈臺가 반짝 반짝
깜박이고
갈메기떼 끼루룩 끼루룩 비를 부르며
날아간다.

울음 우는 이는 燈臺도 아니고 갈메기도
아니고
어덴지 홀로 떠러진 이름 모를 스러움이
하나.
　　　　　　　　　　－ 「바다3」 전문27)

이 『조선지광』의 「바다」는 1935년 『정지용 시집』 2부에 다시 수록할 때 「바다1」(84면), 「바다2」(85면), 「바다3」(86면), 「바다4」(87면)로 분류하였다. 그 중 「바다3」은 짧고 간결하여 누구나 흥미롭게 읽을 수 있게 쓰고 있다. 단, 『정지용 시집』 1부의 「바다1」(2-4면)과 「바다2」(5-6면)는 『조선지광』의 「바다」와는 다른 내용이다. 공교롭게 『정지용 시집』 1부와 2부에 같은 제목인 「바다1」과 「바다2」가 실려 있어 혼동의 우려가 있다. 『정지용 시집』 1부의 「바다1」은 "고래가 이제 橫斷 한 뒤 / 海峽이 天幕처럼 퍼덕이오."로 시작하는 총 9연의 시이고, 「바다2」는 "바다는 뿔뿔이 / 달어 날랴고 했다."로 시작하는 8연의 시이다.

「바다3」에서 '바다'를 부른 주체는 '외로운 마음'이다. 그 '마음'은 애타게 하루 종일 '바다'를 불렀다. 그런데 불려온 것은 정작 '바다'가 아니다. '한종일' 불렀던 바다는 움직이지 않는다. 그리고 고정된 바다 위로 '밤'이 '걸어오고' 있다.

시적 화자는 이러한 반복적인 음절의 고정화를 시각적으로 처리하고 있다. 동시의 음절이나 어절, 음보의 고정화는 "어머니 없이 자란 나"에게 그 시대의 아픔과 좌절 그리고 방황의 "견딤" 의식의 일종으로 반영되고 있었다. 이러한 고딕적인 시적 정형화로 정지용은 일제강점기 고통과 그 고통의 연장으로 작용 되는 감정을 동시의 정·변형 형태의 창작 시도로 극복하고 있었던 것으로 보인다.

---

23) 정지용, 『조선지광』 64호, 앞의 책, 98면. 최동호 엮음, 앞의 책, 66-67면 재인용.
24) 정지용, 『정지용 시집』, 앞의 책, 84면.
25) 정지용, 『정지용 시집』, 위의 책, 85면.
26) 정지용, 『정지용 시집』, 위의 책, 86면.
27) 정지용, 『정지용 시집』, 위의 책, 87면.

3. 이중 언어로의 시적 넘나듦

정지용의 동시는 「山娘野男」나 「歸り路」처럼 최초 일본어로 발표된 작품과 「호면」처럼 조선어로 최초 발표하고 일본어로 개작 과정을 거치는 것으로 분류할 수 있다. 이러한 동시는 정지용의 모국 조선에 대한, 적지라 볼 수 있는 일본으로부터의 환경적 혜맴으로부터 비롯되었다고 본다. 그의 이러한 혜맴의 작용으로부터 초래되었을 조선어와 일본어에 대한 시적 실험과 그 가능성에 대하여 고찰하고자 한다.

「산엣 색시 들녘 사내」는 1926년 『동지사대학예과학생회지』[28])에 일본어 「山娘野男」로 발표되었다.

『동지사대학예과학생회지』(1926)	「山娘野男」[29)
山の鳥は もりに.	산에 사는 새는 숲으로
野の鳥は さとに.	들에 사는 새는 마실로
もりの乙女 狩りに.	산 아가씨 잡으러
もりに, 行かうよ.	숲으로 가자.
	작은 산 하나 넘고
丘 一ッ 越えて	큰 산 높이 올라
峰 高く 登り	
	「호-이」
「ホーイ」	「호-이」
「ホーイ」	
	산 아가씨
もりの乙女	빨리 달려
脚の はやい こと.	암사슴 같네.
雌鹿の ごと.	
	달리는 산 아가씨
かけ走る もりの乙女	활을 쏘아 잡았는가?
弓を 引つぱつて捕へたか?	아니
いいえ	마실 총각 잡은 손을

28) 정지용, 『동지사대학예과학생회지』 5호, 1926. 2, 38-39면

さとの男の握つた手こそ ふりに ふりかねたぞよ. もりの 乙女. さとの米を 喰はせば もりの 語を 忘れてた. さとの 庭. 夜に入り えんえんと 燃える たき火を 見とほし居れば さとの男の たからかな 笑ひ. もりの 乙女の 頰がぱつと 赤らんでた. — 「山娘野男」 전문30)	떨치려다 뿌리치지 못한 거야. 산 아가씨. 마실 밥을 먹어보니 산의 말을 잊었네. 마실 마당 밤이 오니 활활 타는 모닥불에 빠져들어 마실 총각 호탕한 웃음. 산 아가씨 볼이 화악31) 붉어졌네.

정지용은 일본어로 최초 발표하였던 이 시를 1926년 11월 『문예시
대』1호에 「산에ㅅ 색시, 들녘사내」라는 조선어로 발표한다. 그리고
작품 말미에 (一九二四·十·二二)로 적고 있다. 이로 미루어 볼 때 이 작
품이 지어진 시기는 1924년 10월 22일로 유추된다. 이후 1935년 『정지
용 시집』에 이 시는 수록된다. 『정지용 시집』 본문에는 제목이 「산엣
색씨 들녁 사내」로 되어있으나 목차에는 「산엣색씨들녁사내」로 붙여
표기되어 있다. 아마 목차 란의 여유 공간 부족에서 비롯된 것으로 보
인다. 「산엣 색씨 들녁 사내」는 서사성이 엿보이는 작품으로 산에 사는

---

29) 본고의 일본어 시는 UN·NGO 포괄적협의지위기관 (사)세계평화여성연합 후지모
　토 치토세(시인·충북지부 부회장)와 일본 오사카대학교 대학원 언어문화학 전공
　박원선(재일 교포)의 도움을 받아 우리말로 옮김.
30) 정지용, 『동지사대학예과학생회지』 5호, 1926, 38-39면. 최동호 엮음, 앞의 책,
　282-283면 재인용.
31) (부끄럽거나 수줍을 때) 얼굴에 열이 나며 발갛게 달아오르는 모습.

새인 색시와 들에 사는 사내가 등장하는 이야기이다. 들에 사는 사내가
산에 사는 색시를 사랑한다. 그리하여 산을 넘고 산봉우리에 올라 색시
를 잡으려 하나 산에서 살던 색시는 표범처럼 재빠르다. 그러나 들에
사는 사내에게 잡힌 손은 차마 뿌리치지 못한다. 그리고 색시는 이내
"들녘 쌀을 먹어 산엣 말을 잊"고 만다. 이러한 슬픈 시구절과 달리 들
녘 마당엔 흥성거리는 잔치가 벌어진다. 들녘 사내는 흡족한 "선웃음"
을 짓고 산엣 색시는 부끄러움에 "얼굴 와락 붉고" 만다. 이렇게 미련
없이 지난 이야기들이 잊을 수 없는 시가 되었다. 아름다운 인연의 고
리가 된 이 시는 산엣 색시와 들녘 사내 그리고 오늘을 살아가는 이들
에게는 단단한 바위에 편지 한 장 새겨놓은 격이다.

「山娘野男」의 『문예시대』와 『정지용 시집』의 개작을 살펴보고자 한다.

『문예시대』(1926)	『정지용 시집』(1935)
산에ㅅ 새는 산 으로, 들녁 새는 드을 로, 산에ㅅ 색시 잡으러 산 에 가세.	산엣 새는 산으로, 들녁 새는 들로. 산엣 색씨 잡으러 산에 가세.
작은재를 넘어서서 큰봉 에를 올라서서	작은 재를 넘어 서서, 큰 봉엘 올라 서서,
『호—이!』 『호—이!』	「호—이」 「호—이」
산에ㅅ 색시 날래기가 표범 갓다.	산엣 색씨 날래기가 표범 같다.
치달녀 달어나는 산에ㅅ 색시	치달려 다러나는 산엣 색씨,

활 을 쏘와 잡엇슴나?	활을 쏘아 잡었음나?
아아니다. 들녁사내 잡은 손은 참아 못 노터라.	아아니다, 들녁 사내 잡은 손은 참아 못 놓더라.
산에ㅅ 색시, 들녁 쌀을 먹엿더니 산에ㅅ 말을 이짓슴데.	산엣 색씨, 들녁 쌀을 먹었더니 산엣 말을 잊었읍데.
들녁 마당에 밤이 들어 화투ㅅ불 넘어로 보면	들녁 마당에 밤이 들어,
들녁 사내 슨우슴 소리 산에ㅅ 색시 얼굴 와락 붉엇더라. <div align=right>(一九二四·十·二二) ― 「산에ㅅ 색시, 들녁사내」 전문32)</div>	활 활 타오르는 화투불 넘어로 넘어다 보면―― 들녁 사내 선우슴 소리, 산엣 색씨 얼골 와락 붉었더라. <div align=right>― 「산엣 색씨 들녁 사내」 전문33)</div>

    정지용은 「산엣 색씨 들녁 사내」를 『문예시대』(1926)에서는 9연으로 『정지용 시집』에서는 10연으로 구성한다. 전자의 "들녁 마당에 밤이 들어 / 화투ㅅ불 넘어로 보면"을 "들녁 마당에 / 밤이 들어,// 활 활 타오르는 화투불 넘어로 / 넘어다 보면――"으로 늘어놓고 있다. 즉, 8연을 8, 9연으로 분리하고 있는 것이다. 그리고 언어 외적 기호인 "『 』"을 "「 」"으로, "화투ㅅ불 넘어로 보면"을 "활 활 타오르는 화투불 넘어로 / 넘어다 보면――"으로 개작을 하고 있다. 정지용은 시 창작에서 '연 분리, 의태어 첨가, 언어 외적 기호의 사용' 등의 개작으로 조선어와 일본

---

32) 정지용, 『문예시대』 1호, 1926. 11, 60면.
33) 정지용, 『정지용 시집』, 앞의 책, 117-119면.

어의 시적 넘나듦에 대한 끊임없는 실험정신을 발휘하였다고 본다.

「산엣 색씨 들녁 사내」는 1924년 10월 22에 조선어로 창작되었다. 1926년 2월『동지사대학예과학생회지』에 일본어「山娘野男」로 발표된 후 1926년 11월『문예시대』1호에「산에ㅅ 색시, 들녘사내」라는 조선어로 발표되었다. 그리고 1935년『정지용 시집』에 이 시는 수록된다. 즉, '조선어 창작(1924) – 일본어 발표(1926. 2.) – 조선어 발표(1926. 11.) – 조선어 수록(1935)'의 개작을 거치게 된다. 정지용이 이렇게 한 작품을 여러 차례 개작한 것은 조선시가 근대시로의 전환에 대한 가능성에 있다고 할 수 있다. 그의 이러한 시적 개작 변환은 조선시가 근대시로 이동하는 다양한 시도로 보여진다. 정지용이 조선어로 최초 창작후 2년 정도를 고민하며 일본어가 조선어로, 또 조선어가 일본어로의 시적 표현이 가능한 것인가를 실험하고 있었던 것으로 보인다. 그뿐만아니라 일본어로 발표된 시를 같은 해에 다시 조선어로 개작하기도 한다. 그리고 시의 교과서라 할 수 있는『정지용 시집』에「산엣 색씨 들녁 사내」를 수록하게 된다. 이는 정지용의 조선어와 일본어에 대한 끊임없는 실험정신에서 온 그의 시 창작 노력으로 보인다.

정지용은 1927년 7월『근대풍경』2권 6호에 일본어 창작시「歸り路」을 발표한다.「歸り路」를 발표할 무렵, 정지용은 상당히 모호한 혼란스러움과 불안감이 팽배하였던 것으로 보인다.

『근대풍경』(1927)	「돌아 오는 길」[34]
石ころをけつてあるく.	돌멩이를 차며 걷는다.
むしやくしやした心で,	짜증난 마음으로,
石ころをけつてあるく.	돌멩이를 차며 걷는다.
すさまじき口論ののち,	심한 말다툼 후,
腹がへつて歸り路の,	배고파 돌아오는 길,

かんしやくだまが、	울화통이,
氷つたつまさきで嘶く.	언 발끝에서 운다.
―「歸り路」전문35)	

　당시 조국의 현실과 종교적 문제 그리고 자녀의 사망과 출생은 끊임없이 정지용에게 미래에 대한 불안감을 안겨줬다. 그에게 줄기차게 찾아드는 불확실성. 정지용은 그것에 대한 깊은 고민을 떨쳐버리지 못하였다. 그는 이러한 자신의 불안함을 시를 쓰며 견뎌냈을 것이고 시에서 갈등의 실마리를 찾으려고 노력하였던 것으로 보인다.

　「돌아오는 길」에서 시가 창작된 시대적 배경을 고려할 때 '돌멩이'가 의미하는 바를 추측하여 볼 일이다. '돌멩이'는 시적 화자인 '나'가 울분을 토해내는 대상이다. 말다툼한 상대에 대한 억울하고 분한 마음과 배고픔에 대한 응어리가 겹겹이 쌓인 덩어리가 '돌멩이'라는 고체 덩어리로 고정화되었다. 말다툼한 상대는 친구일 수도 있고, 가족일 수도 있다. 또 시대적 고초를 당하고 있는 국가일 수도 있고 고통을 주고 있는 일본일 수도 있다. 더 나아가 이러한 시대 상황에 직면한 정지용 자신의 소극적인 자세에 대한 분노일 수도 있다. 정지용은 이러한 것들을 모두 '돌멩이'에 응축시켜 화자의 분풀이 대상으로 정한다. 자아와 세계와의 갈등을 잦아들게 하는 일환으로 선택한 정지용의 작품 쓰기는 1950년 그의 행방을 알 수 없을 때까지 계속되었다. 하지만 정지용의 작품 쓰기에서 그의 갈등은 동지사대학 시절 갈등의 노정에서 한껏 잘 나타나고 있다. 이러한 고뇌에 어린 정지용의 갈등은 그의 '언 발끝'에서 울고 있었다.

---

34) 앞의 후지모토 치토세와 박원선의 도움을 받아 우리말로 옮김.
35) 정지용,『근대풍경』2권 6호, 1927, 46면. 최동호 엮음, 앞의 책, 346면 재인용.

「돌아오는 길」은 일본어로 발표된 이후 조선어로 개작되거나 다른 잡지나 서적에 재수록되지 않았다. 시적 화자인 '나'가 울분을 토해내는 대상이었던 '돌멩이'를 던지듯 이 시는 정지용이 거론하고 싶지 않았던 '갈등의 응어리'였는지도 모를 일이다. 이렇게 허공에 던져진 「歸り路」은 시인의 당시 복잡하고 신산했던 마음 한구석일 수도 있다. 조선어와 일본어의 넘나듦을 실험하고 있었던 그가 개작도 하지 않으며 거론도 하지 않았던 「歸り路」, 이것은 정지용 시적 환경의 모호한 혼란성에 '헤맴'을 전혀 배제할 수 없다.

「湖面」은 1927년『朝鮮之光』36)에 발표한다. 정지용은 이 작품의 말미에 "-一九二六·十月·京都-"라고 창작 시기를 적어놓고 있다. 「湖面」의 조선어와 일본어 동시를 비교해 보고자 한다.

『조선지광』(1927. 2.)	『근대풍경』(1927. 3.)
손 바닥 을 울니 는 소리 곱드라 캐 건너 간다. 그 뒤 로 흰게우 가 밋그러진다. 　　　　— 一九二六·十月·京都- 　　　　—「湖面」 전문37)	たなごころを うつ 音 晴れやかに 渡りゆく. そのあとを 白鳥がすべる. 　　　　—「湖面」 전문38)

『조선지광』에 발표한 지 1개월 후인 1927년 3월『근대풍경』2권 3호 38면에 일본어로 「湖面」을 발표한다. "손바닥을 울리는 소리 / 곱다랗게 건넌다 // 그 뒤로 白鳥가 미끄러진다"39)『조선지광』의 「湖面」에

---

36) 정지용,『朝鮮之光』64호, 1927. 2, 99면.
37) 정지용, 위의 책, 99면.
38) 정지용,『근대풍경』2권 3호, 1927. 3, 38면. 최동호 엮음, 앞의 책, 336면 재인용.
39) 앞의 후지모토 치토세와 박원선의 도움을 받아 우리말로 옮김.

서는 "흰게우" 즉 '흰 거위'를 의미하는 표기를 보였는데 『근대풍경』에서는 "白鳥"로 표기하고 있음이 눈에 뜨인다.

이후 『정지용 시집』에 「湖面」으로 수록하며 다시 "힌게우"로 쓰고 있다. 이것으로 보아 본래 정지용의 의도는 "白鳥"가 아닌 "흰 거위" 쪽에 무게를 두고 있었던 듯하다.

『조선지광』(1927. 2.)	『정지용 시집』(1935)
손 바닥 을 울니 는 소리 곱드라 캐 건너 간다. 그 뒤 로 흰게우 가 밋그러진다. — 一九二六·十月·京都- — 「湖面」 전문40)	손 바닥을 울리는 소리 곱드랗게 건너 간다. 그뒤로 힌게우가 미끄러진다. — 「湖面」 전문41)

시적 화자는 호수 밖에서 박수를 친다. 그 박수 소리가 조용한 호수를 건너간다. 그 호수가 얼마나 조용한지 화자가 친, 박수 소리마저 곱다랗게 건너갈 정도이다. 이렇게 고요한 호수에 박수소리 따라 흰 거위도 미끄러지듯 건너고 있다. 이렇듯 정지용은 내면에 '고요함'을 품고 있었다. 「湖面」이라는 시는 인간인 지은이, 즉 정지용이 살아가던 모습을 그 내용으로 한다. 그 때문에 시 속의 세계와 현실 세계 사이에 일정한 관계가 성립된다.

정지용은 호수를 건너는 '흰 거위'를 보고 있다. 흰 거위를 보며 그는 시속에서 박수 소리도 '고요함'으로 건너게 하고 호수마저 '고요함'으로 미끄러지게 하고 있다. 이는 바로 정지용이 추구하였던 현실의 '고요함'이었다.

---

40) 정지용, 『조선지광』 64호, 1927. 2, 99면.
41) 정지용, 『정지용 시집』, 앞의 책, 70면.

4. 결론

본고는 1920-1930년대에 주로 발표된 정지용의 동시를 살펴보고 서지적 변이와 해제에 주목하여 정·변형의 가치, 외국어 차용, 개작 의미를 고찰하였다.

II장에서는 정·변형 동시에 집중하였다. 정형 동시는 시대적 배경과 맞물린 혼돈 상태에서 얻은 복잡·곤궁한 정지용의 구속된 감정처리와 운율 의식의 결과물로 보았다. 변형 동시는 언어 외적 기호인 "?, !, —, ○, •" 등을 활용하였다. 이는 화자의 내면에 잠재된 기다림, 울분, 감정의 연속성, 연의 구분 등을 의미하면서 동시의 시적 장치로 적용되고 있었다.

III장에서는 외국어를 차용, 정지용의 정서를 표출한 동시를 살펴보았다. 「山娘野男」은 최초 일본어로 발표되고 일본어로 개작, 「歸り路」는 일본어로만 발표, 「湖面」은 조선어로 최초 발표되고 일본어로 개작하는 과정에 집중하였다. 이러한 개작 과정에서 겨냥된 조선어의 일본어로의 실험은 정지용 시세계에서 이중 언어적 표현 가능성을 시사, 시적 넘나듦의 폭을 넓히고 있었다.

본고는 정지용 동시에서 정·변형을 통한 화자의 감정처리, 언어 외적 기호를 부려 시적 형상화 진행, 조선어와 일본어로의 개작으로 실험된 시적 넘나듦의 가능성을 제시한 점에 의의를 둔다. 한편, 동시의 언어학적 변이는 언어학자들의 몫으로 남기고, 정지용 동시의 정·변형성에 대한 시적 영향 관계를 미비점으로 미뤄 향후 고찰하고자 한다.

3장

정지용 시의 변이와 색채언어에 대한 소고

정지용 시의 변이와 색채언어에 대한 소고
-「하눌혼자보고」와「병」을 중심으로

1. 서론

정지용은 "우리의 시 속에 현대의 흐름과 맥박을 불어 넣은 최초의 시인"[1]으로, "비상한 예술적 기법과 감각을 지닌 현대 시단의 경이적인 존재"[2]로 일컬어진다. "교육적, 직업적, 문학적, 가족사적인 측면에서 굴곡진 삶의 여정"[3]을 경험한 정지용은 시각 언어의 일종인 색채에 그의 삶을 반영하기도 하였던 것으로 보인다. 그는「하눌혼자보고」와「병」에 차가운 색과 따뜻한 색의 양극적 대립 현상으로 독특한 그의 행로를 그려놓고 있다.

정지용의 시나 산문에서 감각적 이미지에 대한 기존 연구는 다소 이루어졌다. 곽명숙은 정지용의 "여행시들은 감각의 폐쇄적 상태를 벗어나 잃어버린 신체감각을 되찾는 계기"[4]가 되었다고 말한다. 조강석은

* 『2023 일본 정지용 문학 포럼』, 옥천군·옥천문화원·도시샤대학교, 2023, 43-55면.

1) 김기림, 「1933년 시단의 회고」, 『조선일보』, 1933. 12. 8.
2) 양주동, 「1933년도 시단년평」, 『신동아』, 1933, 12, 31면.
3) 김묘순, 「정지용 문학 연구」, 우석대학교 대학원 박사학위 논문, 2021, 18-225면.
4) 곽명숙, 「정지용 시에 나타난 여행의 감각과 의미」, 『한국현대문학연구』 Vol.0 No37, 한국현대문학회, 2012, 107-137면.

"주체가 감성에 주어진 낯선 자극들에 감성적으로 대응하는 양상"이라며 "순수 과거로의 고향은 근대 체험의 감성적 전유 과정을 작동시키는 근원"5)이라고 주장하였다. 이승철은 정지용의 시 "「바다2」를 인지 의미론적 방법론으로 접근 이미지 도식을 통하여 시의 의미를 규명"6)하려 하였다. 안상원은 "색채이미지를 통해 상상력의 구조와 시쓰기 의식의 관계"7)에 대하여 주목하였다. 이들의 선행 연구는 감각적 이미지즘과 결을 같이하며 정지용 문학 연구에 진일보하게 되는 업적을 남겼다.

본고에서는 『하눌혼자보고』와 「병」에 나타난 창작 당시 조선어 문법 상황과 변이 그리고 빛의 삼원색에 속한 빨강, 파랑의 색채언어를 통해 정지용의 내면 정서를 살펴보고자 한다.

2. 표기와 색채

1) 「하눌혼자보고」에서 「병」으로의 변이

정지용은 1926년 6월 재경도유학생학우회의 기관지인 『학조』1호8)에 「한울혼자보고」를 발표한다. 『학조』에 발표된 시들은 사실상 정지용의 초기시에 해당하는 작품들인데 그 중 「한울혼자보고」를 살펴보고자 한다.

---

5) 조강석, 「정지용 초기시에 나타난 근대의 '감성적' 전유 양상 고찰」, 『상허학보』 Vol. 29 No-, 상허학회, 2010, 189-220면.
6) 이승철, 「정지용의 시 「바다2」에 대한 인지시학적 분석」, 『국어문학』 Vol. 48 No-, 국어문학회, 2010, 209-230면.
7) 안상원, 「정지용 시의 색채이미지와 시쓰기의 의식 연구」, 『이화어문논집』 Vol. 36 No-, 이화어문학회, 2015, 205-225면.
8) 정지용은 『학조』에 「카페-·프란스」, 「슬픈인상화」, 「파충류동물」, 「마음의 일기-시조 9수」, 「서쪽한울」, 「찍」, 「감나무」, 「한울혼자보고」, 「짤레(人形)와아주머니」 등을 실었다.

부에ㅇ이 우든밤
누나의 니얘기—

파랑병 을 쌔면
금세 파랑 바다.

쌀강병을 쌔면
금세 쌀강 바다.

쌕국이 우든 날
누나 시집 갓네—

파랑병 쌔ㅅ들여
하눌 혼자 보고,

쌀(강)병9) 쌔ㅅ들여
하눌 혼자 보고,

—「하눌혼자보고」10) 전문

「하눌혼자보고」는 6연으로 이루어졌다. 1연과 4연은 '누나'가 등장
한다. 1연의 '누나'는 시적 화자와 공동공간에 존재한다. '누나'는 옛이
야기를 화자에게 들려준다. '파랑병'에서 꺼낸 이야기와 '쌀강병'을 깨
뜨려 얻어낸 이야기를 시적 공동공간에서 전달한다. 한편, 4연의 '누나'
는 화자와 몌별(袂別)공간의 적용을 받는다. 「하눌혼자보고」의 4연은
"쌕국이 우든 날 / 누나 시집 갓네—"로 나타난다. 옛이야기를 시적 화

---

9) 본고에서는 6연의 "쌀병"은 3연의 "쌀강병"을 의미하는 것으로 본다. (강)은 논자 주.
10) 정지용, 『학조』1호, 재경도조선학우회, 1926, 106면. 최동호 엮음, 『정지용 전집1』,
    서정시학, 2015, 48면 재인용.

자인 남동생에게 들려주던 누나와는 이별하였다. 화자는 이렇게 '빨강'
과 '파랑'의 다양한 이야기들을 구사해주던 누나를 그리워하게 된다.
화자는 "파랑병 쎄ㅅ들여 / 하눌 혼자 보고, // 쌜(강)병 쎄ㅅ들여 / 하눌
혼자 보고,"에서 보여주듯이 누나를 그리워하는 내면 정서를 드러내고
있다. 즉, "파랑병 쎄ㅅ들여"와 "쌜병 쎄ㅅ들여"를 통해 누나가 옛이야
기를 들려주던 때를 그리워하고 있는 것이다. 그러나 누나는 돌아오지
않고 옛이야기만 기억의 장치에 저장되어 있을 뿐이다.

　　정지용은 1926년『학조』에 발표했던「하눌혼자보고」를 1935년『정
지용 시집』에「병」이라는 제목으로 변경하여 수록한다.

　　　　부헝이 울든 밤
　　　　누나의 이야기——

　　　　파랑병을 깨치면
　　　　금시 파랑바다.

　　　　빨강병을 깨치면
　　　　금시 빨강 바다.

　　　　버꾹이 울든 날
　　　　누나 시집 갔네——

　　　　파랑병을 깨트려
　　　　하늘 혼자 보고.
　　　　빨강병을 깨트려
　　　　하늘 혼자 보고

　　　　　　　　　　　　　　　　　　　　—「병」11) 전문

『학조』와 『정지용 시집』[12]에 수록된 시의 가장 큰 차이점은 「하눌 혼자보고」와 「병」이라는 제목의 상이성에 있다.

「하눌혼자보고」는 화자의 누나에 대한 그리움의 정서에 집중하고 있는 제목이다. 즉, 시적 화자의 마음에 일어나는 그리움이라는 구체적인 양태를 작가의 내면세계에 집약해 보여주려 하고 있는 것이다. 누나가 들려주던 병 속에 내재하고 있던 이야기들을 꺼내서 화자는 옛날을 상기하고자 한다. 그러나 그것들은 누나의 서사성이 있던 이야기로 돌아오지 못한다. 그리하여 그 허망한 마음은 하늘을 올려다보는 행위를 하는 것에서 그치고 만다. 이러한 누나의 부재에 대한 허망함을 화자는 '파랑병'과 '쌀강병'에 들어있던 이야기를 꺼내 치유하려한다. 이 치유의 행위로 화자는 '병'을 깨트려 이야기를 회상하고자 한다. 병을 깨트리는 화자의 행위는 「하눌혼자보고」라는 제목에서 보여주듯이 독자의 마음을 안타까움으로 이끄는 동시에 화자의 그리운 마음을 부각시키는 효과로 작용된다.

반면 「병」은 누나가 들려주었던 '병'에 간직하고 있던 '이야기'에 방점을 찍고 있는 제목이다. 「하눌혼자보고」에서 화자는 자신과 독자에게 그리움의 판단을 제시하였다면 「병」은 그리움의 판단을 이끌어 오는 이야기에 관점을 맞추어 제목을 상정하게 된다. 물론 그 이야기들은 '파랑병'과 '쌀강병'을 깨뜨려야만 들을 수 있었다. 동시에 '파랑병'과 '쌀강병'을 다시 깨뜨려 보았지만 누나가 들려주던 그 이야기는 회상으로 화자의 가슴에 존재할 뿐이다. 그렇기에 1-3연에서 '파랑병'과 '쌀강

---

11) 정지용, 『정지용 시집』, 시문학사, 1935, 106-107면. 『정지용 시집』의 목차에는 108면으로 오기되어 있다.

12) 본고에서 『학조』로 표시된 것은 「하눌혼자보고」를, 『정지용 시집』이라 표기된 것은 「병」으로 쓰고자 한다.

병'을 깨뜨려 들던 이야기를 4-6연에서 다시 '파랑병'과 '쌀강병'을 깨뜨려 들으려하나 어릴 적 들던 누나의 이야기는 아니라는 것이다. 그렇기에 화자는 "병"을 깨고도 "하늘"만 바라볼 뿐이다.

> 우리 詩가 일즉이 섯스면서도 本質的으로 優秀한 點이 잇는데 그
> 것은 우리말이 優秀하다는 것인데 첫재(째) 聲響이 풍부하고 文字가
> 豐富해서 우리말이란 詩에는 선천적으로 훌륭한 말입니다.[13]

한편, 1연과 4연은 각 행이 6음절로, 나머지 연은 각각 7음절과 6음절로 고정되어있다. 음절 고정뿐만 아니라 각 연이 4음보의 운율을 이루고 있다. 이것은 정지용의 주장처럼 우리말이 우수하고 음향과 문자가 풍부하여서 그런 것이다. 이러한 우리말의 풍부함을 정지용은 놓치지 않고 그의 시에 반영하고 있었다. 그는 "세상에 시가 문학자와 비평가한테는 지식과 일가견에 그칠 것이로되 시인한테는 바로 양식이다."[14]라며 시작에 전념하였던 것으로 보인다.

> 평가(評家)는 부질없이 해외(海外)의 풍성학려(風聲鶴唳)에 휩쓸려
> 조선적(朝鮮的) 현실(現實)을 도외시(度外視)한 감(感)이 불무(不無)
> 했으며 또 작가(作家)는 작가(作家)대로 해외사조(海外思潮)와의 교류
> (交流)를 지나치게 거부(拒否)해온 감(感)이 없지 않다. (중략) 해외(海
> 外)에서 섬홀(閃忽)한 이색(異色)의 사조(思潮)에서 보다 더 조선현실
> (朝鮮現實)에 기(基)한 이즘을 양출(釀出)해야 할 것이다. (중략) 문학
> 인(文學人)이란 이상인(理想人)이요 향악인(享樂人)입니다. 조선문학

---

13) 정지용, 「詩文學에 대하여」(대담: 박용철, 정지용), 『조선일보』, 1938. 1. 1, 2면. ( )
   는 논자 주.
14) 정지용, 「뿍 레뷰: 임학수(林學洙) 저(著) 『팔도풍물시집(八道風物詩集)』」, 『동아일
   보』, 1938. 10. 28, 3면.

(朝鮮文學)이란 조선(朝鮮)말로 씨워진 것입니다. 거기에 조선적(朝鮮
(的)인 음(音), 색(色), 희(喜), 애락(哀樂) 모든 것이 째어집니다.[15]

정지용은 「하눌혼자보고」나 「병」에서 조선적인 음과 색, 슬픔, 기쁨
등을 녹여내고자 조선적인 시를 쓰려 부단히 노력한 시인이다. 실제로
그는 시의 이론뿐만 아니라 자신의 시에서도 이러한 이론을 되새기며
실현하고 있었던 것으로 보인다.
『학조』와『정지용 시집』에서 표기들이 다름을 알 수 있다. 각 행에
서 표기가 변이되었기에 달라진 표기들을 표로 정리하여 보기로 한다.

『학조』(1926년)	『정지용 시집』(1935년)
부에ㅇ이	부헝이
우든밤	울든 밤
니애기—	이야기——
파랑병 을	파랑병을
째면	깨치면
금세	금시
파랑 바다.	파랑바다
쌀강병을	빨강병을
썩국이	뻐꾹이
우든	울든
갓네—	갔네——
파랑병	파랑병을
째ㅅ들여	깨트려
하눌 혼자 보고,	하늘 혼자 보고.
쌀병(쌀강병)	빨강병을

(글씨 두꺼운 처리는 논자 주)

---

15) 정지용 등, 「명일(明日)의 조선문학(朝鮮文學)- 장래(將來)할 사조(思潮)와 경향(傾
向), 문단중진(文壇重鎭) 십사씨(十四氏)에게 재검토(再檢討)된 리얼리즘과 휴매니
즘」, 『동아일보』, 1938. 1.1.-1.3. 최동호, 『정지용 전집』2, 서정시학, 2015, 143,
158면 재인용. 띄어쓰기와 활자는 논자가 본문을 헤치지 않는 범위에서 현대어에
가깝게 다듬었음을 밝힌다.

제목뿐만 아니라 『학조』와 『정지용 시집』의 변이된 부분이 다수 눈에 띤다. 표기의 다름은 "쌀강병"을 "쌀병"처럼 필사자나 엮은이의 착오로 일어날 법한 무의도적인 변화를 겪는 표기도 있다. 그러나 "언어나 문장 감각의 차이로 인해 일어나는 의도적인 변화"16)도 있다. 이러한 변화는 띄어쓰기17), 'ㄹ'이 추가된 기본형 변형, 조사 첨가, 합용병서, 회상시제보조어간, 종성 멀리하기와 표기법 등에서 차이를 보이고 있다. 여기서 화살표(→) 앞쪽은 1926년 『학조』에 발표되었던 「한울혼자보고」의 표기이고, 화살표(→) 뒤쪽은 1935년 『정지용 시집』에 발표되었던 「병」의 표기이다.

첫째, 띄어쓰기18)는 "우든밤"과 "울든 밤", "파랑병 을"과 "파랑병을", "파랑 바다"와 "파랑바다"에서 보인다. "우든밤" → "울든 밤"으로

___

16) 서경희, 「「蘇大成傳」의 서지학적 접근」, 이화여자대학교 대학원 석사학위 논문, 1997, 19면.

17) "점찍기나 토달기가 띄어쓰기 의식이 담긴 띄어쓰기의 선구적 방식으로 본다면 본격적인 사이 띄기(빈칸 띄어쓰기)는 무규범기와 규범기로 나누어 살펴볼 수 있다. 무규범기는 개화기 때에 선교사들의 회화 학습서들에서 단편적으로 띄어쓰기가 보이기 시작하다가 '독립신문'의 창간호(1896. 4. 7.)부터 본격적으로 나타난 후 '통일안(1933)이 나타나기까지의 기간이다. (중략) 규범기는 조선어학회의 '통일안'의 띄어쓰기 규정에서 시작되어 몇 차례의 개정과 해방 후 정부 최초의 띄어쓰기 규정인 '한글띄어쓰기(1949)를 거쳐 현행 맞춤법 규정인 '한글맞춤법'(1988)에 이르는 기간이다. 민현식, 『국어 정서법 연구』, 태학사, 2011, 166면.

18) 현대적 의미의 띄어쓰기는 외국인 선교사나 외교관의 문법서에서 한국어 회화문을 영역문과 대비하면서 나타났다. 즉, 영역문의 띄어쓰기에 맞춰 국문을 배열하다보니 자연스런 띄어쓰기가 나타났던 것이다(이기문 1989, 심재기 1990). 로스(J. Ross) 목사의 'Corean Primer'(1877)와 이의 수정판인 'Korean Speech with Grammar and Vocabulary'(1882)에는 다음과 같이 영문의 가로 띄어쓰기가 자연스레 국어 회화문에도 반영되는 모습을 보여 준다.
(4) 늬   되션   말   보이고져   한다
    I   Corean   words   (to)learn   want
                                                    (Ross 1877:6) (중략)
(5) 빈 한 개사 오너라. Buy a pear. (Underwood 1890:58). 민현식, 위의 책, 170-172면.

'울든' 다음에 체언 '밤'을 띄어 쓰고 있으며, "파랑병 을" → "파랑병을"처럼 조사를 띄어 쓰던 것을 체언과 조사를 붙여 쓰고 있다. 또 "파랑바다" → "파랑바다"에서 보면 「한울혼자보고」는 '파랑'과 '바다'를 단일 명사로 보고 띄어 쓰고 있으며, 「병」에서는 '파랑'과 '바다'를 합성명사 처리하여 "파랑바다"로 붙여 쓰고 있다.

> 띄어쓰기가 공식적으로 다루어진 것은 '한글맞춤법통일안'(1933)에서다. (중략) (1) 1933년 한글맞춤법통일안(1933. 10. 29.): 총론 3개항과 각론 7장(총 65개항), 2개 부록으로 되어있는데 그 중에 총론 三과 제7장의 61-65항까지가 띄어쓰기를 규정하였고 부록 2에 문장부호 16개항도 나와 있다. (중략)
>
> 총론 제3항: 문장의 각 단어는 띄어 쓰되 토는 그 웃 말에 붙여 쓴다.
>
> 각론 제7장(61-65항)
>
> 제61항: 단어는 각각 띄어 쓰되, 토는 웃 말에 붙여 쓴다.
>
> (一)명사와 토 (1)사람은, 밥으로만 (2)악아, 애꾸눈아 (二) 용언의 어간과 어미 (1)가면서, 노래한다, 먹어 보아라. (三)부사와 토: 퍽은 늘이야, 잘이야
>
> 제62항: 보조의 뜻을 가진 용언은 그 우의 용언에 붙여 쓴다. (중략)
>
> 또한 고유명사, 합성어, 전문용어의 띄어쓰기는 아무 언급이 없다.[19]

정지용도 1933년 한글맞춤법통일안에 준거하여 조사(토)를 붙여 쓰고, 총론 제3항에 의하여 "울든"과 "밤"을 띄어 쓰고 있었던 것이다. 단, 합성어에 대한 규정은 언급하지 않았기에 미리 실행하고 있었던 것으로 보인다.

---

19) "1946년안: 총론 3항의 '단어는 띄어 쓴다'는 규정에 따라 의존명사, 의존용언도 단어이므로 띄어 쓰도록 전환하였음을 간접적, 비명시적으로 선언하고 있다". 민현식, 위의 책, 180-184면.

둘째, 'ㄹ'이 추가된 기본형의 변형이다. "우든밤" → "울든 밤"과 "우든" → "울든"과의 표기에서 '울다'를 기본형으로 하여 'ㄹ'이 첨가되고 있다.「한울혼자보고」에 쓰인 '우든'은 '울다'의 뜻으로 관형사형 어미 '-던'20)으로 해석하여 '울던'의 의미에 근접함을 알 수 있다. '우든'이나 '울든'은 옥천에서 사용되는 방언21)의 흔적으로 보인다. 그래서 「병」에서 기본형 '울다'에 따라 "울든"으로 교체한 것임을 유추할 수 있다.

셋째, 조사 첨가이다. '파랑병' → '파랑병을'로, '쌜병(쌜강병)' → '빨강병을'로 '-을'이라는 목적격 조사를 첨가하고 있다. '-을'이라는 조사를 쓰지 않은「하눌혼자보고」의 '파랑병'과 '쌜강병'은 호흡이 가쁘다. 한 호흡에 1행을 연달아 1음보로 취급하여야 하기 때문이다. 그러나「병」에서처럼 조사 '-을'을 첨가하였을 때는 '파랑병을 ∨ 깨트려'와 '빨강병을 ∨ 깨트려'와 같이 2음보로 처리할 수 있다. 2음보 처리는 1음보 처리보다 급하거나 빠르지 않고 여유로운 호흡을 유지할 수 있는 장점을 지니고 있다. 한편, 1연과 4연은 각 행이 6음절로 고정되어 있고, 각 연이 4음보의 운율을 이루고 있다.

넷째, 'ㅅ'계열 합용병서의 사용22)이다. '쌔면' → '깨치면'으로, '쌜강

---

20) '-는, -ㄴ, -던, -ㄹ'은 한 문장을 관형사처럼 바꾸어 주므로 '관형사형 어미'라고 한다. 남기심·고영근, 『표준국어 문법론』, 탑출판사, 2013, 161면.
21) "칠봉산에서 '우든' 새들이 그때는 많았어요". 정수병(88세, 옥천군 동이면 생) 옹.
22) 합용 병서는 서로 다른 자음을 가로로 나란히 붙여 쓰는 일, 또는 그렇게 만든 글자. 'ㄱㅅ', 'ㅫ', 'ㄺ', 'ㄻ', 'ㄿ', 'ㅀ', 'ㅄ' 따위가 있다. 국립국어원(www.korean.go.kr) 한편, 『학조』에 발표되었던 작품에 쓰인 합용 병서는 다음과 같다.「짤레(人形)와 아주머니」(『학조』1호, 1926.) 중 "짤레", "쓰더가", "쌔피쩍", "째째중"에서 나타난다.「감나무」(『학조』1호, 1926.) 중 "까마구", "싹싹"에서 찾을 수 있으며『씌』(『학조』1호, 1926.) 중 "씌를 씌고", "쌍속", "씌를 씌네"에서 나타난다.「카페— · 프란스」(『학조』1호, 1926.) 중 "쏘 한놈은", "쌧적 마른놈이", "쒸여간다", 쌔ㅁ이 "에서,「슬픈인상화」(『학조』1호, 1926.) 중 저녁째", "쏙", "쌈박어리는", "짠", "써ㅂ질을"에서,「파충류동물」(『학조』1호, 1926.) 중 "쩨밀려", "쌍골라", "내려쏘이는", "쓰러오르는"에서,「마음의 일기」에서 -시조 아홉首(『학조』1호, 1926.) 중

병을' → '빨강병을'로, '쌕국이' → '빼꾹이'로, '쌔ㅅ들여' → '깨트려'로 표기하고 있다. 즉 『학조』에서는 'ㅺ'과 'ㅄ'의 된시옷 계열의 된소리로 추정되는 글자를 사용하였다는 것이다.

> 언문 철자법(1930. 2.): 소창진평 등의 일본인과 심의린, 장지영, 이완응, 권덕규, 최현배, 신명균 등이 관여했는데, 한자어나 고유어를 막론하고 아래아를 전면 폐지하고 표의주의 정신에 따라 받침을 크게 확대했으며 된소리 표기에 ㄲ, ㄸ, 등의 각자병서를 채택하는 등 혁신적이어서 보수파의 반론이 많았으나 우여곡절 끝에 통과되었다. 주시경과 국립연구의정안 이래 표의주의 표기 정신이 다시 부활하여 본격적인 표의주의 표기법이 열리게 되었다.[23)]

이러한 언문철자법의 적용을 받아 1935년에 발간된 『정지용 시집』의 「병」에서는 합용병서를 사용하지 않고 각자병서를 사용하고 있다. 한편, 정지용이 『학조』에 발표하던 시기의 시에서는 주로 합용병서가 사용되고 있었다.

다섯째, '우든밤' → '울든 밤'의 선택형과 회상형의 상이점이다. 현대국어에서 '-든'은 선택형으로 '-던'은 회상형으로 사용 가능하다. 그러나 '우든밤'과 '울든 밤'에서 '-든'은 형태상 선택형을 취하고 있지만 의미상으로는 회상형의 '-던'의 뜻으로 해석해야 한다.

여섯째, 종성 멀리하기와 현대표기법에서 달라진 부분이다. '부에ㅇ이' → '부헝이'와 '쌔ㅅ들여' → '깨트려'에서 '-에ㅇ'과 '쌔ㅅ'처럼 '쌧'과 '엥'처럼 종성을 붙여 써야한다. 그런데 『학조』에서는 'ㅅ'과 'ㅇ'을 초

"쌔ㅈ기고", "볼싸구니", "쩨여내라", "깃버쒸여", "몸을썰며", "쏴리가치", "새빨간해가" 등에서 합용병서의 예를 찾을 수 있다.

23) 민형식, 『국어 정서법 연구』, 태학사, 2011, 111면.

성+중성 다음에 종성으로 적지 않고 따로 떼어 멀리 표기하고 있다. 또『정지용 시집』에서는 '갓네' → '갔네', '하눌' → '하늘', "니애기—" → "이야기—"24)로 현대 문법에 걸맞게 표기하고 있음을 알 수 있다. 특히 "니애기—25)"가 "이야기—"로 변하는 것은 언뜻 두음 법칙26)처럼 보인다. 그러나 한글맞춤법 제3장 제5절 두음 법칙의 어느 항에도 속하지 않아서 두음 법칙으로 보는 것은 옳지 않다고 판단된다. 더 세밀한 문법적 분석은 언어학자들의 몫으로 남기고자 한다.

한편, 일제강점기27)에 조선어 즉 한글은 보통학교용 언문 철자법 공

---

24)「녯니야이 구절」(『신민』21호, 1927.) 중 "닐으노니", "니치대든", "네전부터", "니야기어니", "녜전 부터", "니야기" 등에서도 그 흔적을 찾을 수 있다.

25) "**니야기** 이야기 *씻닛지 못하고 그대로 간 니야기이어니…." 최동호, 『정지용 사전』, 고려대학교 출판부, 2003, 74면에는 '니야기'에 대한 예시만 들고 별다른 설명은 없다.

26) 한글맞춤법 제3장 제5절 두음법칙은 제10항에 "한자음 '녀, 뇨, 뉴, 니'가 단어 첫머리에 올 적에는 두음 법칙에 따라 '여, 요, 유, 이'로 적는다. 다만 의존 명사에서는 '냐, 녀'음을 인정한다. <붙임1> 단어의 첫머리 이외의 경우에는 본음대로 적는다. <붙임2> 접두사처럼 쓰이는 한자가 붙어서 된 말이나 합성어에서, 뒷말의 첫소리가 'ㄴ'소리로 나더라도 두음 법칙에 따라 적는다. <붙임3> 둘이상의 단어로 이루어진 고유 명사를 붙여 쓰는 경우에도 <붙임2>에 준한다.", 제11항은 "한자음 '랴, 려, 례, 료, 류, 리'가 단어의 첫머리에 올 적에는 두음 법칙에 따라 '야, 여, 예, 요, 유, 이'로 적는다. <붙임1> 단어의 첫머리 이외의 경우에는 본음대로 적는다. 다만, 모음이나 'ㄴ' 받침 뒤에 이어지는 '렬, 률'은 '열, 율'로 적는다. <붙임2> 외자로 된 이름을 성에 붙여 쓸 경우에도 본음대로 적을 수 있다. <붙임3> 준말에서 본음으로 소리나는 것은 본음대로 적는다. <붙임4> 접두사처럼 쓰이는 한자가 붙어서 된 말이나 합성어에서 뒷말의 첫소리가 'ㄴ' 또는 'ㄹ' 소리로 나더라도 두음 법칙에 따라 적는다. <붙임5> 둘 이상의 단어로 이루어진 고유 명사를 붙여 쓰는 경우나 십진법에 따라 쓰는 수도 <붙임4>에 준하여 적는다.", 제12항 "한자음 '라, 래, 로, 뢰, 루, 르'가 단어의 첫머리에 올 적에는 두음 법칙에 따라 '나, 내, 노, 뇌, 누, 느'로 적는다. <붙임1> 단어의 첫머리 이외의 경우에는 본음대로 적는다. <붙임2> 접두사처럼 쓰이는 한자어가 붙어서 된 단어는 뒷말을 두음 법칙에 따라 적는다."라고 규정하고 있다. 민형식, 앞의 책, 568-570면.

27) 총독부 시기(1910-1945): 일제시대에 들어와서는 총무부 학무국에서 세 번의 규정이 나온다. ①보통학교용 언문철자법(1912. 4): 일본인 학자와 유길준, 어윤적 등이 만든 것으로 받침은 7종성 외에 ㄲ, ㄳ, ㄽ를 추가한 10개로 하고 된시옷 채택(ㅺ,

---

포, 한글 맞춤법 통일안 발표, 한글 무규범기 등의 고난을 겪었다.

> 1912년 조선총독부는 '보통학교용 언문 철자법'을 공포하였다.
> 이는 "조선인에게 일본어를 가르치기 위한 도구로 한글을 이용하려
> 는 것이고 일본인 경찰과 교사의 한국어 습득 편의가 맞춤법의 목
> 적"[28]이라고 한다. 이 왜곡된 맞춤법은 1933년 '한글 맞춤법 통일
> 안'이 발표되면서 정정되었다. 한편 일제강점기라는 다리를 건너며
> 한글은 '무규범기'라는 다리를 건너기도 하였다.[29]

정지용도 1926년 『학조』에 발표하였던 「하눌혼자보고」의 시기에도
'보통학교용 언문 철자법'과 '무규범기'를 지난다. 자신의 생애만큼이나
굴곡진 조선어 문법을 대하고 있었던 것이다. 그는 『학조』 이후 1935
년 『정지용 시집』에서 '한글 맞춤법 통일안' 발표라는 일련의 조선의
문법 방향성에 맞는 정제된 문법을 지향하고 있었던 것으로 유추된다.

2) 내면정서와 색채

한국 현대시단에 새로운 시의 기법을 시도하던 정지용은 1902년 충
북 옥천[30]에서 태어났다[31]. 또한 일제강점기라는 특수한 상황에서 다

쓰)은 종전대로 하여 표음주의를 따랐다. 고유어의 아래아 폐지는 진보적이었으나
장음어의 왼쪽 위에 점찍기를 규정한 것은 비실용적이었다. ② 보통학교용 언문철
자법 개요(1921. 3): 일본인 학자와 지석영, 현은, 최두선, 권덕규 등이 관여한 것으
로 1912년 규정의 표현만 바꾸되 표음주의 골격은 그대로이며 장음 표시 규정은
폐기하였다. ③ 각주 15)내용 참조 민현식, 위의 책, 111면.
28) 조종엽, 「일제가 왜곡한 한글 맞춤법」, 『동아일보』, 2017. 10. 9.
29) 김묘순 엮음·해설, 『정지용 동시(해설)집 -보고픈 마음, 호수만 하니』, 북치는마을,
2019, 141면.
30) "1910년 이후 정지용 생가 주소는 옥천군 내남면 상계리(1910년) → 옥천군 내남
면 하계리(1916년) → 옥천군 옥천면 하계리 40번지(1926년) → 옥천군 옥천면 하

른 예술인들과 마찬가지로 그의 인생 여정도 다채로운 변화를 보인다. 어린 시절 1911년[32]과 1917년[33] 홍수로 피해를 입으며 부친이 운영하

계리 40-1로 지번 분번(1926년) → 옥천군 옥천읍 하계리 40-1(1949년) → 옥천군 옥천읍 향수길 56(2012년)으로 변동.「구대장등본」확인. 옥천군은 내남면을 옥천면으로, 1949년 8월 13일 옥천면이 옥천읍으로 승격"하였다. 김묘순,「정지용 생애 재구(再構) I」,『한국 현대시의 아버지 정지용 문학포럼』, 옥천군·옥천문화원·지용회, 2013, 41면.

31) "정지용 탄생지 소유자와 관련 ① 대정2년(1913년)-옥천군 내남면 상계리(정태국 소유) ② 대정5년(1916년)-옥천군 내남면 하계리로 개칭(정태국 소유) ③ 대정15년 (1926년) 3월 17일-하계리 40번지(측량사량이 이루어져 정태국이 소유권 보전 등기 냄) ④ 대정15년(1926년) 3월 17일-하계리 '40번지-1'로 본번 존치 않고 정운석에게 소유권 이전"한 것으로 기록하고 있다. 조선총독부 임시토지조사국,『옥천군 내남면 하계리 토지조사부』, 1911.

32) "작년 7월에 대우(大雨)의 제(際)에 읍내의 하천에 홍수가 나서 하안이 붕괴함을 발견하고 연장 120간의 제방을 개축할 새 비용 318원을 주었고…".「충북의 독지가」,『매일신보』, 1912. 1. 13, 2면.

33) 충북 옥천 지방은 8월 11일 오전 8시경부터 큰 비로 인하여 홍수가 나서 각 하천은 증수되어 위험이 심하므로 옥천 헌병대와 소방대 전부가 경계하였었다. 오전 11시경에 헌병대 뒤편 방죽이 터지며 홍수가 들이 밀며 순식간에 옥천 일대는 바다로 화하고 일본인 부락에 10여호가 유실되었으며 물은 옥천 정거장 밑 부근의 철도 관사만 남겨 놓고 전부가 침수되었으므로 피난민은 일시에 정거장으로 향하야 모여들어 상히 혼란한 중에 모인 사람 중에 3명이 바쳐 죽었고 삼거리라는 20호 촌락도 전부 물에 잠거서 2명이 빠져죽고 옥천은 전멸된 현상이더라. (대전 전화 -기사 송고)「"옥천 전멸, 전부 침수"-참혹한 홍수의 피해, 익사자 5명」,『매일신보』, 1917. 8. 14, 3면.
8월 11일 큰 비에 전멸 하다시피 된 참상을 당한 충청북도 옥천「경부선 옥천역 부근」의 수해 상보를 드린 즉 상보에 그날 미명에 총독이 탑승한 헬기가 북행할 때까지는 날이 개었더니 오전 7시 반부터 큰비가 오기 시작하여 9시 반까지 겨우 두 시간 동안에 부근의 하천에는 흐른 물이 하늘에 닿은 듯한 광경이 되어 옥천 관민은 모두 나와서 헌병대 앞으로부터 군아(군청)에 놓인 다리를 경계하던 중 별안간 읍내로부터 동남편의 방죽이 무너지고 사나운 물결이 맹렬히 그대로 옥천읍 전부를 썻어갔음으로 홀연히 전 홋수 275호 중에서 12호가 떠내려가고 묻혀진 집이 29호이고 비교적 피해가 적은 집도 마루 위로 2자 이상 물이 차 옥천읍은 거의 전멸된 모양으로 손해가 2만원이라 하며 피난민은 모두 알몸뚱이로 정거장에 모였는데 어른 2명, 아해 2명과 함께 4명이 바쳐(빠저: 인용자 주) 죽었음 기타 수해로 인하야 당한 참상은 참아 눈으로 볼 수 없는데 8월 12일 12시, 군청에서 밥을 지어 주었다

던 한약상의 몰락하였고, 새어머니의 출현, 이복동생들의 출생, 어머니의 가출, 할머니 김해김씨의 사망, 자녀들의 연이은 사망[34]으로 인해 불안증에 시달렸다. 그 뿐만 아니라 그는『학조』에「하눌혼자보고」를 발표할 당시 일본 동지사대학에서 유학하고 있었다. 유학으로 인해 가족, 친구, 조선과 분리되는 상황에 처하였다. 그에게 중요한 것이었을 많은 것들과 분리되었다고 볼 수 있다. 이 분리는 불안을 초래하였을 것으로 보인다. 선택된 분리든 선택당한 분리든지 그에게 분리는 불안을 초래함과 동시에 그에게 즐거웠던 기억으로부터의 분리는 슬픔과 그리움의 대상이 되고 말았다.

"본래 詩라는 것은 슬픈 사람이 짓는 것"[35]이라고 말했던 정지용. 그는 누나로부터 분리된 슬픔을 시로 삭이며 견뎠을 것이다.

불안을 '불안 없이' 관찰해 보면, 불안이 이중적 면모를 지닌다는 인상을 받는다. 불안은 우리를 활동적으로 만들고 한편으로는 우리를 마비시킨다. 불안은 늘 일종의 신호이며 위험 경고지만, 동시에 일종의 권유의 성격, 즉 그것을 극복하려는 힘 또한 가진다. 불안을 받아들이고 그것을 다스려 이겨내려는 것은 한 걸음 발전을 의미하

더라.「옥천의 수재민에게, 독지가의 따뜻한 동정」,『매일신보』, 1917. 8. 15, 3면.

34) "정지용의 자녀는 옥천군 내남면 상계리 7통 4호(현주소: 향수길 56)에서 태어난 장남 구관(1928년 음력 2월), 서울시 종로구 낙원동 22번지에서 태어난 차남 구익(1931년 12월), 서울시 종로구 낙원동 22번지에서 태어난 3남 구인(1933년 7월), 서울시 종로구 재동에서 태어난 장녀 구원(1934년 12월), 서울시 종로구 재동에서 태어난 5남 구상(1936년 12월) 등이 있다. 그러나 장남 구관은 2004년 8월 24일 의정부 성모병원에서 별세, 차남 구익은 행방불명, 3남 구인은 북으로 가고, 장녀 구원은 2015년 7월 17일 폐렴으로 사망하였으며, 5남 구상은 1937년 병사하였다. 그리하여 정지용의 자녀들은 모두 사망 또는 생사불명이 되었다. 한편, 갓난 아기 때 사망한 첫딸 구원이 있었다고 장남 정구관은 구술하였다." 김묘순,「정지용 문학 연구」, 우석대학교 대학원 박사학위 논문, 2021, 51-52면.

35) 정지용,「詩文學에 對하야」(대담: 박용철, 정지용),『조선일보』, 1938. 1. 1, 2면.

고, 그 한 걸음만큼 우리를 발전하게 한다. 반면 불안이나 불안과의
대결을 회피하는 것은 우리를 정체시킨다.[36]

하지만, 화자는 누나로부터 분리된 자신에게 누나의 이야기가 존재
하지 않는 상황을 인지한다. 그러나 그 슬픔과 불안을 극복하여야만 하
였다. 그 극복의 방법으로 병을 깨트리고, 하늘을 바라보는 방법을 선
택하게 된다. 아울러 '파랑병'과 '빨강병'이라는 색채언어를 시적장치로
사용하게 된다.

「하눌혼자보고」나 「병」[37]에 드러난 색채는 파랑과 빨강색이 주를
이룬다. 파랑과 빨강은 빛의 3원색에 속하며, 이 색채는 양극성과 상승
그리고 총체성을 지니고 있음을 알 수 있다.

> 양극성은 가장 쉽게 관찰할 수 있는 자연의 원리이다. 빛과 암흑
> 이 함께 작용하면, 어느 쪽이 우세한가에 따라 색채는 두 방향으로
> 나타난다. 그리고 그 대립은 플러스(+)와 마이너스(-)라는 기호로 간
> 단하게 표기할 수 있다. 즉 플러스에 속하는 것은 황색, 작용, 빛, 밝
> 음, 강함, 따뜻함, 가까움, 밀침, 산과 같은 것이며, 마이너스에 속하
> 는 것은 청색, 탈취, 암흑, 어두움, 약함, 차가움, 멈[38], 끌어당김, 알
> 칼리와 같은 것이다. (중략) 상승의 원리는 다음의 예를 들어 간단히
> 설명할 수 있다. 프리즘을 천천히 움직이면서 들여다보면, 황색은 주
> 황색을 거쳐 적색으로 상승하고(짙어지는 대신 어두워진다). 청색은
> 청자색으로 상승한다. 상승한 대립색들인 적색과 청자색이 결합하
> 면 자색이 된다. 그리고 기본색인 황색과 청색이 결합하면 녹색이 된

---

36) 프리츠 리만 지음, 전영애 옮김, 『불안의 심리』, 문예출판사, 2012, 14면.
37) 이 절에서 제목 「하눌혼자보고」와 「병」은 서로 같은 작품이기에 최초 발표작인 「
　　하눌혼자보고」로 쓰고자 한다. 다만 두 작품을 구분할 필요가 있을 때는 분류하여
　　표기하도록 한다.
38) '멂'의 오기인 것으로 보인다.

다. (중략) 총체성의 원리는 앞의 두 원리에 의해 생겨난 색들이 그 대립과 조화된 모습을 색상환의 원주상에서 일목요연하게 보이며 나타나는 것을 말한다. (중략) 황색에 의해 유도된 청자색 속에는 적색과 청색이 들어있으며, 청색에 상응하는 주황색 속에는 황색과 적색이 들어있고, 녹색은 청색과 황색의 결합이며 적색을 유도한다.39)

정지용은「하눌혼자보고」에서 전반부인 1-3연은 누나 이야기의 내용을 의미하는 것으로 보인다. 전반부는 이야기를 화자에게 들려주는 실행의 주체를 '누나'로 설정한다. 화자는 단순히 들음의 주체가 된다. 즉 실행의 주체와 들음의 주체를 정해 2연에서 "파랑병 을 쌔면 / 금세 파랑 바다."로 누나의 다채로운 이야기의 내용에 경탄한다. 그러면서 이야기 주머니를 채색하며, 색채의 양극성 중 마이너스에 속하는 청색(파랑)을 올곧게 부린다. 청색(파랑)의 부림은 탈취나 암흑 그리고 어두움이나 차가움을 동반한 먼 옛날이야기에서 무시무시함을 나타내려는 의도로 보겠다. 한편, "쌜강병을 쌔면 / 금세 쌜강 바다."라며 황색의 상승으로 이루어진 적색(빨강)을 부려 빛이나 밝음 그리고 강함과 따뜻함을 드러낸다. 이렇게 "부에ㅇㅇ이 우든밤 / 누나의 니얘기 "는 서로 양극성을 띠는 양상이다. 색채의 양극성뿐만 아니라 이야기 실행과 들음의 주체, 즉 들려줌과 들음의 양극성을 동시에 띤다. 또한 색채의 양극성을 띤 파랑과 빨강의 조화로운 대립은「하눌혼자보고」에서 총체성의 심미적 효과를 거두는데 성공한다.

후반부인 4-6연은 들음의 주체였던 화자가 들려줌의 주체였던 누나의 이야기를 상기하는 부분이다. 화자는 4연에서 "쌕국이 우든 날 / 누나 시집 갓네——"라며 누나의 부재를 깨닫는다. 그러면서 5연과 6연에

---

39) 괴테, 장희창 외 옮김,『색채론』, 민음사, 2021, 13-14면.

서 "파랑병 쎄ㅅ들여 / 하눌 혼자 보고," "쌜(강)병 쎄ㅅ들여 / 하눌 혼자 보고,"라고 그리고 있다. 파랑은 "상실과 재생의 마음"[40]을 뜻한다. 즉 파랑은 상실감을 치유하고 회복을 가져온다는 의미이다. 시적 화자는 파랑병과 쌜강병을 깨트려 누나의 부재로 인한 상실감을 인식하는 동시에 하늘을 보며 상실감 치유 의식을 거친다.

"인류가 최초로 의식한 색은 빨강이며 이는 원초적인 외침"[41]이다. 화자는 파랑병과 쌜강병에 들어있던 기억 속의 이야기를 꺼내려한다. 그러나 "병"을 깨지 않고는 누나의 이야기에 도달할 수 없다. 그렇기에 무섭고 온화하였던 파랑병과 쌜강병을 깨트린다. 그러나 그 병 속에도 누나의 이야기는 부재중이었다. 화자는 누나의 이야기와 함께 병 속에서 누나를 만나고자하는 희망을 지녔었다. 그러나 누나의 이야기도 누나도 파랑병과 쌜강병에는 존재하지 않기에 불안에 싸인다. 화자는 무존재에 대한 불안을 느낀 것이다. 그리하여 연거푸 "하눌 혼자 보고,"라고 되뇌고 있다.

전반부(1-3연)에서 누나는 병을 깨는 주체이고, 후반부(4-6연)에서 화자는 병을 깨트리는 주체와 하늘을 보는 주체로 동시에 작용된다. 전반부에서 화자는 들음의 주체가 되고, 누나는 들려줌의 주체로 설정하였다. 그런데 후반부에서 화자는 누나가 들려주던 이야기를 그리며, 병을 깨고 하늘을 보는 주체로 작용한다. 이 주체로서 작용은 화자의 내면 심리를 그리움이 충만한 현상으로만 남기게 된다.

"언어가 의식된 감정을 말하는 것이라면 색채를 사용한 그림은 파묻혀 있던 감정을 드러내는 것"[42]이다. 「하눌혼자보고」에서는 누나의 부

---

40) 스에나가 타미오, 박필임 옮김, 『색채 심리』, 예경, 2011, 65면.
41) 스에나가 타미오, 위의 책, 24면.
42) 스에나가 타미오, 위의 책, 28면.

재로 나타난 슬픔이나 그리움의 내면의식 표현을 빨강으로, 누나와 그 누나가 들려주던 이야기의 부재로 인한 상실감을 암흑과 차가움을 의미하는 파랑이라는 색채로 설정하며 치유의식을 거치고 있었다.

3. 결론

정지용은 『학조』의 「하눌혼자보고」를 『정지용 시집』에서 「병」이라는 제목으로 바꾸어 발표한다. 본고에서는 이 두 작품을 표기의 변이 과정을 거친 동일한 작품으로 보았다.

2장 1절에서는 「하눌혼자보고」에서 「병」으로의 변이에 주목하였다. 전자는 누나에 대한 정서에 집중한 제목이라면, 후자는 병에 간직되어 있던 '이야기'에 방점을 찍은 제목이다. 두 작품에서 언어나 문장 감각의 차이로 인해 일어나는 의도적인 변이로 띄어쓰기, 'ㄹ'이 추가된 기본형 변형, 조사 첨가, 합용병서, 회상시제보조어간, 종성 멀리하기와 표기법 등을 살펴보았다. 각자병서, 방언의 흔적, 여유로운 호흡 등의 변이 양상으로 정지용은 『정지용 시집』에 실린 「병」에서 조선의 문법 방향성에 맞는 정제된 문법을 지향하고 있었던 것으로 유추하였다.

2장 2절에서는 「하눌혼자보고」나 「병」의 전반부에서 '들려줌'과 '들음'의 주체로 누나와 화자를 설정하고 후반부에서는 '병을 깨트림'과 '하늘을 보는 행위의 주체로 화자로 단일화하고 있다. 또 '파랑'과 '빨강'의 양극성과 상승 그리고 총체성을 통하여 언어가 의식된 감정을 색채로 드러내고 있었다. 「하눌혼자보고」나 「병」에서 누나의 부재로 나타난 슬픔이나 그리움의 강한 표현을 빨강으로, 그것의 부재로 인한 상실감을 파랑이라는 색채로 설정하고 있었음을 밝혔다. 그는 감각적 이미지 중 시각언어를 활용한 시를 쓰고 있었다. 특히 그는 색채언어를 통한 시작법을 시도하고 있었던 것으로 보인다.

본고는 한정된 작품으로써 변이와 색채 이미지에 대하여 살펴보았기에 다소 편협한 연구에 그칠 우려는 여전히 있다. 향후 정지용의 전 작품으로, 변이와 색채 연구가 확대되기를 고대한다.

4장

鄭芝溶 韻文과 散文의 相關性 研究

鄭芝溶 韻文과 散文의 相關性 硏究
-「별똥」과 「별똥이 떨어진 곳」을 중심으로

1. 서론

　1902년 충북 옥천에서 출생한 정지용은 "한국 현대시의 아버지"[1]라 불리며 "한국 최초의 모더니스트"[2] 또는 "조선시사상 선구자"[3]로 알려져 있다. 이렇게 현대 시단에서 경이적인 존재였던 그는 "한국 근대문학의 불구"[4] 속에서 한국의 시 즉 현대시를 온전하게 출발시킨 시인이다. 현대 시인 정지용에 대한 수식어는 다양하다. "우리의 시 속에 현대의 호흡과 맥박을 불어 넣은 최초의 시인"[5], "아무도 그의 천재를 감히 의심하고 부정하는 사람이 없다"[6], "정지용의 출현이 조선 시사에 분명히 한 금을 그었다"[7], "현대시에 최초로 시적 완벽성을 부여한 시인"[8],

*『충북도립대학교 논문집』Vol.24, 2021, 61-69면.

1) 최동호,『그들의 문학과 생애 정지용』, 한길사, 2008, 13면.
2) 김기림,「모더니즘의 역사적 위치」,『인문평론』, 1939. 10, 84면.
3) 김기림,『시론』, 백양당, 1947, 83면.
4) 이숭원,『한국 현대시 연구의 맥락』, 태학사, 2014, 34면.
5) 김기림,「1933년 시단의 회고」,『조선일보』, 1933. 12. 8.
6) 김환태,「정지용론」,『삼천리문학』2호., 1938, 82면.
7) 박용철,「병자시단일년성과」,『박용철전집1』, 시문학사, 1940, 99면.
8) 유종호,「현대시의 50년」,『사상계』, 1962. 5, 307면.

"현대시의 전환자"9), "천재 시인"10), "우리나라 최초의 직업적인 그리고 전문적인 현대 시인"11), "예술지상주의자"12), "근대 시사에서 그 이름이 빠지지 않을 중요시인"13)이라며 그를 추앙하고 있다.

본고의 정지용 운문 「별똥」14)과 산문 「별똥이 떨어진 곳」과의 상관관계를 다룬 문학 연구는 찾아보기 힘들다. 「별똥」에 대한 연구 대부분은 동시에서 이루어졌다. 특히 다른 작가와의 비교 연구15)가 정지용 동시 연구의 주를 이루고 있음을 알 수 있다. 한편, 권영민은 「별똥」에서 "소년 시절에 대한 회상을 주제"로 하였으며 "꿈과 환상이 서려 있는 곳"16)이라고 평가하였다. 정지용의 동시에서 전병호는 "상실 의식"17)을, 이세란은 "장르 의식의 소산"18)을, 김묘순은 "동시의 개작"19)을 연

9) 조지훈, 「한국현대시사의 반성」, 『사상계』, 1962. 5, 320면.
10) 김학동, 『정지용 연구』, 민음사, 1997(초판 1987), 5면.
11) 김종태 편저, 『정지용 이해』, 태학사, 2002, 3면.
12) 사나다 히로코(眞田博子), 『最初의 모더니스트 鄭芝溶』, 역락출판사, 2002.
13) 박태일, 『한국 근대문학의 실증과 방법』, 소명출판, 2004, 83면.
14) 본고에서는 특별히 구별할 필요가 있는 경우를 제외하고 「별똥」으로 쓰기로 한다.
15) 정미경, 「정지용·윤동주 동시 비교 연구」, 중앙대학교 교육대학원 석사학위 논문, 2001. 김성희, 「정지용과 윤동주의 동시 연구」, 충남대학교 대학원 석사학위 논문, 2006. 양인숙, 「한국 현대 동시의 정신 양상 연구: 정지용·윤동주·유경환을 중심으로」, 단국대학교 대학원 박사학위 논문, 2008. 손재윤, 「정지용과 박목월의 동시 비교 연구」, 대구대학교 교육대학원 석사학위 논문, 2013. 이세란, 「정지용과 윤동주의 동시 및 그 연관성」, 성균관대학교 석사학위 논문, 2014. 김둘, 「윤동주 동시 연구: 정지용과 백석의 영향관계를 중심으로」, 대구교육대학교 교육대학원 석사학위 논문, 2021.
16) 권영민, 『정지용 시 126편 다시 읽기』, 민음사, 2004, 457면.
17) 전병호, 「정지용 동시 연구: 특히 상실의식을 중심으로」, 중앙대학교 교육대학원 석사학위 논문, 1993.
18) 김미혜, 「장르 의식의 소산으로서의 정지용 동시 연구」, 『한국초등국어교육』 Vol. 40 No-, 한국초등국어교육학회, 2009.
19) 김묘순, 「정지용 동시와 개작에 대한 소고」, 『3회 정지용 동북아국제문학포럼 –동북아 시대와 정지용 문학의 재발견』, 옥천군·옥천문화원, 2020, 35-51면.

구하였다. 이 논문들은 정지용 동시 연구에 매진하였으며 한국 현대 문학 연구의 주춧돌이 되었다.

이렇게 문학계에서 추앙받던 정지용은 운문과 산문 작품을 두루 발표한다. 특히 운문 중에서도 1920년대와 1930년대에 동시를 발표한다. 정지용의 작품 활동에서 비교적 초기에 발표한 동시[20] 중 하나가 「별똥」이다. 이 「별똥」은 『문학독본』의 「별똥이 떨어진 곳」에 삽입되어 재수록 된다. 본고에서는 정지용의 「별똥」에서의 '時空素'로 작용 되었던 고향 옥천과의 상관성에 대하여 일별하겠다. 그리고 그가 지향하였던 바를 「별똥」과 관련된 작품의 서지적 변이와 산문과의 연관성 그리고 작품에 부려 놓았던 충북 옥천의 방언에 대하여도 살펴보고자 한다.

2. 「별똥」의 時空素

"시공소"란 'chronotope'로 시간과 공간을 의미한다. 그렇기에 정지용의 운문 「별똥」과 산문 「별똥이 떨어진 곳」의 시공소는 상호 연관관계를 맺으며 변이되고 있다.

> 텍스트 연구의 경우 텍스트에 재현된 시간과 공간 범주의 비율과 성질에 의거하는 분석상의 단위. 문학 분석의 경우 시간과 공간 중 어느 범주에 우선권이 주어지지 않는다. 철저하게 상호의존적이라는 것. 즉, 소설의 장면이 펼쳐지는 중요한 지점이 되는 것이다. 시공소가 텍스트를 읽는데 광학렌즈처럼 작용하는 것.[21]

---

20) 동시는 운문에 포함되기에 본고에서는 운문으로 통칭하기로 한다.
21) Mikhail Bakhtin, 박인기 편역, 『작가란 무엇인가』, 지식산업사, 1999, 14면.

정지용의 「별똥」의 경험적 공간은 충북 옥천으로 단일화되지만, 창작 공간은 일본 교토에서 조선 경성으로 이동한다. 또한 시간적 배경은 '충북 옥천'을 회상하고 있지만 회상하고 있는 시간은 1926년에서 1930년으로 다시 1935년으로 1948년으로 다양하게 변화하고 있다.

1) 회상의 시·공간

(1) 산문과 운문의 존재와 이해

문학은 연구할 수 있다는 진실에 근접하면서 "존재"하면 "이해"할 수 있고 "이해"하면 "연구"할 수 있다. 그렇기에 「별똥」과 「별똥이 떨어진 곳」의 운문과 산문에 대하여 살펴보고자 한다.

> 문학에 대한 이해는 이해하는 사람의 주관이 작용하기 때문에 가능할 수 있으며, 문학이 존재하고 이해할 수 있는 것이기 때문에 가능하다. 그러므로 보는 대로 있다는 것도 사실이고, 있는 대로 본다는 것도 사실이다. 주관적인 것과 객관적인 것을 갈라놓고, 객관적인 것만 학문이라고 하는 것은 잘못이다. 주관을 버려야 학문을 할 수 있다는 것은 더욱 큰 잘못이다. (중략) 문학은 연구할 수 없다는 주장과 문학은 연구할 수 있다는 주장 중에서 승패를 갈라 말하라면 문학은 연구할 수 있다는 쪽이 승리함으로써 결론에 이르렀다.[22]

정지용의 운문 「별똥」은 1930년 『학생』[23] 2권에 「별똥」이라는 제목으로 최초 발표되었다. 그러나 1926년 6월 『학조』에 "'동요'라는 표

---

22) 조동일, 『문학연구방법』, 지식산업사, 2008, 62-63면.
23) 박달성과 방정환이 발행인 겸 편집인을 맡았고 집필진은 대부분 교육계 인사였으며 종래에 보지 못하였던 충실한 학생 월간지였다. "1929년 3월 창간호를 발간하고 1930년 11월에 제 2권 10호를 내며 종간". 네이버 사전.

제 아래 덧붙여 쓴 글"24)이라거나 "「별똥」(童謠)"25)으로 발표되었다는 작품을 먼저 살펴보아야만 한다. 왜냐하면 '동요'는 어린이의 정서를 나타낸 정형시 혹은 거기에 가락을 붙인 노래의 통칭이며 정지용이 교토의 조선인 "유학생의 결속을 다지기 위하여 동인지『학조』를 발간했던 것으로 보이"26)기 때문이다.

> 별똥이 떨어진 고슬 나는 쪽 밝는 날 차저가라고 하엿섯다. 별으
> 다 별으다 나는 다 커버럿다27)

『학조』에 작품을 발표할 1926년 6월은 정지용이 일본 교토 동지사대학 예과를 수료(3월)하고 영문과(4월)에 재적할 무렵이다. 이때 정지용은 다양한 시적 가능성을 모색하며 학생들 사이에서 인정을 받는 시인의 모습을 갖추고 있었다. 실제로 1926년 4월에 동지사대학 예과에 입학한 김환태를 만나 정지용의 시를 상국사로 가서 낭송해주었다.

> 입학한 지 얼마 되지 않아 재학생들이 신입생 환영회를 열어 주어, 그 자리에서 처음 시인 정지용 씨를 만났다. 나는 그의 시를 읽고 키가 유달리 후리후리 크고 코끝이 송곳같이 날카로운 그런 사람으로 상상하고 있었는데, 키는 5척 3촌밖에 되지 않았고 이빨만이 남보다 길었다. 그날 그는 「띠」, 「홍시」를 읊었다.
> ─「교토의 3년」28) 중에서

---

24) 권영민, 앞의 책, 457면.
25) "『학조』창간호에 정지용은 「카페ᅂ프란스」, 「슬픈 印象畵」, 「爬蟲類動物」, 「지는 해(서쪽한울)」, 「띠」, 「홍시(감나무)」, 「딸레(人形)와 아주머니」, 「별똥(童謠)」, 「마음의 日記」를 발표. 최동호, 『그들의 문학과 생애』, 한길사, 2008, 191면.
26) 최동호, 위의 책, 42면.
27) 정지용, 『학조』1호, 재경도유학생학우회, 1926, 105면.
28) 김환태, 『내 소년 시절과 소』, 무주문화원, 2010, 27면.

정지용은 이렇게 낭송하기도 좋아하였지만, 그의 작품에 대한 습작이나 구성을 할 때의 까다로움은 대단하였다. "말 한 개 밉게 놓이는" 상황을 용서할 수 없듯이 자신의 시적 언어를 구사함도 날카로운 잣대로 가늠하였을 것이다.

> 玉의 티와 美人의 이마에 사마귀 한낯이야 버리기 아까운 점도 있겠으나 抒情詩에서 말 한 개 밉게 놓이는 것을 容恕할 수 없는 것이외다.[29]

"朝鮮의 詩가 어쩌면 이다지도 가난할가?"[30]라며 고뇌에 빠졌던 정지용의 시를 향한 퇴고 작업에서 자신을 향한 채찍도 혹독하였을 것이다. 그렇기에 좋은 글은 좋은 사람, 즉 그 사람의 성정마저도 돋보인다고 하지 않았겠는가. "글이 좋은 이의 이름은 어쩐지 이름도 덜보인다."[31]라며 시에서 글의 중요성으로 옮겨가다가 마침내는 이름과 그 사람의 인격까지로 그 영역을 확대한다.

이렇게 시에 대한 엄혹한 잣대를 가졌던 정지용은 산문 형식의 줄글로 표기되어 있던 『학조』의 「별똥」 구절을 행과 연을 구분하여 시적 형식을 갖추었다. 이 시가 바로 『학생』에 발표한 「별똥」이다.

> 별똥 써러진 곳,
> 마음해 두엇다
> 다음날 가보려,

---

29) 정지용, 『문장』 1권 1호, 1939. 12, 147면.
30) 정지용, 「시선후」, 『문장』 1권 3호, 1939. 4, 132면.
31) 정지용, 「시선후」, 『문장』 2권 2호, 1940. 2, 171면.

벼르다 벼르다
인젠 다 자랏소.

「별똥」32) 전문

『학조』(1926)	『학생』(1930)
별똥이 떨어진 고슬	별똥 써러진 곳,
	마음해 두엇다
나는 꼭 밝는 날 차저가라고 하엿섯다.	다음날 가보려
별으다 별으다	벼르다 벼르다
나는 다 커버럿다	인젠 다 자랏소.

산문에서 운문「별똥」으로의 변이를 살펴보면 대략 4가지의 특성을 나타내고 있음을 알 수 있다.

첫째 군더더기 제거와 쉼표(,)의 가미이다. 1행의 "별똥**이** 떨어진 고**슬**(곳**을**)"에서 조사 "-이"와 "-을"을 제거하고 행의 끝에 "쉼표(,)"를 삽입해 "별똥 써러진 곳,"으로 변이된다. 이 작업은 산문의 줄글을 운문의 시적 형상화 방법 중 '군더더기 제거'의 일종으로 보인다.

둘째 운율이 있는 구절로의 변환이다. 2행과 3행에 해당하는 "나는 꼭 밝는 날 차저가라고 하엿섯다."는 "나는 - 하엿섯다."와 "꼭 밝는 날 차저가라고"로 구분하여야 한다. 정지용은 "나는 - 하엿섯다."를 2행의 "마음해 두엇다"로, "꼭 밝는 날 차저가라고"를 3행의 "다음날 가보려,"로 변형 작업을 성립시킨다. 이러한 작업은 산문이 갖는 풀이·해석 문장을 운문의 운율이 있는 구절로 변환시키고 있다. 그러면서 2행의 "마음해 두엇다"는 1행과 연관성을 돈독히 하고 있으며, 주어 "나는"을 소거하여도 「별똥」의 화자는 1인칭을 벗어나지 않는다. 여기서 "밝는

---

32) 정지용, 『학생』 2권 9호, 개벽사, 1930, 23면.

날"은 '날이 밝아오면'의 뜻으로 "다음 날"을 의미한다. 그리고 "다음날 가보려,"처럼 '쉼표(,)'를 추가하며 단호한 다짐을 하는듯한 화자의 모습을 상기할 수 있다.

셋째 현대어로의 근접이다. '미리부터 단단히 마음먹고 기회를 엿보다'의 의미인 4행의 "별으다"는 "벼르다"[33]로 변이되어 현대어에 근접하였다. 이러한 현대어로의 근접은 정지용의 언어를 좀더 이해하기 쉽게 만들고 있다.

넷째 "나는 다 커버럿다"는 5행의 "인젠 다 자랏소."로 변이되고 있다. 역시 "나는"이라는 주어를 생략하고 "인젠"을 추가하고 있다. 여기서 "인젠"은 '바로 이때'라는 명사 '이제'나 '바로 이때에'라는 부사 '이제'의 뜻과는 다소 거리가 있다. "인젠"은 구어체에서 주로 서술되는 단어로 '현재를 기점으로 과거를 끝맺는 때'를 의미할 경우 주로 쓰인다. 그리고 "커버럿다"는 "자랏소"로 변형시키며 시적 언어를 형상화하며 산문에서 운문으로 갈래를 이동시키고 있다.

이렇게 정지용은 일본 교토에서 '별똥'을 제재로 하여 산문 「별똥」을 구사하며 고향을 회상의 공간으로 작용시켜 고향 옥천을 그리워하고 있었음을 알 수 있다.

(2) 공간의 거리감과 '별리'

1930년 연의 구분 없이 단연에 5행 30음절로 지독한 정형화를 보였던 「별똥」은 1935년 『정지용 시집』에서 1행을 1연 처리하고 있다.

---

33) 충북 옥천에서는 "별르다"(내가 언젠가 혼내주려고 **별르고** 있었다)로 쓰기도 함. 어원은 "벼르다<계축>/벼룻다<계축>"(국립국어원 표준국어대사전)www.korean.go.kr

별**똥 떠**러진 곳,

마음해 두**었**다

다음날 가보려,

벼르다 벼르다

인젠 다 자**랐오**.

「별똥」[34] 전문

『학생』(1930)	『정지용 시집』(1935)
별ᄯᅩᆼ ᄯᅥ러진 곳,	별**똥 떠**러진 곳,
마음해 두엇다	마음해 두**었**다
다음날 가보려	다음날 가보려,
벼르다 벼르다	벼르다 벼르다
인젠 다 자랏소.	인젠 다 자**랐오**.

위와 같이 비교되는 『학생』과 『정지용 시집』에서의 변이 과정에서 나타나는 특성을 살펴보기로 한다.

첫째, 합용병서와 각자병서로 변이된 표기이다. 『학생』에서 합용병서로 표기하던 "-ᄯᅩᆼ"과 "-ᄯᅥ-"가 각자병서인 "-똥"과 "-떠-"로 변이되고 있다. 『학생』에서의 「별ᄯᅩᆼ」에 쓰인 표기는 'ㅲ, ㅄ, ㅺ, ㅼ, ㅽ, ㅶ, ㅴ, ㅵ'[35] 등의 된소리 표기는 중세국어(고려 건국-16세기 말)에 쓰였다. 이후 근대국어(17세기 초-19세기 말)에는 'ㅅ'계 합용병서[36](ᄢᅦ여, ᄶᅡ둙에 등)만 쓰이게 되었다. 그렇게 '언문철자법'[37]이 발표된 이후에 쓰이

34) 정지용, 『정지용 시집』 2권, 시문학사, 1935. 112면. 두꺼운 글씨 처리는 논자.
35) 이기문, 『국어사개설』, 탑출판사, 1996, 196면.
36) 이기문, 위의 책, 196면.
37) "「보통학교 언문철자법」(1912. 4.)을 마련 '된소리는 'ㅄ'나 'ㅺ' 방식을 버리고, 된ㅅ으로만 함. 「언문철자법 개정」(1930. 2.)은 '된소리는 된ㅅ을 버리고 ㄲ, ㄸ……

던 합용병서는 1933년 '한글맞춤법통일안'이 발표되기 전까지 존속되었던 것으로 보인다. 정지용의 작품에서 1930년에는 '-쏭', '-쩌-'로, 1935년에는 '-똥', '-떠-'로 표기되었기 때문이다.

둘째, 분철표기로 되어야할 곳에 연철표기가 이루어지고 있는 연유이다. 현재 "떨어진"으로 분철로 표기되어야 하는 부분이 "쩌러진", "떠러진"으로 연철로 표기되고 있다. "떨어지다"가 '따로 떼어지게 되다'인 '분리'의 뜻으로 쓰여도, '높은 곳에서 아래로 내려오게 되다'인 '낙하'의 의미로 쓰여도 분철로 표기되어야 한다. 그런데 연철로 표기하고 있는 것은 현재 충북 옥천 방언으로 남아있는 '낭떠러지기'에서 근원을 찾을 수 있겠다.

산이 비탈진 곳에서 툭 떨어지는 '낭떠러지기', 옥천에서는 '낭떠러지기'라고 쓰지. '낭떠러지기'가 충청도에서 쓰이지. '낭떠러지기'를 '낭떠러지기'라 하지. 그럼 뭐라 해야지?[38]

'한글맞춤법통일안'이 발표 이후에도 연철 표기를 사용하는 것은 정지용이 고향의 언어를 줄곧 쓰고 있었던 흔적이라 할 수 있다. 반면, "-엇-"과 "-랏소"는 현대 문법에 맞추어 "-었-"과 "-랐오"로 표기하고 있다. 이것은 정지용이 당시 문법을 지켜 쓰지 않았던 것이 아니라 고향의 언어를 적절히 구사하고 있었던 흔적으로 유추해 볼 수 있다. 한편, 1912년 조선총독부는 '보통학교용 언문철자법'[39]을 공포하였다. 이 왜곡된 맞춤법은 1933년 '한글 맞춤법 통일안'이 발표되면서 정정되었다.

___

의 병서로 함". 김민수, 『국어사의 기본이해』, 집문당, 1987, 254-255면.

38) 염종만(충북 옥천군 안내면 현리 생, 70).

39) "조선인에게 일본어를 가르치기 위한 도구로 한글을 이용하려는 것이고 일본인 경찰, 교사의 한국어 습득 편의가 맞춤법의 목적이다"라고 한다. 조종엽, 「일제가 왜곡한 한글 맞춤법」, 『동아일보』, 2017. 10. 9.

한편 일제강점기를 건너며 한글은 '무규범기'라는 다리를 건너기도 하였다. 40)

셋째, 의도적인 연의 구분에서 '별리' 인식에 의한 시각 처리이다. 『학생』에서 연의 구분 없이 1연 6행으로 유지되던 「별똥」이 『정지용 시집』에서는 1행이 1연이 되어 6연 30음절을 이루고 있다. 행을 구분하여 행만으로 연출되었을 때와 각 행을 연으로 구분하여 놓았을 때 독자의 시 읽기는 사뭇 차이를 보이게 된다.

이렇게 정지용은 합용·각자 병서와 분철표기에 아울러 의도적인 연의 구분을 통하여 자신이 인식한 세계를 활자화하여 운문과 산문으로 형상화하고 있었다. 행을 멀리 배치하여 연 형태로 구분하였을 때, 독자는 공간의 거리감과 아울러 '별리'된 심리 자극을 받아들이게 된다. 이렇게 받아들인 자극은 인식이라는 회로를 거쳐 두뇌에 저장되고 인출하는 정신 작용을 반복하게 된다. 이러한 '별리'의 감정과 인식의 되풀이는 정지용이 유년 시절에 느꼈던 "공간의 거리감과 그리움의 크기 등을 고려한 의도된 심리"41)로 방점을 찍을 수 있다.

2) 유기적 존립과 소망

(1) 산문의 경험과 채색

정지용은 『학생』과 『정지용 시집』에 연이어 발표하였던 운문 「별똥」을 산문 「별똥이 떨어진 곳」 말미에 추가한다. 이렇게 가미된 정지용의 문학은 원래 주관성을 표현한 그의 창작물이다. 그렇기에 연구가의 문학 연구 또한 주관성을 배제할 수 없다. 이러한 연유로 많은 정지용 연구가

---

40) 김묘순, 『정지용 동시 해설집 ―보고픈 마음, 호수만 하니』, 북치는마을, 2019, 109면.
41) 김묘순, 위의 책, 80면.

들이 그의 문학 작품을 관망하기도 한다.

작품을 이해하려면 그 작품의 구성과 변이 연구가 선행되어야 한다. 그러나 작품과 작품은 각각 유기체적 생명을 지니고 있다. 그렇기에 정지용 작품 전체가 진정한 것이라 한다면, 「별똥」이라는 부분은 작품 전체에 생명력을 불어넣는 '기여'나 '봉사' 그리고 '진실'의 일부로 존재한다고 보아야 마땅하다. 부분과 부분이 연결되어 전체를 이루고 한 작가의 또는 한 나라의 문학사를 진정한 것으로 존립시키기 때문이다.

밤뒤를 보며 쪼그리고 앉았으려면, 앞집 감나무 위에 까치 둥어리가 무섭고, 제 그림자가 움직여도 무서웠다. 퍽 치운 밤이었다. 할머니만 자꾸 부르고, 할머니가 자꾸 대답하시어야 하였고, 할머니가 딴데를 보시지나 아니하시나 하고, 걱정이었다.

아이들 밤뒤 보는데는, 닭 보고 묵은 세배를 하면 낫는다고, 닭보고 절을 하라고 하시었다. 그렇게 괴로운 일도 아니었고, 부끄러워 참기 어려운 일도 아니었다. 둥어리 안에 닭도 절을 받고, 꼬르르 꼬르르 소리를 하였다.

별똥을 먹으면 오래 오래 산다는 것이었다. 별똥을 줏어 왔다는 사람이 있었다. 그날밤에도 별똥이 찌익 화살처럼 떨어졌었다. 아저씨가 한번 모초라기를 산채로 홈켜 잡아온, 뒷산 솔푸데기 속으로 분명 바로 떨어졌었다.

『별똥 떨어진 곳
마음해 두었다
다음날 가보려
벼르다 벼르다
인젠 다 자랐소』

「별똥이 떨어진 곳」[42] 전문

『정지용 시집』(1935)	『문학독본』(1948)
별**똥 떠**러진 곳,	별똥 **떨어진** 곳
마음해 두**었다**	마음해 두었다
다음날 가보러,	다음날 가보러
벼르다 벼르다	벼르다 벼르다
인젠 다 자**랐오.**	인젠 다 자랐**소**

『문학독본』에서의 「별똥」은 산문 내에 삽입된 작품임을 구분하기 위하여 따로 겹낫표(『 』)를 하였으며, 쉼표(,)나 마침표(.)가 사라졌다. 그리고 연철로 표기하였던 "떠러진"이 어간의 원형을 밝혀 적는 분철 표기 "떨어진"으로 바뀌어 현대문법에 근접하고 있다. 한편 "자랐오." 의 문어체 문투를 "자랐소"의 구어체 문투로 적음으로써 산문적 요소 가 가미되고 있음을 알 수 있다.

산문 「별똥이 떨어진 곳」은 정지용의 "밤뒤"를 보았던 경험적 산물 이다. 달이 뜬 밤, "제 그림자도 무서운" 밤, 서술자는 "밤뒤"를 보러 마 당에 나선다. 추위도 추위지만 주변이 무섭다. 흔히 어린 시절에 지니는 밤에 대한 무서움이 엄습한다. 이럴 때 할머니[43]가 자신의 주변에 있는 지 확인을 하고, 할머니는 손자의 부름에 "자꾸 대답"을 반복하였다. 그 리고 할머니는 닭에게 절을 하라고 한다. 닭에게 절을 하면 닭도 맞절인 지 "꼬르르"거렸다. 그때 "별똥"이 "찌익 화살처럼" "뒷산 솔푸데기"로 떨어졌다. "별똥을 먹으면 오래 산다"라며 "별똥을 줏어 왔다"는 이도 있다고 한다. 그도 또한 별똥을 주우러 가고 싶어 하면서 자랐다.

정지용은 "밤뒤"를 보던 밤에 별똥이 떨어지는 것을 보았다. 그러면

---

42) 정지용, 『문학독본』, 박문출판사, 1948, 20-21면(이전 정지용, 『소년』 1권 6호, 1947. 12에 수록). 인용은 『문학독본』

43) 할머니 김해김씨의 墓는 沃川面冷泉里玉垈山辛坐生一子一女"로 기록. 영일정씨세 보편찬위원회, 『迎日鄭氏世譜 卷之六 刑議公派』, 도서출판 뿌리정보미디어, 2014, 403면. 실제 정지용의 할머니는 그가 어렸을 때까지 살아있었다고 전함.

서 그 별똥을 주우러 가려고 마음을 먹으나 실행에 옮기지 못한다. 그러면서 자신의 경험적 산물인 「별똥이 떨어진 곳」을 생산하게 된다. 「별똥이 떨어진 곳」에 나타난 40대 후반의 서술자인 정지용은 서술적 위치의 시·공간인 경성에서, 어린 시절 경험한 고향과 할머니를 회상하였다. 이렇게 소환된 고향은 작품 내의 시공소가 되었을 당시를 그리움으로 채색하고 있다.

(2) 산문에의 소망과 방언

정지용은 운문에서뿐만 아니라 산문에서도 방언을 사용하고 있다. 독자들의 대부분이 그를 시인으로 기억하고 있다. 그러나 그는 『정지용 시집』(1935)와 『백록담』(1941)이라는 시집 2권[44], 『문학독본』(1948)과 『산문』(1949)이라는 산문집 2권을 세상에 내놓았다. 그는 시만을 고집하며 창작하다가 1940년대 후반부터 산문집을 출판하게 된다.

그의 첫 작품은 소설 「삼인」(1919)이었다. 이것은 정지용이 애초부터 산문가가 되고 싶었는지도 모르겠다는 의문을 품게 되는 부분이다. 물론 "국내외의 상황, 문단의 영향, 가정사의 복잡함으로 산문적 상황에 놓이기"[45]도 하였다. 하지만 『문학독본』의 서문 격인 정지용의 「몇 마디 말씀」의 "고백적 발언"[46]을 인용해 보면 그의 산문에 대한 소망은 더욱 확연해진다.

> 學生 때부터 將來 作家가 되고 싶었던 것이 이내 機會가 돌아오지 아니한다.

---

44) 재판이나 선집 등은 제외.
45) 김묘순, 「정지용 산문 연구」, 우석대학교 교육대학원 석사학위 논문, 2013, 43면.
46) 신희교, 「성장소설과 상상력의 빈곤」, 『현대소설연구』, 한국현대소설학회, 1997, 65면.

學校를 마치고 잘못 敎員 노릇으로 나선 것이 더욱이 戰爭과 貧寒
때문에 一平生에 좋은 때는 모조리 빼앗기고 말었다.

그 동안에 詩集 두권을 내었다.

남들이 詩人 詩人하는 말이 너는 못난이 못난이 하는 소리 같이
좋지 않었다. 나도 散文을 쓰면 쓴다. 泰俊만치 쓰면 쓴다는 辨明으
로 散文쓰기 練習으로 試驗한 것이 책으로 한卷은 된다.

「몇 마디 말씀」[47] 중에서

이태준은 정지용의 휘문고보 1년 후배이다. 1930년대 '운문에 지용,
산문에 태준'이란 소문이 문단계에 나돌 정도였으며 이들은 나란히 '조
선문학가동맹'에 가입되었다. 휘문고보부터 시작된 이들의 인연은 같
은 문학계에서 엇박자를 내기도 한다. '조선문학가동맹'에 이태준은 부
위원장(위원장 홍명희), 정지용은 아동분과위원장에 추대된다. 이태준
은 '조선문학가동맹'에서 활동하다 후에 월북하고 정지용은 '조선문학
가동맹' 활동에 소극적이었던 듯하다. '조선문학가동맹'의 작가대회에
정지용 자신이 직접 참석하지 않고 "장남 구관을 보내 왕유의 시를 낭
독"[48]하게 한 것으로 볼 때 이러한 상황을 엿볼 수 있다.

이렇게 산문에 대한 소망을 놓지 않고 자신만만하였던 정지용은 산
문집을 출판하여 수익도 많았던 것으로 유추된다.

교원 노릇을 버리면 글이 싫컷 써질가 한 것이 글이 아니 써지는
것이 아니라 괴상하게도 쓰지 못하게 되는 것이다.

그래도 조심 조심 가까스로 써 놓은 것이 책 한 권이 되어 이를 『
散文』으로 이름 하다. (중략)

---

47) 정지용, 『문학독본』, 박문출판사, 1948, 면수 표기 없음. 원본의 의미를 헤치지 않
는 범위에서 현대어로 바꿈.
48) 최동호, 앞의 책, 186면.

아들놈 장가들인 비용은 이리하여 된 것이다. 진정 고맙다.

「머리에 몇 마디만」49) 중에서

정지용은 산문으로도 성공하여 "아들 장가들인 비용"을 충당할 정도로 인기가 있었던 것이다. 이렇게 산문집으로도 일정 부분 고공행진을 하게 된 정지용의 산문 「별똥이 떨어진 곳」에서의 방언사용에 대하여 살펴보도록 한다.

첫째 "둥어리"이다. "까치 둥어리"에서 "둥어리"는 '닭이나 새 등의 조류가 알을 낳거나 깃들이기 위하여 둥근 모양으로 만든 집'을 의미하는 "둥우리"의 방언이다.

　　　새가 나무 위에 알을 낳거나 새끼를 길르려고(키우려고) 지어 놓은 새집이어요. 그때(정지용이 옥천에 살던 일제강점기)는 많았어요. 당시 일본 놈들이 산에 나무를 다 벼(베어)서 마을 주변 나무에 와서 둥어리를 틀었죠. 까지도 그랬죠.50)

둘째, "모초라기"이다. "모초라기"는 "메추라기"의 방언이며 주로 식물의 열매를 먹고 자란다. 고어 "모ᄎ라기"51)에서 그 어원을 찾아볼 수 있지만, 충북 옥천에서는 아직도 "모초라기"라는 말이 쓰이고 있다.

　　　모초라기가 풀밭에 떼를 이루며 날아 댕겼(다녔)지요. 어릴 때 그 거(모초라기) 잡으러 많이 댕겼어요. 풀숲에 가서 알도 주워다 먹고 했어요.52)

---

49) 정지용,『散文』, 동지사, 1949, 면수 표기 없음.
50) 향토사학자 정수병(옥천군 동이면 출생, 88) 옹 구술. ( )는 논자 주. 구술과 채록은 2013년.
51) 오시 늘ᄀ니 모ᄎ라기 두론 돗ᄒ호미 잇도다.《初杜解 20:26》/모ᄎ라기 슌《訓蒙 上17》. 국어국문학회 감수,『국어대사전』, 민중서관, 2001, 893면.

셋째 "솔푸데기"이다. "솔푸데기"는 키가 그다지 크지 않은 소나무의 일종을 이르는 정지용의 고향 옥천의 방언이다.

> 흔히 '다방솔'이라 하는 다복다복하게 앉은뱅이로 크지 않은 솔
> (소나무)이어요. 그(정지용이 살았던) 시절에는 이 솔푸데기 아래 모
> 초라기가 둥어리를 틀고 새끼를 많이 쳤어요(낳아 길렀다).53)

정지용은 500여 자 내외의 짧은 산문 「별똥이 떨어진 곳」에 방언을 부려 고향 옥천의 흔적을 심어 놓았다. 그는 고향을 잊지 못하여 아니면 고향을 기억에서 지울 수 없는 공간으로 남기며 작품 활동을 하였던 것이다.

> 성당도 있고, 과수원, 목장도 있고, 산도 있고, 바다도 멀지 않고,
> 말을 싫컷 탈수 있고, 밤이면 마을 사람만 모여도 음악회가 될수 있
> 는데 가서 선생이 쩽쩽거리지 않아도, 시험을 극성스럽게 뵈지 않아
> 도 질겁게 공부하겠소.
> ─「더 좋은데 가서」54) 중에서

정지용은 「별똥이 떨어진 곳」을 남기고 2년여 후인 1950년 7월 그믐께 집을 나가 아직도 돌아오지 않았다. 그러나 그는 일본 교토에서도 조선 경성에서도 고향을 잊은 적 없다. 그가 「더 좋은데 가서」에서 보이듯이 "성당, 산, 바다, 말"이 있는 곳에서 "마을 사람"들이 모여 음악회를 하고 선생님의 "쩽쩽거림과 시험"이 없는 곳인 고향 같은 장소에

---

52) 곽순순(옥천군 이원면 생, 80) 구술. ( )는 논자 주. 구술과 채록은 2013년.
53) 향토사학자 정수병(옥천군 동이면 출생, 88) 옹 구술. ( )는 논자 주. 구술과 채록
    은 2013년.
54) 정지용, 『문학독본』, 박문출판사, 1948, 22면(최초 『소년』 2권 1호(1938. 1.)에 발표).

서 시인으로, 또 간절히 희망하였던 소설가로 살길 바란다.

한편 산문에서 많이 구사되고 있는 정지용 방언사전의 편찬도 절실히 요구된다. 산문의 이해 없이는 작가의 전기를 이해하기 어렵다. 작가의 전기적 자료는 산문에서 다량 발견되기도 하기에, 산문의 연구 없이는 정지용 문학을 온전히 해석·연구하기 어렵기 때문이다.

3. 결론

본고는 정지용의 「별똥」과 「별똥이 떨어진 곳」의 時空素와 그것의 변이 과정을 통한 상관성에 대하여 살펴보았다. 이러한 변이 과정 중에서 「별똥」의 시간은 정지용의 어린 시절부터 1948년까지 적용된 것으로 보았다. 또한 공간은 그의 고향 옥천에서의 경험을 작품으로 형상화하며 '옥천'을 주로 작용시키고 있었다. 이러한 작용은 서술자가 서술 시점에서 회상하고 있는 공간은 일본의 교토나 조선의 경성이었지만, 「별똥이 떨어진 곳」을 발표한 1940년대 후반까지 작품적 공간으로 회상된 곳은 고향 '옥천'이었다. 즉, 정지용 「별똥」의 경험적 공간은 충북 옥천으로 단일화되지만, 창작 공간은 일본 교토에서 조선 경성으로 이동한다. 또한 시간적 배경은 '충북 옥천'에서의 시간을 회상하고 있지만, 서술 시점에서의 시간은 1926년에서 1930년으로 다시 1935년으로 1948년으로 다양하게 변화하고 있다. 이것으로 정지용이 고향을 오랫동안 그리워하고 기억해내고 있었음이 분명해진다.

정지용의 「별똥」은 산문에서 운문으로, 운문에서 다시 운문으로, 운문에서 산문으로 변이 과정을 거친다. 이러한 변이 과정 중에 행과 연을 구분하여 운율을 형성하였으며 표기법을 바꾸어 고향의 언어를 적절히 구사하기도 하였다. 그리고 이러한 표기법의 변형은 언어 연구의 중요한 사료적 가치를 지닌 것인데, 이것은 언어학자들의 몫으로 남기기로 한다.

한편, 정지용의 「별똥」은 일본 유학 시절 『학조』에 발표한 작품부터 그 근원을 찾아야 하고 「별똥」이 삽입된 산문 「별똥이 떨어진 곳」까지로 범위를 확대하여 연구되어야 한다. 이러한 정지용의 시와 산문으로 변형된 또 다른 작품의 상관성 연구와 방언사전 편찬을 미비점으로 미뤄 향후 고찰하고자 한다.

5장

정지용 문학의 '물'에 대한 통시적 연구

정지용 문학의 '물'에 대한 통시적 연구

1. 서론

정지용(1902-1950)의 문학작품에는 '물'의 심상[1]이 다양하게 나타난다. 산문과 운문을 두루 창작하였던 그의 작품에서 '물'은 정지용의 삶과 유기적인 관계로 작용된다. 본고는 그의 전기에서 공간적 이동이 수반했을 '물'의 상징[2]에 대해 집중하기로 한다.

---

* 『제3회 중국(항주) 정지용 국제학술세미나 논문집』, 중국 항주사범대학, 2019, 1-39면.

1) "심상(image)은 어떤 사물을 감각적으로 정신 속에 재생시키도록 자극하는 말로 감각적 체험과 관계있는 일체의 낱말은 모두 심상이 될 수 있다. 이는 한 작품 안, 한 작가 안에서만 상징적 조직 관계를 형성하지 않고 때로는 민족 내지 인류 공통적인 상징체계와 연결되기도 한"다. 이상섭, 『문학비평 용어사전』, 민음사, 2011, 222-225면.

2) "그 자체로서 다른 것을 대표하는 사물 일체를 우선 상징이라 할 수 있다. 문학적 상징은 심상의 일종이다. 일반적 심상이 구체적·감각적 사물을 환기시키는 낱말이라면, 상징은 그런 사물이 가리키는 또는 암시하는 또 다른 의미의 영역이다. 상징은 다른 뜻을 함축하고 있는 심상이라는 점에서 은유의 일종이라 할 수도 있으나 일반적인 은유는 두 사실 사이의 유사성, 상호성, 암시성을 근거로 1 : 1의 유추적 관계에 의존하므로 그러한 유추적 관계를 갖고 있지 않은 상징과는 다르다. 일반적 심상이나 은유가 작품의 한 부분에서 맡은 일을 하는데 비하여 상징은 작품 전체를 지배하는 의미 또는 암시성의 배경을 형성한"다. 이상섭, 위의 책, 155-158면.

정지용 작품의 심상연구는 비교적 꾸준히 진행되어 왔다. 김기림[3]은 「모더니즘의 歷史的 位置」에서 "음의 價値와 이미지를 발견, 명랑한 感性을 우리 시에 이끌어"들였다고 평가한다. 김윤식[4]은 "뜻을 제거한 무의미한 감각적 이미지"라며 "시학 자체에 대한 변혁을 꾀하지 못하고 카톨릭을 하나의 스타일로 받아들였던 데에 지용의 실패"가 있다고 주장하기도 한다. 김학동[5]은 "정지용의 시적 근원을 인간의 성정"에 두고 "사람의 성정은 물과 같아서 그릇과 물감대로 모양과 빛깔이 변할 수 있"다고 하였다. 황성윤[6]은 「정지용 시의 이미지 연구」에서 "'시를 바다', '산', '땅의 이미지'로 분류"하고 각각의 심상을 고찰하였다. 이숭원[7]은 "역동적인 공간인 바다를 감각적 인상의 최대치로 보여준 다음 그것이 화폭에 옮겨지는 과정을 압축적으로 제시"한다며 "유머감각이 동원되어 있고 대상을 감각적으로 포착하여 다른 이미지로 전환시키는 돌발적 상상력의 묘미"가 있다고 주장하였다. 이 솔[8]의 「정지용의 초기 '바다시편'과 후기 '산수시'의 상관성 연구 - '물'의 이미지 유형을 중심으로」에서 "물의 색채, 촉감, 형태"에 따라 분류하고 "초기시와 후기시의 단절을 지양하고 세련된 감각을 지닌 모더니스트 정지용에서 돌연히 동양적 정신주의로 변모한 것이 아니라는 것"을 밝혔다. 이 연구들은 정지용 문학에 대한 균형 잡힌 이해와 폭넓은 향유를 가능케 하였다. 그러나 '물'의 상징을 심상화한 개별적 작품이나 전·후기 작품 군으로 나누어 분류한 한계성을 지니고 있다. 이에 본고는 '물'의 시·공간적 이동

---

3) 김기림, 「모더니즘의 歷史的 位置」, 『인문평론』 창간호, 1939. 10, 84면.
4) 김윤식, 「모더니즘 시운동 양상」, 『한국현대시론 비판』, 일지사, 1977, 93면.
5) 김학동, 『정지용 연구』, 민음사, 1997, 116-117면.
6) 황성윤, 「정지용 시의 이미지 연구」, 명지대학교 교육대학원 석사학위 논문, 1997.
7) 이숭원, 『정지용 시의 심층적 탐구』, 태학사, 2004, 119면.
8) 이 솔, 「정지용의 초기 '바다시편'과 후기 '산수시'의 상관성 연구 - '물'의 이미지 유형을 중심으로」, 고려대학교 대학원 석사학위 논문, 2014.

에 따른 통시적 고찰을 통해 정지용 작품의 상징에 근접하고자 한다.

본고에서는 정지용의 처녀작소설 「三人」(『서광』 창간호, 1919)부터 그의 행방이 묘연해진 1950년 작품까지를 범위로 정하였다. 왜냐하면 그의 삶에서 '물'의 변화과정을 좀 더 포괄적으로 살펴보아야 '물'의 상징변화가 확장인지 축소인지 아니면 확장과 축소를 거쳐 유동적이었는지에 대한 분류가 용이하기 때문이다. 한편, 현재까지 밝혀진 정지용의 작품은 산문 168편과 운문 276편이다. 물론 아직 미발굴된 자료도 더 있을 것이다. 이중 일본어로 창작된 시(1925년 14편, 1926년 16편, 1927년 14편, 1928년 3편)와 번역시(1923년 9편, 1930년 5편, 1931년 3편, 1938년 8편, 1947년 28편, 1949년 12편)와 「삼인」 외 대부분의 산문(167편)9)은 범위에서 제외한다. 산문 중 수필은 문학용어보다는 일상용어에 더 근접할 수 있고, 일본어 창작품이나 번역 작품보다는 조선어(한글)로 창작된 작품이 그의 심중을 표현하는데 더 용이하였을 것으로 보기 때문이다.

정지용의 '물'은 그의 심적 세계를 깊이 있게 상징하고 있다고 본다. 그는 '물'의 상징을 위해 외부의 환경적 요소와 내재적 경험과 기억들을 작품에 담았다. '물'은 그의 정신적·정서적 위상에 관한 가치이며 정신과 감정이 차지하는 위치와 기능 그리고 의미 등에 대한 질문이다. 이는 '물'의 원형성에 대한 질문을 수반할 것이고 그 질문에 대한 답을

---

9) 정지용 총 산문(168)편, 시 279(창작시 167, 일본어시 47, 번역시 65)편 중 일본어로 발표된 시[「新羅의 柘榴」, 『街』 2권 3호, 1925. 3, 50-51면), 「カフツエ·フラソ ス」(『동지사대학예과학생회지』 4호, 1925. 11, 50-51면) 등]와 번역시[「씨땐젤리 1-9」, 『휘문』 창간호, 1923. 1), 「小曲1-2」, 『大湖』 창간호, 1930. 1), 「불으심」, 『가톨릭靑年』, 1947. 4, 73면 등]은 제외. 『정지용 전집』 원본확보 자료는 최동호, 『정지용 전집』1, 서정시학, 2015, 681-714면과 최동호, 『정지용 전집』2, 서정시학, 2015, 761-771면 참조.

찾는 작업을 실행하게 된다.

　정지용 작품에서 '물'의 상징이 초기에는 '이슬'이나 '눈물' 등으로 드러난다. 그러다 점점 '천(川)'이나 '바다'로 확장된다. 특히 정지용의 일본 유학 시절에는 '바다' 상징이 두드러진다. 이후 1930년대 후반으로 접어들며 '물'은 다시 고요하여진다. '폭포'나 '눈' 등으로 수직화 고체화되어가는 것이다. 이는 마치 한국화의 한 장면을 연상하게 만들기도 한다. 이에 논자는 정지용 작품 속 '물'의 상징성에 대해 탐구하였다.

2. '물'의 상징

　국어, 몽골어, 만주어, 일본어 등에서 같은 어원을 지녔다는 '물'의 상징성은 다양하다. "신화에서는 창조의 원천, 풍요, 생명력, 재생을 상징한다. 무속이나 민속에서는 생산력, 생명력을, 풍습에서는 정화력과 생산력을, 종교에서는 신의 공물(유교), 정화(불교) 등을 상징한다. 또 역사와 문학에서의 '물'은 신성과 생명력 그리고 자연의 정수, 여자, 욕정을 상징한다. 현대 서양에서는 무상, 생명의 근원, 정화, 재생, 사랑, 부드러움, 난폭함, 청정 등을 상징"10)한다.

　물은 자연계의 가장 기본이다. 동시에 고체, 액체 그리고 기체 상태로 변화되기도 한다. 뿐만 아니라 '비 - 물(냇물, 강, 바다) - 증발 - 구름 - 비'로 순환성을 유지한다. 그리고 동물조직과 식물세포 그리고 광물의 결정체까지 광범위하게 작용하여 유기적인 관계를 형성한다. '물'은 "삶의 정지나 변화가 없는 흐름, 생명, 삶의 갈증, 가뭄이 해소된 만남, 원초적 모성, 우주근원, 직관적인 지혜, 우주적 잠재력의 집합, 탄생, 긍

---

10) 한국문화상징사전편집위원회, 『한국문화상징사전2』, 두산동아, 1996, 284-288면.

정과 부정 등"11)을 상징한다. 이렇게 다양한 상징을 이루는 '물'이 정지용의 문학작품에는 어떠한 양상으로 표출되는가.

모든 문학은 "현실에 그 기초를 두고 있으므로 그 현실이 작품에 반영되는 것은 명백하다. 인간이 처해있는 현실이란 단순한 시대도, 사회도 역사도 아니다. 기본적으로 인간은 자연대상과 조직과 타자라는 세 가지 변증법적 무한화 속에 놓여 있는 것이다. 이 변증법적 무한화 과정을 형상을 통해 포착하는 것이 예술"12)이라 규명하고 있다. 또 한 편의 작품을 읽을 때 "그의 의식 속에 축적되어 존재하는 역사적·전기적·심리학적·철학적인 감정과 지식의 도움을 받게 되고, 그 어떤 비평가도 작품 외적인 그 무엇에 대해 언급하지 않고서는 그 어떤 해명도 할 수가 없"13)다고 한다. 그렇기에 본고는 정지용 문학의 상징성을 반영론적 관점에서 근접하고자 노력하였다. 이에 정지용의 세계관이나 당시 심적 세계가 깊이 드러났을 것으로 보이는 '물'의 역할은 무엇으로 작용되고 있는가. 이를 위해 본고는 정지용 작품의 용례를 들어 고찰해보고자 한다.

1) '물'의 이분화

정지용의 자전적 이야기인 「三人」. 이는 여름방학을 맞아 "××高普"에 다니던 세(崔, 李, 趙)친구가 고향 "沃川"으로 내려와 겪게 되는 이야기이다. 정지용으로 짐작되는 "趙"는 기차역에 내렸지만 마중 나온 이가 아무도 없다. 그러나 동네어귀쯤 도착했을 때 수줍어서 역까지 마중 오지 못한 그의 동생 경희를 만난다. 경희는 집안의 우울한 상황을 "오

---

11) 이승훈 편저, 『문학상징사전』, 고려원, 1995, 175-177면.
12) 국어국문학 편찬위원회 편, 『국어국문학자료사전』, 한국사전연구사, 1994, 1186면.
13) 레온에델, 김윤식 옮김, 『작가론의 방법』, 삼영사, 2012, 104-105면.

빠"인 "趙"에게 소상히 전달한다. 한편, 「三人」에서 "崔"의 집안은 상당한 재력을 갖춘, 정지용의 집안과 대조를 이루고 있다. "××高普"가 있는 경성은 "푸른물", "이슬", "漢江", "漢江물", "맑은 漢江" 등은 비교적 희망적이다. "푸른물"이 들 것처럼, 숲속에서 불어오는 아침바람은 상쾌하다. 고향을 떠나 경성이라는 공간에서 가족과의 이별을 겪었을 정지용. 그는 고향과 가족에 대한 그리움으로 고통과 갈등을 겪었을 것이다. 그러나 「三人」에서"눈"이나 "눈물"은 "詩 도 되고 文 도되고 그림도 된"다고 하였다. 즉 그만큼의 보람을 획득하게 되니 인고할 수 있는 고통이라는 것이다. 또 경성에서의 "漢江", "漢江물", "맑은 漢江"은 바람을 쐬고 감정을 자아내게 하니 즐겁다고 한다. 그러나 고향 "沃川"으로 이동된 "물"이 지닌 소재의 이미지는 경성에서와는 사뭇 대조적이다. 동생은 "울"고 어머니는 아버지의 부재에 대한 하소연으로 일관한다. 그런 과정에서 "趙"는 동생이 어머니 품에 안기는 모습을 통해 "젓(젖)"을 매개로 행복하였던 어린 시절을 소환하려한다. 그러나 "젓(젖)"에 의한 소환 노력은 "趙"에게 "눈물"을 만들어주고 만다. 이러한 어머니와 동생모습에서 "趙"는 "눈물"을 고이고 3년 동안의 "京城留學"이 "물겁흠"이 되었다며 "學資金" 걱정을 한다. 집안의 기둥과 같은 "趙"의 어머니의 좌절은 "趙"의 번민으로 이어지며 곧 "검은구름"은 "소나기"를 몰고 왔다. 이로 "집"은 "비"를 이기지 못하고 쓰러졌다. "趙"의 가족은 딴살림 차려 나간 아버지에 대한 원망으로 괴로운 밤을 보낸다. 그러나 "우물"가로 간 "趙"는 "無窮花"를 보고 스스로를 위로한다.

1910년대 정지용은 옥천과 서울(경성)에 머문다. 1917년 휘문고보 입학을 하며 옥천에서 서울로 공간적 이동을 하였기 때문이다. 정지용은 1918년 4월 2일 휘문고보에 입학하였다. 「三人」은 그 다음해에 발표되었는데휘문고보 시절 그의 자전적 요소(아버지의 부재, 이복동생

등)가 들어있는 소설이다. 정지용의 전기적 요소와 닮은 주인공 역의 趙. 趙는 李·崔와 옥천으로 귀향한다. 趙의 아버지는 가족을 돌보지 않고 첩을 두었다. 이로 趙의 어머니는 고생을 하며 趙를 유학시키는 인물이다. 어머니는 아들이 오자 그에게 고달픈 삶을 한탄한다. 그러니 경성에서 서술된 "푸른물", "이슬", "漢江", "漢江물", "젓", "우물가", "맑은 漢江" 등의 이미지는 긍정적으로 묘사되고 있다. 한편 옥천의 모습은 경성과 다르다. 온통 고통과 갈등으로 점철된 묘사들이다. 이러한 "눈", "눈물", "波濤", "울음", "물겁흠(물거품)", "검은구름(검은 구름)", "소나기", "비물(빗물)", "물", "비", "風雨" 등은 삶의 고통이 드러난 부정적 서술로 일관되고 있다.

한편, 정지용의 「대단치 않은 이야기」에는 어린 시절 자신의 불행을 잘 드러내고 있다. 정지용은 「三人」에서의 불행을 1940년대 이후에 정신적 상흔처럼 기억해내고 있었던 것이다.

> 그래도 아들 셋과 막내로 딸 하나의 아버지가 되어 있다.
> 어린이에 대한 글을 쓰라고 하시니 갑자기 나는 소년쩍 고독하고 슬프고 원통한 기억이 진저리가 나도록 싫어진다. 다시 예전 소년시절로 돌아가는 수가 있다면 나는 지금 이대로 늙어가는것이 차라리 좋지 예전나의 소년은 싫다. 조선에서 누가 소년시절을 행복스럽게 지냈는지 몰라도 나는 소년쩍 지난 일을 생각하기도 싫다.
> ―「대단치 않은 이야기」― 중14)

> 나의 몸서리가 떨리도록 고독하고 가난하던 소년을 사십여년이 지나서 이제 바로 네게서 거울처럼 볼 수 있구나!
> ―「새 옷 - 愁誰語에서」중15) ―

---

14) 정지용, 『산문』, 동지사, 1949, 150면.

대부분의 어른은 어린 시절 이야기는 아름답게 기억한다. 그러나 정지용은 "고독하고 슬프고 원통한 기억이 진저리가 나도록 싫"다며 "몸서리가 떨리도록 고독하고 가난하"였다고 직접 토로한다. 일제강점기 당시 조선인으로서 고통스럽지 않은 사람이 있었겠는가. 그러나 그의 고통은 보편적인 사회의 시대적 고통과는 결이 다르다. 당시 정지용은 마흔일곱 살이 된, "아들 셋, 딸 하나의 아비"였다. 그의 부정의식을 지닌 갈등은 시대사적 문제와는 거리가 있다. 어린 시절의 고통에서 오는 갈등을 혐오하는 의식은 「三人」에서 암시된다. 그러니 마흔이 훨씬 넘은 시기에도 정지용은 떠올리기 싫은 일종의 정신적 외상으로 어린 시절을 기억하며 슬픈 과거로 회고한다.

정지용의 처녀작 소설 「三人」16)에는 '물'의 형태가 다양하게 드러난다. "푸른물(푸른 물)", "이슬", "눈", "漢江", "漢江물", "눈물", "우물가", "맑은 漢江", "波濤", "울음", "젓(젖)", "물겁흠(물거품)", "검은구름(검은 구름)", " 소나기", "비물(빗물)", "물", "비", "風雨" 등으로 나타나고 있다. 「三人」에서 "푸른물", "이슬", "漢江", "漢江물", "젓", "우물", "맑은 漢江" 등의 '물'은 "생명을 유지시키는 존재, 시간의 흐름"17)을 상징하며 긍정적인 이미지로 작용된다. 그러나 "눈", "눈물", "波濤", "울음", "물겁흠(물거품)", "검은구름(검은 구름)", "소나기", "비물(빗물)", "물", "비", "風雨" 등은 "하늘에 속하는 불변의 진리를 모호(구름)"18), "열등

---

15) 정지용, 위의 책, 144면.
16) 정지용, 『서광』 창간호, 1919. 김학동 편, 『정지용 전집』2, 민음사, 2005, 299-311면 재인용. 1919년 발표된 작품이지만 정지용이 이 소설을 창작한 것은 그 이전이었을 것이므로 1910년대 대표작으로 선택. 이 소설의 표기 인용은 독자의 이해를 돕기 위해 가급적 원본대로 표기. 단, ( )는 논자 주.
17) 이승훈 편저, 앞의 책, 11면.
18) 이승훈 편저, 위의 책, 58면.

성(눈)"19), "재앙과 삶의 재난(비나 風雨)"20)을 상징하며 부정적인 이미지의 기능을 수반하고 있다. '이슬'은 개벽을 예측하기에 "성스러움과 정신적 계몽"을 상징21)한다. '강'은 "자연창조(비옥성, 토양의 경작에 필요한 물)나 시간의 흐름(돌아갈 수 없는 시간의 경과, 상실과 망각)"22)을 상징한다. '우물'은 "구원, 영혼, 여성의 속성, 명상, 자아성찰, 신생, 순화"23) 등을 상징한다. '파도'는 "순수, 그리움, 미련"24) 등을 상징한다. 또 경성에서의 "우물"은 유학을 통한 학문과 미래에 대한 "신생과 순화를 표상하는 숭고한 열망"25)을 상징한다. 반면 옥천에서의 "우물"은 "중심으로부터 접근을 가능케 하는 '은빛 동아줄'"26)을 상징한다.

"소설 속의 인물들은 지옥 같은 상황에서 살아가는 인물이며 G· 루카치는 소설이란 신에 의해서 버림받은 세계의 서사시라 하였는데 이는 역설적으로 신의 구원을 대망하는 형식"27)이라 하였다. 이렇듯 정지용의 「三人」도 "우물"이라는 '은빛 동아줄'을 통하여 "신에 의해 버림받은 趙가 신의 구원을 대망"하고 있는 것이다. 「三人」의 '물'은 공간적 이동에 따라 확연히 구분된다. 꿈을 이루려는 장소인 경성 휘문고보 학생시절의 '물'은 '생명유지, 시간의 흐름' 등을 상징한다. 그러나 가정사로 고통스러운 삶의 장소인 옥천에서의 '물'은 '열등, 삶의 재난'의 부정을 상징하며 대조를 이루고 있다.

---

19) 이승훈 편저, 위의 책, 104면.
20) 이승훈 편저, 위의 책, 242면.
21) 비, 운석, 천둥 등과 함께 하늘에서 내려오는 모든 것들은 성스러운 특성을 지닌다. 이승훈 편저, 위의 책, 416면.
22) 이승훈 편저, 위의 책, 11면.
23) 이승훈 편저, 위의 책, 394-395면.
24) 이승훈 편저, 위의 책, 488-489면.
25) 이승훈 편저, 위의 책, 394면.
26) 이승훈 편저, 위의 책, 394면.
27) 신희교, 『한국현대소설의 탐구", 신아출판사, 2019, 머리말.

2) '물'의 다양화

정지용의 운문 중 초창기 발표작에 속하는 1920년대 작품을 살펴보려한다. 이는 주로 그가 일본에서 유학하였던 시기의 작품들이다. 즉 시간적, 공간적으로 정지용의 삶에서 확장된 이동이 있었던 시기이다. 이 시기의 작품에서 '물'은 어떠한 상징으로 부각되는지 '물'의 다양화에 대해 집중하도록 한다.

> 이지음 이실(露)이란 아름다운 그말을
> 글에도 써본적이 업는가 하노니
> 가슴에 이실이이실이 아니나림 이여.
> ─「마음의 日記」에서─시조 아홉首 ─ 중28)

1926년『學潮』1호에 발표된 '「마음의 日記」에서-시조 아홉首-'에 "이실(露)"이 등장한다. 정지용은 이 작품 7수 중 초장(1행)29)에 "이실(露)"이라는 표현을 쓰고 있다. 여기에서 "이실(露)"은 "아름다운" 것이다. "아름다운 그말" 즉 조선어인 '한글'을 의미한다. 그러나 당시 일제강점기에 적지인 일본 동지사대학에서 유학을 하였던 정지용. 그는 그 아름답던 "이실(露)"이라는 조선어만을 작품에 쓸 수 없었다. 그 아름다운 "이실(露)"같은 정서가 정지용의 가슴에 "아니" 찾아왔기 때문이다. 이는 갈등의식을 표출 "이실(露)"이 액체에서 "가슴"에 내리지 않고 곧 기체로 기화(氣化)되고 있다. 즉 과정 없이 흩어지고 마는 정지용의 실향

---

28) 정지용,「마음의 日記」에서-시조 아홉首-,『學潮』1호, 1926, 102면.
29) '「마음의 日記」에서-시조 아홉首-'에서 1수, 2수, 6수, 8수 등은 종장의 첫음절이 3음절로 고정되지 않고 4음절로 나타남. 이에 "초장(1행)"이라는 어휘를 사용. 향후 이 작품의 '시조'에 대한 당시 정지용 의도에 관한 심도 있는 논의가 사료됨.

의식의 발로로 작용되고 있었던 것이다.

'이슬(露)'은 "성스러운 특성"을 지니고 "2중적 의미를 소유"하며 "정신적 계몽"을 상징[30]한다. 정지용에게 당시 정신적 계몽의식을 지니는 것은 조선어였다. 가슴 속의 조선어, 일본에서의 일본어 그리고 전공으로의 영어는 당시 정지용과 공존하였다. 이렇게 다국 언어를 사용하여야하는 것은 정지용에게 불가항력적인 현실상황이다. 하지만 그는 조선어인 '한글'만으로 작품 활동을 할 수 없었다. 정지용은 조선인으로 조선어의 아름다움을 표출함에 다소 제한적이었던 갈등을 "이슬"이 "아니나림"으로 표현하고 있다.

> 우리 옵바 가신 고슨
> 해ㅅ님 지는 서해 건너
> 멀니 멀니 가섯 다네.
> 웬일 인가 저 하눌 이
> 피ㅅ빗 보담 무섭 구나.
> 날니 낫나. 불이 낫나.
>
> —「서쪽한울」— 전문[31]

「서쪽한울」2행에는 "서해"가 나타난다. 1926년에 발표된 이 시에서 "서해"는 '서방정토' 즉 '죽음'을 상징한다. 시적 화자인 누이에게 시적 대상인 "옵바"는 "서해"로 가버렸다. 그런데 화자는 그 "하눌"마저 "무섭"다. 그것도 "피ㅅ빗"보다도 더 "무섭"게 느껴진다. 화자는 죽음을 시각적인 "피ㅅ빗"으로, '무서움'에 대해서는 딴전부리듯 엉뚱한 발상을

---

30) 이승훈 편저, 앞의 책, 416면.
31) 『학조』 1호, 1926. 6, 105면. 정지용, 『정지용 시집』, 시문학사, 1935, 96면에 「지는 해」로 제목을 바꾸어 재수록.

하고 있다. 이 발상은 "날니(난리)"나 "불"32)이 났느냐며 낯설게 처리되고 있는 것이다. "서해(물)"에 대한 "불"이라는 대조적인 언어를 선택하면서 화자는 "서쪽한울(서쪽하늘)"에 시선을 고정하고 있다. 화자의 시선고정은 "서해 건너"가신 오빠와 서쪽으로 "지"는 "해ㅅ님"과 대응관계를 이루며 "불"로 고정된다. 이렇게 "서해"의 '물'과 '불'은 상극과 상생 관계로 정지용 시세계의 상징질서를 형성하고 있다.

정지용이 유학을 간 일본 교토에서 바라본 조선은 서쪽에 위치하고 있다. 그가 고국 조선을 바라보는 초점과 고통이 "무섭"기까지 하다. 이는 당시 유학생이며 지식인이었던 정지용의 단순한 고민만은 아닐 것이다. 우리민족 전체의 고통을 이처럼 형상화해놓고 있었던 것이다. 「서쪽한울」은 어린 시적 화자를 동원한다. 그리하여 다소 어설픈 듯, 엉뚱한 언어로 처리하고 있는 특이한 기법이다. 이는 정지용만이 소유한 시적 언어 기술방법이었을 것이며, 당시 일본인과의 갈등악화상황에서 비교적 자유롭고자하는 의도적 발로였을 것으로 보인다.

　　그리워 그리워
　　돌아와도 그리던 고향은 어디러뇨
　　동녘에 피어있는 들국화 웃어주는데
　　마음은 어디고 붙일곳 없어
　　먼 하늘만 바라보노라

　　눈물도 웃음도 흘러간 옛 추억

---

32) "오행에서 불은 붉은 색, 남쪽, 여름을 오장에서는 심장, 숫자 7과 2에 해당. 오행의 相克과 相生관계에서 불은 쇠를 이기고 물은 불을 이기며 불은 흙을 낳고 나무는 불을 낳는다. 특히 우리 전통사회에서 모든 질서는 이 원리에 맞춰 조절". 한국문화상징사전편집위원회, 앞의 책, 1996, 373면.

가슴아픈 그 추억 더듬지 말자

내 가슴엔 그리움이 있고

나의 웃음도 년륜에 서겨졌나니

내 그것만 가지고 가노라

그리워 그리워

그리워 찾아와도 고향은 없어

진종일 진종일 언덕길 헤매다 가네

ㅡ「그리워」ㅡ 전문33)

　「그리워」는 최동호에 의해 발굴34)된 작품이다. 「그리워」의 화자는
고향에 온다. 그러나 무정물인 "들국화"는 "웃어주"나 "마음"을 둘 곳
없어 "하늘"만 "바라"본다. 괴로웠던 과거의 "눈물"과 즐거웠던 "웃음"
은 이미 "추억"이 되었다. 그러나 그 "추억"을 "더듬지 말"자고 하지만
이내 "가슴"에 "그리움"으로 존재한다는 것을 깨닫는다. 아무리 "고향"
을 "그리워"하여도 그 고향은 없다. 이렇게 마음 둘 곳 없는 화자는 "진
종일 언덕길 헤매다" 가고 만다.

　이 시에서 "눈물"은 괴로움만은 아니다. "웃음"과 대조를 이루는 시
어처럼 보인다. 그러나 의미상 "눈물"은 "웃음"과 마찬가지로 그리운
"추억"을 초대하는 존재로의 상징이다. 단 괴롭고 고통스러웠던 과거
의 "눈물"은 그리움의 상징이 되었다. 이렇게 "눈물"은 그리움을 소환
하는 존재이며 그리움 자체일 수 있다.

---

33) 정지용, 「그리워」, 『1920년대 시선 3』, 평양문학예술종합출판사, 1992. 최동호 엮
음, 『정지용 전집』1, 서정시학, 2015, 51면 재인용.
34) 최동호, 「개편되어야할 『鄭芝溶 詩集』-미수록 작품과 잘못 수록된 작품을 중심으
로」, 『문학사상』, 2002. 10. 최동호 엮음, 『정지용 전집』1, 위의 책, 684면 재수록.

젊은이 한창시절 서름이 한시절.
한시절 한고피 엇지면 못 넘기리만
싯업시 싯업시 가고만 십허요.
해 돗는 쪽으로 해가 지는 쪽으로
싯업시 싯업시 가고만 십허요.

제비가 南으로 千里 萬里
기럭이 北으로 千里 萬里
七月달 밤한울 에 별ㅅ불이 흘러
잠든물ㅅ결 기인 江우에
새깃 하나. 椰子님 하나.
써나가리 써나가리.
한업시 한업시 가고만 십허요.

철업는 사랑 오랑캐꼿 수레에 실니어가든
黃金저녀볏 五里亭벌 에
비가 쓸려요 가랑비 가는비가 와요
가기는 갑니다 마는
짓고만 십허요 맛고만 십허요.
압날 洪水쌔.
후일 진흙 세상.
실마리 가튼 시름. 실마리 가튼 눈물.
울고만 십허요 함쑤락 젓고만 십허요

동산에 서신 님 산에 올라 보내십닛가.
三台峰 휘넘어오는 둥그레 둥실
달 과도 가트십니다 마는
다락 에도 물ㅅ가 에도 성우 에도
살지 말웁소서.

해당화 수풀ㅅ집 양지편을 쓸고갑니다 쓸고가요.

나그내 고달핀 魂이 巡禮地 별비체 조으는 魂이
마음 만 먹고도 가고 올줄 몰라
상년 三月 후년 三月.
님의 쯸에 봄풀이 욱어지면
내 마음 님의 마음.
개나리 쇠소리ㅅ빗
아즈랭이 먼 산 눈물에 어려요 어려요.
칼 메인 장사사 죽어도 길넙혜 무덤.
길넙혜 는 뭇지말고 나라ㅅ배 오고 가는
異邦바다 모래톱에 무처요 무처요.
나도 사나이 는 사나이
나라도 집도 업기는 업서요.

복사꼿 처럼 피여가는 내안해 내누이.
동산에 숨기고 가나 길가에 두고 가나.
말잔등이 후리처 실고
地平線 그늘에 살어지나.

샘을 빌녀요 손을 주어요 잘잇서요.
친구야 폭은한 친구야 억개를 빌녀요.
평안 한 한째 조름 이나 빌녀요 빌녀요.

(九二三 · 一 · 二八)
―「내안해 내누이 내나라」― 전문35)

---

35) 정지용,「내안해 내누이 내나라」,『위생과 화장』제2호, 1926. 11. 최동호 엮음,『정
지용 전집』1, 위의 책, 54-56면 재인용.

「내안해 내누이 내나라」는 작품 말미에 "一九二三・一・二八"라고 창작 연월일을 밝히고 있다. 정지용은 1923년 4월[36])에 일본 유학을 떠났다. 그러니 이 시는 그가 일본으로 유학가기 전의 심란한 마음이 잘 드러나 있다. 화자는 "잇업시", "한업시" 떠나고 싶다. "해 돗는", "해 지는" 곳으로 가고 싶다. "제비"나 "기럭이"도 남북으로 "千里 萬里" 간단다. 즉 1연과 2연에서 화자는 동서남북으로 떠나려는 심정을 드러낸다. 그러나 시적상황은 "밤한울"에 "별ㅅ불"이 흐른다. 그 모습은 "잠든물 ㅅ결 기인 江우"로 시선을 이동시킨다. 그러나 화자는 가고 싶다. 가는 것만이 고통의 탈피인 듯하다. 그러나 "실마리 가튼 눈물"을 감당하지 못하며 "울고"싶다고 한다. 대의를 위해 화자는 떠나야만 하는 설정인 것이다. 그것만이 "눈물"을 감내할 수 있다. "눈물"이 곧 "실마리"를 제공할 것이기 때문이다. 그러나 "다락", "물ㅅ가", "성우"에도 살지 말란다. 즉 지리적으로 자연재해에 부딪힐 위험이 존재하는 곳은 피하라는 것이다. 이는 1911년과 1917년에 충북 옥천에 큰 홍수[37])가 났다는 사실과 무관하지 않다. "아즈랭이 먼 산 눈물"에 어린다는 "사나이". 시적화자는 "나라도 집도 없"단다. 그러나 떠나고 싶은 마음은 간절하다. 그

---

36) "동지사대학 성적표에는 5월 3일 입학으로 표기됨. 출국과 입학수속이 늦어진 것으로 보임" 졸저, 『정지용 만나러 가는 길』, 국학자료원, 2017, 244면. 이는 "4월 16일 일본 교토의 동지사 전문학교 신학부에 입학하였고 며칠 지나지 않은 4월 27일 신학부를 퇴학"(홍종욱, 「교토유학생 박제환의 삶과 실천」, 『한국학연구』 40집, 인하대 한국학연구소, 2016. 2, 407면.). "5월 3일 동지사대학 예과에 진학, 1926년 3월 예과를 수료하고 4월 영문과에 입학해 1929년 6월 30일 졸업"(김동희, 「정지용의 이중언어 의식과 개작 양상 연구」, 고려대학교 대학원 박사학위 논문, 2017, 37면.)으로 보아 "출국과 입학수속이 늦어진 것으로 보임"은 정지용이 4월에 동지사 전문학교 신학부에 입학하기 때문이다.
37) "옥천 홍수는 정지용의 집에 피해를 입혔고 이는 정지용의 가세가 급격히 기우는 결정적인 역할"을 하였다. 졸고, 「정지용 생애재구1」, 『한국현대시의 아버지 정지용 문학포럼』, 옥천군·옥천문화원·지용회, 2013, 44면.

런데 "내안해"와 "내누이"의 거처가 걱정이다. "동산에 숨기"고 "길가에 두"고 "말잔등이 후리처 실"고 "地平線 그늘"에 살아야하나 갈등한다. 그러나 이내 이별의 인사를 건넨다.

『내안해 내누이 내나라』에서 "실마리 같은 눈물"은 "세상에 대한 이해로 정신적 행위"38)를 상징한다. 즉 이 시의 "눈물"은 갈등해결의 실마리를 제공하는 역할을 한다. 곧 이 눈물을 감내해내지 못하면 자신의 이상을 실현하기 어렵다. 그만큼 정지용 자신이 유학을 가면서 고뇌한 흔적이 이 시에 고스란히 나타나고 있다.「내안해 내누이 내나라」는 이렇게 정지용 자신의 가족과 나라에까지 의미가 확산되며 그 범위를 넓혔다. 이는 유학을 떠나기 전 정지용의 내적고민이 그대로 배어있는 작품이다.

> 가을 볏 째-O 하게
> 내려 쬬이는 잔듸 밧.
>
> 함쌕 픠여난 싸알리아.
> 한나제 함쌕 핀 싸알리아.
>
> 기집아이 야, 네 살빗 도
> 익을 대로 익엇 구나.
>
> 젓가슴 과 붓그럼성 이
> 익을 대로 익엇 구나.
>
> 기집아이 야, 순하듸 순하여 다오

---

38) 이승훈 편저, 앞의 책, 106면.

암사슴 처럼 쒸여다녀 보아라.

물오리 써 돌아다니는
흰 못물 가튼 한울 미테

함쌕 픠여난 짜알리아.
픠다 못해 터저 나오는 짜알리아.

— (一九二四 · 十一月 · 京都植物園에서) —

— 「Dahlia」 전문39) —

「Dahlia」는 정지용이 동지사대학 재학시절에 쓴 작품이다. "京都植
物園"은 정지용의 일본 하숙집 근처40)에 있었다. 이때 정지용은 고다
마 사네치카(필명 고다마 후에야로)41)를 만난다. 그의 산문 「詩 · 犬 · 同
人」에서 고다마와의 관계42)를 알아볼 수 있다.

정지용과 고다마는 시 작법에 대한 논의를 한다. 정지용의 산문 「詩 ·
犬 · 同人」43)에 언급된 "북성관"44)은 교토부립식물원 근방으로 추정된

---

39) 정지용, 「Dahlia」, 『신민』 19호, 1926. 11, 70-71면.

40) 졸고, 「정지용의 일본 교토 하숙집 I」, 『옥천향수신문』, 2018. 12. 6, 4면.

41) 1905년생인 고다마는 1924년 동지사대학 예과에 입학한 후 영문과에 진학해 1930
년 졸업, 동지사대학 영문과 교수를 지낸 인물이다. 고다마는 정지용이 최초로 작
품을 발표한 『街』의 동인이기도하다. 졸고, 위의 신문, 같은 면.

42) 한편, 고다마는 정지용의 귀국 후 끊어진 안부를 조선인 유학생들에게 물었다고 한
다. 그는 정지용의 죽음 소식을 들은 후 「「自由詩人のこと」鄭芝溶のこと」에 애석
함을 표현한다. "왜인지 그이야기가 진짜인 것만 같은 기분이 들었다. 젊은 날 열혈
의 낭만시인, 뛰어난 한국 유일의 학자·시인. 이러한 그가 총살되었다고 한다면, 그
장면을 나는 애처로워서 눈꺼풀에서 지우고 싶다. 그리고 전쟁을 증오한다. 이데올
로기의 투쟁이 시인의 생명까지 빼앗아 가는 것을 증오한다. 그리고 보도가 어떠하
든, 역시 鄭이 어딘가에서 살아있어 주기를 빌었다. 빌면서, 그 후로는 鄭에 관해서
묻는 것도 이야기 하는 것도 피하고 있다." 졸고, 「정지용의 일본 교토 하숙집 II」,
위의 신문, 2018. 12. 13, 4면.

43) "한 여름의 별이 빛나는 하늘은 멋진 수박을 싹둑 자른 것 같다고 말하면 코다마는

다. 한편 2018년 일본 지용제에서 만난 동지사대학의 Osamu OTA(太田 修) 교수는 "정지용은 아마 하숙집을 몇 군데 옮겨 이사하였을 것"이라며 "정문으로부터 약 50m 정도 거리인 도시샤여자대학교 북쪽"에 있었다고 한다. 정지용의 「詩·犬·同人」, 고다마의 「「自由詩人のこと」 鄭芝溶のこと」 그리고 OTA 교수의 구술은 정지용의 하숙집에서 멀지 않았던 "京都植物園"에서 「Dahlia」를 썼다는 것을 확연히 해주고 있다. 또 정지용과 고다마의 시적 상호교류와 정지용 행방불명의 애석함을 더하는 좋은 자료다.

시적 대상인 "짜알리아"꽃은 "새악시 살결", "부푼 젖가슴" 등으로 형상화된다. 「Dahlia」에서 '물'은 "하눌 밑"의 "못"에 대한 배경설정이다. 그 배경에 "짜알리아"가 관능적으로 피어있는 것이다. "물오리 써 돌아다니는 / 흰 못물 가튼 한울 미테 //"로 나타난 배경은 교토의 '鴨川'

천녀(天女)가 벗어 놓은 옷 같다고 말한다. 미이(ミイ)의 붉은 빰은 작은 난로(煖爐) 같다고 말하면 코다마는 미이의 요람(搖籃) 위에 무지개가 걸려있다고 말한다. 북성관(北星官)의 2층에서 이러한 풍(風)의 사치스런 잡담이 때때로 교환되는 것이다. 그가 도기(陶器)의 시(詩)를 썼을 때 나는 붉은 벽돌(赤慄瓦)의 시(詩)를 썼다. 그가 눈물로 찾아오면 밤새 이야기할 각오(覺悟)를 한다. // 「시(詩)는 연보라색 공기(空氣)를 마시는 것이거늘」이라고 내 멋대로의 정의(定義)로 맞받아쳤다. // 개를 사랑하는 데 그리스도는 필요(必要)하지 않다. 우울(憂鬱)한 산책자 정도가 좋은 것이다. (중략) 다양한 남자가 모여 있다. 덩치에 어울리지 않게 외로워하는 남자 야마모토(山本)가 있는가 하면 「아아 카페 구석에 두고 잊어버린 혼(魂)이 지금 연인을 자꾸만 찾는다!」라고 신미래파처럼 구는 마쓰모토(松本)가 있다. 그는 이야기 중에 볼품없는 장발(長髮)을 멧돼지처럼 파헤치는 버릇이 있다. // 어쨌든 우리들은 힘내면서 간다면 좋다. 요즈음 시작(詩作)을 내어도 바보 취급을 받을 수 있다. 하지만 우리가 먼저 바보 취급해서 써버리면 되지". 정지용, 「詩·犬·同人」, 『自由詩人』1호, 自由詩人社, 1925. 12, 24면.

44) "고다마의 거주지이며 『自由詩人』 발행소인 자유시인사 편집부이고 "京都市上京區市電植物園終點下ル"를 통해 동지사대학에서 북쪽으로 2km 정도 거리에 위치한 교토부립식물원 근방". 졸고, 「정지용의 일본 교토 하숙집II」, 앞의 신문, 2018. 12. 13, 4면

을 상징하는 "물오리"와 "흰 못물"같은 하늘 밑의 풍경이다. 식물원에 간 화자는 가을 한낮에 피어난 "따알리아"에 시선을 고정한다. 「Dahlia」에서 화자는 식물원 풍경을 스케치하고, '물'은 자연물의 배경설정을 위한 시적 이식으로 보겠다.

> 기름ㅅ불은 까박이며45) 듯고,
> 어머니는 눈에 눈물을 고이신대로 듯고
> 니치대든46) 어린 누이 안긴데로 잠들며 듯고
> 우ㅅ방 문설쭈에는 그사람이 서서 듯고,
>
> 큰 독 안에 실닌 슬픈 물 가치
> 속살대는 이 시고을 밤은
> 차저 온 동네ㅅ사람들 처럼 도라서서 듯고,
>
> ─「녯니약이 구절」─ 중47)

시간의 두께는 살을 더해간다. 이 살은 오늘을 살아내는 우리에게 옛이야기가 되어 돌아오곤 한다. 특히 정지용 문학은 더욱 그러하다. 「녯니약이 구절」48)은 지난 이야기를 화자가 고향 옥천에 와서 들려주는 상황을 설정하고 있다. 이 시에서 정지용은 사실상 옥천을 떠난 14살부터 "고달펏"다고 직설적으로 토로한다. 이 고달픔은 휘문고보 시절 이

---

45) 이숭원 주해, 『원본 정지용 시집』, 깊은샘, 2008, 328면은 "쌈박이며"로 표기.
46) "어린 애가 잠이 깨어 칭얼대며 성가시게 구는 것". 권영민, 『정지용 시 126편 다시 읽기』, 민음사, 2004, 701면. "(어린 아이가) 뜻 없이 졸라대고 쩽얼거리다". 최동호 편저, 『정지용 사전』, 고려대학교 출판부, 2003, 74면.
47) 정지용, 「녯니약이 구절」, 『新民』 21호, 1927. 1. 최동호, 『정지용 전집』1, 앞의 책, 62면 재인용.
48) 「녯니약이 구절」은 졸고, 『보고픈 마음, 호수만 하니』, 북치는 마을, 2019, 183-184 일부 참조.

야기뿐만 아니라 일본 교토 이야기를 주로 하였을 것이다. 왜냐하면 이 시는 교토 유학 시절에 발표된 것으로 보아 그 시절 이야기를 더 많이 담았으리라는 유추가 가능해지기 때문이다. 시적 화자로 유추되는 나(정지용)의 이야기이다. 아버지는 "닭이 울"때까지, 어머니는 "눈물"을 고이며, 누이는 잠들며, 그 사람은 서서 듣는다. 하물며 "기름불", "시골 밤" 같은 사물도 이야기에 집중하며, 듣는 이가 확장된다. 이 모든 것이 "시원찮은 사람들"의 "예전"부터 전해오는 "이야기 구절"이라며 역사의 연속성을 보여준다. 이는 삶의 연속성에서 본 스펙트럼이 고대부터 현재에 이르기까지 관점의 차이만 다를 뿐, 자아는 흔들리지 않는다는 소의(素意)를 드러냄이다. 이러한 정지용의 이야기는 일제강점기에서 조선인을 주눅 들게 하였던 일본인과 지식인의 고뇌 그리고 신이한 근대문물에 대한 것들이다. 그러나 이야기를 듣는 주된 주체는 시골 풍경, 즉 졸리도록 정겨운 조선의 순박한 시골 마을이다. 착하디착한 시간은 "활처럼" 흘러가는 "밤하늘"에 "돌아서서" 이야기를 듣던 동네 사람들을 "슬픈 물같이" 잠재우고 말 것만 같다.

「녯니약이 구절」에서 '물'은 "눈물", "슬픈 물"로 표현되고 있다. 이는 삶의 역사적 연속성이 '이야기'로 저장됨을 상징하고 있다. 물론 이 시에서는 슬픔으로 인해 고이는 '물'인 것이다. 이 '물'은 상당히 정적이다. 화자의 이야기를 듣던 어머니의 슬픔은 "눈물"로 운반된다. 이러한 '물'은 "시고을 밤"이라는 무정물에 "슬픈 물"로 인내물의 저장 역할을 하고 있다.

3) '물'의 유기화(有機化)

나지익 한 한울은 白金비츠로 빗나고
물결은 유리판 처럼 부서지며 끌어오른다.

(중략)

바다 바람이 그대 머리에 알는대는구료,
그대 머리는 슬푼듯 하늘거리고.

바다 바람이 그대 치마폭에 니치대는구료,
그대 치마는 붓그러운듯 나붓기고.

그대는 바람 보고 꾸짓는구료.

                    ※

별안간 뛰여들삼어도 설마 죽을나구요
빠나나 껍질노 바다를 놀녀대노니,

젊은 마음 꼬이는 구비도는 물구비
두리 함끠 구버보며 가비얍게 웃노니.

                        ―「甲板우」― 중49)

  정지용은 여름방학을 맞아 현해탄을 건너고 있다. 「甲板우」에서 '바
다'를 맞이한다. "물결"은 "白金"빛의 하늘아래서 "유리판"처럼 "부서
지"고 "끌(끓)50)어"오른다. "八月" 볕 아래 "바다 바람"이 "그대 머리"에
"알른"(자꾸 움직이며 흔든)댄다. "바다 바람"이 "그대 치마폭"에 "니

---

49) 정지용, 「甲板우」, 『시문학』2호, 1930. 5, 8-9면. 「甲板우」는 "'1926년 여름 玄海
    灘우에서'라고 창작 시점을 표기해『文藝時代』2호(1927. 1)에 발표"(정지용, 이숭
    원 주해, 앞의 책, 60-61면)하였다고 밝힘. 원본을 확보·확인하지 못하여 본고에서
    는『시문학』2호(1930. 5)로 게재.
50) ( )는 논자 주.

치"(귀찮을 정도로 못되게 걸리적거리며 방해)⁵¹⁾댄다. 사물인 "바다 바람"이 사물인 그대 "머리"나 "치마폭"에 장난을 한다. 그런데 "그대"는 "바다"보다는 "바람"을 "꾸짖"는다. "바다"가 있어 "바다 바람"이 일건만 "바다"는 두고 "바람"에게만 화살이 향하고 있는 것이다.

  "※"을 기준으로 '처음 ※ 중간 ※ 끝'으로 구분해보면 처음은 갑판 위에서 본 정경묘사를, 중간은 "바다 바람"의 구체적인 행위와 동행한 여인의 모습을, 끝부분은 이들이 바다를 바라보며 상념에 젖어 앞에서 놀림당한 것을 가벼운 웃음으로 마무리하고 있다. "바다는 '낮은 태양'의 이미지와 관련 유동하는 물, 공기 같은 무형적인 존재와 대지 같은 유형적인 존재를 매개하는 이미지로 인식"⁵²⁾된다. 「甲板우」에서 "바다"는 유동하는 '물', "바람"은 무형적인 존재이다. 즉, 유형인 "바다"는 무형인 "바람"으로부터 비롯되는 근원적 존재이다. 여기서 "물"은 "물결"이 "부서지"며 건너는 현해탄에서 본 정경을 그렸고, "바다"는 사물의 현상을 나타내는 근원적 존재를 상징하고 있는 것이다.

    오·오·오·오·오· 소리치며 달녀가니
    오·오·오·오·오· 연달어서 몰아온다.

    (중략)

    외로운 마음이 한종일 두고
    바다 를불러

---

51) '니치다'는 '이치다'로 두음법칙이 적용된 것으로 보임. '이치다'는 '이아치다'의 준말이다. '이아치다'는 타동사로 "손해나 손실을 입게 하다(damage), 거치적거리어 일에 방해되다(stand in one's way), 못된 짓으로 방해를 끼치다(obstruct)". 국어국문학회 감수, 『국어대사전』, 민중서관, 2001, 1999면.
52) 이승훈 편저, 앞의 책, 186면.

바다 우로 밤이 걸어온다.

(중략)

우름우는 이는 燈臺도 아니고 갈메기도 아니고
어덴지 홀로 썰어진 이름도모를 스러움53)이 하나.
— 一九二六 • 六月 • 京都 —
—「바다」— 중54)

「바다」에서 정지용은 "바다"를 주체로 보지 않는다. 1연에서 "달녀
가"고 "몰아"오는 주체는 '파도'나 '바람', 2연에서는 주체가 "뇌성"이며
3연에서는 "물결" 사이로 "춤을추"는 파도일 것이다. 5연에서 "외로운
마음"이 "바다"를 부르는 주체가 된다. 그 "바다" 위로 "밤"이 오는 것
이다. 마지막 연에서 "우름우는" 주체가 "燈臺도 아니고 갈메기도 아
니"란다. "이름도모를 스러움"이라고 한다. 이 "외로운 마음"은 "바다"
를 부르고 그 "바다"는 "밤"을 맞이한다. 그러나 정작 "달녀가"고 "몰
아"오며 "춤을추"는 소란한 존재는 "파도"나 "바람" 그리고 "뇌성"이
아니었다. 그것은 "외로운 마음"에서 비롯된 "스러움"임을 화자는 깨닫
는다. 「바다」에서 '물'의 이미지로 나타난 "바다"는 깨달음을 얻게 하

---

53) '서러움'의 방언. '-스럽다'는 '스러우니, 스러워'가 '서러우니, 서러워'의 형태로 변한
것으로 보임. '서러우(서럽)+ㅁ'의 형태분석이 가능. 어간 '서러우'에 명사형 어미 'ㅁ'
이 첨가되어 '서럽게 느껴지는 마음'을 표현한 명사. 역시 "스러움"도 '스러우+ㅁ'으
로 명사로 보아야 마땅하다.
54) 정지용, 「바다」, 『朝鮮之光』64호, 1927. 2, 98면. 한편, "「바다」는 『정지용 시집』2부
(시문학사, 1935)에 「바다1」(84면), 「바다2」(85면), 「바다3」(86면), 「바다4」(87면)로
분리. 반면 같은 책 1부의 「바다1」(2-4면), 「바다2」(5-6면)는 『朝鮮之光』의 「바다」와
는 다른 작품이다. 공교롭게 『정지용 시집』1부와 2부에 같은 제목 「바다1」, 「바다2」
가 실려 혼동의 우려가 있"다. 졸저, 『보고픈 마음, 호수만 하니』, 앞의 책, 126면.

는 근원적 존재를 상징한다. 그것은 "외로운 마음"이나 "우름우는" 주체가 "스러움"에서 비롯되었음을 알리는 매개체 역할을 한다.

바다는 뿔뿔이
달어 날랴고 했다.

푸른 도마뱀떼 같이
재재발렀다.

꼬리가 이루
잡히지 않었다.

흰 발톱에 찢긴[
珊瑚보다 붉고 슬픈 생채기!

가까스루 몰아다 부치고
변죽을 둘러 손질하여 물기를 시쳤다55).

이 앨쓴 海圖에
손을 싯고 떼었다.

찰찰 넘치도록

---

55) "씻었다". 권영민, 앞의 책, 111면, 최동호 편저, 앞의 책, 199면. 한편, 충청도 방언은 '일반적으로 씻는 행위와는 좀 다르다고 한다. 그래서 좀 더 세세히 구분해야 한다는 옥천 어르신들[(정성희 : 당시 90세), (차상욱 : 당시 93세), (이현무 : 당시 81세)]의 구술이 있었다. "오래오래 일삼아 씻는 것이 아니고 짧은 시간에 빠르게 씻어내는 것 또는 그런 행위"를 의미한다. 정성희 옹(충북 청원군 문의면 문덕리 631번지에서 1924년 음력 11월 3일 生), 차상욱·이현무 옹은 옥천 生. 구술일 : 2013. 11. 30.

돌돌 굴르도록

회동그란히 바쳐 들었다!
地球는 蓮닢인양 옴으라들고……펴고……

― 「바다2」 전문56) ―

　　시적 화자는 물결이 밀려오고 가는 모습을 섬세하게 그리고 있다.
바닷가 모래밭에서 물결이 "도마뱀"처럼 "재재"바르게 달아나며 만드
는 "海圖" 그리고 "地球"는 연잎이 되고 바다는 그 연잎 위에서 "돌돌"
구르는 물방울이 된다. 정지용의 언어구사 능력에 새삼 놀라지 않을
수 없다. "바다"는 「바다2」의 주체로 작용한다. 그러나 후반부에 "지
구"를 주체로 내세우고 있다. 그리고 주체였던 "바다"를 연잎에 구르
는 물방울로 축소하고 있다. 이렇게 정지용은 사물을 '물방울'처럼 "돌
돌"구름다고 표현한다. 이는 화자가 '바다'를 상당히 근거리에서 관찰
하였다는 것을 알 수 있다. 그런가하면 거대한 우주 공간까지도 상징
적으로 형상화하여 새로운 공간으로 창조해낸다. 즉 「바다2」에서 정
지용은 "바다", "海圖"를 감각적 인식의 대상으로 삼았다. 그리하여
"바다"에서 "地球"로 공간을 확장이동하기도 하고 "바다"를 "도마뱀"
처럼 "재재"바른 생명체로 표현하기도 한다. 정지용은 「바다」에서 근
원적 존재였던 "바다"를 "연잎"과 "지구"로 공간을 축소·확장하고 있
다. 이는 정지용만이 지니는 언어적 영감이었을 것이고 뛰어난 시적
형상화방법이다.

---

56) 정지용, 「바다2」, 『정지용 시집』, 시문학사, 1935. 10, 5-6면. 한편, 『詩苑』5호,
　　1935. 12, 2-3면에는 「바다」라는 제목으로 실림.

산ㅅ골에서 자란 물도
돌베람빡57) 낭떠러지가 겁이 낫다.

눈ㅅ땡이 옆에서 졸다가
꽃나무 알로 우정58) 돌아

가재가 긔는 골짝
죄그만 하눌이 갑갑했다.

갑자기 호수어 질랴니59)
마음 조일박게.

흰 발톱 갈갈이
앙징스레도 할퀸다.

어쨌던 너무 재재거린다.
나려질리쟈 쫄렛60) 물도 단번에 감수했다61).

심심 산천에 고사리ㅅ밥
모조리 졸리운 날

---

57) 돌 + 베람빡(바람벽)=돌베람빡(석벽). '베람빡'은 '베람박', '베림빡', '베랑빡', 베름
빡', 베룸빡' 등과 함께 중부방언에서 나타남. "너 왜 자꾸 베룸빡을 올라가냐?" 또
는 "베랑빡에다 어떤 놈이 또 낙서해놨네." 등으로 현재 촌로들이 사용.

58) 일부러.

59) (높은 곳에서 내려오(떨어지)거나 놀이기구 등을 탈 때처럼)몸이 쏠리거나 흔들거
려 긴장되고 짜릿하다.

60) "어색하게 두드러진 모양" - 최동호 편저, 앞의 책, 301면. "쭈뼛, 쭈뼛하다. 놀라거
나 무서워서 머리끝이 서는 느낌" - 권영민, 앞의 책, 599면.

61) "불만 없이 달게 받다" - 최동호 편저, 위의 책, 12면. "물이 폭포를 이루며 떨어지
는 순간 '십년 감수한' 것처럼 놀랐음을 묘사" - 권영민, 위의 책, 599면.

송화ㅅ가루
놓랗게 날리네.

山水 딸어온 新婚 한쌍
앵두 같이 상긔했다.

돌뿌리 뾰죽 뾰죽 무척 곱으라진 길이
아기 자기 좋아라 왔지!

하인리, 하이네ㅅ적 부터
동그란 오오 나의 太陽도

겨우 끼리끼리의 발금치를
조롱 조롱 한나잘 딸어왔다.

산간에 폭포수는 암만해도 무서워서
긔염 긔염 긔며 나린다.

— 「瀑布」 전문62) —

　「瀑布」는 산에서 자란 "물"이 폭포를 만나 떨어지는 과정을 형상화
하고 있다. 폭포는 산에서 자란 순수한 '물'을 상징한다. "돌베람빡 낭떨
어지"에서 "겁"이 나고, "눈ㅅ뎅이" 옆을 "우정" 돈다. "물"은 주체다.
"물"은 폭포를 만나 "호숩어질"라고도 한다. 장난기마저 느껴진다. 폭
포가 하얗게 내리는 모습을 "흰 발톱 갈갈이" 세우고 "할퀸"다며, 폭포
가 되어 떨어지는 순간에는 긴장하고 놀라기도 한다. '물'은 겁에 질려
도 정신을 잃지 않고, 폭포로 떨어지며 시선을 주변에 둔다. "고사리,

62) 정지용, 「瀑布」, 『朝光』 9호, 1936. 7, 30-31면.

송화ㅅ가루, 新婚 한쌍, 고브라진 길"에 시선을 두며 "太陽"이 자신을
"한나잘" 따라왔다고 한다. 그러면서 "폭포수"는 단숨에 떨어져 내린다
는 일반적인 원리를 뒤집는다. "무서워서" 瀑布는 "긔엄긔엄 긔며" 내
려간다는 것이다.

「瀑布」에서 '물'은 주체다. '물'은 생명력을 지녔다. 뿐만 아니라 감정
을 부여받은 인격체이다. "겁"이 나고, "갑갑"하고, "호숩어질라"하고,
"마음 조"인다. '물'이 바라본 대상인 "고사리ㅅ밥"은 "졸리"고, "新婚
한쌍"은 볼이 "상긔"되고, "고브라진 길"이 "좋아라"오고, "太陽"은 '물'
을 "조롱조롱 따"라왔다. 이렇게 주체인 '물'은 대상에게 순수한 시선을
고정한다. 이는 언어기술의 마술사였던 정지용만이 구사할 수 있었던
섬세한 표현기법이었다.

4) '물'의 공간화(空間化)

돌에
그늘이 차고,

따로 몰리는
소소리 바람63).

앞 섰거니 하야
꼬리 치날리어 세우고,

종종 다리 깟칠한
山새 걸음거리.

---

63) 이른 봄에 살 속으로 스머드는 듯한 음산하고 찬 바람. 회오리바람을 말하기도 함.
최동호 편저, 앞의 책, 185면.

여울 지여
수척한 흰 물살,

갈갈히
손가락 펴고,

멋은듯
새삼 돋는(64) 비ㅅ낯

붉은 닢 닢
소란히 밟고 간다.

— 「비」 전문(65) —

　「비」는 전반부와 후반부로 나눌 수 있다. 전반부는 비가 오려는 준비
과정으로 보이는 1-6연이다. 후반부는 비가 오는 장면인 7-8연이다. 전
반부에서 구름이 몰려오는 분위기를 "돌에 / 그늘이 차"는 시각적으로
형상화하였다. 비구름이 몰려오니 산골짜기에 있는 돌에 그늘이 질 수
밖에. 비구름은 "소소리 바람"으로 휘돈다. "山새"는 바람이 부니 "꼬
리"를 "치날리여 세우고" 바람을 맞는다. 바람은 "山새"를 지나며 부딪
혀 분다. 산새는 바람보다 앞에 가 있거나 바람 뒤에서 "죵죵"거린다.
장마가 오는 여름과 달리 가을 골짜기는 '물'이 많이 흐르지 않는다. 그
런 모습을 "갈갈히 / 손가락 펴고" '물'은 흐른다고 표현한다. 급하게 여

---

64) "물체의 겉이나 밖으로 나오거나 나타나다, 하늘에 보이는 상태가 되다, (어떤 감정
　　이)생겨 나타나다". 최동호 편저, 위의 책, 87면. "'듣다'의 오식. 떨어지다. 방울지
　　어 떨어지다". 권영민, 앞의 책, 574면.
65)　정지용, 「비」, 『백록담』, 문장사, 1941, 28-29면. 「비」는 『문장』22호, 1941,
　　116-117면에도 수록.

울져 흐르므로 "흰 물살"이 "손가락"을 펴고 내리는 것이라며 시각적으로 형상화하고 있다. 水量이 많지 않으니 한꺼번에 쏟아지지 못하고 "손가락"을 편 듯 흘러내리고 있는 장면이 그려진다. 후반부에서 드디어 비가 내리기 시작한다. "멎은듯 / 새삼 돋는"은 "멎"다와 호응을 이뤄 "돋"다로 해석된다. 즉 비가 오지 않고 준비를 마친 상태에서 비가 오는 묘사다. 가을 단풍인 "붉은 닢"에 내려 겉으로 드러나 보이는 장면, 혹은 "밟고 간다"와 호응을 이뤄 빗방울이 "붉은 닢"으로 내려 물방울 모양으로 튀어오르는 모양을 시각적으로 형상화한 것이다. "'듣다'"의 오식이라 본 권영민66)의 "떨어지다"도 설득력이 있다. 다만, 이 부분에 대한 감상은 독자의 몫이다. 차치하고 이 부분도 시각적 심상과 의인화로 돋보이는 시적 구사력을 보이고 있다. 정지용이기 때문에 가능하였다고 본다. 비가 내리기까지 구름이 움직여 "돌"에 "그늘"을 만들고, 비가 올 조짐을 보이는 "소소리 바람"이 "따로 몰리고", "山새"는 종종 걸음을 치며, "수척한 물살"은 "손가락을 펴고" 흐른다. 이러한 공간에 드디어 "비ㅅ낯"이 내린다. 그것도 "붉은 닢 닢"을 "밟고" 내린다. 비가 오기위한 모든 준비과정은 시각적 심상이다. 비가 오는 과정도 시각적 심상이다. 「비」는 '비'가 주체가 아니다. 화자는 고정된 위치에서 '비'를 공간이동 시킨다. "돌 ‐ 山새 ‐ 물살 ‐ 비ㅅ낯 ‐ 붉은 닢"의 시선의 공간이동은 시각적으로 처리된다. 이렇게 빚어낸 「비」는 '물'에 감각적으로 작용, 시적대상에 생명을 불어넣고 있다.

이 시의 '물'은 "비"가 오는 모습을 전·후반으로 분리하여 "무력감과 수척한 정신"을 상징한다. 실제로 정지용은 1940년 길진섭과 함께 평양, 선천, 의주, 오룡배를 여행67)한다. 이때 「화문행각」을 쓰며 고뇌하

---

66) 권영민, 앞의 책, 574면.
67) 졸저,『정지용 만나러 가는 길』, 국학자료원, 2017, 240-241면.

는 시간을 보낸다. 「비」가 실린 『백록담』을 출간한 1941년은 정지용 자신이 "정신적으로 육체적으로 무척 피로하며, 환경과 생활 때문에 그렇게 된 것"[68]이라고 고백한다. 이 고백에서 유추하듯 '바람'이 불어와도 종종거리는 "새"나 "수척한 물살"은 정지용의 '무력감'이나 '수척한 정신'을 상징하는 것으로 보인다.

> 엇깨가 둥글고
> 머리ㅅ단이 칠칠히[69]
> 山에서 자라거니
> 이마가 알빛 같이 희다.
>
> 검은 버선에 흰 볼을 받아 신고[70]
> 山과일 처럼 얼어 붉은 손,
> 길 눈을 헤처
> 돌 틈에 트인 물을 따내다.
>
> 한줄기 푸른 연긔 올라
> 집웅도 해ㅅ살에 붉어 다사롭고,
> 처녀는 눈 속에서 다시
> 碧梧桐 중허리 파룻한 냄새가 난다.
>
> 수집어 돌아 앉고, 철아닌 나그내 되어,
> 서려오르는 김에 낯을 비추우며
> 돌 틈에 이상하기 하눌 같은 샘물을 기웃거리다.
> — 「붉은손」 전문[71] —

68) 정지용, 「조선시의 반성」, 『산문』, 동지사, 1949, 85면.
69) 잘 자라서 길고 보기 좋은.
70) 헝겊을 덧대어 깁다. 즉, 검은색 버선에 흰색 천을 대고 기워 신고.

「붉은손」의 화자는 "처녀"에게서 시선을 놓치지 않는다. 1연은 어깨가 둥글고, "머리ㅅ단"이 "칠칠(매끈)"하며 이마가 "알빛 같이 희다"는 "처녀"의 외양묘사, 2연은 "처녀"의 궁핍한 삶과 곤란(困難)한 모습을 드러낸다. "검은 버선"은 같은 색도 아닌 "흰"천으로 기워 신고, 손은 겨우내 얼어서 "山과일"처럼 붉다. 그 "붉은 손"으로 "길 눈"을 "헤"치고 "물"을 긷는다. 또 "흰"색과 "붉은"색의 대조를 통해 궁핍과 곤란을 강조하고 있다. 3연과 4연은 "집웅"에서는 따뜻한 "해ㅅ살"이 붉고, "푸른 연긔"가 오른다. "처녀"는 "눈속"에서 "파릇한 냄새"에 "수집어"진다. "눈속"의 샘물에서 오르는 "김"에 "낯"을 비추어본다. "물" 한 잔 청하는 나그네의 심정으로 "샘물"에 기웃거린다. 3연에서도 "푸른", "붉어", "눈" 등이 색채대비를 이룬다. 「붉은손」 2연의 "눈"은 지난(至難)하거나 곤란(困難)한 "처녀"의 현실처지를 상징한다. 그러나 3연의 "눈"은 '희망'을 품고 있다. "파릇"한 "碧梧桐 중허리"의 "냄새"가 난다. 이는 봄이 오려는 징조이거나 희망의 상징으로 보인다. 4연의 "샘물을 기웃거린다"의 '물'을 들여다보는 행위는 "명상이며 구원을 표상"[72]한다. 이시에서 "샘"을 기웃거리는 행위는 봄이 오는 즉, 광복을 염원하는 의지와 명상을 상징한다고 본다.

> 畫具를 메고 山을 疊疊들어간 후 이내 蹤迹이 杳然하다 丹楓이 이울고[73] 峯마다 찡그리고 눈이 날고 嶺우에 賣店은 덧문 속문이 닫히고 三冬내열리지 않았다 해를 넘어 봄이 짙도록 눈이 처마와 키가 같었다 大幅 캔바스 우에는 木花송이 같은 한떨기 지난해 흰 구름이

---

71) 정지용, 「붉은손」, 『백록담』, 앞의 책, 32-33면. 「붉은손」은 『文章』 22호, 1941. 1, 120-121면에도 실음.
72) 이승훈 편저, 앞의 책, 394면.
73) 점점 시들고 쇠약해지고.

새로 미끄러지고 瀑布 소리 차츰 불고[74] 푸른 하눌 되돌아서 오건만 구두와 안ㅅ신이 나란히 노힌채 戀愛가 비린내를 풍기기 시작했다. 그날밤 집집 들창마다 夕刊에 비린내가 끼치였다 博多[75] 胎生 수수한 寡婦 흰얼골 이사 淮陽 高城사람들 끼리에도 익었건만賣店 바깥 主人된 畵家는 이름조차 없고 松花가루 노랗고뼉 뻑국 고비 고사리 고부라지고 호랑나븨 쌍을 지어 훨 훨 靑山을 넘고.

　　　　　　　　　　　　　　　　　　　　　　—「호랑나븨」전문[76] —

　화구를 메고 산으로 들어간 화가는 실종이 된다. 겨울이 되어 "嶺우"의 매점도 닫힌다. 겨우내 내린 눈은 처마에 닿는다. 눈이 녹아 폭포소리가 커진 봄. 화가의 구두와 매점 여주인의 신발이 놓인 채 그들은 주검으로 발견된다. 매점 주인은 博多 태생으로 근처에 알려져 있으나 화가는 누구인지 모른다. 여기까지 일본의 어느 산장에서 벌어진 남녀의 정사(情死)사건이 나열된다. 화자는 감정의 동요 없이 죽음 앞에 묵묵하다. 내용에 충실한 서사적 묘사인 시적 진술을 하고 있다. 그러나 "賣店 바깥 主人된 畵家는 이름조차 없고 松花가루 노랗고뼉 뻑국 고비 고사리 고부라지고 호랑나븨 쌍을 지어 훨 훨 靑山을 넘"는다. 그렇게 이들의 죽음은 아름답게 승화된다. 화가는 매점 주인의 남편이 되고 "호랑나븨"가 되어 "靑山"을 넘어 자연으로 회귀한다. 「호랑나븨」의 '물'은 "눈이 날고"와 "눈이 처마와 키가 같았다"의 "눈"으로 나타난다. 여기서 "눈"은 고요와 침묵의 세월을 상징한다. 이 고요와 침묵은 겨울산과 조화로운 죽음이다. 또 "흰 구름이 새로 미끄러지고"의 "흰 구름"은

---

74) 폭포소리가 차츰 크게 들리고.
75) 일본 큐슈 후쿠오카 서쪽 항구.
76) 정지용, 「호랑나븨」, 『백록담』, 앞의 책, 48-49면. 「호랑나븨」는 『文章』 22호, 1941. 1, 130-131면에도 실음.

세월의 경과를, "瀑布 소리 차츰 불고"의 "瀑布"는 생명의 연속성을 상징하는 것으로 보인다. "瀑布"를 통한 자연의 연속성은 "쌍을 지어 훨훨 靑山"을 넘는 그들의 분신인 호랑나비를 통해 소생을 상징한다. 이 "瀑布" 소리가 "불"어야 시간이 지나고 소생의 기운이 상향되기에 이는 소생을 상징하는 복선역할을 제공한다.

> 　　모오닝코오트에 禮裝을 가추고大萬物相에 들어간 한 壯年紳士가
> 있었다舊萬物 우에서 알로 나려뛰었다웃저고리는 나려 가다가 중
> 간 솔가지에 걸리여 벗겨진채와이샤쓰 바람에 넥타이가 다칠세라
> 납족이 업드렸다한겨울 내휜손바닥 같은 눈이 나려와 덮어 주곤 주
> 곤 하였다 壯年이 생각하기를「숨도아이에 쉬지 않아야 춥지 않으
> 리라」고주검다운 儀式을 가추어 三冬내俯伏하였다눈도 희기가 겹
> 겹히 禮裝 같이봄이 짙어서 사라지다.
>
> 　　　　　　　　　　　　　　　　　　　　— 「禮裝」 전문77) —

　「禮裝」은 시적 상상력에 의해 재구된 어느 노장의 자살사건을 소재로 한다. "舊萬物 우"에서 아래로 뛰어내린 장년신사는 저고리가 솔가지에 걸려 벗겨진다. 그런데 넥타이를 보호하느라 엎드린 노장신사 위로 눈이 내린다. 그것도 손바닥 만한 눈이 내려 노장신사를 보호한다. 그런데 이 신사는 죽은 자의 의식을 갖춘다. "숨"도 쉬지 않아야 밖의 차가운 공기가 몸으로 들어오지 않기에 "춥지 않"으리라는 "주검다운 儀式"을 갖춘다. 겨우내 "俯伏"하는 주검 위로 "눈"이 예장의 의식을 위함인지 하얗게 내렸다. 그러자 겨우내 "禮裝"을 하던 눈마저 봄이오니 사라진다. 역시 자연으로 회귀하고 있는 것이다.

---

77) 정지용, 「禮裝」, 『백록담』, 앞의 책, 50면. 「禮裝」은 『文章』 22호, 1941. 1, 127면에도 실음.

옛적 아레 옳은 道理
三十六年 피와 눈물
나종까지 견덧거니
自由 이제 바로 왔네

— 「愛國의 노래」 중78) —

「愛國의 노래」는 4・4조의 가사체로 쓰였다. 각 연은 4행으로, 총 7
연으로 구성되어 있다. 각 연은 32음절로 고정하고 있다. 이 작품은 시
적 기교나 형상화는 기존의 작품과 달리 살리지 못하였다고 본다. 그러
나 해방의 감격과 기쁨을 솔직하게 드러내고 있음은 분명하며, 일제강
점기의 고통을 이겨낸 민족의 끈기와 감격을 노래하고 있다. 이 노래의
'물'은 "피와 눈물"로 형상화하고 있다. 그만큼 당시 '물'의 이미지는 강
렬하고 고통스러운 것으로 남는다.

(상략)

허울 벗기우고
외오 돌아섰던
山하! 이제 바로 돌아지라.
자휘 잃었던 물
옛 자리로 새소리 흘리어라.
어제 하늘이 아니어니
새론 해가 오르라

그대들 돌아오시니
피 흘리신 보람 燦爛히 돌아오시니!

---

78) 정지용, 「愛國의 노래」, 『대조』1호, 1946. 1, 112-113면.

(중략)

상긔 불현듯 기달리는 마을마다
그대 어이 꽃을 밟으시리
가시덤불, 눈물로 헤치시랴.

그대들 돌아오시니
피 흘리신 보람 燦爛히 돌아오시니!
— 「그대들 돌아오시니 ― (在外革命同志에게)」중79) —

「그대들 돌아오시니」는 일본에 대항하여 싸우고 돌아오는 재외혁명
동지들을 보고 그 기쁨을 노래한 작품이다. 이는 일제강점기 고난의 세
월을 회고한다. 그리고 그 고통의 세월을 이겨낸 기쁨과 감격을 "그대
들 돌아오시니 / 피 흘리신 보람 燦爛히 돌아오시니!"를 반복해 표현하
고 있다. 「그대들 돌아오시니」의 '물'로 분류되는 "눈물"과 "피"는 조선
민족의 고통스런 노력이고 희생이 일궈낸 광복의 영양소로 볼 수 있다.

5) '물'의 복선화(伏線化)

정지용이 석연치 않은 마흔아홉 해를 마무리하는 것은 일제 강점기
와 관계를 하고 있다. 그러나 그보다 더, 해방은 그를 걷잡을 수 없는 소
용돌이에 집어넣고 만다. 그러면 정지용의 문학을 좀 더 이해하기 위하
여 당시 정지용 관련 문단 상황을 개괄적으로 인용··정리한다.

해방 직후 문단의 시급한 과제는 친일문학 청산과 민족문화 방향

---

79) 정지용, 「그대들 돌아오시니 - (在外革命同志에게)」, 『혁명』1호, 1946. 1, 20-21면.

정립 그리고 문단의 정비에 있었다. 일부 문인들의 친일적 문학행위가 규탄의 대상이 되었고 문학인들에게도 현실의 혼란이 수습의 대상이 되었다. 이 혼란을 수습하기 위해서는 정신적인 이념의 정립이 필요하였다. 그리하여 조선총독부 통치권이 소멸되면서 '조선건국위원회'가 결성되었다. 해방을 맞이하고 하루가 지난 1945년 8월 16일 종로 한청빌딩의 '조선 문인 보국회' 간판이 내려졌다. 이로 일제 침략세력에 동조하였던 문인들은 친일문학이라는 부끄러운 이름을 남기게 되었다. 그리고 그 자리에 '조선 문학 건설 본부'(임 화, 김남천, 이태준 등)라는 간판이 걸린다. 이후 음악, 미술, 영화 등을 연합하여 '조선 문화 건설 협의회'(서기장 : 임 화)를 발족(1945. 8. 18.)한다. 그러나 일제강점기 카프의 문학적 공과에 불만을 가진 일부 문인들은 '조선 문화 건설 협의회'를 마땅치 않게 생각하였다. 이에 변영로, 오상순, 박종화, 김영랑, 이하윤, 김광섭, 이헌구 등이 '조선 문화 협회'(1945. 9. 8.)를 발족한다. 후에 양주동, 김환기, 이선근, 유치진 등이 합세하여 적선동 성업회관에 사무소를 차리고 『해방 기념 시집』을 발간한다.

일본 제국주의 잔재 소탕, 봉건주의 잔재 청산, 국수주의 배격, 진보적 민족문학 건설, 조선 문학의 국제문학과의 제휴라는 강령을 선포하며 조직된 '조선 문학가 동맹'. 정지용은 자의든 타의든 이 동맹의 중앙 집행 위원회의 아동문학부 위원장(행사 참여는 장남 구관이 하는 등 소극적이었다고 연구되고 있음)으로 이름을 올린다. 그러나 정지용처럼 순수 문학인이 짊어질 세계의 정세는 단순치 않았고 사상의 계열은 복잡하였다. 1946-1947년 조선 문학가 동맹의 문단 세력은 절대적 확산을 이루기도 하였다. 그러나 '화무십일홍'이라고 홍명희, 홍 구, 박아지, 이태준, 오장환 등이 월북하였다. 이후 안회남, 정지용, 김동석, 설정식 등이 조선 문학가 동맹을 지탱하였다. 그러나 남한만의 단독 정부 수립이 기정사실화 되었다. 그리고 1947년 겨울-1948년 안회남, 김동석, 박팔양, 조벽암 등이 월북하면서 조선 문학가 동맹의 아성이 무너졌다. 정부 수립 후까지 남아있던 설정식, 이용악, 박태원 등은 6·25때 월북하고 유진호, 이 흡은 지리산에 도망하여 빨치산으로 남아 있다가 사살 되었다. 그리고 정지용, 김기림은 정부 수립 후 자신들의 문학에 새로운 전환을 시도하였으나 6·25 당시 납북 당하였다는 결론에 이르고 있다.[80]

당시 문학계는 사상이라는 혼란이 가중되며 비틀거렸다. 일제강점기에는 조선의 적이 일본이라는 단일한 것이었지만 해방을 맞이하고 보니 주변의 모든 것들이 적으로 존재하였던 것이다. 정지용에게도 같은 민족에게 총을 겨누고 의심하며 등지고 살아야하던 세월인 슬픈 역사의 강을 건너고 있었다. 정지용의 마흔아홉은 온통 흔들렸다. 원하든 원하지 않든지, 어딘가에는 서있어야 했고 어딘가에는 소속되어야만 하였다. 정지용처럼 한국문학을 움직일 수 있는 유명세를 타던 인물은 더욱더 그의 방향 설정에 이목이 집중되었다. 그러나 정지용도 지구를 딛고 서있어야지 지구를 들고 물구나무 설 수는 없지 않았겠는가? 해방 후의 문학계는 사상이라는 혼란이 가중돼 비틀거렸다. 일제강점기 조선의 적은 일본이라는 단일한 것이었다. 그러나 해방을 맞이하고 보니 주변의 모든 것들이 적으로 존재하였다. 일제의 잔재와 이념의 소용돌이가 남긴 괴로움의 잔여물이 빚은 찌꺼기에 당치도 않게 문학인들이 병들어 죽어갔던 것이다.

정지용의 행방이 묘연하였던 1950년. 그는 이해 6월까지 작품을 발표한다. 운문인 시는 『文藝』8호(1950. 6)에 〔「늙은범」(100면), 「네 몸매」(100-101면), 「꽃분」(101면), 「山달」(101면), 「나비」(101면) 〕를 발

---

80) 권영민 편저, 『한국문학50년』, 문학사상사, 1995, 444-454면. 그러나 이는 많은 궁금증을 유발하며 그에 따른 수많은 가설을 생산하고 있다. 남북의 문화교류와 왕래가 자유롭다면 또 다른 증빙 자료들이 발견·첨가되어 바른 문학사의 정립에 도움이 될 것이다. ( )는 논자 주.

표한다. 산문은 「南海五月點綴 – 晋州5」(『국도신문』, 1950. 6. 28) 등을 발표한다. 이것들은 현재까지 밝혀진 정지용의 마지막 발표작품들이다.

6·25를 맞이하던 1950년, 정지용의 나이 마흔아홉. 그는 『새한민보』에 '詩三篇'이라는 큰 제목 아래 「내 마흔아홉이 벅차겠구나」[81]라는 자신의 인생을 예언한 듯한 시를 발표한다. 선택하였든지 선택을 당하였든지 '조선 문학가 동맹'으로 심란했었을, 이후 정지용의 정서를 일정부분 반영하였을 것으로 보이는 작품이다. 이 시에 나타난 정지용은 'writer'가 아닌 생활인에 가깝다. 「내 마흔아홉이 벅차겠구나」는 정지용 고뇌의 무게를 짐작할 수 있게 해준다. 당시 이념과 생활 그리고 그가 처한 환경 사이에서 혼란의 경계를 건너는 것의 곤궁함의 세계가 드러난다.

헐려 뚫린 고개
상여집처럼
하늘도 더 껌어
쪼비잇 하다

누구시기에
이 속에 불을 키고 사십니까?
불 디레다 보긴
낸 데
영감 눈이 부시십니까?

탄 탄 大路 신작로 내기는
날 다니라는 길이겠는데
걷다 생각하니

---

81) 졸고, 「내 마흔 아홉이 벅차겠구나」, 『옥천향수신문』, 2019. 3. 28, 4면을 바탕으로 일부 내용을 수정·정리함.

논두렁이 휘감누나
소년감화원 께 까지는
내가 찾어 가야겠는데

인생 한번 가고 못오면
萬樹長林에 雲霧로다………
— 「내 마흔아홉이 벅차겠구나」 전문82) —

  해방을 맞이하였지만 "상여집"처럼 "껌"고 "쪼비잇"한 세태 속에서
불을 켜고 살아가는 이는 누구인가? 시적 화자는 스스로에게 자문하고
있다. 나, 즉 조선인의 해방인데 그 해방의 길을 걷다보니 외세와 이념
이 끼어들어 "휘감"고 있는 것이 아닌가. 그러나 그 길은 내가 찾아 가
야만 한다. 그러나 인생이란 무상하여 한 번 가면 다시 오지 못하는 "雲
霧"와 같은 것이라고 화자는 말끝을 흐리고 있다. 마치 자신의 미래를
예측할 수 없다는 듯이. 아니 미리 자신의 미래를 명확히 견지하고 있
었던 역설적 해석도 가능하다.

  구름은 두 가지 중요한 상징적 의미가 있다. 하나는 안개의 상징
  과 관련되는바, 이때는 유형과 무형의 중간세계를 의미한다. 그런가
  하면 다른 하나는 「상부의 물」과 관련되는바, 이때는 고대의 바다
  를 의미한다. 전자의 경우 구름은 언제나 변화의 상태에 있는 현상
  이나 외양을 상징하며, 이때 구름은 하늘에 속하는 불변의 진리를
  모호하게 만든다. 후자의 경우 구름은 비옥함과 관련되면서 지상을
  풍요하게 만든다는 의미를 띤다. 이런 사정을 전제로 고대 기독교에
  서는 구름을 예언자와 동일한 것으로 인식했으며, 그것은 모든 예언
  이 비옥함, 축복을 근원적으로 내포하기 때문이다.83)

---

82) 정지용, 「내 마흔아홉이 벅차겠구나」, 『새한민보』 제4권 1호, 1950. 2, 111-113면.
83) 이승훈 편, 앞의 책, 58-59면.

정지용은 「내 마흔아홉이 벅차겠구나」에서 "雲霧"로 자신의 미래를 예언한 듯하다. '물'의 이미지인 "雲霧"는 정지용의 현실적 상황에 비춰볼 수 있다. 대한민국 정부수립 후 정지용의 고통은 심하였던 것으로 보인다. 정지용의 고통은 민족분단이라는 모순된 현실이 빚어낸 개인적 왜곡이며 굴절이었다. 그는 "조선문학가동맹에 관여한 것, 경향신문 주간시절 한민당에 대한 비판적 논설을 써서 극우파에 의해 좌경인물로 몰린 것, 그가 가까이 지내던 이태준, 임화, 오장환 등이 월북해 버린 것 등 때문에 마음이 편치 않았을 것이고 어쩌면 몇 차례 조사를 받았을 것이며 1949년 좌익경력 인사들의 사상적 선도를 명분으로 내세우고 결성된 '국민보도연맹'에 가입"84)하기에 이른다. 이러한 상황에 처했던 정지용 시 「내 마흔아홉이 벅차겠구나」의 "雲霧"는 생과 사, 죽음의 세계를 이겨내려는 분노의 예언자를 상징하고 있다.

정지용은 1950년 6월 『문장』 8호에 「山달」을 발표한다. 이는 「내 마흔아홉이 벅차겠구나」. 「나비」 등과 함께 지금까지 알려진 정지용 시의 마지막 발표작에 속한다. 「山달」에서 "토끼 같은 / 내"는 "얼었다가 / 잠이 든다 //". 즉, 정지용은 '물'의 이미지를 철저히 고체화시켜 자신의 생을 마감하고 있다.

6) '물'의 심상과 변용화

정지용 문학에서 '물'은 여러 가지 변용어로 나타난다. 이러한 언어는 정지용 작품에 어떻게 표출되는지 알아보기 위하여 물과 관련된 언어를 개괄적으로 조사해 목록을 표85)로 작성하기로 한다.

---

84) 이숭원, 『정지용 시의 심층적 탐구』, 태학사, 2004, 56면.
85) ( )는 논자 주.

표제어	변용어	비고
물	푸른물(푸른 물), 물겁흠(물거품), 물, 물결, 물오리, 슬픈 물, 물구비, 물결소리,물 농오리, 밤물결, 퍼언 한 물, 더운 물, 물속, 물어린, 물ㅅ바람, 물방아, 물새, 잔물결, 밀물, 물기, 물소리, 오는 물, 가는 물, 헤여질물, 꽃물, 물살, 삼긴물, 먼 물	
바다	서해, 바다, 異邦바다, 黃海, 똥그란 바다, 東海	
강	漢江, 漢江물, 맑은 漢江, 강, 강 가	
내(川)	실개천, 鴨川, 시내	
호수(못)	못물, 냇못(옛못), 湖水, 못속, 白鹿潭	
여울	여울, 여울물	
눈(雪)	눈길, 눈보라, 눈, 빙설, 성긴 눈, 春雪, 風雪	
눈(目)	눈물, 울음86), 눈알, 우름87), 운다, 싸아만 눈, 눈ㅅ길, 눈, 눈동자, 눈섭, 우놋다(우는구나), 큰눈	
구름	검은구름(검은 구름), 구름, 雲霧	
안개	안개	'雲霧' 포함
비	소나기, 비물(빗물), 비, 風雨, 밤ㅅ비, 가랑비, 이실비, 찬비, 구진비, 비ㅅ방울, 落水, 봄비	
폭포	瀑布, 폭포수, 瀑布소리	
우물	우물가, 우물, 샘, 샘물	
파도	波濤	
이슬	이슬, 이실	
피	고혼피, 고혼肺血管,피, 聖血, 핏빗	
우박	우박알, 누리알, 누뤼 알, 누뤼	
술	술, 술집, 붉은 술	
얼음	어름, 얼다	
기타	젓(젖), 炭酸水, 風浪, 소변, 김, 물감, 홍수, 水面, 개울	

정지용이 사용한 어휘수는 모두 8975개88)로 조사되었다. 본고에서

---

86) "역구 풀 욱어진 보금 자리 / 씀북이 홀어멈 울은 울 고, //"(「鴨川」, 『學潮』 2호, 1927. 6, 78-79면) 등.

87) "쌥국이 / 고개 우 에서 / 한나잘 우름 운다. //"(「산넘어저쪽」, 『新少年』 5권 5호, 1927. 5, 4-5면). "새삼녕쿨 싹이 튼 담우에 / 산에서 온 새가 우름운다. //"(「산에서 온새」, 『新少年』 5권 6호, 1927. 6, 34면). "머언 짜뜻 한 바다 우름 이 들녀 오더니 -"(「幌馬車」, 『朝鮮之光』 68호, 1927. 6, 22-23면). "끗 업는 우름, 바다 를 안으올 째"(「風浪夢」, 『朝鮮之光』 69호, 1927. 7, 11면) 등.

88) "정지용의 132편(시집에 수록한 112편 + 김학동 교수가 발굴한 18편 + 최동호 발

는 정지용의 작품에 나타난 '물'과 연관된 시어를 물, 바다, 강, 내, 호수, 여울, 눈(雪), 눈(目), 구름, 안개, 비, 폭포, 우물, 파도, 이슬, 피, 우박, 술, 얼음 등으로 분류하였다. 감각적 흔적인 심상 즉 표상의 저장 형태로 머릿속에 저장된 대상의 흔적, 그 흔적을 작품에 구사한 정지용의 '물'은 다양한 심상으로 분류된다. 시각적심상은 "푸른 물, 물거품, 쫑그란 바다, 퍼언 한 물, 성긴 눈, 春雪, 눈길, 눈보라, 싸아만 눈, 큰눈, 검은 구름, 雲霧, 안개, 波濤, 핏빛, 붉은 술, 감" 등이고 청각적심상은 "물결소리, 물소리, 폭포소리" 등이며 촉각적심상은 "더운 물, 찬비" 등으로 표현된다. '물'과 관련한 감각은 시각적심상이 주를 이룬다. 이는 청각적, 촉각적심상이 표현하고자하는 대상을 추상적 기호로 대체한다. 그러므로 언어적 표현이 지시하는 대상과 그 표현을 인식하는 주체 사이에 단절을 가져오기도 한다. 한편 인간의 정신기제는 욕망을 시각적인 경험으로 표현한 심상들로 구조화되어 있다고 한다. 시각적심상은 다른 심상보다 원초적인 표현방식이다. 그만큼 포괄적이고 직접적이라는 것이다. 정지용의 이러한 감각의식은 '물'의 직접적이고 구체적인 묘사로써 명확한 심상을 제시하기에 이른다.

아울러 정지용은 '물'의 다양한 변용어를 차용해 적재적소에 배치하였다. 이로써 전형적인 '물'의 의미로부터 다양한 변화를 추구할 수 있었다. 이는 언어 제조기인 정지용만이 가능한 문학적 기술방법이었을 것이다. '물'의 원리를 자연적 대상에 적용한다든지 구체적인 실제수단으로 대상을 다루는 방법은 정지용만이 향유할 수 있었던 천재적 언어 사용 능력이었다.

굴한 시 2편)의 작품에 등장하는 시행을 어절단위로 끊어서 용례를 조사한 결과". 최동호 편저, 『정지용 사전』, 고려대학교 출판부, 2003, 366면.

3. 결론

정지용의 '물'은 시공간적 이동에 따라 다양한 상징성을 지니고 있었다. 그리고 '물'의 상징은 정지용 삶의 반영물로 일정부분 관련하고 있다. 문학은 현실이나 작가의 삶을 반영하기에 언어기술의 천재였던 정지용도 현실을 작품에 반영하고 있었던 것이다.

초기작품의 '물'은 "이슬"이나 "눈물" 그리고 "우물" 등으로 발현해 "천(川)"이나 "바다"로 확장되고 있었다. 이후 '물'은 "폭포"나 "눈" 등으로 수직화·고체화된다. 정지용의 경성유학시절인 1910년대 작품은 '물'이 이분화 되고 있다. 이는 그의 가족사가 반영된 경성과 옥천의 삶을 상징하는 대조적 체계다. 1920년대 '물'은 다양한 상징성을 지닌다. '물'은 조선어, "불"과 상극·상생의 존재, 그리움을 소환하는 존재, 갈등해결의 실마리 제공, 자연물의 배경설정을 위한 이식, 운반·저장을 상징하며 다양한 시적 체계를 갖추고 있다. 이는 정지용의 경성, 일본, 옥천이라는 활발한 공간적 이동과 무관하지 않다.1930년대 '물'의 상징은 유기화 되어 있다. "바다"라는 유형적인 '물'은 사물의 현상과 깨달음을 얻게 하는 근원적 존재이며 공간을 축소·확대하는 주체로 작용된다. 즉, 근원적 존재인 순수함에서 바다 → 산으로 공간변화를 시도하며 유기적 상징으로 구성되고 있는 것이다. 이는 그가 활발한 작품 활동을 하였던 시기를 반영하고 있는 것으로 보인다. 1940년대 '물'은 공간에 대한 관념, 심도감과 입체감에 의해 미적 공간을 형성하며 공간화 되고 있다. '물'은 주체가 아니며 화자의 위치를 고정하고 무력감이나 수척한 정신으로 나타난다. 그것은 강렬하고 고통스러웠으며 광복을 염원하고 노력했던 희생물을 상징한다. 이는 정지용 자신의 피로함을 반영하고 있다고 하겠다. 1950년대 '물'은 자신의 미래를 견지하는 역할로 복선화되어 있다. 해방 후 외세와 이념이 잠입하고 생과 사, 죽음의 세계를 이겨내려는 분노의 예언자로 '물'은 상징되고 있었다. 정지용의 '물'은 원형적 상징에 준한다고 할 수 있다. 그는 '물'을 시·공간으로 분류해 다양한 변용어로 차용, 적재적소에 배치하고 있다. 이는 천재적 언어제조기였던 정지용만이 가능하였던 언어사용 기술이다.

  문학의 불모지에 현대시를 개척한 정지용. 그는 우리말의 변화로운 구사와 상징으로 일정부분 그의 삶을 통째로 작품에 이식하였다. 일제강점기라는 냉혹한 현실에서 작품을 통해 우리말을 올곧게 지키고자 하였던 정지용. 이제 우리는 그에 대한 예의를 지켜야할 차례다. 그 노력의 일환으로 정지용 언어의 미의식과 그의 궁극적인 정신적 자세에 대한 연구가 활발히 진행되기를 바란다.

참고문헌

참고문헌

1. 기본 자료

권영민, 『정지용 시 126편 다시 읽기』, 민음사, 2004.

김학동, 『정지용 전집2』, 민음사, 1988.

_____, 『정지용 전집2』, 민음사, 2005.

윤동주, 왕신영·심원섭·오오무라 마스오·윤인석 엮음, 『윤동주 자필 시고전집』, 민음사, 2015.

이숭원, 『원본 정지용 시집』, 깊은샘, 2008.

정지용, 「鄕愁」, 『조선지광』 65호, 조선지광사, 1927.

_____, 『문학독본』, 박문출판사, 1948,

_____, 『백록담』, 문장사, 1941.

_____, 『산문』, 동지사, 1949.

_____, 『시문학』 2호., 1930. 5.

_____, 『정지용 시집』, 시문학사, 1935.

_____, 『정지용 시집』, 건설출판사, 1946.

_____, 『지용시선』, 을유문화사, 1946.

_____, 『학조』 1호, 재경도유학생학우회, 1926.

정지용, 吳養鎬·佐野正人·沈元燮·林隆 역, 『鄭芝溶詩選』, 株式會社花神社, 2002.

최동호, 『정지용 전집 1·2』, 서정시학, 2015.

2. 논문 및 서적

강찬모, 「정지용과 윤동주 詩論 비교 연구」, 한국국어교육학회, 2009.

고영근·구본관, 『우리말 문법론』, 집문당, 2011.

곽명숙, 「정지용 시에 나타난 여행의 감각과 의미」, 『한국현대문학연구』 Vol.0 No37, 한국현대문학회, 2012.

괴테, 장희창 외 옮김, 『색채론』, 민음사, 2021.

국어국문학 편찬위원회 편, 『국어국문학자료사전』 상·하권, 한국사전연구사, 1994.

국어국문학회 감수, 『국어대사전』, 민중서관, 1994.

국어국문학회 감수, 『국어대사전』, 민중서관, 2001.

권영민, 『한국문학50년』, 문학사상사, 1995.

_____, 『정지용 시 126편 다시 읽기』, 민음사, 2004.

김기림, 「모더니즘의 역사적 위치」, 『인문평론』, 1939.

_____, 『시론』, 백양당, 1947.

김동희, 「정지용의 이중언어 의식과 개작 양상 연구」, 고려대학교 대학원 박사학위
　　　논문, 2017.

김　둘, 「윤동주 동시 연구: 정지용과 백석의 영향 관계를 중심으로」, 대구교육대학
　　　교 교육대학원 석사학위 논문, 2021.

김묘순, 「정지용 산문 연구」, 우석대학교 교육대학원 석사학위논문, 2013.

_____, 「정지용 생애 再構 I」, 『2013 한국 현대시의 아버지 정지용 문학포럼』, 옥
　　　천군 · 옥천문화원 · 지용회, 2013.

_____, 「정지용의 「湖水」 小考」, 『국어문학』Vol. 57, 국어문학회, 2014.

_____, 『정지용 만나러 가는 길』, 국학자료원, 2017.

_____, 「「鄕愁」의 再考」, 『충북학』 19집, 충북학 연구소, 2017.

_____, 『정지용 동시(해설)집 −보고픈 마음, 호수만 하니』, 북치는마을, 2019.

_____, 「정지용의 「슬픈 印像畵」에 대한 小考」, 『2019 일본 정지용 문학포럼』, 옥
　　　천군·옥천문화원·기타하라하쿠슈 생가·기념관, 2019.

_____, 「정지용 동시와 개작에 대한 소고」, 『3회 정지용 동북아국제문학포럼 −동
　　　북아시대와 정지용 문학의 재발견』, 옥천군·옥천문화원, 2020.

_____, 「정지용 문학 연구」, 우석대학교 대학원 박사학위 논문, 2021.

김미혜, 「장르 의식의 소산으로서의 정지용 동시 연구」, 『한국초등국어교육』 Vol.
　　　40 No−, 한국초등국어교육학회, 2009.

김민수, 『국어사의 기본이해』, 집문당, 1987.

김상구, 『김규흥 평전』, 옥천군·옥천문화원·사)김규흥기념사업회, 2018.

김석환, 「정지용 시의 기호학적 연구 − 수직축의 매개기호작용을 중심으로」, 명지
　　　대학교, 『명지대예체능논집』 3집, 1993.

김성장, 『선생님과 함께 읽는 정지용』, 실천문학, 2001.

김성희, 「정지용과 윤동주의 동시 연구」, 충남대학교 대학원 석사학위 논문, 2006.

김신정, 『정지용 문학의 현대성』, 소명출판, 2000.

_____, 「정지용과 윤동주의 시적 영향 관계」, 배달말학회, 2016.

_____, 「정지용 시 어법 연구」, 『정지용의 문학세계 연구』, 깊은샘, 2001.

김윤식, 「가톨리시즘과 미의식」, 『한국근대문학사상사』, 한길사, 1984.

_____, 「모더니즘 시운동 양상」, 『한국현대시론 비판』, 일지사, 1977.

_____, 『한국근대문예비평사연구』, 일지사, 2011.

김응교, 『나무가 있다』, 아르테, 2019.

김일렬, 『문학의 본질』, 새문사, 2006.

김재홍, 『한국현대시 시어사전』, 고려대학교 출판부, 2013.

김종태, 『정지용 이해』, 태학사, 2002.

김춘수, 『한국 현대시 형태론』, 해동문화사, 1958.

김학동, 『정지용 연구』, 민음사, 1997(1판 1쇄 1987).

_____, 『정지용 전집2 산문』, 민음사, 2005.

_____, 『정지용 전집1』, 민음사, 2013.

김형미, 「정지용론」, 연세대학교 교육대학원 석사학위논문, 1989.

김환태, 「정지용론」, 『삼천리문학』 2호, 1938.

_____, 「정지용론」, 『김환태 전집』, 문학사상, 2009.

_____, 『내 소년 시절과 소』, 무주문화원, 2010.

나희덕, 「1930년대 모더니즘 시의 시각성 - '보는 주체의 양상'을 중심으로」, 연세대
    학교 대학원 박사학위 논문, 2006.

남기심·고영근, 『표준국어 문법론』, 탑출판사, 2013.

레온에델, 김윤식 옮김, 『작가론의 방법』, 삼영사, 2012.

마광수, 「정지용의 모더니즘 시」, 『홍대논총』 11, 1979.

_____, 「윤동주 연구 : 그의 시에 나타난 상징적 표현을 중심으로」, 연세대학교 대
    학원 박사학위 논문, 1984.

문덕수, 「한국 모더니즘 시 연구」, 고려대학교 대학원 박사학위 논문, 1981.

문혜원, 「정지용 시에 나타난 모더니즘 특질에 관한 연구」, 『관악어문연구』 18, 1993.

민병기, 「30년대 모더니즘시의 심상체계 연구」, 고려대학교 대학원 박사학위 논문,
    1987.

민형식, 『국어 정서법 연구』, 태학사, 2011.

박맹호, 『정지용 전집 1 시』, 민음사, 2001.

박용철, 「병자시단일년성과」, 『박용철전집1』, 시문학사, 1940.

박인기, 『한국현대시의 모더니즘적 연구』, 단국대학교 출판부, 1988.

박태상, 『정지용의 삶과 문학』, 깊은샘, 2012.

박태일, 『한국 근대문학의 실증과 방법』, 소명출판, 2004.

박현숙, 『정지용 시와 산문 달과 자유』, 깊은샘, 1994.

_____, 『향수 그곳이 차마 꿈엔들 잊힐리야』, 깊은샘, 2006.

_____, 『향수 그곳이 차마 꿈엔들 잊힐리야』, 깊은샘, 2011.

배호남, 「정지용 시의 고향의식 연구」, 『인문학연구』 Vol.0 No.22, 2012.

사나다 히로코(眞田博子), 『最初의 모더니스트 鄭芝溶』, 역락출판사, 2002.

서경희, 「蘇大成傳」의 서지학적 접근」, 이화여자대학교 대학원 석사학위 논문, 1997.

세미오시스 연구센터, 『말과 그림 사이』, 한국외국어대학교 지식출판콘텐츠원, 2018.

손재윤, 「정지용과 박목월의 동시 비교 연구」, 대구대학교 교육대학원 석사학위 논문, 2013.

송우혜, 『윤동주 평전』, 푸른역사, 2013.

송 욱, 「정지용, 즉 모더니즘의 자기부정」, 『사상계』, 1962.

송현호, 「모더니즘의 문학사적 위치에 대한 고찰」, 『국어국문학』 90호, 1984.

스에나가 타미오, 박필임 옮김, 『색채 심리』, 예경, 2011.

신희교, 「성장소설과 상상력의 빈곤」, 『현대소설연구』, 한국현대소설학회, 1997.

_____, 『한국현대소설의 탐구』, 신아출판사, 2019.

안상원, 「정지용 시의 색채이미지와 시쓰기의 의식 연구」, 『이화어문논집』 Vol. 36 No.-, 이화어문학회, 2015.

양왕용, 「鄭芝溶 詩 硏究」, 경북대학교 대학원 박사학위논문, 1988.

양인숙, 「한국 현대 동시의 정신 양상 연구: 정지용·윤동주·유경환을 중심으로」, 단국대학교 대학원 박사학위 논문, 2008.

양주동, 「1933년 시단년평」, 『신동아』, 1933.

영일정씨세보편찬위원회, 『迎日鄭氏世譜 卷之六 刑議公派』, 도서출판 뿌리정보미디어, 2014.

오성호, 김종태 편, 「「향수」와 「고향」, 그리고 향토의 발견」, 『정지용 이해』, 태학사, 2002.

오세영, 「모더니스트, 비극적 상황의 주인공들」, 『문학사상』, 1975.

오탁번, 「芝溶詩의 環境」, 『植民地時代의 文學硏究』, 깊은샘, 1980.

옥천군, 『관성문화』 제16집, 옥천문화원, 2001.

옥천군지편찬위원회, 『옥천군지』, 옥천군, 1994.

_____, 『옥천군지 2- 역사와 전통』, 옥천군, 2015.

_____, 『옥천군지 4-삶과 숨결』, 옥천군, 2015.

원명수, 「한국 모더니즘 시에 나타난 소외의식과 불안의식 연구」, 중앙대학교 대학
　　　원 박사학위 논문, 1984.

유순덕, 「한국시의 고향의식 수용과 치유에 대한 연구: 정지용, 윤동주, 정완용 작품
　　　을 중심으로」, 단국대학교 박사학위 논문, 2020.

유종호, 「현대시의 50년」, 『사상계』, 1962.

_____, 『시 읽기의 방법』, 삶과 꿈, 2011.

유택일, 『한국문헌학연구』, 아세아문화사, 1989.

尹海燕 편저, 『韓國現代名詩選集』, 民族出版社, 2006.

이기문, 『국어사개설』, 탑출판사, 1996.

이기형, 「1930년대 한국 모더니즘시 연구-정지용을 중심으로」, 인하대학교 대학원
　　　박사학위 논문, 1994.

이상섭, 『문학비평 용어사전』, 민음사, 2011.

이석우, 『현대시의 아버지 정지용 평전』, 충북학연구소, 2006.

이세란, 「정지용과 윤동주의 동시 및 그 연관성」, 성균관대학교 석사학위 논문, 2014.

이　솔, 「정지용의 초기 '바다시편'과 후기 '산수시'의 상관성 연구 - '물'의 이미지 유
　　　형을 중심으로」, 고려대학교 대학원 석사학위 논문, 2014.

이숭원, 『정지용 시의 심층적 탐구』, 태학사, 2004.

_____, 『꾀꼬리와 국화』, 깊은샘, 2011.

_____, 『한국 현대시 연구의 맥락』, 태학사, 2014.

이숭훈, 『문학상징사전』, 고려원, 1995.

이숭철, 「정지용의 시 「바다2」에 대한 인지시학적 분석」, 『국어문학』 Vol. 48 No-,
　　　국어문학회, 2010.

임윤희, 「정지용·윤동주의 '동심'과 '환상성'에 대한 연구: 아동문학의 서정 장르를
　　　중심으로」, 동국대학교 대학원 석사학위 논문, 2011.

장영우, 「정지용과 채동선」, 『한국 현대시의 아버지 정지용 문학포럼』, 옥천군·옥
　　　천문화원·지용회, 2014.

전병호, 「정지용 동시 연구: 특히 상실의식을 중심으로」, 중앙대학교 교육대학원 석
　　　사학위 논문, 1993.

전순애, 「1930년대 모더니즘 문학론 연구」, 성균관대학교 대학원 박사학위 논문, 1998.

정낙영, 『지용시선』, 을유문화사, 2008.

정미경, 「정지용·윤동주의 동시 비교 연구」, 중앙대학교 교육대학원 석사학위 논문, 2001.

정의홍, 『정지용의 시 연구』, 형설출판사, 1995.

정지용, Song Yeonhi 편저, 『Jeong Jiyong Eine andere Sonne』, Hubert & Co Printed in Germany, 2005.

정한모·권두환·최동호·권영민 편, 『정지용 시선 향수』, 미래사, 1991.

정효구, 「정지용 시의 이미지즘과 그 한계」, 『모더니즘 연구』, 자유세계, 1993.

조강석, 「정지용 초기시에 나타난 근대의 '감성적' 전유 양상 고찰」, 『상허학보』 Vol. 29 No-, 상허학회, 2010.

조동일, 『문학연구방법』, 지식산업사, 2008.

조지훈, 「한국현대시사의 반성」, 『사상계, 1962.

주만만, 「정지용과 대망서 고향시에 대한 비교연구」, 『어문논총』 Vol.- No.28, 2015.

최덕교, 『한국잡지백년3』, 현암사, 2004.

최동호, 김종태 편저, 「정지용의 산수시와 성정의 시학」, 『정지용 이해』, 태학사, 2002.

_____, 『정지용 사전』, 고려대학교 출판부, 2003.

_____, 『그들의 문학과 생애 정지용』, 한길사, 2008.

_____, 『정지용 시와 비평의 고고학』, 서정시학, 2013.

한국문화상징사전편집위원회, 『韓國文化 상징사전2』, 동아출판사, 1995.

_____, 『한국문화상징사전2』, 두산동아, 1996.

한국민속사전 편찬위원회 편, 『한국민속대사전』, 한국사전연구사, 1994.

홍종욱, 「교토유학생 박제환의 삶과 실천」, 『한국학연구』 40집, 인하대 한국학연구소, 2016.

황성윤, 「정지용 시의 이미지 연구」, 명지대학교 교육대학원 석사학위 논문, 1997.

Ellen Winner, 이모영·이재준 역, 『예술심리학』, 학지사, 2011.

프리츠 리만, 전영애 옮김, 『불안의 심리』, 문예출판사, 2012.

M.N. Shlota, J. W. Kalat, 민경환·이옥경·이주일·김민희·장승민·김명철 옮김, 『정서심리학』, Cengage Learning Korea Ltd, 2015.

Mikhail Bakhtin, 박인기 편역, 『작가란 무엇인가』, 지식산업사, 1999.

3. 기타 자료

김묘순, 「- 정지용 시의 방언 - 충청도만의 여유로운 미학」, 『동양일보』, 2013.

_____, 「옥천의 전설 마총(馬塚) 복원해야 한다」, 『동양일보』, 2016. 3. 28.

_____, 「정지용의 협주곡 · 합주곡 · 변주곡 I 」, 『동양일보』9면, 2012. 11. 16.

_____, 「정지용의 협주곡 · 합주곡 · 변주곡 II 」, 『동양일보』9면, 2012. 11. 23.

『空腹祭』, 『近代風景』, 『대조』,

『同樂園 寄附金 芳名錄』, 1918. 8. 15.

『동아일보』,

『同志社大學豫科學生會誌』,

『同志社大學』,

『同志社時報』五二号,

『매일신보』2면, 1912. 01. 13.

『매일신보』3면, 1917. 8. 14.

『매일신보』3면, 1917. 8. 15.

『文章』,

『문학상징사전』,

『사상계』,

『삼천리문학』,

『새한민보』,

『소년』

『시론』

『詩文學』

『신동아』

『신민』

『新少年』

『연일정씨 이의공파 世譜(세보)』卷之六(권지육).

『迎日鄭氏世譜 卷之六 刑議公派』,

『옥천군 내남면 하계리 토지조사부』

옥천군청 민원과, 조선총독부임시토지조사국, 『옥천군 내남면 하계리 토지조사부』,
    1911.

옥천본당사 편찬위원회, 『옥천 본당사1』, 천주교 청주교구 옥천교회, 2009.

『옥천신문』

『옥천향수신문』

『옥천향지』

『위생과 화장』

『인문평론』

『自由詩人』

「정지용 제적등본」

「정태국 제적등본」

『朝光』

『조선일보』

『朝鮮之光』

「철도역 이야기」

『河東鄭氏族譜』

『學生』

『學潮』

『한국 현대시의 아버지 정지용 문학포럼』, 옥천군 · 옥천문화원 · 지용회, 2002 ~
    2012.

『한국지명유래집 중부편 지명』

『혁명』

『徽文高等普通學校 第四回卒業生 名簿』

『휘문』

옥천문화원 홈페이지 자료실,

www.korean.go.kr(국립국어원 표준국어대사전)

https://dict.naver.com/(네이버 사전)

http://doopedie.co.kr

http://encykorea.aks.ac.kr

namu.wiki.(휘문고등학교 연혁)

seoullo7017.seoul.go.kr

www.tktech.hs.kr

* 본고를 위하여 도움주신 분들께 감사드립니다. (가나다 순)

- 곽순순 옹(방언 구술), 김경식(전 옥천군청 민원실), 김성종(전 옥천군청 문화관광팀), 김옥희(정지용 문화 해설사), 안동준 · 임홍순(전 옥천읍사무소), 전순표(향토사 전시관), 정수병 옹(방언 구술), 정운영(정지용의 장손), 조승환(전 옥천군청 지적팀), 조혜경(정지용 문화 해설사), 천경희(동아서적), 황영덕(전 옥천군청 지적팀).
- 동양일보 문화부, 옥천 문화원 등.

김묘순

문학박사이다.

정지용의 고향 옥천에 살며 그를 공부하고, 충북도립대학교에서 학생을 가르친다.

저서는 『햇살이 그려준 얼굴』, 『정지용 기행 산문 여정을 따라 - 정지용 만나러 가는 길』, 『다시 정지용을 찾아 - 정지용 만나러 가는 길 - 두 번째 이야기』가 있고, 편저는 『원전으로 읽는 정지용 기행 산문』, 『정지용 기행 산문집 - 산이 서고 들이 열리고 하늘이 훨쩍 개이고』가 있으며, 정지용 동시 해설집 『보고픈 마음, 호수만 하니』가 있다.

정지용 문학의 통시적 연구

| 초판 1쇄 인쇄일 | 2024년 11월 15일 |
| 초판 1쇄 발행일 | 2024년 11월 27일 |

지은이	김묘순
펴낸이	한선희
편집/디자인	정구형 이보은 박재원 이민영
마케팅	정찬용 정진이
영업관리	한선희 한상지
책임편집	이민영
인쇄처	으뜸사
펴낸곳	국학자료원 새미(주)
	등록일 2005 03 15 제25100-2005-000008호
	경기도 고양시 덕양구 권율대로656 클래시아더퍼스트 1519호
	Tel 02-442-4623 Fax 6499-3082
	www.kookhak.co.kr
	kookhak2010@hanmail.net

| ISBN | 979-11-6797-205-7 *93810 |
| 가격 | 32,000 |

* 저자와의 협의하에 인지는 생략합니다.
잘못된 책은 구입하신 곳에서 교환하여 드립니다.
국학자료원 · 새미 · 북치는마을 · LIE는 국학자료원 새미(주)의 브랜드입니다.